ଇଟାଭାଟିର ଶିଳ୍ପୀ

ଇଟାଭାଟିର ଶିଳ୍ପୀ

ଗାୟତ୍ରୀ ସରାଫ୍

BLACK EAGLE BOOKS
2019

 BLACK EAGLE BOOKS

7464 Wisdom Ln,
Dublin, OH 43016, USA
E-mail: info@blackeaglebooks.org
Website: www.blackeaglebooks.org

First Edition by Paschima Publication

First International Edition published by
Black Eagle Books, 2019

Itabhatira Silpi by Gayatri Saraf

Cover & Interior Design: Ezy's Publication

ISBN- 978-1-64560-014-5 (Paperback)

Printed in United States of America

ହାତ ନ ଥିବା ସେଇ ଶିଳ୍ପୀ ହାତରେ....

ଗାୟତ୍ରୀ

ଗଳ୍ପ ସଂଭାର

ଦାଦନ ଲହଡ଼ା

: ତୁମେ 'ଦାଦନ' ଉପନ୍ୟାସଟି ପଢ଼ିଲଣି ?

: ନାଇଁ ତ, କ'ଣ ହେଲା ?

: ପଢ଼ିବ । ହଟ୍‌କେକ୍‌ ଭଳି ବିକ୍ରି ।

ଜଣେ ପାଠକ କହୁଥିଲା । ଆଉ ଜଣେ ପାଠକଙ୍କୁ । ଫେସ୍‌ବୁକ୍‌ରେ ଜଣେ ସାଙ୍ଗକୁ କହୁଥିଲା ଆଉ ଜଣେ ସାଙ୍ଗ । ଜଣେ ଝିଅ କହୁଥିଲା ତା' ବୟଫ୍ରେଣ୍ଡ୍‌କୁ । କବି, ଲେଖକଙ୍କ ବି ସେଇ କଥା । ପୂର୍ବ, ପଶ୍ଚିମ, ଉତ୍ତର, ଦକ୍ଷିଣ ସବୁ ଅଞ୍ଚଲରେ ଦାଦନ ଉପନ୍ୟାସର ଚର୍ଚ୍ଚା, ଆଲୋଚନା ।

ସାହିତ୍ୟ ପୃଥିବୀରେ ଚହଲ ।

ଦିନକୁ ଶହେ କପି ବିକ୍ରି ।

ଜଣେ ପ୍ରତିଷ୍ଠିତ ଲେଖକ ମତ ରଖିଲେ: ଭଲ ଗପ, ଉପନ୍ୟାସ ଏମିତି । ବୋହିଯାଏ ସବୁ ଦିଗକୁ । ବହିଟି ପଢ଼ିଲି, ଯେମିତି ଏକ ନିର୍ଯାତିତ କ୍ରନ୍ଦନ ।

ଗାନ୍ଧିକା ଗୀତିକାଙ୍କ ପ୍ରଥମ ଉପନ୍ୟାସ 'ଦାଦନ'। ଦାଦନ ମଣିଷର ଦୀର୍ଘଶ୍ୱାସରେ ଚହଲିଗଲା ସମୟ। ସମ୍ବାଦପତ୍ର ସମ୍ପାଦକୀୟ। ଗଣମାଧ୍ୟମର ବ୍ରେକିଂ ନ୍ୟୁଜ୍ 'ଦାଦନ'। ଶୁଣିଲା ସେଇ ବିଭାଗ, ପ୍ରଶାସନ ପ୍ରଭାବିତ ହେଲା ରାଜ୍ୟ ରାଜନୀତି। କଡ଼ା ସିକ୍ୟୁରିଟି ଭେଦି ପହଞ୍ଚିଲା ସଚିବାଳୟ। ବିଧାନସଭା। ଶୁଣିଲେ ମାନ୍ୟବର ସଦସ୍ୟଗଣ। କ'ଣ ଅଛି ଏମିତି ବହିଟିରେ? ଜାଣିବାକୁ ରୁହିଁଲେ ସମସ୍ତେ।

ଉପନ୍ୟାସ ଯୋଗାଡ଼ ହେଲା। ହେଲେ କା'ପାଖରେ ସମୟ? ଧୈର୍ଯ୍ୟ? ଉପନ୍ୟାସ ପଢ଼ିବା ରୁଚି? ଜଣେ ଯୁବସଦସ୍ୟ ତାଙ୍କ ଅଧ୍ୟାପକ ବନ୍ଧୁଙ୍କୁ ବହିଟି ପଢ଼ିବା ପାଇଁ ଦେଲେ। କହିଲେ—

: ପଢ଼ିବେ। ସିନୋପ୍‌ସିସ୍‌ ଲେଖିଦେବେ। ପ୍ରିଣ୍ଟ ହେବ। ବଣ୍ଟାଯିବ।

ତାହା ହିଁ ହେଲା।

ଈସ୍‌! କି ସାଂଘାତିକ ଉପନ୍ୟାସ। ରହିଛି ସେଥିରେ ଦାଦନ ଦହନ, ଦଲାଲ ଶୋଷଣ, ଶ୍ରମିକର ହାତ କାଟିଦେବାର କ୍ରନ୍ଦନ। ମାଟି ମଣିଷର ଭୋକ, ଅଭାବ, ପିଲାବିକ୍ରି। ମାନବ ଅଧିକାର ଉଲଂଘନର କାରୁଣ୍ୟ। କେତୋଟି ଉତ୍ତେଜକ ପ୍ରଶ୍ନ ବି ରହିଛି— ଯେମିତି ପାଣିପରି ବୋହି ଯାଉଥିବା ଅର୍ଥର ଗତି କୁଆଡ଼େ?

ମାଟି ମଣିଷ-ଜମି, ଜଳ, ଜଙ୍ଗଲର ଅଧିକାରରୁ ବଞ୍ଚିତ ହେଲା କେମିତି? ଅନାହାର ଓ ପିଲାବିକ୍ରି କାହାଣୀ ସରେନାଇଁ କାହିଁକି? ଦଲାଲମାନେ କାହିଁକି ଶ୍ରମିକର ହାତ କାଟନ୍ତି? ଦାଦନର ବିପଦ ଜାଣିବି ଦାଦନ ମହାଯାତ୍ରାର ଅନ୍ତ ହୁଏନାଇଁ କାହିଁକି? ଦାଦନ ଆମର ଲଜ୍ଜା— ଏଥିରୁ ଆମକୁ ମୁକ୍ତି ଦବ କିଏ?

ସତ ପ୍ରକାଶ ପାଇଁ ଯେଉଁ ସତ୍‌ ସ୍ଥାପନ ଲୋଡ଼ା ତାହା ଥିଲା ଉପନ୍ୟାସକାର ପାଖରେ। ଖବର ଉଡ଼ିଲା, ପ୍ରଶ୍ନ ଉଡ଼ିଲା, ସବୁଆଡ଼େ ଚହଲ। ଦାଦନ ଖଟିଯାଉଥିବା ଅଞ୍ଚଳରେ ଭୀଷଣ ପ୍ରତିକ୍ରିୟା। ଏନ୍‌ଜିଓ, ସମାଜସେବୀ, ସାମ୍ବାଦିକ, ଶ୍ରମିକ ସଭିଏଁ ସଚେତନ, ଚଳଚଞ୍ଚଳ। ପ୍ରଶ୍ନର ଉତ୍ତର ଦାବି ହେଲା। ବ୍ଲକ୍‌ ଅଫିସ୍‌ରେ ଦାବି ପତ୍ର, ଜିଲ୍ଲାପାଳଙ୍କ ଅଫିସ୍‌ ଆଗରେ ଶ୍ରମିକ ନେତାଙ୍କ ଧାରଣା, ସ୍ଲୋଗାନ୍‌।

ସ୍ୱର ଉଠିଲା— : ସମସ୍ୟାଟି ପାଇଁ ଲଢ଼େଇ ହେବ। ହବ ଜନ ଆନ୍ଦୋଳନ। ବିଧାନସଭା ସରଗରମ। ସରକାରୀ, ବିରୋଧୀ ଦଳ ମୁହାଁମୁହିଁ। ମାନ୍ୟବର ମୁଖ୍ୟମନ୍ତ୍ରୀ ଶୁଣିଲେ। ସେ ରାଜ୍ୟମୁଖ୍ୟ, କେତେ କେତେ ସମସ୍ୟା ସବୁକୁ ସାମ୍ନା କରନ୍ତି ସେ ଧୈର୍ଯ୍ୟ ସହ। ଡକେଇଲେ ସେ ବିଭାଗୀୟ ସଚିବ, ମନ୍ତ୍ରୀ ଓ ଅଞ୍ଚଳର ଲୋକ ପ୍ରତିନିଧିଙ୍କୁ ଶାନ୍ତ ସ୍ୱରରେ କହିଲେ: କିଛି ଗୋଟେ ସମାଧାନର ବାଟ କରନ୍ତୁ। ଜନଆନ୍ଦୋଳନ ନ ହେଉ। ଟେକ୍‌ ଇମିଡ଼ିଏଟ୍‌ ଆକସନ୍‌।" ପ୍ରକୋଷ୍ଠ ଛାଡ଼ି ସେ ଚାଲିଗଲେ ଏକ ବିଶେଷ ଠାଣିରେ।

ସଚିବ, ବିଧାୟକ, ଆଶାର ଆଖିରେ ମନ୍ତ୍ରୀଙ୍କୁ ଅନେଇଲେ, ମନ୍ତ୍ରୀ ବେଶ୍‌ ଅଭିଜ୍ଞ। ବିଧାୟକଙ୍କୁ ସେ କହିଲେ —

ସେ ସହରରେ ଗୋଟେ ବିରାଟ ଜନସମାବେଶ ହେଉ । ମୁଁ ଯିବି, ଲୋକଙ୍କୁ ଭେଟିବି, ସଚେତନ କରେଇବି ଆମ ଯୋଜନା ସମ୍ପର୍କରେ । କ’ଣ ବୁଝିଲେ ତ ? ସଭା ତିନି ଦିନ ଭିତରେ ହବା ଜରୁରୀ: ବିଧାୟକ ହସହସ । ହେଲେ ମନ ଭିତରେ ଔପନ୍ୟାସିକାଙ୍କ ପ୍ରତି ଅସନ୍ତୋଷ । ଯାହା ଯେମିତି ଥିଲା-ଥିଲା । ଉପନ୍ୟାସ ଲେଖ୍ ଏତେ ଝାମେଲା କାଇଁ କଲ ଭଲା ? ଯଦି କିଛି ବଡ଼ ପୁରସ୍କାର ଦର୍କାର ଥିଲା, ଭେଟିଆ’ନ୍ତ ମତେ । ନାରୀମାନେ ଏବେ ଭାରି ଦମ୍ଭିଲା ହୋଇଗଲେଣି । ଆଇନ କାନୁନ୍ ତାଙ୍କ ସପକ୍ଷରେ । ତେଣୁ ରହିଲେ ସେମାନେ ଟପ୍‌ରେ ।

ତା’ପରେ କେତୋଟି ଫୋନ୍ କଲ୍ । ସମୟ ତିନି ଦିନ, ବିରାଟ ଆୟୋଜନ, ବ୍ୟାନର, ପୋଷ୍ଟର, ଯୋଜନା, ତାଲିକା, ଫୁଲମାଳ, ପ୍ରେସ୍ ମିଡ଼ିଆ । ସେ ସହରର ପ୍ରଶାସନ, ଶ୍ରମ ବିଭାଗ ତତ୍ପର । ଦଳୀୟ କର୍ମୀଙ୍କ ଧାଁଦଉଡ଼, ଏନ୍‌ଜିଓ, ସମାଜକର୍ମୀ, ସାମ୍ବାଦିକଙ୍କ ସଜିଲ୍ ପର୍ବ ।

ଆସିଲା ସେଇ ଦିନ ।

ବିରାଟ ସାଧାରଣ ସଭା । ବିପୁଳ ଜନ ସମାବେଶ । କେତେ ଜଣ ଦାଦନ ଶ୍ରମିକଙ୍କୁ ବି ଡକା ହୋଇଥିଲା । ଗୀତ, ସଙ୍ଗୀତ, ଘୁଡ଼ୁକା ନାଚ, ଡାଲଖାଇ । ମନ୍ତ୍ରୀ ଆସିଲେ ପ୍ରଶାସନ ଓ ବିଭାଗୀୟ ଅଧିକାରୀଙ୍କୁ ଭେଟିଲେ । ସମୀକ୍ଷା କଲେ । ସଭାକୁ ଯିବା ଆଗରୁ କହିଲେ—

: ଭେଟି ଦେଇଯିବା ଏନ୍‌ଜିଓ କର୍ମୀ, ସମାଜସେବୀ ଓ ରିପୋର୍ଟର ବନ୍ଧୁମାନଙ୍କୁ ।

ସେମାନେ ଆସିଲେ । ମାନ୍ୟବର ମନ୍ତ୍ରୀ ସେମାନଙ୍କ ସହ ହାତ ମିଳେଇଲେ, କଥାବାର୍ତ୍ତା କଲେ, ସେମାନଙ୍କ ସ୍ୱର ଚିହ୍ନିଲେ । କେତୋଟି ପ୍ରଶ୍ନର ଉତ୍ତର ଦେଲେ, ଧୀର ସ୍ଥିର ଭାବରେ ।

ଗୋଟିଏ ପ୍ରଶ୍ନ ଥିଲା—

: କୋଉଠି ଜଗତୀକରଣର ଗଦାଗଦା ସ୍ୱପ୍ନ ତ କୋଉଠି ଅନାହାର ଓ ଦାଦନ ସମସ୍ୟା କାହିଁକି ଏ ପାତର ଅନ୍ତର ?

: ସେମିତି ନୁହେଁ ଆଜ୍ଞା, ଗୋଟେ ଅଞ୍ଚଳର ସମସ୍ୟା ସାରା ରାଜ୍ୟର ସମସ୍ୟା । ଗାଁ ଲୋକଙ୍କ ପାଇଁ ଆମେ ଚିନ୍ତିତ । ସେମାନେ କାମଧନ୍ଦା ପାଆନ୍ତୁ, ଦାରିଦ୍ର୍ୟ ଦୂର ହେଉ ସେ ନେଇ କ’ଣ ଆମର କମ୍ ଚେଷ୍ଟା ? ଯୋଜନା ଅନେକ । ସବୁ ଜାଣନ୍ତି ଆପଣମାନେ । ଏବେ ପୁଣି ବିଚାର ଚଳିଛି ଦାଦନ ପରିବାରକୁ ଧନ୍ଦାମୂଳକ ଶିକ୍ଷା ଦିଆଯିବ । ସବୁଠି ସୃଷ୍ଟି କରାଯିବ ସବୁଜ ବଳୟ...

ଜଣେ ଯୁବ ସାମ୍ବାଦିକ ତାତିଲା ସ୍ୱରରେ ପଚରିଥିଲେ—

: ଯୋଜନା ପରେ ଯୋଜନା । ପାଣି ପରି ଟଙ୍କା ଖର୍ଚ୍ଚ । ହେଲେ ଲୋକ କ’ଣ ପାଉଛନ୍ତି ? କେବେ ବୁଝିଛନ୍ତି ? କାମଧନ୍ଦା ପାଉଥିଲେ କିଏ ହିନସ୍ତା ହେବାକୁ ବାହାର ରାଜ୍ୟକୁ ଖଟିଯିବ ଭାବିଛନ୍ତି ?

: କୁଲ୍... କୁଲଡ଼ାଉନ୍ ଯଜ୍ଞମ୍ୟାନ୍ । ଆମ ପ୍ରଶାସନ, ବିଧାୟକ ସମସ୍ତେ ସଚେତନ । ସେମାନେ ସବୁ ତଦାରଖ କରୁଛନ୍ତି । ଆପଣମାନେ ଟିକେ କୋଅପରେଟ୍ କରନ୍ତୁ ଏଥରେ ।

ଯୁବଶକ୍ତି ଉପରେ ଆମର ଅଖଣ୍ଡ ଭରସା । ଆୱାର୍ନେସ୍ ସୃଷ୍ଟି କରନ୍ତୁ ଲୋକଙ୍କ ଭିତରେ । ର୍ୟାଲି କରନ୍ତୁ, ସମାବେଶ, କର୍ମଶାଳା କରନ୍ତୁ । ଫଣ୍ଡର ଅଭାବ ନାହିଁ ।

ମନ୍ତ୍ରୀ ମହାଶୟ ତା'ପରେ ବୁଝେଇଲା ଭଳି କହିଲେ —

'ମାନବ ସେବା ମାଧବ ସେବା' । ଏନ୍‍ଜିଓ, ସମାଜକର୍ମୀ ସେଇ ମନ୍ତ୍ର ନେଇ ଖୁବ୍ ଭଲ କାମ କରୁଛନ୍ତି ଏଠି । ସାମୟିକ ବନ୍ଧୁମାନେ ବି ଅଞ୍ଚଳର ସମସ୍ୟା ସବୁକୁ ଠିକ୍ ଭାବେ ହାଏଲାଇଟ୍ କରୁଛନ୍ତି । ମୁଁ ଖୁସି, ଦେଖନ୍ତୁ ଫ୍ରେଣ୍ଡସ୍ । ସବୁ ସମସ୍ୟା ପାଇଁ ଆମକୁ ଏକଜୁଟ୍ ହୋଇ ଲଢ଼ିବାକୁ ହେବ । ଆପଣମାନଙ୍କ ସହଯୋଗ, ଆମର ଶକ୍ତି । ଅୟଥା ଆନ୍ଦୋଳନ ଆଡ଼କୁ ଯିବା କାହିଁକି କହିଲେ ?

ଆସିଲା ବୈଠକ ଟେବୁଲକୁ– ଡ୍ରାଏ ଫ୍ରୁଟ୍ସ୍ 'ଫ୍ରୁଟ୍ ଜୁସ୍' କୋକାକୋଲା, ସ୍ପେଶାଲ୍ ମିଠା । ବୈଠକଟି ଏମିତି ଭାବେ ସରିଗଲା । ମନ୍ତ୍ରୀ ହାତ ମିଳେଇଲେ ସମସ୍ତଙ୍କ ସାଙ୍ଗରେ । କେତେଜଣଙ୍କର ପିଠିରେ, କାନ୍ଧରେ ହାତ ରଖିଲେ ।

ଡ଼ିଆର୍ଡ଼ିଏ ହଲ୍‍ରୁ ସଭା ମଞ୍ଚ ସୁସଜ୍ଜିତ । ଧୁମ୍-୩ର ହିଟ୍ ଗୀତ । ମନ୍ତ୍ରୀ ପହଞ୍ଚିଲେ । ଗୀତ ବନ୍ଦ । ଶୁଭିଲା ଜୟଜୟକାର, ମଞ୍ଚ ଉପରର ଚୌକିରେ ବସିଲେ ନାହିଁ ମନ୍ତ୍ରୀ । ସିଧା ଆସିଲେ ମାଇକ୍ ପାଖକୁ । ବିନମ୍ର ନମସ୍କାର, ଫୁଲମାଲା ପିନ୍ଧିବାକୁ ବି ମନାକଲେ । ସିଦାସାଧା ପୋଷାକ, ଆକର୍ଷଣୀୟ ବ୍ୟକ୍ତିତ୍ୱ, ପ୍ରଭାବଶାଳୀ ସ୍ୱର, ଲୋଭନୀୟ ଯୋଜନାର ଲମ୍ବା ତାଲିକା, କେବିକେ ପାଣିବୃଦ୍ଧି, ଜମି ଜଳସେଚନ, ସବୁଜବଳୟ ସୃଷ୍ଟି, ଶ୍ରମିକଙ୍କ ମଜୁରୀ ବୃଦ୍ଧି, ଦଲାଲଙ୍କ ପଞ୍ଜିକରଣ, ହାତକଟିଥିବା ଦୁଇ ଯୁବକଙ୍କୁ କ୍ଷତିପୂରଣ ଓ ଥଇଥାନ ଆଦି... ଆଦି ଶେଷରେ ଦୃଢ଼ ସ୍ୱରରେ ପ୍ରତିଶ୍ରୁତି- ସମସ୍ତଙ୍କୁ କାମ ମିଳିବ, ଖାଦ୍ୟ ମିଳିବ, କେହି ବାହାରକୁ ଯିବେ ନାହିଁ । ନିର୍ୟାତିତ ହେବେ ନାହିଁ ।

ବିପୁଳ କରତାଳି, ହୁଲହୁଲି । ଜୟ ଜୟକାର ।

ମନ୍ତ୍ରୀ, ମଞ୍ଚ ଉପରକୁ କେତେ ଜଣ ଦାଦନ ନାରୀଙ୍କୁ ଡାକିଲେ ତାଙ୍କ ଗହଣରେ ଫଟୋ ଉଠେଇଲେ । କହିଲେ ନାରୀର ଦୁଃଖ, ଆମର ଦୁଃଖ: ତା'ପରେ ପ୍ରତ୍ୟେକଙ୍କୁ ହଜାରେ ହଜାରେ ଟଙ୍କାର ଚେକ୍ । ସବୁ ହାତକୁ କାମ, ସବୁପେଟକୁ ଦାନା । ପୁଣି ଘୋଷଣା । ଜୟହୋ... ।

ସଭା ସରିଲା । ଆନ୍ଦୋଳନର ଚିହ୍ନବର୍ଣ୍ଣ ଲିଭିଗଲା ।

ରିପୋର୍ଟ ଆସିଲା– ସଭା ସଫଳ ।

ମାନ୍ୟବର ମନ୍ତ୍ରୀ, ବିଧାୟକ ଫେରିଗଲେ ରାଜଧାନୀ, ଯୋଉଠି ସଦା ଆଲୁଅ ।

ଦାଦନ ନାରୀ ଓ ଲୋକମାନେ ଫେରିଲେ ନିଜ ନିଜର ଜାଗାକୁ, ଯୋଉଠି ସଦା ଅନ୍ଧାର ।

ଉପନ୍ୟାସର ଚର୍ଚ୍ଚା ଫେରିଗଲା ସାହିତ୍ୟ ଜଗତକୁ ।

ଦାଦନ ଲହଡ଼ାକୁ ଖେଦି ନେଇଗଲା ରାଜନୀତି, ତା' ମହା ସମୁଦ୍ର ଭିତରକୁ ।

❑

ତଥାପି ଜୀବନ

ଆହା ! ଏଇ ପବନ ! ଧାନ ଗଛର ଧ୍ନତାକ୍ ଧ୍ନତାକ୍ ନାଚ ।
ଦୂରରେ ଦିଶୁଥିବା ପାହାଡ଼ରାଣୀର ଶାଗୁଆ, ସୁନ୍ଦର ମୁହାଁ । ବିଜୁଳି
ତାରରେ ଦଳେ ଚଢ଼େଇ । ଭଲ ଲାଗୁଛି ଦେଖିଲେ । ଏଇ
ଖେତବାଟ ଦେଇ ସେ ଆଉଚି, ଯାଉଚି, ହେଲେ କେବେ ସେ
ଅଟକି ନଥିଲା । ନିଘା କରି ନଥିଲା ସିଆଡ଼େ ।

ଗୋଟେ ଭଙ୍ଗାପୋଲ ଉପରେ ବଇଛି ଇଶ୍ବୁ । କ'ଣ ମନ
ପାଇଲା ଯେ ଅଟକିଚି । ବଇଛି । ପବନ ଖାଉଚି । ଧାନଗଛ
ଦେଖୁଚି । ଧାନଗଛ ସାଙ୍ଗରେ ସାଙ୍ଗ ହୋଇ ତା' ମନ ବି ନାଚୁଚି ।
ନହେଲେ ଏମିତି ଗୀତନାଚ ପାଇଁ ତା' ଭଲି ପିଲାର ସମିଆ
କାଇଁ ? କାମ, ଖାଲି କାମ । ଖଟଣି । ଗାଳିଗୁଲଜ । ସେ ଜାଣେ
ତା' କାମ ସରିବ ନାଇଁ । ଘରର ଛୋଟ ଛୋଟ ସପନ ଅଛି ।
ତା' ପାଇଁ ମା' ଖଟୁଚି । ସେ ବି ଲଟୁଚି । ତା' ଜାତି, ଧର୍ମ ସେ
ଜାଣେନା । ଜାଣେ, ବସ୍ତିବାସିନ୍ଦାଙ୍କ ଗୋଟିଏ ଜାତି । ଜାତି ଗରିବ,
ଧର୍ମ ହେଲା ମେହନତ, ମଜୁଦୁରି ।

ଏବେ ଏଇ ଭୋଟ୍ ସରିଲା ପରେ ସେ ଶୁଣିଛି, ଗରିବ ଜାତିର କପାଳ ଫିଟିବ । ଭଲ ଦିନ ଆସିବ । ହେଲେ, ସେ କଥାକୁ ସେ ବିଶ୍ୱାସ କରିପାରେନା । ନିଜ ହାତ ଦି'ଟାରେ ତା'ର ଭରସା । ହାତରେ କାମ ଥିଲେ ପଇସା ଆସେ । ପଇସା କପାଳ ବଦଳାଏ । ଭଲ ସମିଆକୁ ଡାକି ଆଣେ । ଆଉ କିଏ ଯଦି ଭାଗ୍ୟ ବଦଳେଇ ପାରିଥା'ନ୍ତା, ତେବେ ବସ୍ତିଜୀବନରେ ଟିକେ ସୁଖ ସୁବିଧା ଆସିଥା'ନ୍ତା । କିନ୍ତୁ ନା, ପିଲାବେଳୁ ଦେଖିଆସିଛି– ସେଇ ବସ୍ତି, ସେଇଘର । ବାଟଘାଟ ମଇଳା । ଖରାର ଡାଟି-ବରଷା, ଶୀତର ଭାଟି । କିଛି ବଦଳିବ ନାହିଁ । ସେ ଜାଣେ । ସେ ଭାବେ, ନିଜ କାମ କର । ଜୀବନ ବଦଳାଏ । କିନ୍ତୁ କେଉ ବଡ଼ ବଡ଼ କାମ ଗରିବକୁ ମିଳିବ ? ଛୋଟ କାମଟେ ମିଳିଲେ ବି ଖୁସି ।

ଆରେ ସେ ପାହାଡ଼ରାଣୀ କୁଆଡ଼େ ପଳାଇଲା ? ଦିଶୁନାହିଁ ତ । ଓ... ମେଘ ସାଙ୍ଗରେ ଖେଳିଛି ଲୁକ୍‌ଲୁକାନି ଖେଳ ! ଯେମିତି ସେ ଖେଳୁଥିଲା ପିଲା ବେଳେ । ପିଲାବେଳ କହିଲେ ତାକୁ ଭାରି ହସ ଲାଗେ । ତାଙ୍କର ପିଲାବେଳ କ'ଣ ? ସେମାନେ କ'ଣ ବଡ଼ ଘରର ପିଲା ଯେ ମା'-ବାପାଙ୍କ ସୁଆଗ ପାଇବେ ? ଗରିବ ପିଲାର ପିଲାବେଳ ନଥାଏ । ସେମାନେ ଯେମିତି ବଡ଼ପିଲା ହୋଇ ଜନ୍ମ ନେଇଥା'ନ୍ତି । ତାକୁ ସାତ, ଆଠବର୍ଷ ହେଲା ବେଲକୁ ମା'ଇସ୍କୁଲରେ ନାଁ ଲେଖେଇଲା । ହେଲେ କହିଲା– ସବୁଦିନ ଇସ୍କୁଲ ଯିବୁନାହିଁ । ସମିଆ ବରବାଦ୍– କାମ ବରବାଦ୍ । ସେ ତା' କାନ୍ଧରେ ଗୋଟେ ଜରି ଅଖାର ବୋଝ ଦେଇ କହିଲା– ଯା'କମେଇ ଆଣ । ସେତେବେଲକୁ ତା' ପ୍ୟାଣ୍ଟ ପିନ୍ଧିପାରୁନଥିଲା ସେ । ଖସି ପଡ଼ୁଥିଲା । ସେ ଡୋର୍‌ଟେ ବାନ୍ଧି ଯା'ଆସ କରୁଥିଲା । ହା... ହା...

ଈଶ୍ୱର ମନେ ମନେ ହସିଲା ।

ଅନେକ କଥା ତା' ମନକୁ ଆସେ । ସେ ସାତ କ୍ଲାସ୍ ପଢ଼ିଛି । ଭାବ, ବିଚାର ତା'ର ଅଛି । ସେ ଭଲ ମନ୍ଦ ବୁଝେ । ସାର୍ ଅସାର୍ ଜାଣେ । ତା' ମା' ପାଠ ନ ପଢ଼ିବି ଅନେକ କଥା ଜାଣେ । ତାକୁ ଶିଖାଏ । ଛୋଟ ଛୋଟ ଆଶା ଦିଏ । ସପନ ଦିଏ । କହେ– "ଆମେ ଦିହେଁ ବହୁତ କାମ କରିବା । ସବୁଦିନ ବସ୍ତିଜୀବନ ଜିଇଁବା ନାହିଁ । ଆମର ଗୋଟେ ପକ୍କା ଘର ହେବ । ପାଇଖାନା ହେବ । ବିଜୁଲି ଆସିବ । ବିପିଏଲ୍ କାର୍ଡ଼ ଆମର ନାହିଁ, ତଥାପି ଆମେ କେବେ ଭୋକରେ ଶୋଇବା ନାହିଁ ।"

ପବନ ଜୋର୍‌ରେ ବହୁଛି ।

ଧାନକେଣ୍ଡାମାନ ହଲୁଚନ୍ତି । ଝୁଲୁଚନ୍ତି । ଏବେ ପାହାଡ଼ରାଣୀର ମୁହଁ ନେଲିଆ ଦିଶୁଚି । ଆକାଶରଜା ହସହସ ଲାଗୁଚି । ଯେମିତି ତା' ମୁହଁ ଲାଗୁଚି ହସ ହସ । ଏବେ ଏବେ ଈଶ୍ୱର ତା' ସାଙ୍ଗ ଘରୁ ଫେରୁଚି । ସାଙ୍ଗକୁ ଦେଖିଦେଲେ ତା' ଭୋକ, ଶୋଷ ମରିଯାଏ । ପେଟ ପୁରିଯାଏ । କାମ ଯୋଗୁଁ ସାଙ୍ଗ ଘରକୁ ସେ ନିତିନିତି ଯାଇପାରେନା । ଶନିବାର ଓପରଓଲି ଗ୍ୟାରେଜ୍ ବନ୍ଦ । ବାବୁ ଛୁଟୀ ଦିଏ । କହେ– ଯା ମସ୍ତି କର । ସେ ସାଇକେଲରେ ଛୁଟିଯାଏ ତା' ଈଆସାଙ୍ଗ ପାର୍ବତୀ ଘରକୁ । ଆଜି ବି ଯାଇଥିଲା, ସେ ଫେରୁଚି । ଏଟ ଘଡ଼ିଏ ବଇଚି ।

ମା'କଡ଼ ଆସିବାକୁ ଦଉଥିଲା । କାନ୍ତୁରେ ମାଟି ଲିପୁଥିଲା । କହୁଥିଲା, "ମୋ' ସାଙ୍ଗେ ରୁଲ୍ । ସାଇକେଲ୍‌ରେ କୋଇଲା ବସ୍ତା ବୋହି ଆଣିବୁ ।" ସେ ଟିକେ ବଡ଼ ପାଟିରେ କହିଲା, "ବାବୁ ଛୁଟି ଦେଇଚି ଗୋଟେ ବେଳ । ତୁ ବି ଦେ', ପାର ଘରକୁ ଯିବି ।" ତ ମା' କହିଲା, "ହଉ ହଉ ଯା" ।

 କ'ଣ କରିଚ ବିଚରା ଈଶ୍ୱର ! ତା' ସାଙ୍ଗଝିଅ ପାର୍ବତୀଟା ତା'ର ଭାରି ମନେ ପଡ଼େ । ଗ୍ୟାରେଜ୍ କାମବେଳେ ବି । ସ୍କୁଟି କି କଉ ଗାଡ଼ିର ପାର୍ଟସ୍ ସଫା କରିବାକୁ କଡ଼େଇରେ କିରାସିନି ଢାଳେ, ସେଥିରେ ଆଗ ତା'ର ମୁହଁ ଝଲ୍‌ଝଲ୍ ଦିଶେ । କଥା ହେବାକୁ ମନ ଡାକେ । ତା'ର ମୋବାଇଲ୍ ଅଛି, ପାରର ନାହିଁ । ତା' କମାଇରୁ ସେ ଗୋଟେ ପୁରୁଣା ମୋବାଇଲ୍ ପାର ପାଇଁ କିଣିପାରନ୍ତା କିନ୍ତୁ ମା'ର ପାଇ ପାଇ ହିସାବ । ଦି'ବଖରା ପକ୍‌କା ଘର କରିବାର ଅଛି... ହଁ ପାର୍ବତୀ ତା' ସାଙ୍ଗ । ଆଉ 'ସାହିବ୍' ତା'ର ଜିଗିରି ଦୋସ୍ତ । ଏ ଦି'ଜଣଙ୍କ ସାଙ୍ଗରେ ତା'ର ଘ୍ୟାରି ଦୋସ୍ତି । କିନ୍ତୁ କିଚ୍ଛି ବର୍ଷ ତଳେ ? ସେ ଦିହେଁ ଥିଲେ ତା' ଦୁଶ୍‌ମନ୍ । ତାଙ୍କୁ ଦେଖିଲେ ସେ ଖୁବ୍ ରାଗୁଥିଲା । ତିନିହେଁ ପରସ୍ପରକୁ ଦେଖିଲେ ରାଗୁଥିଲେ । କଳିକଜିଆ ତ ରୋଜ୍ ହେଉଥିଲା । ଏବେ ସେ ପୁରୁଣା କଥା ମନେ ପଡ଼ିଲେ ଈଶ୍ୱର ଭାରି ହସେ । କେମିତି ଥିଲା ସେଦିନ...

ମା'ତା ପିଠିରେ ଅଖାର ବୋଝ ଦେଇ ନଥିଲା ଯେ ଦେଇଥିଲା ଦାୟିତ୍ୱର ବୋଝ । ସେ ବୁଝିଥିଲା– ପିଠିରେ ଜରିଅଖା ଦେବା ମାନେ କ'ଣ । ଅଳିଆ ଗଦାରେ ପଶିବ । ଯିବ ଛକରୁ ଛକ । ରାସ୍ତାର ଦି'କଡ଼ ବୁଲିବ । ଖୋଜିବ ଛିଣ୍ଡା ପ୍ଲାଷ୍ଟିକ୍, ମଦ ବୋତଲ, ପଲିଥିନ୍, କୁରୁକୁରେ ଜରି, ଲୁହା, ଟିନ୍, ଛିଣ୍ଡା ଚପଲ, ପାଇଲେ ଗୋଟେଇବ । ଅଖାରେ ପୁରେଇବ । କବାଡ଼ିଖାନା ଯାଇ ବିକିବ । ପଇସା ଆଣିଦେବ ମା'କୁ । ମାନେ– ଜୀବନ କ'ଣ ଜାଣିବା ଆଗରୁ 'ଜରିବେଟୁ'ର ଅସହାୟ ଜୀବନ ।

ଇସ୍କୁଲରେ ନାଁ ଲେଖାଇଥିଲା ସେ । ଇସ୍କୁଲ୍ ପିଲା କିଏ ଦେଖିଦେଲେ ତାକୁ ଭାରି ସରମ ଲାଗୁଥିଲା । ତେଣୁ ଖୁବ୍ ଜଗିଜଗି, ଚମ୍‌କି ଚମ୍‌କି ଜିନିଷଗୁଡ଼ା ଖୋଜୁଥିଲା । କବାଡ଼ି ଦୋକାନରେ ଲାଇନ୍ ଦଉଥିଲା । ତା'ପରେ ଦେହରୁ ମଇଲା ସଫା କରି ଇସ୍କୁଲ୍ ଯାଉଥିଲା । ଟିକେ ବଡ଼ ହେଲାରୁ ମା' ପୁଣି ତାକୁ ମଶାଣିପଦା ପଠେଇଲା । କେହି ଜଣେ ମରିଗଲେ, କେହି ଜଣେ ବଞ୍ଚ୍ୟାଉଥିଲା । କେବେ ଖଟିଆ, କେବେ ମାଟିହାଣ୍ଡି, କେବେ ଧୋତି, ଶାଢ଼ୀ ଆଣୁଥିଲା ସେ । ଭିକାରୀ ବସ୍ତି ଯାଇ ମା' ବିକି ଆସୁଥିଲା । ବିନା କଷ୍ଟରେ ବିନା ବାଧାରେ କିଚ୍ଛି ବି କାମ ହଉନଥିଲା । ଶୁଖୁଥିଲା ତଣ୍ଟି । ବହୁଥିଲା ଥପଥପ ଝାଳ । ଏମିତି ବିତିଥିଲା ଦିନଦିନ, ମାସ, ବରଷ । ଜରି ଅଖାରେ ବନ୍ଧା ପଡ଼ିଥିଲା ଜୀବନ । ଗୋଟେ ଅଖା ଚିରିଲା ତ ଆଉ ଗୋଟେ ଅଖା ଆସିଲା ତା' କାନ୍ଧ ଉପରକୁ । ଅଥଚ ଇସ୍କୁଲକୁ ଗଲେ ପାଠ ବହିରେ ପଢ଼ୁଥିଲା– "ଶିଶୁମାନେ ହେଲେ ଦେଶର ଭବିଷ୍ୟତ ।" ସେ କିଚ୍ଛି ବୁଝି ପାରୁନଥିଲା । ବହି ପାଠ ତାହେଲେ ସତ ନୁହେଁ ?

ନାକତଳେ ଟିକିଟିକି ନିଶ ଗଜୁରି ଆସୁଥିବା ବେଳେ, ଦିନେ ସେ ଦେଖିଲା, ତା'
ଏରିଆରେ, ତା' ବୟସର କଳା ଡେଙ୍ଗା ପିଲାଟେ ଆସି ଅଳିଆ ଭିତରୁ ଜିନିଷ ଖୋଜୁଛି । ସେ
ରାଗିଯାଇ ରଡ଼ିଲା । ତାକୁ ତଡ଼ିଲା ଫାଇଟିଂ କଲା । ହେଲେ ସେ ଗଲା ନାଇଁ । ତା'ର ଭାରି
ତାକତ୍ । ସେ ହାରିଗଲା ତା' ପାଖରେ, ଜିନିଷ ଭାଗ ହେବାରେ ଲାଗିଲା । ଅବଶ୍ୟ ତା'ର ଲସ୍
ହେଲାନାହିଁ । ଟାଉନ୍‌ର ମଇଳା ବି ବଢୁଥିଲା । ମ୍ୟୁନିସିପାଲିଟିର ନଜର ନଥିଲା ସେ ମଇଳା
ଆଡ଼େ । ସେଥିରେ ତାଙ୍କ ଭଳି ଜରି ଗୋଟାଳିଙ୍କ ହିଁ ଫାୟଦା । ଫାୟଦା ପାଉଥିଲେ ବି ସେ
ଡେଙ୍ଗୁ ପିଲା ତୁଚ୍ଛାଟାରେ ଝଗଡ଼ା କରୁଥିଲା । ତାକୁ ଝଗଡ଼ାଝାଟି ଭଲ ନ ଲାଗିଲେ ବି ନିଜର
ଇଜ୍ଜତ ପାଇଁ ସେ ବି ପାଟି କରୁଥିଲା । ତା'ପରେ କେମିତି ଜାଣିଲା ଯେ ସେ ମଶାଣିପଦାରେ
ହାଜର ହେଲା । ଭାଗ ମାରିନେଲା । ଫେର 'ତୁ ତୁ ମେ ମେ' । ୩୪... ପିଲାଟା କଉଠୁ
ଆସିଲା ? ସବୁଥିରେ ଭାଗ ମାରିନେଲା । ସେ ତା' ଏରିଆର ରଜା ଥିଲା । ତା' ମନଇଚ୍ଛା
ଆସୁଥିଲା । ହେଲେ- ତାକୁ ଜଲ୍‌ଦି ଆସିବାକୁ ପଡ଼ିଲା ।

ଦିନେ, ସେ ଜାଣିଲା ତା' ନାଁ ସାହିବ୍ । ଠଙ୍ଗା କରି ପଚରିଲା— କିଏରେ ତୋ ନାଁ ସାହିବ୍
ରଖିଛି ? ସାହିବ୍ ମାନେ ତ ଗୋରା ଧନୀ ଲୋକ । ସାହିବ୍‌ମାନେ ଜରିବେଟୁ ନୁହନ୍ତି । ସେ କଉ
ଛାଡ଼ିବା ପିଲା ? ସେ ବି କହିଲା— ତୋ ନାଁ ବି କିଏ ଦେଲାରେ ଈଶ୍ୱର ? ଈଶ୍ୱରମାନେ ତ ମହାପ୍ରୁ ।
ମହାପ୍ରୁମାନେ କ'ଣ ଜରି ଗୋଟାନ୍ତି ? ହା... ହା... । ରଖିଲା ଏମିତି ପ୍ରତି କଥାରେ ହୋ ହୋ ।
ହା... ହା... । ଠଙ୍ଗା, ପରିହାସ । ଅଥଚ ଦିହେଁ ଖୋଜୁଥିଲେ ଜୀବନ ଓ ଜୀବିକା ସହରର କୁଢ଼କୁଢ଼
ମଇଳା ଭିତରେ । ରାସ୍ତାକଡ଼େ କଡ଼େ, ଡ୍ରେନ୍‌ରେ, ମଶାଣିପଦାରେ । ଖାଲି ସେ ଦିହେଁ ନୁହେଁ ।
ଆହୁରି ଅନେକ । ଦାରିଦ୍ର୍ୟର ତାଡ଼ନାରେ, କ୍ଷୁଧାର ଜ୍ୱାଳାରେ, ହସିଲା, ଖେଳିଲା ବୟସରେ ।

ଦିନେ—

ସୁରୁଜ, ରଙ୍ଗ ମୁରୁଜ ପକେଇବା ବେଳେ, ଚଡ଼େଇର ନିଦ ଭାଙ୍ଗିବା ବେଳେ, ସେ
ଆସି ପହଞ୍ଚିଲା ତା' ଜାଗାରେ, ଦେଖେ କ'ଣ ? ସେଠି ପୁଣି ଜଣେ । ପୁଣି ଗୋଟେ ଅଖା,
ମାନେ ଆଉ ଗୋଟେ ଭାଗ । କେତେ ସହିବ ? ଏଇମିତି ରଖିଲେ ତ ବୁଡ଼ିଲା ତା' କମାଣିଧମାଣି ।
ତେବେ ଖାଲି ଅଳିଆ ଗଦାରେ ନୁହେଁ ତା' ଏରିଆର ରାସ୍ତାକଡ଼େ ଛକ ଜାଗାରେ ବି ସେ
ବୁଲିଲା । ଅଧିକାର ଜମେଇଲା । ଖାଲି ମଶାଣି ଗଲା ନାଇଁ । ଡରୁଥିଲା କି କ'ଣ । ସେ ତାକୁ
ତଡ଼ିଲା । ସେ ଗଲା ନାଇଁ । ଦେହ ମଜଭୁତ୍ ନଥିଲା ତା'ର । କଥା ଥିଲା ଭାରି ଟାଣ । ସବୁ
ଅସନା ଗାଲି ତା' ମୁହେଁମୁହେଁ । ତାଙ୍କ ପରି ସେ ନୁହେଁ । ସାବେନା, ପାତେଲୀ, ଅଞ୍ଜାୟାକେ
ବେଣୀ ପଢୁଥିବା ଝିଅଟିଏ ସେ । ଚିଲପକ୍ଷୀ ପରି ସବୁଆଡ଼େ ତା' ନଜର, ନିଘା । ସେ ଟକ୍କର
ଦେଲା ତାକୁ ଓ ସାହିବ୍‌କୁ । ଏରିଆରେ କୁକୁରମାନେ ଟକ୍କର ଦେଲେ ସେ ଝିଅକୁ । କିନ୍ତୁ ସେ
ପାଟିକରି ଏମିତି କଞ୍ଚେଇଲା ଯେ କୁକୁର ଭୁକିବା ବନ୍ଦ କରି ପଳେଇଲେ କୁଆଡ଼େ ।

ସେ ତା'ପରେ ଝିଅଠୁ ଜିନିଷ ଝପଟିଲା ବେଳକୁ ମୁନିଆଁ ନଖରେ ଝିଅଟି ତାକୁ ଆଜୁଡ଼ିଲା ।
ସାହିବ୍ ପେଟରେ କହୁଣୀ ମାରିଲା । ଆଉ କ'ଣ କରାଯାଏ ? ତିନିହେଁ ଶେଷକୁ ରହିଲେ

ମଇଦାନରେ । କଲିକଜିଆର ଖେଳ ଜାରି ରହିଲା । କେହି କାହାକୁ ଊଣା ନୁହେଁ । ହାର ଜିତ୍ ଫଇସଲା ହେଇପାରିନଥିଲା । କଲିହୁଡ଼ି ଟୁକେଲର କଲି ଝଗଡ଼ା ନିଜ ଦେହକୁ ଆଉ ସେ ନେଲା ନାଇଁ । ମଇଲାଗଦାରୁ ତିନିହେଁ ଆଗପଛ ହୋଇ ବାହାରିଲେ । ରାସ୍ତାକଡ଼େ କଡ଼େ ରହିଲେ । ଜିନିଷ କିଛି ଦେଖିଲେ ଝପଟା ଝପଟି ହେଲେ । ଜଣେ ଆର ଜଣକର ବସ୍ତାର ନଜର ରଖିଲେ । ହୋଇଗଲେ ଦୁସମନ୍ । ଅଥଚ ସେଠିକି ଆସୁଥିଲେ ତିନିହେଁ । କାମଦାମ ଥିଲା ଠିକ୍‍ଠାକ୍ । ଝିଅଟି କେବେ ଲମ୍ୱାବେଣୀ କରୁଥିଲା ତ କେବେ ଝାମ୍ପୁରିମୁଣ୍ଡ ହୋଇ ଆସୁଥିଲା । କେବେ ମଇଲା କୁର୍ତ୍ତାଟେ ପିନ୍ଧୁଥିଲା ତ କେବେ ସାଲୁୱାର କମିଜ୍ । ସେ ତାକୁ ରହିଁଥିଲା କଣେଇ କଣେଇ । ହେଲେ ସାହିବ୍ ପାଖରେ ଧରାପଡ଼ି ଯାଉଥିଲା । ସେ ପିଲାଟା ଭାରି ଚଲାକ୍ ଦିଶୁଥିଲା ।

ଦିନେ କ’ଣ ହେଲା ନା, ସେ ଝିଅଟା ଆସିଲାନି । ଖୁସି ହେବା କଥା ସେ, ନ ଆସିଲେ ତାଙ୍କର ଫାଏଦା । ହେଲେ ସେମିତି ଭାବିଲାନି ସେ । କାଇଁ ଆସିନି, କ’ଣ ଅସୁବିଧା ହେଲା କି ଭାବିଲା । ତା’ ଆରଦିନ ବି ଆସିଲାନି ତ ତାକୁ କେମିତି କେମିତି ଲାଗିଲା । କଲିକଜିଆ ହଉଥିଲା । ଝଗଡ଼ା ଲାଗୁଥିଲେ । ସେଥିରେ ବି ବୋଧେ ଗୋଟେ ଜୋସ୍ ଥିଲା । ଏବେ ମାନ୍ଦା ଲାଗୁଛି । ସାହିବ୍ ରୁପ୍ । ତା’ ଝଗଡ଼ା ସବୁ ମନେ ପଡ଼ିଲା । ତା’ହେଲେ ତା’ ଟାଣ କଥାରେ କଲିକଜିଆରେ କିଛି ଗୋଟେ ଥିଲା, ଯେଉଁଥିରେ କାମରେ ଆଗ୍ରହ ଆସୁଥିଲା । ସେ ଜିନିଷଟା କ’ଣ? ଦି’ଦିନ ଗଲା । ତା’ଆରଦିନ ବି ଦେଖାନାଇଁ । ସେ କ’ଣ ଅନ୍ୟ ଏରିଆକୁ ରହିଗଲା? କାଇଁକି? ଭାବିଲା କି ଦି’ଟା ପିଲାଙ୍କ ସାଙ୍ଗରେ ରୋଜ୍ ରୋଜ୍ ଗାଳିଗୁଲିଜ କିଏ ପାରେ? ସେ ମନେ ମନେ ତାକୁ ଡାକିଲା, କହିଲା ‘ତୁ ଯଦି ଫେରିଆସୁ– ତୋ ସାଙ୍ଗରେ ଆଉ ଝଗଡ଼ା ନାଇଁ’, ଆଚ୍ଛା ସେ କଉଠି ରହେ, ସାହିର ନାଁ କ’ଣ, କାହାଠୁ ବୁଝିବ ବି? ଖୋଜିବାକୁ ଯିବ? ଆରେ... ସେ ତା’ ନାଁଟି ଜାଣିନି ଖୋଜିବ କ’ଣ? ତା’ ମୁହଁ ଶୁଖିଗଲା ।

ଆରଦିନ ସୂରୁଜ ଉଇଁଲା ।

ସେ ଆସି ଠିଆ ହେଲା ତା’ ସାମ୍ନାରେ । ଟିକେ ହସିଦେଲା । ଯେମିତି କହିଲା, ‘ଏଇ... ମୁଁ ଆସିଗଲି’ କାମରେ ଲାଗିଲା । ସେ ତାକୁ ଦେଖିଲା । ଦେହ ବେଶୀ ଲୁଚିବା ଭଳି ଫ୍ରକ୍ ପିନ୍ଧିଛି । ତେଲ ମାରି ବେଣୀ କରିଛି । ମୁହଁରେ କି କ୍ରିମ୍ ଲଗେଇଛି ଯେ ହଲଦିଆ ଦିଶୁଛି । ଚଣ୍ଡୀ ଚଣ୍ଡୀ ଦିଶୁଥିବା ତା’ ମୁହଁ ହସହସ ଦିଶୁଛି । ତାକୁ ଭାରି ଭଲ ଲାଗିଲା । ସେହିଦିନ ତା’ ମୁହଁ, ତା’ ହସରୁ ସେ ଟିକେ ସାହସ ପାଇଲା । ପଚରିଲା– କାଇଁ ଆସୁନଥିଲୁ? ବେଣୀଟାକୁ ଛାଟିଦେଲା ଆଉ ଆଖି ନଚେଇ ସେ କହିଲା–

: ତୁ କ’ଣ ବୁଝିବୁ? ସେ ତ ଝିଅମାନଙ୍କ କଥା । ତେବେ ଜାଣ, ମୋ’ ଦିହ ଅସୁଖ ଥିଲା ।

: ସେମିତି ତ ତୁ ଜଣାପଡ଼ୁନୁ । ଭଲ ଫ୍ରକ୍ ପିନ୍ଧିଛୁ । ହଲଦିଆ କ୍ରିମ୍ ଲଗେଇଛୁ... । ଜରି ଆଖା ତଳେ ରଖି ସେ କହିଲା: କ୍ରିମ୍ ନୁହେଁ ବୁଝୁ । ହଲଦୀ ଲଗେଇଚି । ସେଇ ଦିହ ଖରାପରେ

ଝିଅମାନେ ହଳଦୀ ଲଗାନ୍ତି । ଯା'ଜିନିଷ ଗୋଟା... । ଏ, ଆର ପିଲାଟା ଆସୁଛି... ସେ ଆଜି କ'ଣ ପାଇବ... ହି... ହି...

ସାହିବ୍ ଆସିଲା । ସେଦିନ ସେ ଗୋଟେ ଗୋଲ ବେକର ଗଞ୍ଜି ପିନ୍ଧିଥିଲା । ଭାରି ସୁଧାର ଦିଶୁଥିଲା । ସେ ଭାବିଲା, ତିନି ଜଣଙ୍କର ଏକା କାମ । ଏକାଠି କାମ । କପାଳରେ ଅଛି ଏକା କଥା । ଖଟିବ ଖାଇବ । ତେବେ କଲି ଝଗଡ଼ାରେ କ'ଣ ଅଛି ? ସାଙ୍ଗ ହେଲେ ? ଦୁସମନି ଭୁଲିଯାଇ ଦୋସ୍ତି କରିନେଲେ ? ବୁଝିବ ସେ କଥା ମୁଖରୀ, ଖରଖରି ଝିଅ ? ସାହିବ୍ ତା'ର ଯା'ର ହବ ? ଟିକେକୁ ତା'ର ଫାଇଟିଂ... ହେଲେ ମିଶୁ ମିଶୁ ମିଶିଲେ ତିନିଜଣ । ଦୋସ୍ତି ହେଲା । ଆଉ କେହି ଛାଡ଼ ଛୁଡ଼ ହେଲେ ନାହିଁ । ଝିଅଟି ତା' ନାଁ କହିଲା— ପାର..., ପାର୍ବତୀ । ଦି'ସାଙ୍ଗର ନାଁ ଜାଣିଲା । ଯେଉଁଠିକି ଗଲେ ସାଙ୍ଗ ହୋଇ ଗଲେ । ଗୋଟେ ପ୍ୟାକେଟ୍ କୁରୁକୁରି କିଣି ତିନି ଜଣ ଖାଇଲେ । ସାହିବ୍ ଓ ସେ ନଳକୂଅରେ ଗାଧୋଇଲେ, ପାର ପାଣି ମାରିଦେଲା, କେବେ ଫ୍ରକ୍ ମୁଣାରେ 'ବୁରୋ' 'ମାୟା' ଆଣି ତାକୁ ଦେଲା । କାମ ଭିତରେ ଦୋସ୍ତି ଆଉ ଛୋଟଛୋଟ ଦୁଃଖ କଷ୍ଟ ଭିତରେ ସମୟ ବିତିଲା ।

ବଅସ ବଢ଼ିଲା । ବଦଲିଲା ମୁହଁ ଚେହେରା ଗଢ଼ଣ । ସେମାନେ ଆଉ 'ଜରିବେଟୁ' ହୋଇ ରହିବାକୁ ପସନ୍ଦ କଲେ ନାଁ । ସେ ପଢ଼ା ଛାଡ଼ିଲା । କାମ ଖୋଜିଲା । ବହୁ କଷ୍ଟରେ ଗୋଟେ ଗ୍ୟାରେଜ୍‌ରେ ମେକାନିକ୍ କାମ ଶିଖିଲା । ମାସକୁ ପାଁଚ ଟଙ୍କା ଦରମାରେ । ସାହିବ୍ ହେଲା ମଜଦୁର । ପିଠିରେ ବୋଝ ବୋହିଲା, ଓହ୍ଲାଇଲା । ରୋଜ୍ କମାଇ । ପାର, ଘରେ ରନ୍ଧାବଢ଼ା କଲା । ତା' ମା' ଗୋଟେ ଇସ୍କୁଲରେ ମଧ୍ୟାହ୍ନ ଭୋଜନ କାମରେ ଲାଗିଲା ।

ବୁଲାବୁଲି ହୋଇ ପାରିଲାନି ଆଉ ।

ତେବେ, ତିନି ଜଣଙ୍କର ଘର ସଳଖିଲା । ଜୀବନକୁ ଛୋଟଛୋଟ ରାହା ମିଳିଲା । ସେ ଗୋଟେ ସାଇକେଲ୍ କିଣିଲା । ଜଣଙ୍କଠୁ ଅଧା ଦାମ୍‌ରେ ପରେ ଗୋଟିଏ ନୋକିଆ ମୋବାଇଲ୍ । ଶନିବାର ଉପରଓଲି ତା' ଗ୍ୟାରେଜ୍ ବନ୍ଦ । ସାହିବ୍‌ର ବି ଛୁଟି । ପାର ଆସେ । ଦିହିଙ୍କ ମଝିରେ ବସେ । କେବେ ତା' ଦେହକୁ ଆଉଜି ତ କେବେ ସାହିବ୍ ଦେହକୁ ଆଉଜିଯାଏ । ସେ ତା' ମୋବାଇଲର ଗୀତ ଶୁଣାଏ । ଫଟୋ ଦେଖାଏ ।

ସେଇ ତ ଖୁସି । ମଉଜ ମସ୍ତି । ତାଙ୍କ ପାଇଁ ଆଉ ବଡ଼ ଖୁସି କ'ଣ ? ଧୀରେ ଧୀରେ ଦୋସ୍ତିର ଡୋର ବଦଳିଗଲା ପୀରତି ଡୋରରେ । ଜୀବନ ଜୀବନ ଭିତରେ ଦେହଟିଏ, ମନଟିଏ ତିନିହେଁ ଜାଣିଲେ । ସେ ଓ ସାହିବ୍ ଦୁହେଁ ନିଜ ନିଜ ମନ ଦେଲେ ପାରକୁ । ପାର ମନ ଦେଲା ଦିହିଙ୍କି । କହିଲା, ମୁଁ ତୁମ ଦିହିଙ୍କର । ଦିନେ କିନ୍ତୁ ଗୋପନରେ ସେ ପାରର ହାତ ଧରି କହିଲା—

: ଇଶ୍ୱର-ପାର୍ବତୀ ଯୋଡ଼ି ତ ରହିଆସିଛି । ତୋର ମୋ'ର ହିଁ ଯୋଡ଼ି ହେବ । ଯୋଉଦିନ ତତେ ଅଠର ବର୍ଷ ପୁରିବ ସେଇଦିନ ହିଁ ଆମ ବାହାଘର ହେବ ।

ସାହିବ୍ ବି କୁଆଡ଼େ କହିଲା— ଚଲ, ଆମେ ଏବେ ବିଭା ହୋଇଯିବା । ମୁଁ ସେ ବୟସ ଫଅସ ନିୟମ ମାନେନା ।

ପାର କିଛି ଫଇସଲା କରିନି । ତେବେ ବୟସ, ନିୟମ ମାନିଛି । ଜାଣିଛି ଅଠର ପୁରିବାକୁ ଆହୁରି ବରଷେ ଆଉ ଦି'ମାସ ବାକି ଅଛି । ତା'ପରେ ଜଣାପଡ଼ିବ କିଏ? ସେ କି ସାହିବ୍? ଈଶୁ କିନ୍ତୁ ଈଶ୍ୱର ପାର୍ବତୀ ଯୋଡ଼ିର ସପନ ଦେଖୁଛି । ସପନଟିକୁ ଯତ୍ନରେ ହୃଦ ସିନ୍ଧୁକରେ ସାଇତିଛି । ଗ୍ୟାରେଜ୍ କାମରେ ବି ସେ ମନ ଦେଇପାରେନି । ଗାଡ଼ି ସଜ କରୁ କରୁ ଆକାଶକୁ ମିଟିମିଟି ରୁହେଁ । ବାବୁ କ'ଣ କହିଲେ ସେ ଚମକିପଡ଼େ ।

...ସଂଝ ସମୟ ସରିଗଲା ।

ସଂସାରର ଭାର ରାତି ହାତରେ ଦେଇ ସେ ଝୁଲିଗଲା । ଈଶ୍ୱର ଭାବନା ଭିତରୁ ବାହାରିଲା । ବସିଥିବା ପୋଲରୁ ଉଠି ଫେରିଲା ଘରକୁ । ଆକାଶରେ ରୁନ୍ଦ ଦିଶିଲା । ରୁନ୍ଦରେ ଦିଶିଲା ତା' ରୁନ୍ଦମୁହଁ ପାରର ମୁହଁ ।

ସାହିବ୍ ନା ଈଶ୍ୱର ?

କାହାକୁ ବାଛିବ ସେଇ ରୁନ୍ଦମୁହଁ? ପରଖିବ କି ପୀରତି ନିଷ୍ଠା? ମଝିରେ ରହିଛି ବର୍ଷେ ଦି'ମାସର ଧୈର୍ଯ୍ୟ । ଅପେକ୍ଷା । କିନ୍ତୁ ଏତକ ସମୟ ଖୁବ୍ ବେଶୀ ନୁହେଁ କି ? ଗୋଟିଏ ମୁହୂର୍ତ୍ତରେ ଦୃଶ୍ୟଟି ବଦଳେ । ବଦଳିଯାଏ ଜୀବନ । ଅଛି ଅନେକ ଉଦାହରଣ ଏମିତି ବଦଳିଯିବାରେ ।

ହଠାତ୍ ଦିନେ—

ପାର୍ବତୀ ରହୁଥିବା ସାହିରେ ଗହନ କଥାଟେ ଉଡ଼ିବୁଲିଲା । ଉଡ଼ିଉଡ଼ି ଆସି ଈଶ୍ୱର କାନରେ ପହିଲା । 'ପାର କା ସାଙ୍ଗରେ ଗୋଟେ ଭାଗିଗଲା !' ସେ ଚମକି ପଡ଼ିଲା । ମୁହୂର୍ତ୍ତେ ପାଇଁ ଭାବିଲା ସାହିବ୍ ସାଙ୍ଗରେ କି ? ପର ମୁହୂର୍ତ୍ତରେ ଭାବିଲା ନା ପାର ଏମିତି କରି ନଥିବ । ଯଦି ଇଚ୍ଛା ଥିଲା, ବିଭା କରିପାରିଥା'ନ୍ତା । ତେଣୁ ଇଏ ଗୋଟେ ଭୁଲ୍ ଖବର । ସତ ଜାଣିବା ପାଇଁ ସେ ସାଇକେଲ୍‌ରେ, ଅନ୍ଧାର ଭିତରେ ଛୁଟିଗଲା ପାର ଘରକୁ । ସେପଟେ ବସ୍ତା ଅନ୍‌ଲୋଡ୍ କଲାବେଳେ କଥାଟା ଶୁଣିଲା ସାହିବ୍ । ସିଏ ବି ସେମିତି ଭାବିଲା । ଈଶ୍ୱର ସାଙ୍ଗରେ କି ? ଦିହେଁ ତାକୁ ଭକୁଆ ବନେଇଲେ ? ଭାବିଲା । ତା' କାମ ସାରିଲା । ହଠାତ୍ ଗଲା ନାଇଁ ।

କିନ୍ତୁ ଏକା ନିଃଶ୍ୱାସରେ ପାର ଘରେ ପହଞ୍ଚିଲା ଈଶ୍ୱର । ତା' ମା'ଠୁ ଯାହା ଶୁଣିଲା ତା' ହିଁ ଠିକ୍ କଥା । କଥାଟା ଶୁଣି ତା' ସପନ ଆକାଶର ଜହ୍ନ ଡୁବିଗଲା । ରୁରିଦିଗ ଦିଶିଲା ଅନ୍ଧାର । କ'ଣ କରିବ ବୁଦ୍ଧି ଦିଶିଲାନି । ତା' ମା' କହିଥିଲା— "ସଂଝ ବେଳକୁ ସବୁଦିନ ପାଣିଗଡୁଟିଏ ଧରି ସେ ଧାଡ଼ାୟାଏ ବାହାରକୁ । ଆଜି ବି ଗଲା । ହେଲେ ଆଉ ଫେରିଲାନି । ସବୁଆଡ଼େ ନିଘା କରି ଖୋଜିଲିଣି । ସେ କଉଠି ନାଇଁରେ ଈଶୁ । ତାକୁ ଖୋଜିଆଣ ।" ସେ ବେଳକୁ ସାହିବ୍ ଆସିଲା । ଈଶ୍ୱରକୁ ଭେଟିଲା । ଅସଲ କଥାଟି ଶୁଣିଲା । ଦିହେଁ ଜାଣିଲେ — ବିପଦ ଆସିଛି । ପାରକୁ କେହି ଜଣେ ଉଠେଇ ନେଇଛି । ସେ ସଇତାନ ଆଖ୍ର ଶିକାର ହୋଇଛି ।

ସଙ୍ଗେ ସଙ୍ଗେ ଦିହେଁ ବାହାରିଲେ । ଟର୍ଚ୍ଚ ଓ ଲାଲ୍‌ଟିନ୍ ନେଇ । ସେ ଆଲୁଅ କିନ୍ତୁ ଗହନ ଅନ୍ଧାର ସାଙ୍ଗରେ ଲଢ଼ିପାରିଲା ନାହିଁ । ରାତି ବଢ଼ିଲା । ଆହୁରି ଅନ୍ଧାର... ଗାଢ଼ ଅନ୍ଧାର । କରୁଣ ।

ନିର୍ମମ । ବିଫଳ ହେଲେ ଦିହେଁ । ଫେରି ଆସିଲେ । ସେତେବେଳକୁ ଧୂସରିଆ ମଇଲା ଜହ୍ନଟା ଗଛ ଉହାଡ଼ରେ ମୁହଁ ଲୁଚେଇଥିଲା ।

ଥାନା ।

ପାରର ମା' ।

ସେ ଦିହେଁ ।

: କେତେ ବର୍ଷ ତୋ ଝିଅକୁ? ଥାନା ବାବୁର ପ୍ରଶ୍ନ ।

: ବର୍ଷେ ମାସେ ପରେ ଅଠର ହେବ । ଦିହିଁଙ୍କ ଚଟାପଟ୍ ଉତ୍ତର ।

: ତମେ ଦିହେଁ କିଏ? ଏମିତି ହିସାବ ରଖିଛ ?

: ଆମେ ତାକୁ ଲଭ୍ କରୁ... । ଖୋଲାମେଲା ସିଧା ଓ ସରଳ ଉତ୍ତର ।

ହୋ ହୋ ହସି ଥାନାବାବୁ କହିଲେ— ଲଭ୍ ତୁମ ସାଙ୍ଗରେ, ମସ୍ତି ଆଉ କା ସାଙ୍ଗରେ ?

: ସେ ସିମିତ ଝିଅ ନୁହେଁ ଆଜ୍ଞା । ଗରିବ ଘରର ଝିଅ ବୋଲି ଠିଗା କରନ୍ତୁ ନାହିଁ । ରିପୋର୍ଟ ଲେଖନ୍ତୁ ।

ଈଶ୍ୱର ରାଗ ତମତମ ସ୍ୱରରେ କହିଲା । ସାହିବ୍ ଦୂରକୁ ଘୁଞ୍ଚିଗଲା । ପାରର ମା'କୁ ଛାଡ଼ିଦେଇ ଈଶ୍ୱ ଫେରିଲା । ଖାଇଲା ନାହିଁ । ଶୋଇପାରିଲା ନାହିଁ । ମା' କହିଲା — ଶୋଉନୁ କାଇଁକି ! ଶୋଇପଡ଼... ।

ସେ କହିଲା — ଏ ସହରର ଝିଅଟିଏ ହଜିଯାଇଛି ଗୋ ମା' ! ଖାଲି ମୁଁ କାହିଁକି ତୁ କି ଗୋଟାକ ଯାକ ସହର ବି ଶୋଇବା ଠିକ୍ ହବ ନାହିଁ ।

ସାପର ଆଁ ଭିତରେ ଥିଲା କି କ'ଣ ବେଙ୍ଗଟିଏ ରାତିସାରା ରଡ଼ୁଥିଲା । ସେ ରଡ଼ି ଶୁଣି ଈଶ୍ୱରକୁ ଭାରି ଛଟପଟ ଲାଗିଲା । ରାତି ପାହିବା ଆଗରୁ ସେ ଉଠି ପଡ଼ିଲା । ଖୋଜିଲା ପାରକୁ, ଯାହାକୁ ସେ ନିଜ ଜୀବନ ମାନିଥିଲା ।

ସକାଳ ହେଲା ।

ଅନ୍ଧାର ହଟିଲା ।

ସେବେଳକୁ ପାଗଳ ପରି ଖୋଜୁଥାଏ ଈଶ୍ୱର । ଆକାଶକୁ ଉଡ଼ିଗଲା କି ପାର ନା ପାତାଳରେ ପଶିଗଲା ? କାହାକୁ ପଚାରିବ ? କହିବେ କି ବଣ, ପାହାଡ଼, ଗଛଲତାମାନେ ?

କହିବ କି ସେ ସୁନାଧାରର ଖେତ, ଯା'କୁ ସେଦିନ ସେ ପୋଲ ଉପରେ ବସି ଦେଖିଥିଲା ? ନାହିଁ, କହିଲେ ନାହିଁ କେହି । ସେ ପୁଣି ଖୋଜିଲା । ରାମ ମହାପ୍ରୁ ସୀତାମାତାଙ୍କୁ ଖୋଜିବା ପରି ଖୋଜିଲା । ଆହା... କଉଠି ତା' ପାର !

ଦିନ ନ'ଟା । ହଠାତ୍ ଟାଉନ୍ ଏରିଆ ଚଲଚଞ୍ଚଳ । ଏକ ରଋ୍ଚଳ୍ୟକର ଖବର । ରେଲଷ୍ଟେସନଠୁ ଟିକେ ଦୂରରେ ବାଁ ହାତିଆ ଯଉ ବାଉଁଶ ଓ ଅମରୀବୁଦା ତା' ଉହାଡ଼ରେ ଜଣେ ଯୁବତୀ ପଡ଼ିଥିଲା ଲଙ୍ଗଳା ହୋଇ । ମୁଣ୍ଡରେ ଚୁଟି ନାହିଁ । ଖବର ପାଇ ପୁଲିସ୍ ତାକୁ ଆଣି ଡାକ୍ତରଖାନାରେ ଭର୍ତ୍ତି କରିଛି । ଚେତା ନାହିଁ, କିନ୍ତୁ ସେ ବଞ୍ଚିଛି ।

ଆଉ ଏକ ଦୁଷ୍କର୍ମ । ସହରବାସୀ ତା'ର ମଜା ନେଲେ । ଯୁବତୀକୁ ଦେଖିବେ— ବଞ୍ଚିଛି ସେ । ଡାକ୍ତରଖାନା ଆଡ଼େ ଯୁବକମାନଙ୍କ ସୁଅ ଛୁଟିଲା । ଶୁଶୀଲା ଈଶ୍ୱର । ନା— ସେ ଅନ୍ୟ କେହି । ପାର ନୁହେଁ । ତଥାପି ଧାଇଁଗଲା ଡାକ୍ତରଖାନା । ଫିମେଲ୍ ୱାର୍ଡ଼ । ବେଡ଼ ନମ୍ବର ତେର । ପୁଲିସ୍ ଛାଡୁ ନଥିଲା କିନ୍ତୁ ପାରର ମା' କହିଲାରୁ ଛାଡ଼ିଲା । ଇଏ କିଏ ? ନା ଇଏ ତା' ପାର ନୁହେଁ । ପାର ମୁଣ୍ଡରେ କଳା ମୁଚୁ ମୁଚୁ ବାଲ, ଲମ୍ବା ବେଣୀ । ୟା'ର ତ ଗୋଟେ ବି ବାଲ ନାହିଁ ମୁଣ୍ଡରେ । ମୁହଁରେ ମଲା ରକ୍ତ ଦାଗ । ଦେହରେ ଖଣ୍ଡେ ଝଦର । ଈଶ୍ୱରର ମନ ଭାଟିରେ ହୁ ହୁ ହୋଇ ନିଆଁ ଜଳିଲା । ସେତେବେଳେ ସାହିବ୍ ଆସିଲା । ଆଖି ବୁଜି ଦେଲା । ଟିକେ ପରେ ସେଠି ଆଉ ସେ ନଥିଲା । ଚାଲିଯାଇଥିଲା ଯୁଦ୍ଧ ପଡ଼ିଆ ଛାଡ଼ି ।

ନିଆଁ ଝାସରେ ପୋଡ଼ି ଯାଉଥାଏ ଈଶ୍ୱର । ହେଲେ ସେ ବଜାର ଗଲା । ଫୁଙ୍କ, ପ୍ୟାଣ୍ଟ ହେଲେ ନେଇଆସି ପାର ମା'କୁ ଦେଲା । କହିଲା ତାକୁ ପିନ୍ଧେଇ ଦିଅ । ସେଠି ସେଠିକି ବେଳେ ପୁଲିସ୍, ପ୍ରଶାସନ, ସାମ୍ବାଦିକ ଓ ଗଣମାଧ୍ୟମ ପ୍ରତିନିଧି । ପାରର ଫଟୋ ଉଠା, ତା' ମା'ର ସାକ୍ଷାତକାର, ପ୍ରତିକ୍ରିୟା । ସର୍କାରୀ ଖର୍ଚ୍ଚରେ ଚିକିତ୍ସା ଓ କ୍ଷତିପୂରଣ ଘୋଷଣା । ସଭିଙ୍କ ଅପେକ୍ଷା ଚେତା ଫେରିବାକୁ ନେଇ । ଟି.ଭି ଚ୍ୟାନେଲ ପ୍ରତିନିଧି କିନ୍ତୁ ଝୁଲିଗଲେ । ବ୍ରେକିଂ ନ୍ୟୁଜ୍‌ର ତତ୍ପରତା । ଦେଖଣାହାରୀ ଥିଲେ । ଏମିତି ଦେଖୁଥିଲେ ଯେମିତି ଏକ ଆମୋଦଦାୟକ ଦୃଶ୍ୟ । ଦୁଷ୍କର୍ମ ଯେ ସମାଜର ଏକ ଲଜ୍ଜା । ସେ ଲଜ୍ଜା ପାଇଁ କାହାରି ମୁଣ୍ଡ ତଳକୁ ହେଉ ନଥିଲା । ହୁଏତ ପ୍ରତ୍ୟେକ ଭାବୁଥିଲେ— ଇଏ ତାଙ୍କ ଝିଅ ନୁହେଁ କଉ ଗରିବ ଘରର ଝିଅଟେ । ତା' ପାଇଁ କାହିଁକି ଦୁଃଖ ? କେମିତି ଲଜ୍ଜା ? ସଭିଏଁ ମଜା ଲୁଟୁଥିଲେ ।

ଚେତା ଫେରୁ ନଥାଏ । ତା' ମା' ବାହୁନୁଥାଏ । ଈଶ୍ୱର ମନେ ମନେ କହୁଥାଏ— "ଉଠ୍ ପାର, ଆଖି ଖୋଲ । କେତେ ଶୋଇବୁ ?" ସେ ତା' ପାଖକୁ ଆସି କପାଲ ଆଉଁସି ଆସିଲା । କାଲେ ଆଖି ଖୋଲିବ ? ନା-ହଲଚଲ । ନାଇଁ । ଆହା ! କେତେ ରଡ଼ିଥିବ । କେତେ ପାଟି କରିଥିବ । ତାକୁ କେମିତି ଶୁଭିଲା ନାଇଁ ? ଧିକ୍ ଧିକ୍ ତାକୁ । ସେ ନିଜକୁ ଧିକ୍ କରିଲା । ଚିକ୍ରାର କରି ପୁଲିସ୍ ପ୍ରଶାସନକୁ ଓ ସମାଜ ବ୍ୟବସ୍ଥାକୁ ପଚାରିବାକୁ ଇଚ୍ଛା କଲା ।

: ଭଲ ଦିନ ଆସିବ କହୁଥିଲ ଯେ ଏଇ ଝିଅକୁ ଦେଖ, ଏଇ ତୁମ ଭଲ ଦିନ ?? ଟି.ଭିରେ ଦିନରାତି କହୁଚି ପରା 'ବେଟୀ ବଚାଅ' । ଇଏ ବି ଦେଶର ଜଣେ ବେଟୀ । ମାନ- ଇଜ୍ଜତ ହାରିଦେଲା । କିଏ ତାକୁ ରକ୍ଷା କରିପାରିଲା ?

ଯାହା କହୁଚ, କର । ନହେଲେ କହୁଚ କାଇଁକି ? ଆଃ... ହସ୍ପିଟାଲ୍ କାନ୍ଥକୁ ସେ ବିଧା ମାରିବାକୁ ଚାହିଁଲା ।

ପୁଣି ଭାବିଲା— ଚେତା ଫେରିଲେ କେମିତି ଲାଗିବ ପାରକୁ ? କ'ଣ କହି ତାକୁ ବୁଝାଇବ । ଈଶ୍ୱର ନିଜେ ଅବୁଝା ହୋଇପଡୁଥାଏ । ରାତିରେ ଯାଇ ତା'ର ହୋସ୍ ଆସିଲା । ପୁଲିସ୍ ଜେରା । ପ୍ରଶ୍ନ ପରେ ପ୍ରଶ୍ନ । କଟା ଘା'ରେ ଚୂନ । ବହୁ କଷ୍ଟରେ କଥା କହୁଥିଲା ପାର । ତା' ମା' ପୁଲିସ୍ ଉପରେ ରଗରଗ ହେଉଥାଏ । କହିଲା— ଆଉ କ'ଣ ବାକି ଅଛି ଜାଣିବାକୁ ।

ତୁମେ ସେ ଦି'ପଶୁଙ୍କୁ ଧର । ଜେଲରେ ଭର । ଭରିପାରିବ ? ନ ପାରୁଛ ଯଦି ଖୋଲା ଛାଡ଼ିଦିଅ । ସେମାନେ ବୁଲନ୍ତୁ । ଆହୁରି ଝିଅ-ଶିକାର ହୁଅ, ତୁମେ ସବୁ ମଜାଦେଖ... ।

ପାର ମା'ର ଦନ୍ତ ଦେଖ୍ ଈଶ୍ୱର ଚାଙ୍କୁବ୍ । ପାଖାପାଖ୍ ମାସେ ରହିଲା ପାର ଡାକ୍ତରଖାନାରେ । ଫେରିଲା ପାର ହୋଇ ନୁହେଁ ପାରର କଙ୍କାଲ ହୋଇ । ବସ୍ତି ବାସିନ୍ଦା ତାକୁ ଦେଖିବାକୁ ଆସିଲେ ଯେମିତି ସେ ଗୋଟେ ଦର୍ଶନୀୟ ବସ୍ତୁ । ତା'ପରେ ଚୁପ୍‌ଚାପ୍ । ଫୁସ୍‌ଫାସ୍ । ସାହିବ୍ ଆସି ନଥିଲା । ଈଶ୍ୱର, ଗ୍ୟାରେଜ୍ କାମ ସାରି ନିତି ଆସୁଥିଲା । ଦନ୍ତ ଦଉଥିଲା । ସାହସ ଦବାକୁ ବାରବାର କହୁଥିଲା— "ଏଥିରେ ତୋର କ'ଣ ଦୋଷ ? ତୁ କାଇଁ ଘରେ ଲୁଚି ବସିବୁ ? ମୁଣ୍ଡ ଉଠେଇ ଚଲ ।"

କିନ୍ତୁ ଯାହା ସେ ହାରିଥିଲା, ଯେଉ ଅପମାନ ସେ ପାଇଥିଲା ସେଥିରେ ସେ ନିର୍ବାକ ନିସ୍ତବ୍ଧ ହୋଇଯାଇଥିଲା । ଆଖ୍ ଉଠେଇ ରହିଁବା ମୁସ୍‌କିଲା ଥିଲା । ମୁଣ୍ଡ ଉଠେଇ ଚଲିବ କ'ଣ ? 'କହିବା ସହଜରେ ଈଶୁ', କରି ଦେଖେଇବା ଭାରି କଷ୍ଟ' ସେ କହିଲା । ଲୁହ ରୋଜି ରଖିଲା । ଯେଉଥିରେ ନିରବ ପ୍ରତିବାଦ ହିଁ ଥିଲା ।

ଦିନେ କ୍ଷତିପୂରଣ ବାବଦରେ ଘୋଷଣା କରାଯାଇଥିବା ଟଙ୍କା ଆସି ପହଞ୍ଚିଲା । ଠିକ୍ ସେଇଦିନ ସାହିବ୍ ଆସିଲା । ଦୁଆର ଠକ୍ ଠକ୍ କଲା । ପାର ତାକୁ ଭେଟିଲା ନାଇଁ କି ପ୍ରଶାସନ ଆଣିଥିବା ଟଙ୍କା ବି ଗ୍ରହଣ କଲା ନାଇଁ । ଫେରେଇ ଦେଲା ସେ ପ୍ରଶାସନକୁ ଓ ତା'ର ମିଛ ବନ୍ଧୁକୁ । ଈଶ୍ୱର ପାଇଁ ସେ ତା' ଦୁଆର ଖୋଲା ରଖିଲା । କିନ୍ତୁ ଦୁଇଦିନ ଧରି ଆସିଲା ନାଇଁ ସେ ବି ।

କିନ୍ତୁ ସେ ଆସିଲା ସେଇଦିନ— ଯେଉଦିନ ପାର୍ବତୀକୁ ଅଠର ବର୍ଷ ହେଲା । ସାଙ୍ଗରେ ଆଣିଥିଲା ଗୋଟେ ପ୍ୟାକେଟ୍ । ସେଥିରେ ଥିଲା ନୂଆ ଶାଢ଼ୀ, ବ୍ଲାଉଜ୍, ସାୟା, ଚୂଡ଼ି ଓ ସିନ୍ଦୂର । ପାରର ମା'କୁ କହିଲା— "ମୁଁ ପାରକୁ ବିଭା ହବାକୁ ଚାହେଁ... ।"

ତା'ଛାତି ଦୁଲୁକି ଗଲା । ସେ ତଲେ ଲଥ୍ କରି ବସି ପଡ଼ିଲା । କହିଲା—

: ଈଶୁ । ତୋ ମୁଣ୍ଡ ଠିକ୍ ଅଛି ତ ? ତତେ କେଉ କଥା ଅଛପା ଅଛି ? ଜାଣିଶୁଣି ବି ଏ କଥା କହୁଛୁ ?

: ହଁ ମୁଁ ଜାଣିଶୁଣି ଏ କଥା କହୁଛି । ପଶୁମାନେ ତାକୁ ରାଙ୍ଗି, ବିଦାରି ପକେଇଛନ୍ତି । ଦିହଟାକୁ ଧିନ୍‌ଭିନ୍ କରିଛନ୍ତି । କିନ୍ତୁ ତା' ମନଟା ତ ସେଇମିତି ସଫା ଅଛି । ସେଇଥିରେ ଟିକେ ବି ଆଞ୍ଚୁଡ଼ା ଦାଗ ନାଇଁ । ସେଇ ମନଟିକୁ ତ ମୁଁ ଭଲ ପାଇଛି... ଦେଖ୍‌ବୁ.. ତା'ର ସବୁ ଭରଣା କରିଦେବି... ତାକୁ ଭଲରେ ରଖିବି ।

ତୋ' ମା' ?

: ମୋ' ମା' ମନଟା ଖୁବ୍ ବଡ଼ । ଖୁବ୍ ସଫା । ଟିକେ ବି ମଇଲା ନାଇଁ । ଆମ ପକ୍କା ଘରେ ସିଏ ତା' ବୋହୂପାଇଁ ପାଇଖାନାଟେ ବନେଇଚି । କହୁଚି... ମୋ' ବୋହୂ ବାହାରକୁ ଝାଡ଼ା ଯିବ ନାଇଁ... ।

ସେ କଥାରେ କ'ଣ ଥିଲା କେଜାଣି ପାର ମା' ଝରଝର କାନ୍ଦିଲା । ପାରକୁ ପାଖକୁ ଡାକିଲା । ନାଇଁ ନାଇଁ ଭିତରେ ସେ କହିଲା— ଈଶ୍ୱ, ମୋ' ଦିହରେ, କଳାଦାଗ, ସହିପାରିବୁ ତୁ?

: ରଧ ଦେଖୁଛୁ? ତା'ର ବି କଳାଦାଗ ଅଛି । ହେଲେ ସଭିଏଁ ତାକୁ ଭଲ ପାଆନ୍ତି କି ନାଇଁ କହ... । ଈଶ୍ୱର ବୁଝେଇଲା ଅତି ଦରଦୀ ବନ୍ଧୁଟିଏ ପରି । ପାର ବହୁତ ବେଶୀ ବୁଝିଲା । ଈଶ୍ୱରକୁ ଜାବୁଡ଼ି ଧରିଲା । କାନ୍ଦିଲା କଁ କଁ ହୋଇ । ଫେର ନିଜ ଲୁହ ପୋଛିଲା । ନୂଆ ଶାଢ଼ୀ ବୃଡ଼ି ପିନ୍ଧିଲା । ମୁଣ୍ଡରେ ଓଢ଼ଣୀ ଦେଲା । ଈଶ୍ୱର ପାଖରେ ଆସି ଠିଆ ହେଲା । ପାର ମା' କହିଲା ରିକ୍ସାଟେ ଡାକୁଛି... । ଈଶ୍ୱର ମନାକଲା, କହିଲା—

"ମୁଁ ତା'ର ହାତ ଧରି ନେବି ।"

ଈଶ୍ୱର ଧରିଲା ପାର୍ବତୀର ହାତ ।

ଦିହେଁ ରଲିଲେ । ଚାଲିଚାଲି ଗଲେ ।

ଜନତା ଦେଖିଲେ । ଦେଖିଲା ସହର । ଦେଖିଲା ବଜାର । ମାଟି, ଆକାଶ, ଫୁଲ, ପକ୍ଷୀ, ପବନ । ସେ ତାକୁ ନେଇଗଲା । ଗୋଟେ ଦେବୀ ମନ୍ଦିର । ପୂଜାରୀ ପାରକୁ ଚିହ୍ନିଲେ । କହିଲେ, "ଏଇ ଝିଅକୁ ବିଭାଦେବୁ? ଇଏ ତ ମନ୍ଦିର ଭିତରକୁ ଯାଇପାରିବନି ।"

ଈଶ୍ୱର ହାତ ମୁଠାରେ ପାର୍ବତୀର ହାତ । ସାମାନ୍ୟ ଥରି ଉଠିଲା । ହେଲେ ହାତମୁଠା ଜୋର କରି ଈଶ୍ୱର କହିଲା ପୂଜାରୀଙ୍କୁ— ଠିକ୍ କହିଛନ୍ତି, ଯିଏ ଜଣକ ହୃଦ ଭିତରେ ଜାଗା ପାଉଥାଏ, ମନ୍ଦିର ଯିବା ତା'ର କ'ଣ ଦରକାର ?

ତା'ପରେ ସେ ଆସିଲା ବନ୍ଧଆଡ଼ିରେ ଥିବା ଗୋଟେ ପୁରୁଖା ବରଗଛ ପାଖକୁ । ସେଠି ଥିଲା ଦି'ରଲିଟା ସିନ୍ଦୁରବୋଲା ବିଶ୍ୱାସର ପଥର । କେହି ପୂଜାରୀ ନଥିଲେ । ଆଙ୍ଗୁଠି ଟିପରେ ଟିକେ ସିନ୍ଦୁର ଆଣି ସେ ପାର ମଥାରେ ସଜେଇଲା । କହିଲା—

: ଏବେଠୁ ତୁ ମୋ'ର ସ୍ତ୍ରୀ । ରଲ୍ ଘରକୁ ଯିବା । ମୋ ମା ବାଟ ଦେଖୁଥିବ ଆମର:

ବରଗଛ ଡାହିରୁ କେତେଟା ପତ୍ର ଝଡ଼ିପଡ଼ିଲା । ଚଢ଼େଇମାନେ ଚିଟାଁ ଚିଁଟାଁ ସୁର ମେଲିଲେ ।

ଈଶ୍ୱର, ପାର୍ବତୀର ହାତ ଧରି ରଲିଲା ଆଗକୁ ।

ଦିହେଁ ଜାଣିଥିଲେ, ଆଗରେ ନୂଆ ନୂଆ ଦୁଃଖ, ଲଢ଼େଇ ।

ତଥାପି ଦିହେଁ ଦିଶୁଥିଲେ ଜୀବନମୟ ।

❑

ପ୍ରଜାପତିର ରଙ୍ଗ

: ଥ୍ୟାଙ୍କସ୍ ଫର୍ ଏଭ୍ରିଥିଂ ସୁମନ୍ୟୁ ।
ସୋମା ସେନ୍ କହିଲା । ଓ୍ୱାକର୍ରେ ଝଲିସାରି ମୁହଁ ପୋଛୁଥିଲେ
ସୁମନ୍ୟୁ । ସେଥିଂ ପାଇଁ ବେସିନ୍ ପାଖକୁ ଯାଉ ଯାଉ ପଚାରିଲେ,
'ଥ୍ୟାଙ୍କସ୍ କାହିଁକି ?'

ସୋମା ତା' ମିଡ୍ ହେଆର କଟ୍‌ରେ ଦୁଇଥର ବ୍ରସ୍
ବୁଲେଇ ଆଣି କହିଲା: ଜଣେ ଭାରତୀୟ ସ୍ୱାମୀ ଡାଇଭର୍ସ
ମ୍ୟାଟର୍‌ରେ ଭାରି କନ୍‌ଜରଭେଟିଭ୍ । ତେଣୁ ଭାରି ଝାମେଲା
ହୁଏ । ତୁମେ ସେମିତି କିଛି କରିନ– ସେଥିପାଇଁ... ଏବେ ମୁଁ
ୟୁ.ଏସ୍ ଯିବାରେ ଆଉ ବାଧା ନାଇଁ ।

: ତୁମେ ସିଧାସଳଖ କହିଲ ତୁମେ ସୁଖୀ ନୁହଁ, ତୁମର
ଗୋଟେ ନୂଆ ଜୀବନ ଦର୍କାର ଯାହା ତୁମ ଆମେରିକାନ ବନ୍ଧୁ ହିଁ
ଦେଇପାରିବ । ମୁଁ କ'ଣ କରିଥା'ନ୍ତି ? ଜୋର୍ କରି କାହାକୁ
ବାନ୍ଧି ରଖିବା ମୋ'ର ପ୍ରିନ୍‌ସିପ୍‌ଲ୍ ନୁହେଁ ।

ଦର୍ପଣ ସାମ୍ନାରେ ସେମିତି ଠିଆ ହୋଇ ସୋମା ଫେର କହିଲା: ଶୁଣିଥିଲି, ଦାମ୍ପତ୍ୟଟା ଭାରି ମିଠା । କିନ୍ତୁ ବିବାହର ତିନି ବର୍ଷ ପରେ ବି ମତେ ସେମିତି କିଛି ଲାଗିଲା ନାଇଁ । ତୁମେ ବ୍ୟସ୍ତ ରହିଲ ତୁମ କାମରେ । ମୁଁ ଏକ୍ଲା । କରେ କ'ଣ ? ସେବେଳକୁ ଜେମ୍ସ ଆସିଲା— ମୋ'ର ଏକଲା ପଣକୁ ସେଆର କଲା, ଦିହେଁ ଦିହିଁକୁ ଭଲ ପାଇଲୁ– ବିବାହ ରହିଁଲୁ ।

: ଥାଉ ସେ କଥା । ଅନେକ ଥର ଶୁଣିସାରିଛି । ଆଉ ନୁହେଁ । କହୁ କହୁ ସୁମନ୍ୟୁ ବାଥ୍‌ରୁମ୍‌ରେ ପଶିଗଲେ ।

ସୋମା ବୁଝିପାରିଲା ତା'ର ମାନସିକତା । ଚୁପ୍ ରହିଲା । ଯେମିତି କିଛି ହେଇନି, ସେଭଳି ଭାବେ ସେ କିଚେନ୍‌କୁ ଗଲା । ବ୍ରେକ୍‌ଫାଷ୍ଟ ତିଆରିରେ ଲାଗିଗଲା ।

ଆମେରିକା ଯିବା ନିଷ୍ପତ୍ତି ନେଲା ପରେ ସେ କଣ୍ଟିନେଣ୍ଟାଲ୍ ଫୁଡ୍‌ର ଗୋଟେ କୋର୍ସ କରି ନେଇଥିଲା । ୟୁ.ଏସ୍ ଯାଇ, ଗ୍ଲାସଟନ୍‌ବେରି କିଚେନ୍‌ରେ ସେ ତ ଆଉ ଇଡ୍‌ଲି, ଦୋଷା ବରା, ପକୋଡ଼ା କି ଭାତ, ତରକାରି ରାନ୍ଧିବନି । ଯେଉଁ ଦେଶର ଚଳଣି ଯେମିତି ।

୦ ଟିପି ଟିପି ହସିଲା ସୋମା । ଅପେକ୍ଷା କରି ରହିଛି ତାକୁ ଆମେରିକା ଭଳି ଏକ ଦେଶ । ଭିନ୍ନ ପାଣି, ପବନ । ହେଲେ ତାକୁ ଆଉ କିଛି ଭିନ୍ନ କି ନୂଆ ଲାଗୁନାଇଁ । ଲାଗୁଛି ସେ ଦେଶକୁ ସେ ଚିହ୍ନିଛି ବହୁ ଆଗରୁ । ହୁଏତ ଗତ ଜନ୍ମରୁ । ନହେଲେ ଜେମ୍ସ ସହ ଏମିତି ନିବିଡ଼ ହେଲା କେମିତି ? ହଁ, କଳଙ୍କର ବୋଝ ବୋହି ଅବଶ୍ୟ ତାକୁ ବ୍ରଜଦାଣ୍ଡରେ ଚଳିବାକୁ ପଡୁଛି । ହଉ, ଯିଏ ଯା' କହୁଛି କହୁଥାଉ । ହୁ କେଆର୍‌ସ ? ତା'ର କିଛି ଫରକ ପଡ଼ିବନି । ଆନମନା ଭାବେ ସେ ବ୍ରେଡ଼୍ ଆମ୍‌ଲେଟ୍ ତିଆରି କଲା । ଫ୍ରିଜରୁ ଜୁସ୍ ପ୍ୟାକ୍ କାଢ଼ି ଟେବୁଲ୍‌ରେ ରଖିଲା । ସୁମନ୍ୟୁ ଆସିଲେ । ଚୁପ୍‌ଚାପ୍ ଖାଇଲେ । ଖାଇବା ବେଳେ ସୋମା କଣ୍ଟାଚମଚ ଓ ଛୁରୀ ଆଣିଲା । ଯାହାର ଯଥାର୍ଥ ବ୍ୟବହାର ଜେମ୍ସ ତାକୁ ଗୋଟେ ରେଷ୍ଟୁରାଣ୍ଟ ନେଇ ଶିଖେଇଥିଲା । ସୁମନ୍ୟୁ ତାକୁ ଟିକେ କଣେଇ ରହିଁଲେ । ହେଲେ ସୋମା ଅତି ସ୍ୱାଭାବିକ ରହିଲା । ଖାଉ ଖାଉ କହିଲା, 'ଗୋଟେ ରିକ୍ୱେଷ୍ଟ ଅଛି ସୁମନ୍ୟୁ' ।

"ପୁଣି କ'ଣ ?"

"ତୁମେ ତ ଜାଣ, ଜେମ୍ସ କୋଲକାତା ଯାଇଛି । ସେଠୁ ଦିଲ୍ଲୀ ଏମ୍ୟାସି ବି ଯାଇପାରେ । ୟୁ.ଏସ୍ ଯିବାର ଫର୍ମାଲିଟିଜ୍ ସାରି ସେ ଫେରିବ । ଆସୁ ଆସୁ ନେକ୍ସଟ୍ ଉଇକ୍ । ସେତେଦିନ ମତେ ଏଠି ରହିବାକୁ ଅନୁମତି ଦିଅ ପ୍ଲିଜ୍ । ମା'ଘର ବାଟ ତ ମୋ' ପାଇଁ ବନ୍ଦ ଆଉ କୁଆଡ଼େ ଯିବି ଡାଇଭର୍ସ ପରେ ?"

ଗ୍ଲାସରେ ଜୁସ୍ ଢାଲୁ ଢାଲୁ ଟିକେ ଅଟକି ଗଲେ ସୁମନ୍ୟୁ । ସୋମା ଆଡ଼କୁ ଚହିଁଲେ ନାଇଁ । କିଚି ଭାବିଲେ । କହିଲେ, "ରହିପାର । କିନ୍ତୁ ତୁମ ଜିନିଷ ନେଇ ଆର ବେଡ଼୍‌ରୁମ୍‌କୁ ସିଫ୍ଟ କରିଯିବ । ସେଠି ବି ତ ଟି.ଭି ଅଛି ।"

"ଓ.କେ., ଥ୍ୟାଙ୍କ୍ ୟୁ ଏଗେନ୍ । ଆଚ୍ଛା ! ମୁଁ ଆଜି ତୁମ ଡ୍ରେସ୍ ଓ ରୁମାଲ୍ ଆଦି କାଢ଼ି ଦେବି ତ" ।

"ପୂର୍ବତନ ପତି ପାଇଁ ଏ ସବୁ କରାଯାଏନା । ହଁ, ମୋ' ପାଇଁ ଲକ୍ଷ କି ଡିନର୍ ବି କରିବା ଦର୍କାର ନାହିଁ ବୁଝିଲ ?"

"ହଉ" ସୋମାର କିଛି ଅବସୋସ ହିଁ ନଥିଲା । ଯା'ପରେ ସେ କାହିଁକି ବା କରିବ ଯେ ?

ସୁମନ୍ୟୁ ନିଜେ ନିଜ କାମ କଲେ । ଦୁମ୍ ଦୁମ୍ ଓହ୍ଲାଇଗଲେ ତଳ ଫ୍ଲୋର୍କୁ । ଗ୍ୟାରେଜ୍‌ରୁ ଗାଡ଼ି ନେଇ ବାହାରିଗଲେ । ସୋମା କାଚ ଝର୍କା ପାଖକୁ ଗଲା । ପର୍ଦ୍ଦା ଆଡ଼େଇ ସେ ଦୃଶ୍ୟଟି ଦେଖିଲା । ତା' ଭାବୀ ଆମେରିକାନ୍ ସ୍ୱାମୀ କହିଥିବା କଥାଟି ମନେ ପଡ଼ିଲା । ତାଙ୍କର ତିନିଟା ଗ୍ୟାରେଜ୍ । ମା', ବାପା ଓ ତା'ର ତିନିଟା ଅଲଗା ଅଲଗା ଗାଡ଼ି । କେହି କା' ଜିନିଷ ସେଆର କରିବେ ନାହିଁ । ସେ ଗଲେ ତା' ପାଇଁ ଝରି ନମ୍ବର ଗ୍ୟାରେଜ୍ ହବ । ମା'ଙ୍କ ସାଙ୍ଗେ ମିଶି ଜେମ୍ସ୍ ତିଆରି କରିବ । ସେଭଳି କାମ ସେମାନେ ହିଁ ନିଜେ କରି ନିଅନ୍ତି ।

ସୋମା ହସିଲା ଟିକେ । ତା' ଗାଲରେ ଭଉଁରୀ ଖେଳିଗଲା । ସେଇଠୁ ସେ ବେଡ୍‌ରୁମ୍‌କୁ ଫେରିଲା । ସୁମନ୍ୟୁ କହିଛି- ଅଲଗା ରୁମ୍ ସିଫ୍ଟ କରିବ । କିଛି କରିବାକୁ ଇଚ୍ଛା ହଉନି ତା'ର । ମନ ଲାଗୁନାହିଁ । ଦେହ ସିନା ଏଠି- ମନ ଯାଇ ପ୍ରିୟତମ ଜେମ୍ସ୍ ପାଖରେ । ଏମିତିରେ କ'ଣ କାମ କରିହେବ ? ତଥାପି ସେ ନିଜର କିଛି ଜିନିଷ ଏକାଠି ଗଦା କଲା । ଆର ରୁମ୍‌କୁ ନେଇଯିବ । ସେତେବେଳକୁ ମୋବାଇଲ୍ ବାଜିଲା । ମନେ ମନେ କହିଲା ସେ 'ହେଇଥାଉ ଜେମ୍ସ୍' ଅଧୀର ହୋଇ ରୁହିଁବା ବେଳକୁ ମୋବାଇଲ ପର୍ଦ୍ଦାରେ ଜଣେ ବୋରିଂ ସାଙ୍ଗ, ନାଁ ତା'ର 'କୁହୁ' । ୩୪... ଦଶମିନିଟ୍ ଆଗରୁ ମୋତେ ସେ ଫୋନ୍ ରଖିବନି । କିନ୍ତୁ ଏଇ ଡାଇଭର୍ସ ମ୍ୟାଟର୍‌ରେ ସେ ସାଙ୍ଗଟା ହିଁ ତାକୁ ସପୋର୍ଟ ଦେଇଛି । ତେଣୁ ସେ କହିଲା 'ହ୍ୟାଲୋ...' ।

"କିଲୋ ମେମ୍‌ସାବ୍ ! ଖବର କ'ଣ ? କେବେ ଉଡ଼ିଯିବୁ ତୋ ନୂଆ ଦେଶକୁ ?" ।

"ବୋଧେ ନେକ୍‌ଷ୍ଟ୍ ଉଇକ୍ । ଖୁବ୍ ଖୁସୀ ହୋଇ ସେ କହିଲା" ।

"ପ୍ୟାକିଂ, ଫ୍ୟାକିଂ ସରିଲାଣି ?"

"ବିଶେଷ କିଛି ତ ନେଇହବନି । କେବଳ ଦି'ପେୟାର ଓ୍ୱେଷ୍ଟର୍ଣ ଡ୍ରେସ୍ ଆଉ କେଇଟା ଉଇଷ୍ଟର ଓ୍ୱେର ଯାହା କି ଜେମ୍ସ୍ ଆଣିବ । ପଶିବ ସୁଟ୍‌କେସ୍‌ରେ, ବାସ୍ । ତୁ ଜାଣିଛୁ 'କୁହୁ' ଗ୍ଲାସ୍‌ଟନ୍‌ବରିରେ ଛ'ମାସ ଥଣ୍ଡା । ଆଉ ଝରିମାସ ବରଫ । ଦି'ମାସ ପୁଣି ଜମା ହୋଇ ରହେ ବରଫ । ଗାଡ଼ି ସବୁ ପୋତି ହୋଇଯାଏ ବରଫରେ । କି କଷ୍ଟ ହେଉଥିବ ଭାବ ତ । ଭାବିଲା ବେଳକୁ ଥଣ୍ଡା ମାଡ଼ି ଆସୁଛି... ଥରିଯାଉଛି ଦେହ ଏବେଠୁ ।"

"ହଁ, ଏବେ କୁଆଡ଼େ ଆମେରିକା ଶୀତରେ ଥରୁଛି, ଏ ବର୍ଷ ଶତାବ୍ଦୀର ସର୍ବାଧିକ ଶୀତ ସେଇଠି, ନ୍ୟୁଜ୍ ଦେଖିଥିଲି । ତୁ... ଆମ ସୋମାସେନ୍ ସେଇ ଆମେରିକା ବୋହୂ । ଥଣ୍ଡା ଥଣ୍ଡା, କୁଲ୍‌କୁଲ୍... କେମିତି ଲାଗୁଛି କିରେ ? କ'ଣ ତୋର ଫିଲିଂଗସ୍ ।" ସୋମାର ମନଗଛର ଶାଖାରେ ଚୂନା ଚୂନା ବରଫର ମୋତିମାଳ । ବିହ୍ୱଳ ସ୍ୱରରେ ସେ କହିଲା, "ସାରା ବ୍ୟାପାରଟା... ପ୍ରଣୟକାବ୍ୟ ପରି ରୋମାଞ୍ଚକର, ବୁଝିଲୁ ? ଜଣେ ରୋମାଣ୍ଟିକ୍ କାବ୍ୟ ନାୟକ ପରି ଜେମ୍ସ୍

ମତେ ପ୍ରଣୟର ଗହନମନ୍ତ୍ର ଶିଖେଇଛି, ଶିଖେଇଛି କେତେ କେତେ ଅଜବ ଆଦବ–କାଏଦା । କହିଛି ବି ଚୀନ୍, ଜାପାନ ଓ ଆମେରିକାର ନାରୀ–ପୁରୁଷଙ୍କ ଦେହ ସୌନ୍ଦର୍ଯ୍ୟ କଥା । ପୁଣି ଆମ ଦେଶର ରାଜା ରବି ବର୍ମା ଓ ଅମୃତ ଶେର୍ଗିଲ୍‌ଙ୍କ ନ୍ୟୁଡ୍‌ପେଣ୍ଟିଂ କଥା... କହିଛି... ଆଉ... ।"

"ଥାଉ ଥାଉ ସୋମା ଆଉ ଆଗକୁ ଯା'ନା । ଆଚ୍ଛା, କହତ ଜେମ୍ସ୍‌ର ବାପା ମା' ତୁମ କଥା ଜାଣନ୍ତି ?"

"ହଁ... ସେ ଦେଶରେ ଲୁଚ୍‌ଛପା କିଛି ନାଇଁ । ସେମାନେ ଖୁସି ଯେ ତାଙ୍କ ପୁଅ ଜଣେ ଭାରତୀୟ ଝିଅକୁ ବିବାହ କରିବ ଯିଏ କି ଓଲ୍‌ଡ୍‌ଏଜ୍‌ ହୋମ୍‌କୁ ତାଙ୍କୁ ଦେଖା କରିବାକୁ ଆସିବ– ଏକା ଏକା ମରିବାକୁ ଦେବନି ତାଙ୍କୁ" ।

"ହଉ ସୋମା ରଖୁଛି । ଯିବା ଆଗରୁ ଜଣେଇବୁ ତ ?"

"ହଁ, ଖାଲି ତତେ କାହିଁକି ସାରା ରାଜ୍ୟ ଓ ଦେଶକୁ ଜଣେଇଦେଇ ଯିବି ଯେ– ସୋମା ସେନ୍ ଚାଲିଲା ଆମେରିକା" । ଖିଲିଖିଲି ହସି କହିଲା ସୋମା ।

ସେପଟୁ ଶୁଭିଲା, "ଭାରି ଫାଜିଲ୍ ।"

ମୋବାଇଲ୍ ରଖିଲା ସୋମା । ମ୍ୟୁଜିକ୍ ସ୍ୱିଚ୍‌ଟି ଟିପିଲା । ଭାସିଆସିଲା ଧୂମ୍ ମଚେଇଥିବା ସେଇ ଗୀତଟି ମଲଙ୍ଗ... ମଲଙ୍ଗ... । ସେ ବି ସେଥିରେ ନିଜ ସୁର ମିଶେଇଲା । ଲ୍ୟାପ୍‌ଟପ୍ ସହ କିଛି ଜିନିଷ ନେଇ ରଖିଲା ଆର ରୁମ୍‌ରେ । ଆଉ କେତେ ଦିନର ରହଣି ଯେ– ସେ ଭାବିଲା । ତା'ପରେ ଲକ୍ଷ କଥା ଚିନ୍ତା କଲା । କିନ୍ତୁ ସେ ବାତିଲ କଲା ସେ ଚିନ୍ତା । ଏବେ ତାକୁ ସ୍ଲିମ୍ ଏଣ୍ଡ ଟ୍ରିମ୍ ରହିବାକୁ ପଡ଼ିବ । ତେଣୁ ଖାଲି ସାଲାଡ୍ ଓ ସୁପ୍‌ରେ ଚଳେଇ ନେବ । ନୋ ଟେନ୍‌ସନ୍ ।

ଏବେ ଟିକେ କଥା ଜେମ୍ସ୍ ସାଙ୍ଗରେ ।

ଗୀତ ବନ୍ଦ କଲା । ତା' ନମ୍ବର ଲଗେଇଲା । ରିଂ ହେଲା । ବନ୍ଦ ହୋଇଗଲା । ସେ ଉଠେଇଲାନି । ପୁଣି ଟ୍ରାଏ କଲା । ଏଥର ଶୁଭିଲା ତା'ର 'ହେଲୋ' ।

"ମତେ ଖୁବ୍ ଏକଲା ଲାଗୁଛି ।" କହିଲା ସୋମା ଗେହ୍ଲେଇ ହୋଇ ।

"ଜାଣିଛି ଡିୟର ଜାଣିଛି । ଏବେ ମୁଁ ଦିଲ୍ଲୀରେ । ଆଉ ବ୍ୟୁଟିଲ ଡାର୍ଲିଂ । ଦିଲ୍ଲୀର ଆକାଶ ଆଜି ତୁମ ଓଢ଼ଣି ରଙ୍ଗ ପରି ଖୁବ୍ ନୀଳ । ରାସ୍ତାର ଦୁଇ ପାଖରେ ଫୁଟିଥିବା ଫୁଲ ତୁମ ମୁହଁ ପରି ସୁନ୍ଦର ଓ ଉଜ୍ଜ୍ୱଳ । ଏବେ ମୁଁ ଏୟାସି ଯିବି । ସବୁ କାମ କରିବା ଭାରି କଷ୍ଟ । ଶୀଘ୍ର କରିବା ଆହୁରି କଷ୍ଟ । ତୁମକୁ ତ ଥରେ ଆସିବାକୁ ହେବ ଭେରିଫିକେସନ୍ ପାଇଁ । ମୁଁ ଡାକିବି...ଆସିବ ତା'ପରେ ଫାଇନାଲି ଆମେରିକା । ଓ.କେ. ବାଏ ବାଏ 'ସିୟୁ' ରୋଜି ଡିୟର ।"

ସେଇ 'ରୋଜି' ଡାକରେ ସତରେ ସୋମା ରୋଜି ରୋଜି ହୋଇଯାଏ । ସେ ମୋବାଇଲ ସ୍କ୍ରିନ୍‌କୁ ଚୁମିଲା । ପବନର ହାତ ଧରି ସେଇକ୍ଷଣି ଯାଇ ଗ୍ଲାସ୍‌ଟନ୍‌ବରି ପହଞ୍ଚିଲା । କି ବିଚିତ୍ର ସତେ ମଣିଷର ମନ । ନେଟ୍ ନ ଖୋଲି ବି ସେ ପହଞ୍ଚିଯାଇପାରେ ସବୁ ଜାଗାକୁ । ସେଇ ବରଫ ସହରରୁ ସେ ଫେରି ଆସିଲା । ବାଲ୍‌କୋନି ଦୋଲିରେ ବସିଲା । ଧୂଲିଧୂଆଁର ସହର ଦିଶେ ସେଠୁ । ଦିଶେ ବି 'ଶାଲିମାର' ତା' ପ୍ରିୟ ବଗିଚ । ସବୁ ଛାଡ଼ିଛୁଡ଼ି ସେ ପଳେଇଯିବ,

ତା'ର ଦୁଃଖ ନାହିଁ। କିନ୍ତୁ ଶାଲିମାର୍ ଛାଡ଼ିବ, ଛାତିଟା ଭାରି ଭାରି ଲାଗେ। ଇଏ ତ ସେ– ଯିଏ ତା' ଶୂନ୍ୟ ଛାତିର ମାଟିରେ ବି ଫୁଲ ଫୁଟେଇଥିଲା। ଖୁବ୍ ସ୍ନେହରେ ସେ ଅନେଇଲା ଛନଛନ ଫୁଲ, ପତ୍ରମାନଙ୍କୁ। ଆରେ ସେଇଟା କ'ଣ? ସେ ଠିକ୍ ଦେଖୁଛି ତ?

ସୋମା ଓଦ୍ଧେଇ ଆସିଲା। ବଗିଚ୍ଚର ମଝାମଝି, ଗୋଲ ଗାମ୍ଲାର ଗୋଲାପ ଡାଳରେ ଲାଲ ଚକ୍‌ମକ୍ କଢ଼ଟିଏ। ଜେମ୍ସର ଚେନ୍ନାଇ ଗିଫ୍ଟ। ଏତେ ଜଲ୍‌ଦି କଢ଼! ଫୁଲ! ବୋଧେ ତାଙ୍କ ସମ୍ପର୍କ ପରି ସାତ ମାସ ଭିତରେ ସାତ ଜନ୍ମର ପ୍ରେମ। ଭଲ ପାଇବା। ଜେମ୍ସ କହେ, "ତୁମେ ଖୁବ୍ ସ୍ୱେସିଏଲ୍। ବଗିଚ୍ଚରେ ଯେମିତି ଫୁଲ ଫୁଟେଇ ପାର, ମନରେ ବି ସେମିତି ପ୍ରେମ ଭରିଦେଇପାର।"

ଜେମ୍ସକୁ ସେ ମିସ୍ କଲା।

ମିସ୍ କଲା ତା'ର ସାହେବୀ ଠାଣିକୁ। ଚିଲା ଆଖିର ଚକ୍‌ଚକ୍ ରୁହାଣିକୁ। ଗୋଲାପୀ ଓଠର ଚୁମ୍ବନକୁ। ଦି'ଟା ଶୁଭ୍ର ବଗପକ୍ଷୀ ସେବେଳକୁ ଉଡ଼ି ଯାଉଥିଲେ ଦୂରକୁ। ସେଇ ଉଡ଼ାଣ ଦେଖ ତାକୁ ଆହୁରି ଅଥୟ ଲାଗିଲା। କଅଁଳ ଖରା ଫୁଲମାନଙ୍କୁ ଆଦର କରୁଥିଲା। ସେ ସେଇଠି ସିମେଣ୍ଟ ବେଞ୍ଚରେ ବସିପଡ଼ିଲା। ସବୁଠି ଦିଶିଲା ଜେମ୍ସ। ଏଇ ଶାଲିମାର୍ ପାଇଁ ତ ତା' ସହ ତା'ର ଦେଖା।

ସୋମା ଆଖି ଆଗରେ ଦିଶୁଥିଲା ରଙ୍ଗିନ୍ ଫ୍ଲାସ୍ ବ୍ୟାକ୍।

* * * *

ତାକୁ ଶୁଭିଲା ପ୍ରଥମ ଦିନର କଥା।

"ମେ ଆଇ ଗେଟ୍ ଇନ୍ ମାମ୍?" ସୁମନ୍ୟୁ ଶୋଇଥିଲେ। ସେ ଥିଲା ବଗିଚ୍ଚ କାମରେ। ବେଶୀ, ପୋଷାକ ନେଇ ସଚେତନ ନଥିଲା। କଥାଟି ଶୁଣି ସେ ପଛକୁ ବୁଲିଲା। ମେନ୍ ଗେଟ୍‌ରେ ଜଣେ ବିଦେଶୀ ଯୁବକ। ଫ୍ୟାକ୍ଟିରେ ପାଞ୍ଚଜଣ ବିଦେଶୀ ଇଞ୍ଜିନିୟର ଅଛନ୍ତି ସିଏ ଜାଣିଥିଲା। ଇଏ ବୋଧେ ସେ ଭିତରୁ ଜଣେ। ହେଲେ ଏଠି କ'ଣ କାମ–ସୁମନ୍ୟୁଙ୍କୁ ଖୋଜୁଥବ– ଭାବିଲା ସେ। ଗେଟ୍ ଖୋଲି ସେ ବି ଇଂରାଜୀରେ ପରୁରିଲା, "ମୁଁ କ'ଣ ସାହାଯ୍ୟ କରିପାରେ ଆପଣଙ୍କୁ?"

"ଆପଣଙ୍କ ଗାର୍ଡେନ୍‌ଟି ଦେଖିବାକୁ ଅନୁମତି ଦେବେ କି?"

ଆସିଲା ସେ। ବୁଲିଲା। ଫୁଲମାନଙ୍କ ପାଖକୁ ଗଲା। ଫଟୋ ନେବାକୁ ଅନୁମତି ମାଗିଲା। 'ଶାଲିମାର୍' ନାଁ'ଟି ପଢ଼ି ପରୁରିଲା, "ଇଏ ଆପଣଙ୍କ ଗାର୍ଡେନର ନାଁ?" ସେ ହଁ କଲା। ଧନ୍ୟବାଦ ଦେଇ ସେ କହିଲା ନିଜ ନାଁ, "ମୁଁ ଜେମ୍ସ ଆଗନ୍ୟୁ। ଫ୍ୟାକ୍ଟ୍ ଇଞ୍ଜିନିୟର। ଗ୍ଲାସ୍‌ଟନ୍‌ବେରିରେ ଘର।"

ଫାଟକ ପାରିହେବା ବେଳକୁ ସେ ଅଳ୍ପ ହସିଲା। ଅଳ୍ପ ହାତଟେକି ରୁଲିଗଲା। ସେ କ'ଣ ଜାଣିଥିଲା ଜେମ୍ସର ସେ ଯିବା, ନୁହେଁ– ସେ ରହିଯିବ ତା' ହୃଦୟରେ, ଆଉ ହାତ ଧରି ତାକୁ ନେଇଯିବ, ସାତ ସମୁଦ୍ର, ତେର ନଈ ସେ ପାରିର ଦେଶକୁ।

ତା'ସହ ପରର ଦେଖା ଗୋଟେ ବାର୍ଥଡେ' ପାର୍ଟିରେ । ସେଠି ତାକୁ କଫି ନିମନ୍ତ୍ରଣ । ସେ ଆସିଲା । ସୁମନ୍ୟୁକୁ ଭେଟିଲା । ଗପ ଯୋଡ଼ିଲା । ସେ ଗପସପରେ ଥିଲା ଆମେରିକା ଅର୍ଥନୀତି, ଓବାମା ଆଉ ସେ ଦେଶର ସଟ୍‌ଡ଼ାଉନ୍ ଘୋଷଣା କଥା । ଆସିଥିଲା ପୁଣି ଦି'ଦେଶର ଆହତ ସମ୍ପର୍କର କଥା । ଶେଷରେ– ଶାଲିମାର୍ ପାଇଁ ଥିଲା ଭୁରି ଭୁରି ପ୍ରଶଂସା । ସେ କହିଲା, "ଶାଲିମାର୍, ଶ୍ରୀନଗରର ସେଇ ପ୍ରସିଦ୍ଧ ଉଦ୍ୟାନ ନା ?" ।

ସୁମନ୍ୟୁ ହିଁ କଲେ ଆଉ କହିଲେ, 'ଆପଣ ଜାଣନ୍ତି ମି.ଜେମ୍ସ୍, ସେଇଠି ପ୍ରଥମେ ମୋଗଲ ସାମ୍ରାଜ୍ଞୀ ନୁର୍‌ଜାହାଁ ନିଜ ହାତରେ ଚିନାର୍ ଗଛ ଲଗେଇଥିଲେ ।

"ଓଃ... ରିଏଲି ?" କହିଥିଲା ସେ । ପରେ ପରେ କହିଲା ସେ ଜାପାନର ରଙ୍ଗିନ୍ ହିତ୍‌ଚି ଉଦ୍ୟାନ କଥା, ଯାହା ସେ ଦିହେଁ ପ୍ରଥମ ଶୁଣିଲେ ବିଦେଶୀ ବନ୍ଧୁଠୁ ।

ଗୋଟେ ରବିବାରରେ ଲକ୍ଷ୍ମିଟ୍ । ଥରେ ଦିନର ରିକ୍ୟେସ୍ଟ । ତା'ପରେ ସେ, ତାଙ୍କର ଫେମିଲି ଫ୍ରେଣ୍ଡ । ଉଇକ୍‌ଏଣ୍ଡରେ ସୁମନ୍ୟୁ ତା' ସହ ଡ୍ରିଙ୍କ୍ ବି କଲେ । ଟଳମଳ ହେଲେ । କିଛିଦିନ ପରେ– ତାକୁ ବି ନିଶା ଧରିଲା । ଜେମ୍ସ୍ ଆସିଲେ ସେ ମଦ୍‌ହୋସ୍ ହେଲା । ସେ ଇଂରାଜୀରେ ପି.ଜି କରିଥିଲା । ଇଂରାଜୀ କହିବାର ଅସୁବିଧା ନଥିଲା ତା'ର । ଦିନେ ସୁମନ୍ୟୁର ଅନୁପସ୍ଥିତିରେ ଜେମ୍ସ୍ ତା' ହାତ ଛୁଇଁଲା । ସେ ମନା କଲା ନାଇଁ । ଦିନେ, ସେ କପାଳରେ ଓଠ ଲଗେଇଲା । ସେ ଆଖି ବୁଜିଲା ସିନା, ମନା କଲା ନାଇଁ, ଦିନେ, ତା' ଓଠରେ ଓଠ ଥାପିଲା । ଦେହ ଉଲୁସି ଉଠିଲା, ସେ ମନା କଲା ନାହିଁ । ଆଉ ସେଦିନ ସଂଧ୍ୟାରେ, ମଶାଙ୍କ ଗୁଣୁଗୁଣୁ ବି ତାକୁ ପ୍ରେମ ସଙ୍ଗୀତ ପରି ଶୁଭିଲା ।

ତା'ପରେ ଲଗାମ୍‌ହୀନ ସମୟ । ଜୀବନ ।

ଜେମ୍ସ୍ ପ୍ରଥମ ପାହାଚରେ ତ ସେ ଉପର ପାହାଚରେ । ଚୁପ୍‌ଚୁପ୍ । ଝେରା ଝେରା ପରସ୍ପରକୁ ଛୁଇଁବା ନିଶାରେ ଦିହେଁ ପାଗଳ । ଦିନେ ଝୁଲିଗଲେ କୋଣାର୍କ, ସୁମନ୍ୟୁଙ୍କ ଅଜାଣତରେ । କୋଣାର୍କର ମିଥୁନ ମୂର୍ତ୍ତି ଦେଖିବା ପରେ ଗୋଟିଏ ହୋଟେଲ୍‌ରେ ରୁମ୍ ବୁକ୍ ହେଲା । ବିନା ପ୍ରୋଟେକ୍‌ସନ୍‌ରେ ଦିହେଁ ବିଛଣାକୁ ଗଲେ । ଜେମ୍ସ୍ ରସିକତା କରି କହିଲା, 'ଏ‌ଠୁ ଯିବା ପରେ ତୁମେ ମୋ' ନାଁରେ ଯୌନଶୋଷଣର କମ୍‌ପ୍ଲେନ୍ କରିବନି ତ ? ଇଣ୍ଡିଆରେ, ଟପ୍ ଲେଭେଲରେ ଏବେ ଏମିତି ହେଉଛି ନା ?'

ଜେମ୍ସର ମୁକୁଲା ଛାତିରେ ମୁହଁ ରଖି ସେ କହିଲା "ମୁଁ ତୁମକୁ ଭଲପାଉଛି ଜେମ୍ସ୍ । ଭଲ ପାଇବାରେ ଏମିତି ହୁଏନା" ।

"ତୁମେ କିଛି ଭୁଲ୍ କରୁନା ତ ଡିଅର ? ତୁମ ଦେଶରେ ତ ପାପ, ପୁଣ୍ୟ, ଠିକ୍, ଭୁଲ୍ କେତେ କଥା ଉଠେ" ।

"ମୁଁ ସୁଖ ରୁହିଁଥିଲି । ପାଇଲି । ସୁଖ ତ ସୁଖ । ସେଥିରେ ପାପ କ'ଣ, ପୁଣ୍ୟ କ'ଣ ? ମୁଁ ଜାଣେନା କିଛି" । ଏଇ ଉଦ୍‌ଗାଳ ବାସ୍ନାରେ ପାଗଳିନୀ ହୋଇଯିବା ଭଳି ସ୍ୱରରେ ସେ କହିଲା । କୋଣାର୍କରୁ ଫେରିବା ପରେ ସବୁ ଯେମିତି ଏପଟ ସେପଟ ହୋଇଗଲା । ଝୁଲୁଝୁଲୁ ସେ

ଝୁଣ୍ଟିଲା, ରାନ୍ଧୁ ରାନ୍ଧୁ ତରକାରି ପୋଡ଼ିଲା, ପବନ ଥିଲେ ବି କପାଳରେ, ମୁହଁରେ ଟିପିଟିପି ଝାଳ ବୋହିଲା । ଶିଉଳି ରଙ୍ଗର କମିଜ୍‌ରେ ଲାଲ୍‌ ଚୁନୁରି ପକାଇଲା । ରାତିରେ ସୁମନ୍ୟୁ ପାଖକୁ ଆସିଲେ, ସେ ଦୂରକୁ ଘୁଞ୍ଚିଗଲା । ଧରା ଦେଲା ନାଇଁଆଉ । ବାସ୍‌ । ସେଇଠୁ ଆରମ୍ଭ ହୋଇଗଲା ଖଟ୍‌ଖାଟ୍‌ । ଝଗଡ଼ାଝାଟି । କଥା କଟାକଟି । ଘର ସଂସାର ଟଳମଳ । ଥରେ ସପ୍ତାହ ପାଇଁ ଜେମ୍‌ସ୍‌ ଚେନ୍ନାଇ ଗଲା ।

ସେତେବେଳେ କି ଯେ ସଙ୍ଗୀନ ଅବସ୍ଥା ତା'ର । ଦିନେ ରାତିରେ ସୁମନ୍ୟୁକୁ ଜାବୁଡ଼ି ଧରି ବାଉଳି ହୋଇ ଡାକିଦେଲା ସେ, 'ଜେମ୍‌ସ୍‌ ମାଇଁ ଜେମ୍‌ସ୍‌ ।' ତା'ପରେ ତାଙ୍କ ଦାମ୍ପତ୍ୟକୁ ଆଉ ସମ୍ଭାଳେ କିଏ ? ସୁମନ୍ୟୁ ଗୁମ୍‌ସୁମ୍‌ । ଘରେ ଖିଆପିଆ ନାଇଁ । ଜେମ୍‌ସ୍‌ ଆସିବା ପରେ ସେ ତାକୁ ତା' ଘରେ ଯାଇ ଭେଟିଲା । କଥାଟି କହିଲା ସିରିୟସ୍‌ ହୋଇ ।

"ତେବେ... ତୁମେ କ'ଣ ରୁହଁ ?"

"ତୁମକୁ, କେବଳ ତୁମକୁ ?" ସମ୍ମୋହିତ ହୋଇ ସେ କହିଲା, ଝନ୍ଦ ହୋଇ ଝରିଗଲା ।

ଆଉ ସୁମନ୍ୟୁ ?

ତା'ର ଶୁଭ୍ର ଛାତିରେ ଅଙ୍ଗୁଲି ରଚନା କରି ସେ କହିଲା, "ମୋ'ର ଖାଲି ତୁମେ ଦର୍କାର । ତୁମ ପାଇଁ ସୁମନ୍ୟୁକୁ ମୁଁ ଛାଡ଼ିପାରେ ।" ସେଇ ମୁହୂର୍ତ୍ତରେ ଜେମ୍‌ସ୍‌ ତା' ହାତ ଚୁମି ତାକୁ ପ୍ରପୋଜ୍‌ କଲା । ଆମେରିକା ନେଇଯିବାକୁ କଥା ଦେଲା । ସେ ଆସିଲା । ଦମ୍ଭରେ କହିଲା ସୁମନ୍ୟୁଙ୍କୁ । ଡିଭୋର୍ସ ରୁହିଁଲା । ସଭିଏଁ ଶୁଣିଲେ । କଳଙ୍କ ଲାଗିଗଲା ତା' ଦେହରେ । ହେଲେ ସେ ଝନ୍ଦ ପାଇଲା । ନୂଆ ସ୍ୱପ୍ନରେ ମସ୍‌ଗୁଲ୍‌ ରହିଲା । କିଏ କ'ଣ କହୁଛି କହୁ, ସେ କାନ ବନ୍ଦ କଲା । ମା'ଘରର କବାଟ ବି ବନ୍ଦ ହେଲା । ପରବାସ୍ୟ କ'ଣ । ଜେମ୍‌ସ୍‌ ପାଇଁ ସେ ସବୁକିଛି ଛାଡ଼ିପାରେ । ଉଡ଼ିପାରେ । ବୁଡ଼ିପାରେ । ଭାସିପାରେ । ଜେମ୍‌ସ୍‌ ପ୍ରସ୍ତୁତି ଚଲେଇଛି । କିଛି ଆଉ ଝାମେଲା ନାହିଁ । ବିବାହ ବନ୍ଧନରୁ ବି ସେ ଏବେ ମୁକୁଳି ଆସିଛି ।

*** * * ***

ମୁକୁଳି ଆସିଲା ବି ବିଗତ ଦିନର ଫ୍ଲାସ୍‌ବ୍ୟାକ୍‌ରୁ ସୋମା ।

ଏବେ ଶାଲିମାର୍‌ର ସିମେଣ୍ଟ ବେଞ୍ଚରେ ସେ । ହଠାତ୍‌ ମନେ ପଡ଼ିଲା ମୋବାଇଲ୍‌ଟା ରୁମ୍‌ରେ ଛାଡ଼ି ଆସିଛି । ଆହା- ଜେମ୍‌ସ୍‌ ଖୋଜୁଥିବ ଯଦି । ଢାଞ୍ଚିଲା ଉପରୁ ଘରକୁ, ଟୁକ୍‌ଟିନ୍‌ ମୋବାଇଲ୍‌ ଉଠେଇ ଆଣିଲା । ଦେଖିଲା- ମିସ୍‌ଡ୍‌ କଲ୍‌ ନାଇଁ । ସେ ଟିକେ ଉଶ୍ୱାସ ହେଲା । ଲଞ୍ଚ ବନେଇଲା । ଖାଇଲା । ବିଛଣା ପ୍ରସ୍ତୁତ କରି କିଛି ବେଳ ଗଡ଼ିପଡ଼ିଲା । ସଂଧ୍ୟାରେ ଏକାଏକା କଫି ପିଇଲା । ଡିନର ଚିନ୍ତା ବି ନାଇଁ । ହୋଟେଲକୁ ଅର୍ଡର କରିଦେଲା । ସୁମନ୍ୟୁ ତ ମନା କରିଛି । ଲାଇଟ୍‌ ସୁଇଚ୍‌ ଦେଇ ସେ ଲାପ୍‌ଟପ୍‌ ଖୋଲିଲା । ଆଗରୁ କେତେ ଥର ଦେଖିଥିଲେ ବି ପୁଣି ଦେଖିଲା ତା' ନୂଆ ଘରର କିଚେନ୍‌ । ଲିଭିଂରୁମ୍‌, ପିଆନୋ ରୁମ୍‌ । ୱାଇନ୍‌ ସେଲାର । ସବୁ ସ୍ୱପ୍ନ ପରି । ସେ କ'ଣ କେବେ ଭାବିଥିଲା ଏମିତି ଏକ ଘର ଅଛି ତା' ଅପେକ୍ଷାରେ ? 'ଓଃ... ସୋ ସୁଇଟ୍‌ ଅଫ୍‌ ୟୁ ଜେମ୍‌ସ୍‌ ।' ସୋମା କହିଲା ନିରବରେ । ହୋଟେଲରୁ ଡିନର

ପାର୍ସଲ ଆସିଲା । ଖାଇଲା ସେ । କଲର୍ସ ଚ୍ୟାନେଲରୁ ନିୟମିତ ଦେଖୁଥିବା ସିରିଏଲ ଦେଖିଲା । ସୁମନ୍ୟୁ ଆସିଲେ ରାତି ଏଗାରଟାରେ । ରୁମ୍ ରେ ପଶି ଧଡ଼କିନା କବାଟ ବନ୍ଦ କଲେ । ସେ ମନେ ମନେ ହସିଦେଲା ଟିକେ । ଜେମ୍ସ୍‌କୁ ରିଂ କଲା । ତା' କଥା ନ ଶୁଣିଲେ ତା'ର ନିଦ ହୁଏନା । ସିଏ କଥା କହିଲେ, ତା' କୋଳରେ ଶୋଇବା ପରି ସେ ଶୋଇଯାଏ ।

'ନଟ୍ ରିଚେବଲ୍' ସ୍ୱର ଶୁଭିଲା ମୋବାଇଲରେ । କୁଆଡ଼େ ଗଲେ ? ଦଶମିନିଟ୍ ପରେ ପୁଣି ସେଇ କଥା । ଠିକ୍ ଅଛି କହିଲା ସେ । "ମିସ୍ ୟୁ ସୋ ମଚ୍ ଗୁଡ୍‌ନାଇଟ୍" ଲେଖି ଏସ୍‌ଏମ୍‌ଏସ୍ ଛାଡ଼ିଲା । ଶୋଇପଡ଼ିଲା । ସ୍ୱପ୍ନରେ ଦେଖିଲା ତାକୁ । ପାଇଲା ତା' ସ୍ପର୍ଶ ।

ଆରଦିନ ସକାଳ ।

ଜେମ୍ସ୍ ଦେହ ରଙ୍ଗ ପରି ଭାରି ଗୋରା । ଭାରି ତୋଫା ସେ ସକାଳ । ସୋମା ପୁଣି ରିଂ କଲା ତାକୁ । ରିଂ ହେଲା । ସେ ଭାବିଲା- ସେ ଟିକେ ମିଛିମିଛିକା ରାଗିବ । ମାନ କରିବ । ସିଏ ବୁଝୁ ଭାରତୀୟ ନାରୀର ମାନ-ଅଭିମାନରେ କେତେ ମାଧୁରୀ । କିନ୍ତୁ କଲ୍ ଏଷ୍ଟ ହେଲା । ସିଏ ଉଠେଇଲାନି । ନିଦ ଭାଙ୍ଗିନାଇଁ କି ? ତାକୁ ଉଠାଯାଉ, ତକିଆଟିଏ ଛାତିରେ ଯାକି ପୁଣି ରିଂ କଲା । ହେଲେ କାଇଁ- ଉଠେଇଲାନି ଯେ । ବାବୁ ଭାରି ସ୍ୱାସ୍ଥ୍ୟ ସଚେତନ । ଠାକୁରେ ଥିବେ । ଭାବିଲା ସେ । ଦାନ୍ତ ବ୍ରସ୍ କରି ମୁହଁ ଧୋଇ ଗ୍ରୀନ୍‌ଟି ବନେଇଲା, ସୁମନ୍ୟୁ ପାଇଁ ବି । କବାଟ ନକ୍ କରି ତାକୁ ଦେଇ ଆସିଲା । ନିଜେ ପିଇଲା । ମନଟି ଥାଏ ମୋବାଇଲ୍‌ରେ । ପୁଣି ଡାକିଲା । ଏଥର ଶୁଭିଲା ସୁଇଚ୍ ଅଫ୍‌ର ସ୍ୱର ।

ସୋମା ଅବାକ୍ ହେଲା । କଲ୍ ବ୍ୟାକ୍ ବି କରିନି ଆଉ ସୁଇଚ୍ ଅଫ୍ ହେଲା କେମିତି ? ମେଲ୍ ଚେକ୍ କଲା । ନା ତା'ଠୁ କିଛି ଖବର ନାଇଁ । ବ୍ୟସ୍ତ ହୋଇ ପଡ଼ିଲା ସେ । କିଛି ଅଘଟଣ ହୁଁ ଘଟିଯିଲିଛି । ଦୁର୍ଘଟଣା ବି ବଢ଼ିଯିଲିଛି । କିଛି ବି ହୋଇପାରେ । ସେ କେତେ ବା ଚିହ୍ନେ ଏ ଦେଶକୁ । ସବୁ ବିଦେଶୀକୁ ଟୁରିଷ୍ଟ ଭାବି ନାନା ହଇରାଣ ହରକତ କରାଯାଏ କେତେ ଜାଗାରେ । ସେଥିପାଇଁ ଅଭିନେତା ଅମୀର ଖାନ୍‌ଙ୍କ "ଅତିଥ ଦେବୋ ଭବଃ" ବିଜ୍ଞାପନ ଦେଖାଯାଉଛି ଟି.ଭି ଚ୍ୟାନେଲ୍‌ଗୁଡ଼ିକରେ ।

ଓହୋ... କେତେ କଥା ସେ ଭାବି ଯାଉଛି । ଟିକେରେ ସେ ସବୁବେଲେ ଏମିତି ବିଚଳିତ ହୋଇପଡ଼େ । ସୋମା ନିଜକୁ ତାଗିଦ୍ କଲା । ଏମିତି ବି ହୋଇପାରେ- ଏମ୍‌ସିରେ କୌଣସି ହାଏ ଅଫିସିଆଲ୍‌ଙ୍କ ଚ୍ୟାମ୍ବରରେ ଥାଇପାରେ ସେ । ଯୋଉଠି କି ମୋବାଇଲ ସୁଇଚ୍ ଅଫ୍ ରଖିବା ଜରୁରୀ ଥିବ । ସେ ଧୈର୍ଯ୍ୟ ଧରିଲା । ଅପେକ୍ଷା କଲା । ହେଲେ ଦିନ ସରିଗଲା ସିନା ଅପେକ୍ଷା ସରିଲା ନାହିଁ । ରାତି ଆସିଲା । ମୋବାଇଲ ରିଂ ହେଲା ନାଇଁ । ସେ କ'ଣ କରିବ ? କାହାକୁ କଣ୍ଟାକ୍ଟ କରିବ ? ତା'ର କେହି ବନ୍ଧୁକୁ ସେ ଜାଣେ କି ? ଜାଣେନା ସୁମନ୍ୟୁକୁ କହିବ । ସେ ଏଥରେ କ'ଣ ସାହାଯ୍ୟ କରିବ ତାକୁ ? ସେ ଏବେ ତା'ର କେହି ନୁହେଁ । କେବଳ, ପୂର୍ବତନ ସ୍ୱାମୀ, ମନା ବି କରିପାରେ । ଥାଉ ସକାଳ ହେଉ । ରାତିସାରା ଛଟପଟ । ନ୍ୟୁଜ୍ ଚ୍ୟାନେଲ ସବୁ ଅଦଲବଦଲ କରି ଦେଖିଲା । ସେ ରହୁଥିବା ହୋଟେଲରେ ଯଦି

କିଛି... । ମନ କହୁଥିଲା ନା ହୋଇ ନଥାଉ କିଛି ତା'ର । ସେ ଫେରିଆସୁ । ସେ ଶୋଇବାକୁ ଚେଷ୍ଟା କଲା । ପୁଣି ଗୋଟେ ରାତି ଜେମ୍‌ସ୍‌ ସହ କଥା ବିନା । ଦୂରତାରେ ଏତେ ଥାଏ ଯନ୍ତ୍ରଣା । ସେ ଭାବିଲା, ଭାବି ହେଲା । ରାତି ସରିଆସିଲା ବେଳକୁ ଆଖ୍ୟ ଲାଗିଗଲା ।

ଆରଦିନ ।

କବାଟ ଠକ୍‌ଠକ୍‌ରେ ଚମକି ପଡ଼ି ଉଠିଲା ସୋମା । ସୁମନ୍ୟୁ ଆସି ରଭ' ଦେଇଗଲେ । ସେ ପୁଣି ଜେମ୍‌ସ ନମ୍ବର ଲଗେଇଲା । ସେମିତି ସ୍ୱିଚ୍‌ ଅଫ୍‌ । ସୁମନ୍ୟୁକୁ କହିବ ? ଜଣକ ଭିତରେ କେତେ ବା ଧୈର୍ଯ୍ୟ ସାଇତି ହେଉଥିବ । ଦି'ଦିନ ହୋଇଗଲା । ଫୋନ୍‌ ନାଇଁ । ମେଲ୍‌ ନାଇଁ । ନିଶ୍ଚୟ ସିଏ କିଛି ଅସୁବିଧାରେ ପଡ଼ିଛି । କ'ଣ ହୋଇପାରେ ? ଏମିତି ଚୁପ୍‌ ରହେନା ସିଏ । ଗୋଆ ଓ ଚେନ୍ନାଇ ଟ୍ରିପ୍‌ରେ ତ ସେ ବରାବର ଫୋନ୍‌ କରୁଥିଲା । ଭାବିଲା ସେ ଜେମ୍‌ସର ମା'ଙ୍କୁ ମେଲରେ ପଚାରିଲା । ସେ ଉତ୍ତର ଫେରେଇଲେ "ଗୋଟେ ଡ଼ିକ୍‌ ହେଲା ଜିମ୍‌ ସାଙ୍ଗରେ ମୋ'ର କଥାକୁ ନାଇଁ" । ସେ ଅଧୀର ହୋଇପଡ଼ିଲା । ଅଥଚ ନର୍ମାଲ ରହିବାକୁ ଚେଷ୍ଟା କଲା । ତଳକୁ ଯାଇ ବଗିଚାରେ ଟିକେ ବୁଲାବୁଲି କଲା । ଗଛ ଓ ଫୁଲମାନଙ୍କୁ ପଚାରିଲା 'ଜେମ୍‌ସ କୋଉଠି ତୁମେ ଜାଣ ?' ସେମାନେ ତାଙ୍କ ଧୁନ୍‌ରେ ଥିଲେ । ତା' ଦୁଃଖ ବୁଝିଲେ ନାହିଁ । ଭାରି ଅଭିମାନ ଲାଗିଲା ତାକୁ । ସେ ଫେରିଆସିଲା । ହାଲ୍‌କା ବ୍ରେକ୍‌ଫାଷ୍ଟ ତିଆରି କଲା । ଖାଇବା ବେଳେ ସୁମନ୍ୟୁକୁ କହିଲା ତା' ଦୁଃଖକଥା । କହିଲା "ତା' ସେକ୍‌ସନ୍‌ରୁ ଟିକେ ବୁଝିବ ସୁମନ୍ୟୁ । ଆଉ କାହାକୁ କହିବି" । ସେ ଖାଲି 'ହୁଁ ଟିଏ କଲା । ଫ୍ୟାକ୍ସ୍‌ ଢ଼ଳିଗଲା । ସେ ହତାଶ ଦିଶିଲା । ପରେ କିନ୍ତୁ ସୁମନ୍ୟୁର ଫୋନ୍‌ ଆସିଲା । ତା' ସିନିଅର ଅଫିସର କହିଲେ, "ବ୍ୟକ୍ତିଗତ କାମରେ ସେ କୋଲ୍‌କାତା ଯାଇଛି । ଆଉ ଅଧିକ କିଛି ଖବର ସେ ଜାଣନ୍ତି ନାହିଁ ।"

"ଜାଣିବେ ନାଇଁ କେମିତି ? ଦି'ଦିନ ହେଲା ତାଙ୍କର ଜଣେ ଇଞ୍ଜିନିୟରଙ୍କ ପତ୍ତା ନାଇଁ– ସେ ଚୁପ୍‌ ବସିବେ ? ଖୋଜ୍‌ ଖବର ନେବେ ନାଇଁ ?"

"ତୁମେ ସେକଥା ତାଙ୍କୁ ପଚର । ଫୋନ୍‌ ନମ୍ବର ଏସ୍‌ଏମ୍‌ଏସ୍‌ କରୁଛି ।"

ସୁମନ୍ୟୁ ପଠେଇଥିବା ନମ୍ବର୍‌ରେ ସୋମା ଫୋନ୍‌ କଲା । ଉତ୍ତର ଦେଲେ ସିନିଅର: ମୁଁ ଏବେ ଅର୍ଜେଣ୍ଟ ମିଟିଂରେ ଅଛି ।

କୋହରେ ସେ ଉବୁଟୁବୁ ହୋଇଗଲା । ତା' ମନପ୍ରାଣର ଦଶା କିଏ ବୁଝିବ ? ଯିଏ ଯା' କାମରେ, ସ୍ୱାର୍ଥରେ । କେହି କାହାକୁ ଟିକେ ସାହାଯ୍ୟ କରିବେ ନାଇଁ ? କ'ଣ ହେଲା ଏ ଦେଶର ?

ବାର ବାର ଜେମ୍‌ସ ନମ୍ବରକୁ ରିଂ କରିବା, ଧୈର୍ଯ୍ୟ ରଖିବା, ଯା'ଛଡ଼ା କ'ଣ ଆଉ କିଛି ଉପାୟ ନାଇଁ ? ସୋମା ଭାବିଲା । ଅସ୍ଥିର ଭାବ ନେଇ ଭାରି କଳବଳ ହେଲା । କୁହୁକୁ ଫୋନ୍‌ କରିବ ? ନା...

ପୁଲିସ୍‌ ସାହାଯ୍ୟ ନବ ? ନା...

ନେଟ୍‌ରୁ କୋଲ୍‌କତା ଓ ଦିଲ୍ଲୀର ଏମ୍‌ସି ନମ୍ବର ଖୋଜି ପାରିବ ? ନାଁ ନାଁ...
ଜାଣିଲେ ଜେମ୍‌ସ୍‌ ବିଗିଡ଼ିପାରେ । "ନାରୀମାନେ ଟିକେକୁ ଛାନିଆ ହୁଅନ୍ତି । ସରଳ କାମକୁ
ଜଟିଳ କରିଦିଅନ୍ତି" ବୋଲି କହେ ସିଏ । ଆହୁରି କହେ, "ଶକ୍ତ ହୋଇ ସବୁଟି ସାମ୍ନା କରିବ ।
ସାହାସ ହେଉଛି ସବୁଠୁ ବଡ଼ କଥା । ସାହ୍ୟସ ହରେଇଲେ ହିଁ ତୁମେ ହାରିଯିବ ।"

ଠିକ୍ । ଠିକ୍ କଥା । ସୋମା ଟିକେ ଏପଟ ସେପଟ ହେଲା । ଜର୍କୀ ପାଖରେ ଠିଆ
ହେଲା । ବାଲ୍‌କୋନି ଆସିଲା । କିଚେନ୍‌ ଗଲା । ଆନମନା ଭାବ ନେଇ ଖାଦ୍ୟ ପ୍ରସ୍ତୁତ କଲା ।
ତାପମାତ୍ରା ଅଧିକ ନଥିଲେ ବି ତା'ର ଝାଲ ବୋହୁଥିଲା । ସେ ପୋଛି ଚଲିଥିଲା ମୁହଁ, ବେକ,
କପାଳ ।

ସଂଧ୍ୟା ହେଲା । କାରଖାନାର ସାଇରନ୍‌ ଶୁଭିଲା । ସେତେବେଳକୁ ହଠାତ୍‌ କିଛି ମନେ
ପଡ଼ିଲା ତା'ର । ଭିତରର ଅସ୍ଥିରପଣ ବଢ଼ିଗଲା । ସେ କଥାଟି କେମିତି ମନେ ନଥିଲା ତା'ର ?
ସତରେ– ଉପାୟଶୂନ୍ୟତା ବୋଲି କୌଠି କିଛି ନଥାଏ । ଉପାୟ ଥାଏ କୌଠି ନା କୌଠି ।
ଜେମ୍‌ସର କ୍ୱାର୍ଟର ଅଛି । ସେଠି ଅଛି ହରିଶ୍‌-ଘର ଓ ଜେମ୍‌ସ୍‌ କଥା ବୁଝେ । ଯତ୍ନ ନିଏ ସବୁର ।
ଜେମ୍‌ସକୁ ଡାକେ ସେ ସାହେବ । କିନ୍ତୁ ସିଏ କହେ– ଆମେ ବନ୍ଧୁ ଭଳି । ଜିମ୍‌ ଡାକିବ ମତେ ।
ସେଇ ହରିଶ୍‌କୁ ପଚରା ଯାଇପାରେ । ସେ ଜାଣିଥିବ– ହେଲେ ତା' ଫୋନ୍‌ ନମ୍ବର ତ ନାଁ ।
ସେ ତା' ଘରକୁ ଯାଇପାରେ । ସାଙ୍ଗେ, ସାଙ୍ଗେ ସୋମା ଡ୍ରେସ୍‌ ବଦଲେଇଲା । ହେଲ୍‌ମେଟ୍‌
ଆଣି ଘର ଲକ୍‌ କଲା । ତଳକୁ ଆସିବା ବେଳେ ଝୁଣ୍ଟି ପଡ଼ିଲା । ଉଃ... ବାହାରି ପଡ଼ିଲା ମୁହଁରୁ
ତା'ର । ଗ୍ୟାରେଜ୍‌ରୁ ହିରୋହଣ୍ଡା ପ୍ଲେଜର୍‌ କାଢ଼ି ସେ ଛୁଟିଗଲା 'ଡ଼ି' ବ୍ଲକ୍‌ । ଷ୍ଟ୍ରିଟ୍‌ ଲାଇଟ୍‌ ଜଳି
ସାରିଥାଏ । ମନରେ ଏତେ ଉଦ୍‌ବେଗ ଥିଲା ଯେ ସବୁ ଆଲୁଅ ତାକୁ ଲାଲ ଲାଲ ଦିଶୁଥାଏ ।
ହେଲେ ସେ ଖୋଜି ହେଲା ସବୁଜ ଆଲୁଅ ।

ଦଶମିନିଟ୍‌ର ଉଡ଼ାଣ ପରେ ସେ ପହଞ୍ଚିଗଲା ଘର ନମ୍ବର ଡ଼ି–୪/୭ରେ । ଗେଟ୍‌ ଖୋଲା
ଥିଲା । ହେଲେ... ଘରେ ଝୁଲୁଥିଲା ତାଲା । କୁଆଡ଼େ ଗଲା ହରିଶ୍‌ ? ଆଲୁଅ ଜଳୁଥିଲା । ଜର୍କୀ
ଖୋଲା, ଭିତରୁ ଶୁଭୁଛି ଶୁଆର ପାଟି– ମାନେ କୋଉ ପାଖ ଜାଗା ଯାଇଥିବ । ଅପେକ୍ଷା
ମୋଟେ ଭଲ ଲାଗେନା ତାକୁ । ହେଲେ ସେଇ ଅପେକ୍ଷା ହିଁ କରିବାକୁ ହେଲା । କିନ୍ତୁ
କେତେବେଳ ? ଅଧଘଣ୍ଟା ପରେ ସେ ଫେରିଆସିଲା ନିରାଶ ହୋଇ । ସମସ୍ତେ ଦାୟିତ୍ୱହୀନ ।

ସୁମନ୍ୟୁ ରାତିରେ ଫେରିଲେ । ଭଲ ବନ୍ଧୁଟିଏ ପରି ପଚରିଲେ "ଜେମ୍‌ସର ଫୋନ୍‌
ଆସିଲା ?"

ହତାଶ ସ୍ୱରରେ କହିଲା ସେ 'ନାଁ' ।

ଟି.ଭିର ଏକ ନ୍ୟୁଜ୍‌ ଚ୍ୟାନେଲ୍‌ ଚଲିଥିଲା ସେମିତି । ହଠାତ୍‌ ଗୋଟେ ଖବର ପ୍ରସାରିତ
ହେଲା ଯାହା ଶୁଣି ସେ ସ୍ତବ୍ଧ ହୋଇଗଲା । ଦିଲ୍ଲୀର ଚଣକ୍ୟପୁରୀ ଏରିଆରେ, କାର ଆକ୍ସିଡେଣ୍ଟରେ
ଜଣେ ବିଦେଶୀ ଯୁବକଙ୍କ ମୃତ୍ୟୁ । କ'ଣ କହିଲା ଚଣକ୍ୟପୁରୀ– ମାନେ... ଏମ୍‌ସି ଏରିଆ...
ମାନେ ? ଓଃ... ଜେମ୍‌ସ୍‌ ଭାବିଲା ସେ । କାଁ କାଁ ହୋଇ କାନ୍ଦିଲା । ସୁମନ୍ୟୁ ବି ନ୍ୟୁଜ୍‌ଟି

ଶୁଣିଲେ କି କ'ଣ ବାହାରି ଆସିଲେ ରୁମ୍‌ରୁ । କହିଲେ "କାନ୍ଦୁଛ କାହିଁକି ? ବଡ଼ି ତ ଆଇଡେଣ୍ଟିଫାଏ ହୋଇନି– ତୁମେ ତାକୁ ଜେମ୍‌ସ୍ ଭାବୁଛ କାହିଁକି ? ହେବ୍ ପେସେନ୍ ।" ସେ ଅଶାନ୍ତ ମନରେ ଘର ସାରା ବୁଲିଲା । ମେଲ୍ ଚେକ୍ କଲା । କଷ୍ଟରେ କଟିଲା ରାତି । କେତେବେଳେ କୋହ ତ କେତେବେଳେ ଝରଝର ଲୁହ । ସେ ମୋଟେ ସମ୍ଭାଳି ପାରୁନଥାଏ ନିଜକୁ ।

ସକାଳର ସୂର୍ଯ୍ୟ କିନ୍ତୁ ପୋଛିଦେଲା ତା' ଲୁହ । ନ୍ୟୁଜ୍‌ରେ ଆସିଥିଲା– ଇଂଲଣ୍ଡର ଜଣେ ଟୁରିଷ୍ଟ ସେ । ଉଇଲିୟମ୍ ତା' ନାଁ । ତା'ପରେ ଯାଇ ସେ ଉଶ୍ୱାସ ହେଲା । ସୁମନ୍ୟୁ ଯିବା ପରେ ସେ ପୁଣି ଧାଇଁଗଲା ଡି-୪/୭କୁ । ଆଜିକି ଚୌରିଦିନ ହୋଇଗଲା, ଭୋକ ଶୋଷ ନାଇଁ । ଯେମିତି ଚେତନା ଟିକକ ବି ନାଇଁ । ହରିଶ ଥାଉ ଘରେ । ସେ କିଛି ଖବର ଜାଣିଥାଉ... କହୁ ।

ସୋମା ଗେଟ୍ ଖୋଲିଲା । ଘର ଖୋଲା ଅଛି । ରକ୍ଷା । ହରିଶ୍‌କୁ ଡାକି ଡାକି ସେ ଲିଭିଂ ରୁମ୍‌ରେ ପଶିଲା । ଆରାମରେ ଟିକେ ବସିବାକୁ ଚାହିଁଲା । ହେଲେ... ଏଠି ଯୋଉ ସୋଫା ପଡ଼ିଥିଲା ? କାନ୍ଥରେ ପିପିଲି ରଘୁଆଟି ବି ନଥିଲା । ଆରେ... ଜିନିଷ ସବୁ କୁଆଡ଼େ ଗଲା ? ଖାଲି ଖାଲି ଲାଗୁଛି ଯେ । ସେ ଭିତରୁ ଆସିଲା ହରିଶ୍ ।

ତାକୁ ଦେଖି ସେ ଅବାକ୍ ହେଲା ପରି ସୋମାର ମନେ ହେଲା । ପଚାରିଲା ସେ, "ସୋଫା ସେଟ୍, ପିପିଲି ରଘୁଆ... ଏସବୁ କୁଆଡ଼େ ଗଲା ହରିଶ୍ ?"

"ବିକ୍ରି ହୋଇଗଲା ଆଖା । ପଲଙ୍କ, ଫ୍ରିଜ୍, ଆଲମିରା ସବୁ... ମତେ ବି କେତେ ଜିନିଷ ଦେଇଦେଲେ ।"

:କାହିଁକି ?:

"ଏତେ ଜିନିଷ ପତ୍ର ନେଇ ତାଙ୍କ ଦେଶକୁ କ'ଣ ଯାଇପାରିବେ ?" ଯିବା ଆଗରୁ ତା'ହେଲେ ସିଏ ସବୁ ତୁଟେଇ ଦେଇଛି । ଆଉ ବା ସମୟ କୋଉ ଥିବ ସେତେବେଳକୁ । ତାକୁ କିଛି କହିନି କିନ୍ତୁ । ସେ ମନରେ ଭାବିଲା ଆଉ ହରିଶ୍‌କୁ କହିଲା, "ହଁ ଠିକ୍ କରିଛନ୍ତି ତୁମ ସାହେବ... କେଇଟା ଦିନ ରହିଲା ଯେ ଯିବାକୁ... କାମ ସାରି ସେ ଆସୁଥିବେ !"

"ଇଆଡ଼େ ଆଉ କାଇଁକି ଆସିବେ ? ତାଙ୍କ ଗାର୍ଲଫ୍ରେଣ୍ଡ ଦିଲ୍ଲୀ ଆସି ଯାଇଛନ୍ତି, ସେଇଠି ବୁଲାବୁଲି କରି ଦିହେଁ ତାଙ୍କ ଦେଶ ପଳେଇବେ । ଗଲାବେଳକୁ ଅନ୍‌ଲାଇନ୍ ରିଜାଇନ୍ କରିଦେବେ ।"

: ଠିକ୍ ଜାଣିଛ ତୁମେ ?

"ହଁ । ଆପଣ ଜାଣିନାହାନ୍ତି ? ଏତେ ସାଙ୍ଗ ହଉଥିଲେ – ସାହେବ କିଛି କହିନାହାନ୍ତି ?"

"ଏଁ... ହଠାତ୍ ମୁଣ୍ଡ ଘୁରିଗଲା ତା'ର । ଝର୍କା ରେଲିଂ ଜାବୁଡ଼ି ପକେଇଲା ସେ । ଶକ୍ତି ସଞ୍ଚୟ କଲା । "କ'ଣ ହେଲା ଆଖା ?" ହରିଶ୍ ଦଉଡ଼ି ଯାଇ ଗୋଟେ ଗ୍ଲାସ୍ ପାଣି ଆଣିଦେଲା । ହେଲେ ସେ ପାଣି ପିଇବ କ'ଣ । ଗ୍ଲାସ୍‌ଟନ୍‌ବରିର ଚନଚନ ବରଫ ତଳେ କ୍ୟୋଟି ପଡ଼ିବା ଭଳି ତା' ଅବସ୍ଥା । ବହୁ କଷ୍ଟରେ ସେ ଘରକୁ ଫେରିଲା । କେମିତି ଫେରିଲା ସେ ଏକା ଜାଣେ ।

ରୁମ୍‌ ଭିତରକୁ ଆସିଲା । କାନ୍ଥରେ ମୁଣ୍ଡ ପିଟି ଭୋ ଭୋ ହୋଇ କାନ୍ଦିଲା । କଣ୍ଠଡ଼ି ହୋଇ ପଡ଼ିଲା ବିଛଣାରେ ।

"କ'ଣ... କ'ଣ ହେଲା ମାମା...?"

"କିଏ... କିଏ...?" ଏ ମଧୁର ସ୍ୱର କାହାର? କିଏ ତାକୁ ମାମା ଡାକିଲା? ପେଟ ଉପରକୁ ହାତ ଢଳିଗଲା ସୋମାର । ଶୁଭୁଛି ସେଇଠୁ ସେ ସ୍ୱର, ହଁ ସେ ସୂଚନା ପାଇଥିଲା କୁନି ଜେମ୍‌ସ୍‌ ଆସୁଛି । କହିଥିଲା ବି ତାକୁ । ସିଏ କହିଥିଲା "ଆମର ଗୋଟେ ହେପି ହେପି ଫ୍ୟାମିଲି ହେବ" ।

: ଏବେ...?

ଏକ ବରଫ ଝଡ଼ ଭିତରେ ସେଇ ହାପି ଫ୍ୟାମିଲିଟି କୁଆଡ଼େ ନିଖୋଜ ହୋଇଗଲା ଜଣାପଡ଼ିଲାନି । ସୁମନ୍ୟୁ ଆସିଲା ସେ ଆହୁରି କାନ୍ଦିଲା । କାନ୍ଦି କାନ୍ଦି ସବୁ କହିଲା । ସ୍ୱଚ୍ଛ ହୋଇଗଲା ସେ । ଏମିତି ବି ହୁଏ? ହୋଇପାରେ? ହାଓ ସ୍ୟାଡ୍‌...

: ମତେ ତୁମେ କ୍ଷମା କରିଦେବ ସୁମନ୍ୟୁ । ମୁହଁ ତଳକୁ ପୋତି ସୋମା କହିଲା ।

: ମୋ' କ୍ଷମାରେ କ'ଣ ଅଛି ଆଉ?

କହିଦେଇ ସୁମନ୍ୟୁ ତାଙ୍କ ରୁମ୍‌କୁ ଢଳିଗଲେ । ହେଲେ ପଛେ ପଛେ ଆସିଲା ସୋମା । କହିଲା "ତୁମେ କ୍ଷମା କରିଦେଲେ ସବୁ ଠିକ୍‌ ହୋଇଯିବ । ପୁଣି ଥରେ ଆମେ ପତିପତ୍ନୀ ହୋଇଯିବା ।" ଆଶାର ଆଖିରେ ସୋମା ଅନେଇଲା । ସୁମନ୍ୟୁ ବି ଅନେଇଲେ ତା' ଆଡ଼କୁ । ସତରେ ସେ ଭୀଷଣ ଭାବେ ଠକି ଯାଇଛି । ତେବେ, ଏଥିପାଇଁ ସେ କୌଣସି ଅଦାଲତର ଦ୍ୱାରସ୍ଥ ହୋଇପାରିବନି । ଯା ହୋଇଛି ତା'ର ସହମତିରେ ତ ହୋଇଛି । ତେବେ କ'ଣ କରିବ ସେ? ଜୀବନର ସେଇ ବିପର୍ଯ୍ୟୟର ସାମ୍ନା କରିବ କେମିତି?

"ମତେ ଗୋଟେ ସୁଯୋଗ ଦିଅ ସୁମନ୍ୟୁ । ଆଉ କିଛି ଖଟଖାଟ ହବ ନାଇଁ... ତୁମ ନାଁରେ ଆଉ କେବେ ଅଭିଯୋଗ ବି ଆଣିବିନି– ଆଇ ପ୍ରମିଜ୍‌ ମତେ ବିଶ୍ୱାସ କର" ।

ସୁମନ୍ୟୁ ତାଙ୍କ ପକେଟ୍‌ରୁ ମୋବାଇଲ କାଢ଼ିଲେ । ସ୍କ୍ରିନ୍‌ରେ ଜଣେ ଝିଅର ଫଟୋ ଦେଖେଇ କହିଲେ ସୋମାକୁ । "ଇଏ ସୁମିତା । ମୋ' ବେଷ୍ଟ ଫ୍ରେଣ୍ଡର ଭଉଣୀ । ମନେ ପକାଅ, ତୁମେ ତାକୁ ଦେଖିଛ । ସେ ଶୁଣିପାରେ ନାଇଁ କି କଥା କହିପାରେ ନାଇଁ । ମୋ' ସାଙ୍ଗ ତାକୁ ନେଇ ସବୁବେଳେ ଚିନ୍ତିତ ଥିଲା । ଆମର ଡାଇଭର୍ସ ପରେ ମୋ' ସାଙ୍ଗକୁ କହିଲି ମୁଁ ତାକୁ ସାଥୀ କରିନେବି । ଏଇ ଶ୍ରୀପଞ୍ଚମୀରେ ଆମ ବାହାଘର ହେବ ।"

ପାଦରେ ଆଉ ଜୋର ନଥିଲା ସୋମାର ।

ସେ ବସି ପଡ଼ିଲା ସୁମନ୍ୟୁଙ୍କ ବେଡ଼ରେ ଅତି ଅସହାୟ ଭାବେ । ସୁନ୍ଦରୀ ଗୋଲାପରୁ ଝଡ଼ି ପଡ଼ିଥିଲା ପାଖୁଡ଼ା ।

ସୁମନ୍ୟୁ ତାକୁ ନ ରହିଁ କହିଲେ ପୁଣି, "ବିଭାଘର ପରେ ସୁମିତା ଆସିବ ଏଠିକି । ତୁମକୁ ତେଣୁ ତା' ଆଗରୁ ଯିବାକୁ ହେବ । ଆଇ ଆମ ସରି ସୋମା ।"

ଫାଇଲିନ୍ ଆସିଥିଲା ।

ଋଳିଯାଇଥିଲା ।

ଏବେ ଫେରୁଛି ପୁଣି ତା' ଜୀବନକୁ । ପଛେ ପଛେ ଆସୁଛି, ଉନ୍ମତ୍ତ ହେଉଛି । ଲୁଟ୍ କରି ନେଉଛି ତା'ର ସମସ୍ତ ଆଶା ବିଶ୍ୱାସ, ବନ୍ଧୁବାନ୍ଧବ, ସାଥୀ ସହୋଦର । ସେ ଫେରି ଆସିଲା ସୁମନ୍ୟୁ ରୁମ୍‌ରୁ । ପାଦରେ ଦନ୍ତ ନେଇ ।

ହେଲେ କୁଆଡ଼େ ଯିବ ? କୋଉଠି ଲୁଚି ବସିବ ? କିଏ ଅଛି ତା'ର ? ଯିଏ ତାକୁ ଏକ ସୁରକ୍ଷିତ ଜାଗାକୁ ନେଇଯିବ ? ଜୀବନ ଦେବ ? ପ୍ରେମ ଦେବ ? ଆହତ ଡେଣାରେ ରଙ୍ଗ ଭରିବ ? ବିଶ୍ୱାସ ଫେରେଇବ ?

ଅଛି କେହି ଏମିତି ଜଣେ ଆଉ ନିଜର ହୋଇ ?

ସେଦିନ ଶ୍ରୀପଞ୍ଚମୀ । ସୁମନ୍ୟୁଙ୍କ ଫୋନ୍ ଆସିଲା । ବାହାଘର ପାଇଁ ଡାକୁଥିବେ ବୋଧେ– ସୋମା ସେମିତି ଭାବିଲା । କିନ୍ତୁ– ନା । ସେ କହିଲେ 'ଆଜତକ୍' ଚ୍ୟାନେଲ୍ ଲଗାଅ । ଦେଖ । ଇନ୍ଦିରାଗାନ୍ଧି ଏଆର୍‌ପୋର୍ଟରେ ଜେମ୍‌ସ ତା' ଗାର୍ଲଫ୍ରେଣ୍ଡ ସହ ଅଟକ ଅଛି । ପାଖାପାଖି କୋଟିଏ ଟଙ୍କାର ବ୍ରାଉନ୍‌ସୁଗାର ସେ ଦିହିଁଙ୍କଠୁ ଜବତ ହୋଇଛି ।"

ସୋମା ହାଁ କରି ରହିଗଲା । 'ଆଜତକ୍' ଚ୍ୟାନେଲ ଖୋଲିଲା ନାଇଁ । ଗୁମ୍ ହୋଇ ବସିଲା । ଉଭର ଆଡୁ ବୋହି ଆସୁଥିବା ଥଣ୍ଡାପବନ ତାକୁ ଝାଞ୍ଜି ଭଳି ଲାଗୁଥିଲା । ନୀଲ ଆକାଶରେ ଉଡ଼ିବା ପାଇଁ ଡେଣା ମେଲିଥିବା ପ୍ରଜାପତିର ରଙ୍ଗ ଛାଡ଼ି ଯାଇଥିଲା । ଟିକ୍‌ଟିକ୍ ପ୍ରଜାପତିରୁ କ୍ରମଶଃ ସେ ପାଲଟି ଯାଉଥିଲା ରୁମ ସାଲୁବାଲୁ ଗୋଟେ ସାଁବାଲୁଆ ।

❑

ଦାବିଦାର୍

"ଆରେ... କେତେବେଲେ ହେଲା ଏ କମାଲ୍‌ ?"

ରାତି ପ୍ରାୟ ଆଠଟା ବେଳକୁ ବିପିନ୍‌ ବାବୁ ଘର ଭିତରୁ ବାହାରିଲେ ବାହାରକୁ । ଦେଖିଲେ ପୋର୍ଟିକୋ ଝଲସିଯାଉଛି । ଗମ୍‌ଲା ସବୁରେ ଥିବା କ୍ରୋଟନ୍‌, କାକଟସ୍‌, ଗୋଲାପ ଓ ସେବତୀ ଗଛ ଉଜ୍ଜଳ ଦିଶୁଛନ୍ତି ଆଲୁଅ ମାଖି । ଗ୍ରୀଲ୍‌ ଗେଟ୍‌ରେ ଲାଗିଥିବା ସୁନେଲି ରଙ୍ଗ ଚକ୍‌ଚକ୍‌ କରୁଛି ।

ସେ ଖୁସି ହୋଇଗଲେ । ବଡ଼ପାଟିରେ ପତ୍ନୀଙ୍କୁ କହିଲେ –

: ହଇହୋ, ଆସ... ଦେଖିବ ଆସ...

ଲୁଗାକାନିରେ ହାତ ପୋଛି ପୋଛି ତାଙ୍କ ପତ୍ନୀ ଆସିଲେ । ଆଖି ନଟେଇ ଦେଖିଲେ ଝରିଆଡ଼େ । ହଜିଯାଇଥିବା ଜିନିଷ ଫେରି ପାଇବା ପରି ସେ ଖୁସି ହେଲେ । କହିଲେ – "ଯା'ହଉ ବାରଦିନର ଅନ୍ଧାର ପରେ ଆଜି ସ୍ଟ୍ରିଟ୍‌ ଲାଇଟ୍‌ ଦି'ଟା ଯାକ ଜଳୁଛି । ଭାରି ଭଲ ଲାଗୁଛି । ଆମ ଗଛମାନଙ୍କୁ ଦେଖ... ସେମାନେ ବି ଯେମିତି ଖୁସି ସେଲିବ୍ରେଟ୍‌ କରୁଛିନ୍ତି ।

: ତା'ହେଲେ ଆମେ ଆଗ ମ୍ୟୁନିସିପାଲିଟିକୁ ଧନ୍ୟବାଦ ଦେବା ଆଉ ତା'ପରେ ଖୁସି ସେଲିବ୍ରେଟ୍ କରିବା:

: କେମିତି ? ପଚାରିଲେ ତାଙ୍କ ପତ୍ନୀ ।

: ଆଉ କପେ କପେ ଗ୍ରୀନ୍ ଟି ରେ...: ମୁଲ୍‌ମୁଲ୍‌ ହସି ବିପିନ୍ ବାବୁ କହିଲେ ।

: ରୁଁ' ପିଇବା ପାଇଁ ତୁମର ଗୋଟେ ବାହାନା ଦର୍କାର ନୁହେଁ ? କହି କହି ସେ ଭିତରକୁ ଚାଲିଗଲେ ।

ବିପିନ୍‌ବାବୁ ତାଙ୍କ ଜମାନାର ଗୋଟେ ପୁରୁଣା ହିନ୍ଦୀଗୀତ ଗୁଣ୍‌ଗୁଣ୍‌ ଗାଇଲେ । ମନଖୁସି ଥିଲେ ତାଙ୍କୁ ଯୁବକ ଯୁବକ ଲାଗେ । ଗୀତ ଗାଇବାକୁ ଇଚ୍ଛା ଲାଗେ । ପତ୍ନୀ ରୁଁ' ନେଇ ଆସିଲେ । ପିଇ ସାରି ସେ କହିଲେ –

: ମୁଁ ଟିକେ ଏଇ ରାସ୍ତାରେ ଚହଲ୍ ମାରି ଆସୁଛି....

ଗେଟ୍ ଖୋଲି ସେ ରାସ୍ତାକୁ ଆସିଲେ । ସ୍ୱିଚ୍ ଲାଇଟ୍‌ର ଆଲୁଅ ଝରି ପଡୁଥିଲା । ମନେ ହେଉଥିଲା ରାସ୍ତାଟା କଂକ୍ରିଟ୍‌ରେ ନୁହେଁ ଆଲୁଅରେ ତିଆରି । ସୁଲୁସୁଲିଆ ପବନ ବି ବୋହୁଥିଲା । ପୁଣି ଗୀତର ଲହରୀ ଭିତରେ ସେ ଭାସି ବୁଲିଲେ । କିନ୍ତୁ ଟିକେ ପରେ 'ଆକ୍‌ଟିଭା'ଟେ ଆସି ତାଙ୍କ ପାଖରେ ଅଟକିଲା । ପଡ଼ୋଶୀ ଦୀପେନ୍ ବାବୁ –

: କ'ଣ ଆଜ୍ଞା ପବନ ଖାଉଛନ୍ତି ?

: ପବନ ସାଙ୍ଗରେ ଆଲୁଅ ବି... ହା... ହା...

: କୁହନ୍ତୁନି ଆଜ୍ଞା ଏ ଆଲୁଅ ପାଇଁ ମୁଁ ଯେତିକି ଧାଁ ଦୌଡ଼ କରିଛି... ଆଜି ଯାଇ ଠିକ୍ କରିପାରିଲି । ଖାଲି କମ୍‌ପ୍ଲେନ୍ ଦେଲେ କିଏ କେୟାର୍ କରିବ ଆଜ୍ଞା, ଅଫିସ ଗଲି । ଜେ.ଇଙ୍କୁ ଭେଟି ଅନୁରୋଧ କଲି । ସେ କହିଲେ –

: ମେନ୍ ପାୱାର୍ ସର୍ଟ । ଆପଣ ଦି'ଦିନ ପରେ ଆସନ୍ତୁ:

: ମୁଁ କ'ଣ ଛାଡ଼ିବା ଲୋକ ? ପୁଣି ଗଲି ମୋ'ର କାମଦାମ ଛାଡ଼ି । ବସି ବସି ଲାଇନ୍ ମ୍ୟାନ୍ ଦି'ଟାକୁ ଆଣିଲି । ସେମାନେ କାମ କଲାବେଲେ ଜଗି ରହିଲି । ରୁଁ' ପାଣି ଖର୍ଚ୍ଚ ଦେଇ ବିଦା କଲି ଏଇ ସଂଜବେଲକୁ...

: ଓ ହୋ... କେତେବଡ଼ କାମଟେ କଲେ ଆଜ୍ଞା, ବହୁତ ଧନ୍ୟବାଦ:

ବିପିନ୍‌ବାବୁ ଖୁସିରେ ତାଙ୍କ ସହ ହାତ ମିଲେଇଲେ ।

: "ପଢ଼ାଲୋକଙ୍କ ପାଇଁ ତ କିଛି କରିବାକୁ ପଡ଼େ ଆଜ୍ଞା । ହଉ ମୁଁ ଆସୁଛି" କହି ସେ ଚାଲିଗଲେ । ଭିତରକୁ ଆସିଲେ ବିପିନ୍‌ବାବୁ ।

ଆରଦିନ ।

ସେ ଯାଇଥିଲେ ଡେଲି ମାର୍କେଟ୍ । ପରିବାପତ୍ର କିଣିସାରି ନିଜର ଟୁହିଲର ପାଖକୁ ଫେରିବା ବେଲକୁ ହଠାତ୍ ଦେଖାହେଲା ୱାର୍ଡ ମେମ୍ବରଙ୍କ ସହ । ମେମ୍ବର ତାଙ୍କୁ ନମସ୍କାର କରି ପଚାରିଲେ: ଆପଣଙ୍କ ଲେନ୍‌ର ଲାଇଟ୍ ଜଲିଲା ତ ଆଜ୍ଞା ?

: ଆପଣ ଜାଣିଥିଲେ ?

: ଜାଣିଥିଲି ମାନେ ? ସେ ତାଙ୍କ କଳାଚମ୍‌ମାଟା କପାଳ ଉପରକୁ ଟେକିଦେଇ ବିଶେଷ ଠାଣିରେ କହିଲେ: କାମଟି ଆଉ କିଏ କରେଇଲା କି ? ସେଦିନ ମୁଁ ମହାଲକ୍ଷ୍ମୀ ନଗରର ଫାଷ୍ଟ ଲେନ୍‌ ଦେଇ ଫେରୁଥିଲି । ଦେଖିଲି କିଟ୍‌ କିଟ୍‌ ଅନ୍ଧାର ନା ସ୍ୱିଚ୍‌ ଲାଇଟ୍‌ ଜଳୁଛି ନା କା'ଘର ସାମ୍‌ନା ଲାଇଟ୍‌ ଜଳୁଛି । ଭାବିଲି, ଲୋକଙ୍କ କେତେ ଅସୁବିଧା ହଉଥିବ । ଆରଦିନ ସିଧା ଗଲି ଅଫିସ । ଜେ.ଇ ସେଠୀବାବୁଙ୍କ କଥାଟି କହିଲି । ମୁଁ ଯା' କହେ ସେଠୀବାବୁ ମନା କରନ୍ତିନି । ଲାଇନ୍‌ମ୍ୟାନ୍‌ ଡାକି କାମଟି କରି ଆସିବାକୁ ସେ ଅର୍ଡର କଲେ । ଲାଇନ୍‌ମ୍ୟାନ୍‌ କହିଲା 'ଟିକେ ଛାଡ଼ିକରି ଯିବି' । ମୁଁ କିନ୍ତୁ ତାକୁ ଜୋର କଲି: ଯା... କାମଟା ଶୀଘ୍ର କରି ଆ: କରିଦେଇ ଆସିଲା ବି ।

: କାମଟା ତେବେ ଆପଣ କରେଇଲେ ? ଯା' ହଉ... ଧନ୍ୟବାଦ: କହିଲେ ମନେ ମନେ ଭାବିଲେ — "ତେବେ ଦୀପେନ୍‌ବାବୁ କ'ଣ କଲେ ?" ଟିକେ ବାହାଦୂରୀ ପାଇବା ପାଇଁ ଖୁସବୁଦାର ମିଛଟେ କହିଲେ ?

ସେତେବେଳକୁ ଓ୍ୱାର୍ଡ ମେମ୍ବର କହୁଥିଲେ: ଲୋକଙ୍କ ସୁବିଧା ଅସୁବିଧାରେ ତ ଆମେ ଅଛୁ ଆଖ୍ୟା: ବିପିନ୍‌ବାବୁ ଲକ୍ଷ୍ୟ କରିଥିଲେ — କହିବାବେଳେ ମେମ୍ବର ଜଣକ ଲାଇନ୍‌ମ୍ୟାନ୍‌କୁ 'ତୁ' କହିଥିଲେ ଯାହା— ତାଙ୍କୁ ମୋତେ ଭଲଲାଗି ନଥିଲା । ତଳିଆ କର୍ମଚାରୀ ବୋଲି ତାଙ୍କୁ କାହିଁକି 'ତୁ' କୁହାଯିବ — ଏଥିରେ ସଂସ୍କାର ଆସିବା ଦର୍କାର ସେ ଭାବନ୍ତି... ସେ ଘରକୁ ଫେରିଲେ । ସଞ୍ଜବେଳେ–

ସେ ଓ୍ୱାକ୍‌ରେ ଯାଇଥିଲେ । ଗୋଟେ ଟପ୍‌ଅପ୍‌ ପକେଇବା ପାଇଁ ମୋବାଇଲ୍‌ ସେଣ୍ଟର୍‌ରେ ଅଟକିଲେ । ସେଠି ଜଣେ ତଥାକଥିତ ଯୁବନେତାଙ୍କ ସହ ଦେଖା ହୋଇଗଲା । ସେ ତାଙ୍କୁ "ନୂଆଖାଇ ଜୁହାର" କଲେ ତ ସେ ବି ସେଇ ଲାଇଟ୍‌ ଜଳିବା କଥାଟି ପରୁରିଲେ । ବିପିନ୍‌ବାବୁ ଭାବିଲେ ତେବେ ଏ ସହରର ସମସ୍ତେ ଜାଣିଥିଲେ ତାଙ୍କ ପଡ଼ାର ଅନ୍ଧାର କଥା ? ଭଲ ଭଲ । ସେ ବି ପରୁରିଲେ ସେଇ ଏକା ପ୍ରଶ୍ନ ।

: ତୁମେ ଆମପଡ଼ାର ଅନ୍ଧାର କଥା ଜାଣିଥିଲ ତା'ହେଲେ ?

ଯୁବନେତା ବସିବା ଜାଗାରୁ ଉଠି ପଡ଼ିଲେ । ସେଣ୍ଟର୍‌ରେ ଥିବା କଷ୍ଟମର ମାନଙ୍କୁ ବି ଶୁଣେଇବା ପରି କହିଲେ —

: ମହାଲକ୍ଷ୍ମୀ ନଗରର ଦୁଇଟା ପିଲା ସେଦିନ ମୋ' ପାଖକୁ ଆସିଲେ । କହିଲେ "ଦାଦା, ଆମ ପଡ଼ାର ଦି'ଟା ଯାକ ଖୁମ୍‌ଲାଇଟ୍‌ ଜଳୁନାଇଁ । ମୁଁ କହିଲି — 'ମ୍ୟୁନିସିପାଲିଟି ଅଫିସ୍‌ରେ କମ୍‌ପ୍ଲେନ୍‌ ଦିଅ' । ପିଲାଏ ମୁହଁ ଶୁଖେଇ କହିଲେ ଆମ କଥା କିଏ ଶୁଣିବ ଦାଦା ? ତୁମେ ଫୋନ୍‌ ଉଠେଇଲେ, ତୁମ ଆଓ୍ୱାଜ୍‌ ଶୁଣିଲେ ହେଲା କାମ । ତ, ମୁଁ ଫୋନ୍‌ ଲଗେଇଲି ସିଧା ଇ.ଓ ଙ୍କ ପାଖକୁ । ତାଙ୍କୁ କହିଲି — : ଆଜ୍ଞା! ଲୋକେ ଲାଇଟ୍‌ ଟ୍ୟାକ୍‌ ଦେବେ, ଆଉ ଅନ୍ଧାରରେ ଯା' ଆସ କରିବେ ? କିଛି ଦୁର୍ଘଟଣା ହେଲେ ଆପଣ ଦାୟୀ ରହିବେ, ବୁଝିଲେ ? ଖୁମ୍‌ ଲାଇଟ୍‌ ଖରାପ ହେଲେ, ସଜେଇବା ଦାୟିତ୍ୱ ଆପଣଙ୍କ ଅଫିସର କି ନୁହେଁ ? ମହାଲକ୍ଷ୍ମୀ ନଗରର ଲାଇଟ୍‌ ଶୀଘ୍ର ସଜଡ଼ା ହେବ... ମୁଁ କିଏ ଜାଣିଲେ ତ ? ଆମ ଏମ୍‌.ଏଲ୍‌.ଏ ଙ୍କ ଖାସ୍‌

ଲୋକ ପ୍ରଦୀପ ଦାସ । ଇ.ଓ. ଟିକେ ଦବି ଗଲେ । ଧୀରେ କହିଲେ — ଆପଣଙ୍କ କାମ ହୋଇଯିବ । ଦେଖନ୍ତୁ, ହେଲା କି ନାଇଁ ? ଯୁବନେତା ଜଣେଇଦେଲେ ନିଜର ନାଁ, ପରିଚିତ, କ୍ଷମତା ।

ବିପିନ୍‌ବାବୁ ତାଙ୍କୁ ବି ଧନ୍ୟବାଦ ଦେଲେ ।

ଟପ୍‌ଅପ୍‌ ପକେଇ ଘରକୁ ଫେରିଲେ । ଫେରିବା ବେଳେ ଭାବନାରେ ଥିଲେ, ଚିନ୍ତାରେ ଥିଲେ । ସ୍ଟ୍ରିଟ୍‌ଲାଇଟ୍‌ ଜଳିଲା । ତା' ପାଇଁ ତିନିଜଣ ଦାବିଦାର୍‌ । କାହାର ଦାବି ଠିକ୍‌ ? କିଏ ସତ୍‌ କିଏ ଅସତ୍‌ ? ଜଣେ ନିଶ୍ଚୟ କାମଟି କରିଥିବ, ଅନ୍ୟ ଦୁଇଜଣ ଖାଲି ଶ୍ରେୟ ନେବାକୁ ରହିଁଥିବେ । କାହିଁକି ଏମିତି ହୁଏ ? କାମ କରି ପ୍ରଶଂସା ନିଅ, ହେଲେ କାମଟି ନକରି ଲୋକେ କେମିତି ରହାନ୍ତି ପ୍ରଶଂସା ? ସାବାସି ? ଏଇ ମାନସିକତାର ପବନ ଏବେ ଉଡ଼ି ବୁଲୁଛି, ଖାଲି ଲୋକଙ୍କୁ ଛୁଇଁଯାଉଛି ତା' ନୁହେଁ — ସେ ଛୁଇଁ ରଖିଛି ଅନୁଷ୍ଠାନ ମାନଙ୍କୁ । ରାଜନୈତିକ ଦଳଙ୍କୁ । ଟିକେ କ'ଣ କାମ ଆରମ୍ଭ ନ ହେଉଣୁ ଦାବି ହେଉଛି ଏ କାମଟି ଆମେ, ଆମ ଅନୁଷ୍ଠାନ କରିଛି, ଆମ ପାର୍ଟି କରିଛି । ଜୋରଦାର୍‌ ପ୍ରଚାର ପ୍ରସାର ସେଥିପାଇଁ ବାହାବା, ବାହାଦୁରୀ ସାଉଁଟା । କ୍ୟାମେରା ସାମ୍ନାକୁ ଆସିବା ବ୍ୟାକୁଳତା । ନୀରବ, ନିଃସ୍ୱାର୍ଥପର କାମରେ ଆଉ କାହାରି ବିଶ୍ୱାସ ନାଇଁ, ଆଗ୍ରହ ନାଇଁ, ସମର୍ପିତ କର୍ମୀ କେତେଜଣ ବା ଅଛନ୍ତି ? ଅର୍ଥପୂର୍ଣ ଜୀବନ କେତେଜଣ ବଞ୍ଚୁଛନ୍ତି ?

କାହିଁକି ? କାହିଁକି ଏମିତି ହେଉଛି ?

ବିପିନ୍‌ବାବୁ କାରଣ ଖୋଜୁଥିଲେ ।

ରାସ୍ତାରେ ଭିଡ଼ । ଯାନବାହନର ଶ୍ରୁତିକଟୁ ହର୍ନ, କୋଲାହଲ, ତା'ରି ଭିତରେ ବି ଭାଙ୍ଗୁ ନଥିଲା ଭାବନା । ହଉଥିଲା ଗଭୀର, ଗମ୍ଭୀର ।

ସନ୍ଧ୍ୟାଠୁ, ରାତି ତା'ର ଦାୟିତ୍ୱ ନେଇ ସାରିଥିଲା । ଆକାଶରେ ଟ୍ୱପ୍‌ଟପ୍‌ ତାରାଫୁଲ ସ୍ୱାଗତିକା ଲେଖୁଥିଲେ । ବିପିନ୍‌ବାବୁ ଟିକେ ସାବଧାନ ହୋଇ ରଖିଲେ । ରାସ୍ତାର ବାଁ, ଡାହାଣ, ମଝାମଝି ଗାଈ, ଗୋରୁ ଶୋଇଥିଲେ ଭାରି ନିଶ୍ଚିନ୍ତରେ । ସେମାନଙ୍କ ମାଲିକ୍‌ ବି ଥିବେ ନିଶ୍ଚିନ୍ତରେ । ପୁଲିସ୍‌ ଓ ପ୍ରଶାସନ ବି ଏମାନଙ୍କୁ ତାଙ୍କର ଠିକଣା ବତେଇବାକୁ କାଇଁ କେହି ତ ଦାବିଦାର ନାହାନ୍ତି । ବିନା ସ୍ୱାର୍ଥରେ କେତେଜଣ ବା ଥା'ନ୍ତି ବାଟ କଢ଼େଇନେବାକୁ ? ସେ ସବୁ ରୁଗ୍‌ଣ ମାନସିକତାରେ ବ୍ୟଥିତ ହୋଇ ସେ ଖୋଜୁଥିଲେ କାରଣ । ଖୋଜିବା ଭିତରେ ସେ ଆସି ପହଞ୍ଚିଲେ ସର୍ବଶକ୍ତିମାନ ସମୟ ପାଖରେ । ସମୟର ବିଶ୍ୱରୂପ ଦେଖି ଲୋକଙ୍କ ମନରେ ଭୟ, ଆଶଙ୍କା, ନିଜର ସ୍ଥିତି ନେଇ ସଭିଏଁ ସନ୍ଦିହାନ୍‌ । ବୋଧେ ସେଇ ମାନସିକତା ନେଇ ସଭିଏଁ ଭାବୁଛନ୍ତି —

ମୁଁ ହଜିଯିବି କି ?

ମୁଁ ହାରିଯିବି କି ?

ସେଥିପାଇଁ ସଭିଏଁ ଚେଷ୍ଟା କରି ରଖିଛନ୍ତି ନିଜକୁ ଜାହିର କରିବାପାଇଁ ନିଜକୁ ଚିହ୍ନେଇବା ପାଇଁ । ଯା'କୁ ବୋଧେ କୁହାଯାଏ "ଆଇଡେନ୍‌ଟିଟି କ୍ରାଇସିସ୍‌" । ପରିଚିତି ସଙ୍କଟ ।

ସମୟ ପାଖରୁ ସେ ଆସି ପହଞ୍ଚିଯାଇଥିଲେ ନିଜ ଘର ପାଖରେ । ରାସ୍ତାରେ ସେମିତି ଝରିପଡ଼ୁଥିଲା ଆଲୁଅ । ଦିଶୁଥିଲା ଜହ୍ନରାତି ପରି ସୁନ୍ଦର । ସେ ତାକୁ ପରଖିଲେ — : ସେଇ

ତିନିଜଣଙ୍କ ଭିତରେ କିଏ ସତ କହୁଥିଲା କହ ତ... ଗେଟ୍‌ରେ ହୁକ୍ ଖୋଲିବାକୁ ହାତ ବଢ଼େଇଲା ବେଳେ ପଛରୁ ଶୁଭିଲା,

: ଆଜ୍ଞା... ଜୁହାର:

: ହଁ... ଜୁହାର: ବିପିନ୍‌ବାବୁ ଦେଖିଲେ ଦି'ଜଣ ଲାଇନ୍‌ମ୍ୟାନ୍। ସେମାନେ ଏଠି କାହିଁକି ? ସବୁତ ଠିକ୍‌ଠାକ୍ ଅଛି। ତାଙ୍କ ଭିତରୁ ଜଣେ କହିଲା —

: ଆଜ୍ଞା! କାଲି ଆମେ ଏରିଆ ଚେକିଂ ପାଇଁ ଆସିଥିଲୁ। ଫେରିବାବେଳେ ଦେଖିଲୁ ଆପଣଙ୍କ ଏରିଆରେ ଦି'ଟା ଯାକ ଲାଇଟ୍ ପୋଷ୍ଟ କାମ କରୁନି। ଅନ୍ଧାର ଦିଶୁଛି ହେଲେ ଆମେ ଚେକ୍ କଲୁ — କମ୍‌ପ୍ଲେନ୍ ନଥିଲା। ତଥାପି ଆମେ ଚେକ୍ କଲୁ। ଯାହା ଡିଫେକ୍ଟ ଥିଲା ଠିକ୍ କରିଦେଇ ଗଲୁ। କିଛି ବକ୍‌ସିସ୍ ମିଳିଥିଲେ...:

ବିପିନ୍‌ବାବୁ ଆବାକାବା। ସେ ସେମାନଙ୍କୁ ବିଦା କଲେ। ବାହାରେ ଘଡ଼ିଏ ଠିଆ ହୋଇ ଭାବିଲେ — ସେ ତିନିହେଁ ତାହେଲେ ଗୁଲିଗପ କହିଲେ! ଖାଲି ପ୍ରଶଂସା ଟିକେ ପାଇଁ ? ବାହାଦୁରୀ ନେବାପାଇଁ ? ୱ୍ୟ...

କୋଉଠି ଗୋଟେ ସେ ପଢ଼ିଥିଲେ...

"ସଫଳତାର ଅନେକ ଦାବିଦାର, ବିଫଳତା ଚିରକାଳ ଅନାଥ", କିଛି ନ କରିବି ଶ୍ରେୟ, ନେବା; ନିଜକୁ ଜାହିର୍ କରିବା, ନିତିଦିନିଆ କଥା ହେଲାଣି, ସଂସାରର ନିୟମ ଓ ଜୀବନର ଗୀତ ହୋଇଗଲାଣି।

ହେଲେ ସେ ସଂଗୀତ ସୁମଧୁର ନୁହେଁ, ଦିନକୁ ଦିନ ଶ୍ରୁତିକଟୁ ହୋଇ ଉଠିଛି। ଯାହା ଡାକିଆଣୁଛି ଏକ ବିପଦିକୁ। ସେଇ ବିପଦିକୁ ସଂପୂରି ଭାବି ଲୋକେ ବାଚବଣା ହେଉଛନ୍ତି। ସିଦାସାଧା ମଣିଷଟିକୁ ସେ ବିପଦି ଜଟିଲ କରୁଛି। ସ୍ଟ୍ରିଟ୍‌ଲାଇଟ୍‌ରେ ଆଲୁଅ ଓ ଆକାଶର ତରାଫୁଲ ଆଡ଼େ ସେ ପୁଣି ରହିଁଲେ। ପରଖିଲେ — ସଂସାର ଓ ସମୟର ଗତି କୁଆଡ଼େ ?

ଦୀର୍ଘଶ୍ୱାସଟେ ଝରିଗଲା।

ସେ ଗେଟ୍ ଖୋଲିଲେ। କଲିଂବେଲ୍ ଟିପିଲେ। କବାଟ ଖୋଲିବାକ୍ଷଣି ଅତି ଗମ୍ଭୀର ସ୍ୱରରେ ପତ୍ନୀଙ୍କୁ କହିଲେ : କପେ ରଂ' ଦିଅ ତ..

ପୋଷାକ ନ ବଦଲେଇ ଭାବ ଗମ୍ଭୀର ମୁଦ୍ରାରେ ରଂ' ପିଇଲେ ସେ।

ସେ ସବୁକଥା, ମାନସିକତା, ମୁଢ଼ି, ଚିନାବାଦାମ ଛେପା, ଚିରାଫଟା କାଗଜ ଓ ପଲିଥିନ୍ ଭଳି କଥା, ବିନା କାରଣରେ ପବନରେ ଉଡୁଥିବେ ଫର୍‌ଫର୍। ଗଭୀର ସମୁଦ୍ରର ମାଛ ହେବାଲାଗି କି ଦୂର ଆକାଶର ଚଢ଼େଇ ହେବା ଲାଗି ଆଜି ଆଉ ମଣିଷ ପାଖରେ ସମୟ ନାଇଁ କି ଆଗ୍ରହ ନାଇଁ।

ବିପିନ୍‌ବାବୁ ଭାବିଲେ।

ଆହୁରି ଭାବମୟ ଦିଶିଲେ।

❑

ଦାଦନ କନ୍ୟାର ହସ

ଠିକ୍ ଦଶମାସ ଦଶଦିନ ପରେ ଗାଁକୁ ଫେରୁଛି ଜଗମୋହନ। ସାଙ୍ଗରେ ସ୍ତ୍ରୀ ଯମୁନା, ନ' ବର୍ଷର ଝିଅ ଜାନ୍‌କୀ। କୋଡ଼ିଏ ଘଣ୍ଟାର ରେଲଯାତ୍ରା। ଏଇ ଟିକେ ଆଗରୁ ହିଁ ରେଲରୁ ଓହ୍ଲାଇଲେ ସେଇ ତିନିପ୍ରାଣୀ। ଷ୍ଟେସନ୍‌ରୁ ଗାଁ ଋରିକୋଶ ବାଟ। ହେଲେ — ଗୋଟେ ସର୍ଟକଟ୍ ବାଟ ବି ଅଛି। ଜଲ୍‌ଦି ପହଞ୍ଚ ହେବ। ବୁଦୁବୁଦୁକିଆ ଜଙ୍ଗଲ ବାଟ, କଣ୍ଟାଝଣ୍ଟା, ବିଷାକ୍ତ ପୋକ, ଜୋକର ଭେଟ। କିନ୍ତୁ ଜଗମୋହନ ସେଇ ବାଟ ବାଛିଲା। ଭାବିଲା — ସେମାନେ କ'ଣ କମତମ୍ ଗୋଟେ ଜଙ୍ଗଲରୁ ମୁକୁଲି ଆସିଛନ୍ତି! କମ୍ ବଡ଼ବଡ଼ ଭେଟ ସହିଛନ୍ତି। ଇଏ ତ କିଛି ନୁହେଁ। ସେଇ ବାଟରେ ସେମାନେ ଏବେ ଋଲିଛନ୍ତି। ବେଶ୍ ଫୁର୍ତ୍ତିରେ ଆଗରେ ଋଲିଛି ଜାନ୍‌କୀ। ଯେମିତି ଗାଁକୁ ଯାଇଥିବା ସବୁ ବାଟଘାଟ ସେ ଜାଣେ।

ଯମୁନା ଆସୁଛି ପଛରେ। ମୁଣ୍ଡରେ ବୋହିଛି ଗୋଟେ ପ୍ଲାଷ୍ଟିକ୍ ବସ୍ତା।

: ଅଥା ଲାଗୁଛି କି ଯମୁନା ? ବସ୍ତା ଦବୁ ମତେ ? ପଚାରିଲା ଜଗମୋହନ ।

: ନାଇଁ ନାଇଁ ଝଲ... ଗୁଚେ ତ ବୁହିଛ... କେତେଟା ବୁହିବ ?

: ଯମୁନା... ଆମ ଗାଁର ନାଁ କ'ଣ କହିଦେଖ୍ ତ..

: ଦଶଟା ମାସ ବାହାରେ ରହିଲି ଯେ 'କାନିବାହାଲ୍'ର ନାଁଟା ପାସରିଯିମି ?

: ହଉ, ଇଥର କହ, ଯୋଉଠୁ ଆସୁଛୁ ସେ ଜାଗାର ନାଁ... ଜଗମୋହନ ପରୀକ୍ଷା କଲାଭଲି ସ୍ତ୍ରୀକୁ ପଚାରିଲା ।

: ଆନ୍ଧ୍ରା... ହାଦ୍ରାବାଦ... ଇଟାଭାଟି ଥିବା ସେ ଗାଁର ନାଁ କ'ଣ ଯେ... କ'ଣ ନାଁଟେ... ହଁ... ହଁ ରଙ୍ଗାରେଡ଼ି... ନାଇଁ କାଁ' ଗୋ ? ହେଲେ ଆଉ ସେ ଗାଁର ନାଁ ଧର ନାଇଁ... ଏଭେ ଖାଲି ଆମର କାନିବାହାଲ୍ ।

: ଠିକ୍ ଆଏ ଯମୁନା ଠିକ୍ । ସେ ଇଟାଭାଟିର ନାଁ ଆଉ କେଭେ ନାଇଁ ଧରୁଁଯିବାର ତ ଦୂରର କଥା:

ଡେବ୍ରି କାନ୍ଧରୁ ଭୁଜ୍ନି କାନ୍ଧକୁ ବସ୍ତାଟି ଆଣି ସଜେଇଲା ଜଗମୋହନ କହିଲା —

: କେଡ଼େ କଷ୍ଟ ସେ ଜାଗାରୁ ମୁକୁଲି ଆସିବା, ଜାନ୍ଲୁ ତ ? ଏନ୍.ଜି.ଓ ଆଖ୍ଯାମାନେ ନାଇଁ ଥିଲେ ଆମର ଅବସ୍ଥା କାଣା ହେଇଥା'ନ୍ତା । ଶହେ ଜୁହାର ତାଁହାକେ । କେତେ ହିନସ୍ତା, ହଟହଟାରୁ ସେମାନେ ଆମ୍କେ ରକ୍ଷା କଲେ: ଟିକେ ଭଲରେ ଝଲିବାକୁ ଯମୁନା ଶାଢ଼ିକାନିକୁ ଅଣ୍ଟାରେ ଖୁଣ୍ଟିଦେଇ କହିଲା —

: ଏତେ କଥା କ'ଣ ମୁଇଁ ଜାନିଥିଲି ? ଇଟାଭାଟିରେ କେତେ ଗୁଲ୍ଗୁଲା ଗୋ....

: ମୁଇଁ ଜାନିଥିଲି । କହି ତ ଥିଲି ତତେ । ତୁଇ ଜିଦ୍ କଲୁ ଯିମା... ଯିମା... ଗଲୁ । କ'ଣ ଲାଭ ପାଏଲୁ ? କେତେ ଟଙ୍କା ଆଣିପାର୍ଲୁ ? ସେ ଦାଦନ ନୁହେଁରେ ଯମୁନା... ସୁନାର ହରିନ୍... ଆଏ... ଖାଲି ଲୋଭ ଦେଖାସି; ବାଟ୍ ବଣା କରସି...

: ଗୋଟେ ଆସରେ ଗଲି । କିଛି ଟଙ୍କା ରୋଜ୍ଗାର କରି ଆନ୍ଲେ ଆମର ଜମିଟା ମୁକ୍ଲି ଆସ୍ବା । ଫେର୍ ଝଷବାସ୍... ତୂଆଟେ ଖୋଲିବା ଲୋଭ ବି । ଚିକ୍ନି ସର୍ଦାର ସେ ଲୋଭ ଦେଖେଇଥିଲା...

ପଷ୍ଟେଇ ହେଲାବେଲେ ଭାରି ନିରିମାଖୀ ଲାଗୁଥିଲା ଯମୁନା ।

ଝଲୁଥିଲା ଜାନକୀ ଆଗରେ... ହେଲେ ଥରକୁ ଥର ପଛକୁ ଝହୁଁଥିଲା । ବାପା-ମା'କୁ ଝହିଁ ମୁଲ୍କିନା ହସିଦେଉଥିଲା । ଯେମିତି ଦନ୍ତ ଦଉଥିଲା । କହୁଥିଲା — ଆସ.. ପାଖେଇ ଆସୁଛି ଗାଁ ଆମର ଗାଁ...

ଜଗମୋହନ ଜାନିଛି — ଅଛି ଆଉ ଅନେକ ବାଟ ଝଲିବାକୁ । ଏବେ ତ ଜଙ୍ଗଲ ବି ସରିନାଇଁ । ସେମାନେ ଝଲୁଥିଲେ, ଶୁଖିଲା ପତ୍ର ଉପରେ ଶୁଭୁଥିଲା ଛପ୍ ଛପ୍... ଛମ୍ଛମ୍ । ପବନ ସୁସୁ ବହୁଥିଲା । ମଶା, ମାଛି, କୀଟ, ପତଙ୍ଗ ଉଡ଼ି ବୁଲୁଥିଲେ । ପକ୍ଷୀମାନଙ୍କ ଚିଁଚିଁ ଚିଁଚିଁ ଶୁଭୁଥିଲା ।

ଜାନ୍‌କୀ ଟିକେ ଧାଉଁଥିଲା । ଯମୁନା ତାଗିଦ୍‌ କରୁଥିଲା: ଜାନରେ... କଲେ କଲେ ଋଲ ।

ଜଗମୋହନ ଭାବୁଥିଲା —

ଏଇ ଜାନ ହିଁ ତାଙ୍କ ଦୁଇ ପ୍ରାଣୀର ପ୍ରାଣ ବି ଧନବି । ସେ ଟିକେ ଝୁଣ୍ଟେଇ ହେଲେ ତାଙ୍କ ଛାତି କରଟି ହେଇଯାଏ । କିନ୍ତୁ... ଇଟାଭାଟିରେ ? ତାକୁ ବି ଦିନରାତି ଖଟୋଉଥିଲା ମୁନିମ୍‌ । କାମରୁ ରିହାତି ଦଉ ନଥିଲା । ତା' କଥା ନ ଶୁଣିଲେ ଠାଏ କରି ଚଟକଣା ମାରୁଥିଲା । ଲାଲ୍‌ ହୋଇଯାଉଥିଲା ତା' ନରମ ଗାଲ । ସେଥିରଲାଗି ମୁନିମ୍‌ ସହ ତା'ର ନିତି ଝଗଡ଼ା, ହାତାହାତି ।

: ସେ ଏଠି କାମ କରିବ ନାଇଁ: ପ୍ରତିବାଦ କରୁଥିଲା ସେ ।

: ରାଜକୁମାରୀ ହୋଇଛି ତୋ ଝିଅ ? କାମ କରିବ ନାଇଁ ?

ମୁହଁ ଶୁଖିଯାଉଥିଲା ତା'ର ସେ ପଦେ କଥାରେ । ଶିଶୁ ଶ୍ରମିକ ଆଇନ, ସେଠି କିଛି କାମ ଦଉ ନଥିଲା । ଖାଲି କ'ଣ ସେ ଆଇନ୍‌ କୌଣସି ଆଇନ୍‌ କାନୁନ୍‌ ସେଠି ଋଲୁ ନଥିଲା । ଋଲୁଥିଲା ଠିକାଦାର ଓ ମାଲିକ୍‌ରାଜ୍‌ ।

ସେମାନେ ଦିନରାତି ଖଟୁଥିଲେ । ଅଥଚ ସବୁବେଳେ ଗାଲିଗୁଲଜ ଶୁଣୁଥିଲେ । କଥା କଥାରେ — କୁଆ, କମିନା ଆଉ କାନରେ ଶୁଣି ହଉନଥିବା ଗାଲି ମା'କୁ ଲଗେଇ, ଝିଅ ଭଉଣୀକୁ ଲଗେଇ । ଯମୁନା ଅତିଷ୍ଠ ହୋଇ ପଡ଼ୁଥିଲା । କହୁଥିଲା — : ଜାନର ବାପା, ଋଲ ପଳେଇ ଜିମା... ଏ ଜାଗାରୁ ଇଏ ତ ଖାସ୍‌ ଯମପୁର... ଆଏ ଗୋ...

କିନ୍ତୁ ସେ ଜାଣିଥିଲା, ସେଠୁ କେହି ନିଜ ମର୍ଜିରେ ଆସିପାରେ ନାଇଁ । ସେ କଥା ଶୁଣିଲା ପରେ ଯମୁନା କାନ୍ଦେ । ହେକେଇ ହେକେଇ କାନ୍ଦେ । ସେ ବୁଝେଇଥିଲା ।

: ଆମେ ଜଲଦି ଜଲ୍‌ଦି ଇଟା ଗଢ଼ିବା । ଜଲଦି ପଳେଇବା ତୁଇ କନ୍ଦାକଟା କରନାଇଁ:

ବାପା, ମା' ସାଙ୍ଗରେ ଜାନକୀ ବି ମିଶିଥିଲା । ହାଜିରା ପକେଇଥିଲା । ତିନିହେଁ ମିଶି ଦିନକୁ ହଜାରେ ଇଟା ଗଢ଼ିଲେ ଯେମିତି ଇଟା ନୁହେଁ, ପରିବାରର ଭାଗ୍ୟ ଗଢ଼ିବାକୁ ଋହିଁଥିଲେ ।

: ଜାନର ବାପା... ହଏ ଗୋ...

: ଉଁ... : ସ୍ତ୍ରୀର ଡାକରେ ଜଗମୋହନ ରଙ୍ଗାରେଡ଼ି ଭାଟିରୁ ଉଡ଼ି ଆସିଲା ।

: ଜଙ୍ଗଲ ବାଟ ତ ସରିଗଲା । ଏଥର କାନିବାହାଲକୁ ବାଟ ଆସିଗଲା...

: ହଁ... ଆଉ ଟିକେ... ଏ ଜାନ... ଚପଲ ଖୁଲି ଦେଲୁ ଯେ... ମା...

ସେ ଯେମିତି ଜାଣିଗଲା — ଆଉ ଭୟ ନାଇଁ... ଗାଁ ରାସ୍ତାରେ ଚପଲ ନଥିଲେ ବି ଋଲିହୁଏ, ଦଉଡ଼ି ହୁଏ । ସେଠି କଣ୍ଟା ପଡ଼ି ନଥାଏ । ସରାଗ ଧୂଲି ମାଟି ବିଛେଇ ହେଇଥାଏ ।

ଆସୁଛି ।

ଆସିଲା ।

ବାଟ ସରିଗଲା । ଆମ ଗାଁ, ଆମ ଜାଗା, ଆମ ଲୋକ, ଜଗମୋହନ ଉଲ୍ଲନ୍ଦ୍‌ହୋଇ

ପଡ଼ିଲା । ଏଇ ତ ଆମ ଗାଁର ବୁଢ଼ା ବରଗଛ । କଉ କାଳୁ ଠିଆ ହୋଇଛି । ବାପଟିଏ ପରି ସଭିଙ୍କି ଆଦର, ସଭିଙ୍କି ଛାଇ ପାରିଦିଏ । ଚଢ଼େଇ, ଚିରିଗୁଣୀଙ୍କୁ ଆଶ୍ରା ଦିଏ ଖାଇବାକୁ ଦିଏ ବରଫଳ, ଲୋକେ କହନ୍ତି ଇଏ ବରଗଛ ନୁହେଁ ଆମ ଗାଁର ଧରମଗଛ ।

ଯମୁନା... ଜାନ ଦେଖ... ଦିଶି ଦିଶି ଆସୁଛି ଆମ ଗାଁ ବାଂଧଆଡ଼ି 'ବାଂଧ' ସେମ୍‌ତି ତ ଅଛି । ପାଣି ଟିକେ ଗୋଲିଆ ଦିଶୁଛି । ଦାଦନ ଯିବା ଛ'ମାସ ଆଗରୁ ବାଂଧ ଉଜୁଲା ହେଇଥିଲା । ଦଲ, କାଦୁଅ କଟ଼ା ହେଇଥିଲା । ସେ ବି ସେଇ ସଫେଇ କାମରେ ମିଶିଥିଲା । ଗାଁର ଗଙ୍ଗା ସେ । ତିନିହେଁ ଜୁହାର ହେଲେ । ଯମୁନା କାନ୍ଦି ପକେଇଲା । ଠସୋ । ଠସୋ ।

ମା' ଝିଅ କଥାହେଲେ – ଫେର ଆସିମା ଏ ବନ୍ଧକୁ । ଉଧୁଲି ଉଧୁଲି ଗାଧମା, ବିନା ପାଣିକୁ ଓହ୍ଲେଇ ସେମାନେ ଯେମିତି ଓଦା ହୋଇଯାଉଥିଲେ । ଭୁଜ୍‌ନି ହାତି ଦିଶୁଛି ହାଦେ ଗାଁ ଦେବତୀ ଗୁଡ଼ି । ଉଡ଼ୁଥିବା ରଙ୍ଗଛଡ଼ା ପତାକା । ଗୁଡ଼ିକୁ ଲାଗିଛ ମଠ, ଜଣେ ମାତାଜୀ ରହନ୍ତି ସେଠି ମଠ, ମନ୍ଦିରକୁ ବି ତାଙ୍କ ଜୁହାର ।

ଡ଼େବ୍‌ରି ଆଢ଼େ ଦିଶିଯାଉଛି ଗାଁର ଖେତଖଲା । ଆହା... ହା... ଧାନଗଛ ନାଇଁ, ମକା, ମାଣ୍ଡିଆ, କାନ୍ଦୁଲ ଗଛ ନାଇଁ – ଫଟାଭୂଇଁ, ହେଲେ ବି ଦେଖ଼ଦେଲାକୁ ପେଟ ପୁରିଯାଉଛେ । ଜଗମୋହନର ଗାଁ ଗରିବ ଗାଁ । ରୋଜଗାର ଯାହା ବି ହୁଏ, ଅଧାଟଙ୍କା ସାହୁକାରର ରଣ ଶୁଧାରେ ଯାଏ । ତେବେ ବି ଗାଁଟି ଲାଗୁଛି ତାକୁ ବଇକୁଣ୍ଠ ପୁରୀ । ଭାବୁଥିଲା ସେ – ଏଇ ଗାଁ– ବୈକୁଣ୍ଠ ଛାଡ଼ି ସେ ଯମପୁର ଯାଇଥିଲା କାହିଁକି ? ଅଭାବ, ଅନଟନ ପାଇଁ ତ ?

ହେଲେ – ତାଙ୍କ ତିନିପ୍ରାଣୀଙ୍କ ଉଦୁଉଦିଆ ସପନ ଭାଙ୍ଗିଯାଇଥିଲା । ସେଇ ପୁରୁଣା ଅଖାବସ୍ତାରେ, ସେଇ ପୁରୁଣା ଜିନିଷ ସାଉଁଟି ସେମାନେ ଫେରୁଛନ୍ତି । ଜାନ ଧରିଥିବା କପଡ଼ା ମୁଣାରେ ଅଛି, ତା'ର ସେଇ ବେରଙ୍ଗ କୁର୍ତ୍ତା ପେଣ୍ଡ । ଚିକ୍‌ଟିକି ଛାଡ଼ିଯାଇଥିବା ଚୁଡ଼ି, ଟିକ୍‌ଲି । ଭାବିଥିଲା ସେ – ସ୍ତ୍ରୀ ଓ ଝିଅଙ୍କୁ ସେ ନୂଆ କପଡ଼ା ପିନ୍ଧେଇ ଆଣିବ । ଗାଁ ଲୋକଙ୍କୁ ନୋଟ୍‌ବିଡ଼ା ଦେଖେଇବ । କିଛି ହେଲା ନାଇଁ । ଛାଡ଼ ।

ଇଟାଭାଟିର ନିଆଁଧାସରେ ସବୁ ପୋଡ଼ିଗଲା । ଠିକାଦାର ତାଙ୍କୁ ଠକି ଦେଲା । ଟଙ୍କା ହଜାରେ ଦେଇ ତାଙ୍କୁ ସେଇ ଅଭାବରେ ହିଁ ରଖ଼ଦେଲା । କିନ୍ତୁ... ସେ ସ୍ତ୍ରୀ ଓ ଝିଅକୁ ସହି ସଲାମତ୍ ଆଣୀ, ଗାଁକୁ ଫେରିଆସି ପାରିଲା, ସେ ବି କମ୍ କଥା ନୁହେଁ । ଇଟାଭାଟିରେ ତ ନହେଲା କଥା ସବୁ ଘଟେ । କିଏ ଲାପତା ହୁଏ – କିଏ ମାଲିକ୍‌ର ଅନ୍ଧାରୁଆ ଘରେ କଏଦୀ ହେଇ ରହେ, କେତେ ସ୍ତ୍ରୀ ଲୋକ ମାନ, ମହତ ହାରିଦିଅନ୍ତି ଆଉ କୁଆଁରୀ ଝିଅ ଗର୍ଭବତୀ ହୋଇଯାଏ । ଏବେ ତ ସେ ଶୁଣିଆସିଲା ଜଣେ ଦଲାଲ୍ ଦି'ଜଣ ଶ୍ରମିକର ହାତ କାଟିଦେଲା । ସେସବୁ ଶୁଣିଲେ ତା'ର ଛାତି ଥରିଯାଏ । ନାଇଁ ଆଉ ନାଇଁ ଯାଏ ସେ ସେଇ ମରଣଭାଟିକୁ ।

ଅଲଗା ଗୋଟେ ରାଇଜ ସେ ।

ସର୍ଦ୍ଦାର, ଠିକାଦାର, ମୁନ୍‌ସୀ, ଭାବନ୍ତି – ସେମାନେ ସେ ରାଇଜର ରଜା ମହାରାଜା । ସେମାନେ ଖାଲି ଇଟା ଓ ନୋଟ୍‌ବିଡ଼ାର ହିସାବ ରଖନ୍ତି । ଶ୍ରମିକ, ପଥରିଆଠାଙ୍କ ହିସାବ ରଖନ୍ତି

ନାଇଁ, ତାଙ୍କ ମନ ଓ ପେଟ କଥା ବୁଝନ୍ତି ନାଇଁ। ଏଇ ତ, ସେମାନେ ଆଖାପାଖ ଗାଁରୁ ସବୁ ମିଶି ବାର ଲୋକ ଯାଇଥିଲେ — ମୁକୁଳି ଆସିଲେ ଦଶଲୋକ। ଆଉ ଦୁଇଜଣ କୁଆଡ଼େ ଗଲେ ପତ୍ତା ନାଇଁ। ଅବଶ୍ୟ ଏନ୍.ଜି.ଓ ଆଜ୍ଞାମାନେ ପୁଲିସ୍ ରିପୋର୍ଟ ଲେଖାଆସିଛନ୍ତି। ମିଳିବେ କି କ'ଣ... କିଏ କହିବ?

: ମୋହନ... ଫେରିଲୁ କିରେ? ସବୁ ଭଲ ତ? ତୋ ସ୍ତ୍ରୀ ପିଲା ଠିକ୍ଠାକ୍ ତ? ଆଗରେ ଗାଁ ସରପଞ୍ଚ ଆଜ୍ଞା! ସେ ଚମକି ପଡ଼ି ଜୁହାର ହେଲା, କହିଲା... ହଁ ଆଜ୍ଞା। ବନେ ବନେ। ସେ ଫଟ୍ଫଟି ଚଢ଼ି ଚାଲିଗଲା ପରେ ସେ ଭାବିଲା — ସ୍ତ୍ରୀ ଓ ଝିଅ ଠିକ୍ଠାକ୍ ତ ସେ ପଦକ କାଇଁ ପଚାରିଲେ ସେ ଜାଣେ। ଇଟାଭାଟିରେ ଝିଅ-ବୋହୂ ଉପରେ ସବୁବେଳେ ମାଲିକ ଓ ମୁନ୍ସୀ ମାନଙ୍କ ଖରାପ ନଜର। ଭାରି ମାଇକିନା ଲୋଭୀ ସେମାନେ। ତାଙ୍କୁ ସେମାନେ ଖରାପ କଥା କହିବେ, ଖରାପ ଭାବ, ଭଙ୍ଗୀ ଦେଖେଇବେ। ଘରକୁ ଡାକିବେ ରନ୍ଧାବଢ଼ା ବାହାନାରେ। ଆଉ...

: ହୁଁ... ସେ ମରଦପଣିଆ! ଧିକ୍... ତାଙ୍କୁ।

ଜଗମୋହନର ଚଞ୍ଚଳ ପାଦ ଏବେ ଗାଁ ଭିତରକୁ ଆସୁଥିଲା। ଦେଖୁଥିଲା ସେ ତା' ଗାଁ। ଭାରି ଅପୂର୍ବ ଲାଗୁଥିଲା। ତା' ଭିତରର ଶହଶହ ଆଲୁଅ ତା' ମୁହଁରେ ବାରି ହୋଇ ପଡ଼ୁଥିଲା। ଗାଈ, ଗୋରୁ ବୁଲୁଥିଲେ, କୁକୁର ଭୁକୁଥିଲେ, ବଳଦ, ମଇଁଷି କଉଠି ବାନ୍ଧା ହୋଇଥିଲେ, କଉଠି ବାଟ ଛେକି ଠିଆ ହୋଇଥିଲା ଶଗଡ଼। ତଥାପି ତାକୁ ସବୁକିଛି ଭଲ ଲାଗୁଥିଲା। ଜାନକୀ ନାଚିନାଚି ଗଲା ଭଳି ଦିଶୁଥିଲା — ଯମୁନା ତାକୁ ପଚାରିଲା।

: ଏ ଜାନ, ଆମର ସୁରୁସିଆଁ ପଡ଼ା ଦେଖିପାରିବୁ?

: ହୁଁ...

: ଆମ ଘର...?

ସେ ଖୁସିରେ ମୁଣ୍ଡ ହଲେଇ ଦାଙ୍ଗିଲା। ପଡ଼ାର ମୋହ, ଘରର ମୋହରେ ଦାଙ୍ଗିଲା ଆଗକୁ। ଯାଉ ସେ — ଧାଇଁ ଧାଇଁ ଯାଉ — ଦଉଡ଼ି ଯାଇ, ପହଞ୍ଚିଯାଉ, ତାଙ୍କ ନିଜ ଘର ଆଗରେ। ତା' ଜନମ ମାଟିରେ। ଜନମ ମାଟି ତ ସରଗ।

: ଆରେ... ସେ ଅଟକିଗଲା କାହିଁକି?

ଯମୁନା କହିଲା — : ଆମ ପଡ଼ା ଆସିଲା। ଆସିଗଲା ଆମ ପଡ଼ାର ସୁରୁସିଆଁ ଗଛ। ସୁରୁସିଆଁ ଫୁଲରେ ତା'ର କେତେ ସଉକି ନାଇଁ ଜାଣି? ଫୁଲ ବେଟୁଥିବ... ସତେ... କେତେ ଫୁଲ ବିଛେଇ ହେଇ ପଡ଼ିଥିଲା ସେ ଗଛ ତଳେ। କଅଁଳିଆ ସୁରୁସିଆଁ ଫୁଲରେ ଏତେ କହର! ସେମାନେ ପାଖରେ ଥିଲେ ବୋଲି, ସେ କହରକୁ ମନ ଭିତରେ କେବେ ଅନୁଭବ କରିନଥିଲେ। ନିତି ଦେଖୁଥିବା ଜିନିଷର ମୂଲ ସତରେ ଜାଣିହୁଏ ନାଇଁ... ପଡ଼ା ଆସିଲା। ତାଙ୍କ ପଡ଼ା। ଦଶମାସ ପରେ ବି ତା' ଚେହେରା ସେମିତି ନିରୀହ। ନିରୀହ। ନଳତୃଣାରୁ ଯିଏ ଯେମିତି ପାଣି ବୋହି ନଉଥିଲେ। କେହି କେହି ବାହାରେ ଖୁରିଗିନା ଗଦେଇ ମାଜୁଥିଲେ। ତାଙ୍କୁ ଦେଖିଲେ ଖୁସି ହେଲେ, ପଚାରିଲେ ଜଣଜଣ କରି —

: ଇମା ଆଏଲ କାଁ? ବଛରେ ହେଇଗଲା । କେତ୍ରା ବନେ ବନେ ତ? ଦିହି ପା?
କେଡ଼େ ମଧୁର, କେଡ଼େ କଅଁଳିଆ କଥା ।

ଜଗମୋହନର ଶୁଖିଲା ମନ-ମାଟିରେ ବରଷା ଝରିପଡ଼ିଲା ଝରେଝର୍ । ଭିଜିଗଲା ସେ
ମହକିଗଲା ଓଦା ମାଟିର ବାସ୍ନାରେ ।

ଇଟାଭାଟିରେ କିଏ କହିବ ଏତେ ମଧୁର କଥା? କିଏ ପଚାରିବ ଦିହ ପା' କଥା?

ଦାଦନ ଲୋକଙ୍କୁ ସଭିଙ୍କ କଡ଼ା କଥା । ହାଟରେ, ବାଟରେ ସଭିଙ୍କ ଦୂର୍ଦୂର, ମାର୍ମାର,
ଧମକ୍ଚମକ୍ ।

ଭୁକୁଥିବା କୁକୁର ଭୁକିବା ବନ୍ଦ କରିଦେଲେ । ଚିହ୍ନିଲେ କି କ'ଣ ଲାଞ୍ଛ ହେଲେଇଲେ ।
ଗାଁର କୁକୁର ବି କେଡ଼େ ସେନେହୀ । କିନ୍ତୁ ସେଠିକାର ମଣିଷମାନେ? ଟଙ୍କା ପଇସାରେ
ଖେଳିଖେଳି ବୋଧେ ନିରିଦୟୀ । ଧିକ୍ ତାଙ୍କ ଟଙ୍କାପଇସା! ଧିକ୍ ତାଙ୍କ ବଡ଼ପଣିଆ! ସେ ପୁଣି
ଭାବିଲା, ଗାଁରେ ରୁଷବାସ ପାଇଁ ପାଣି ମିଳନ୍ତା, ହାତକୁ କାମଧଦା ମିଳନ୍ତା ତ ସେଠିକି କିଏ
ହିନସ୍ତା, ହଟହଟା ହବାକୁ ଯାଆନ୍ତା? କାର ଲୋଭ ନାଇଁ ମାନ-ଇଜ୍ଜତକୁ?

: ଜାନର ବାପା... ହେଦେ... ଦିଶିଲା ଆମର ମୁନ୍ଗା ଗଛ । ଦେଖ ତ, ଜାନଯାଇ
ଆଗ ହାଜର:

ଜଗମୋହନ ଦୂରରୁ ଦେଖିଲା —

ଦବି ଯାଇଛି ତା' ଘର ।

ଉଡ଼ିଯାଇଛି ଅଧେ ଖପର ।

ଝଡ଼ି ପଡ଼ିଛି ମୁନ୍ଗା ଗଛର ପତର ।

ତଥାପି... ତଥାପି ତ ତା' ଘର ସୁନ୍ଦର । ଘର ଆଗରେ ଜାନ ହାଜର ତ ତା' ସାଙ୍ଗ
ସରିସା ବି ହାଜର୍ । ପାଖ ପଡ଼ିଶା ବି ତାଙ୍କୁ ଦେଖିଲେ, ଭଲମନ୍ଦ ପଚାରିଲେ । ସୁଖ, ଦୁଃଖ
ହେଲେ । ସିଏ ତ ରୀତି ରିୱାଜ ସେ ଗାଁର । ଗାଁଟି ସିନା ଗରିବ, ହେଲେ ଗାଁ ଲୋକ ଭାରି
ଧନୀ । ମନରେ ଆଉ ମାନରେ । ଛନ୍ଦ କପଟ ନାଇଁ, ରାଜନୀତି ଜାଣନ୍ତି ନାଁ ଅନ୍ୟ ଗାଁପରି ।

ଜଗମୋହନ ଆଖିରେ, ମୁହଁରେ ଚହଟୁଥିଲା ମୋହନିଆ ହସ । କାନ୍ଧରୁ ବସ୍ତା ତଳେ
ରଖିଲା । ସ୍ତ୍ରୀ ମୁଣ୍ଡରୁବି ବୋଝ ଉତାରିଲା । ଗାମୁଛାରେ ମୁହଁ ପୋଛିଲା । ଯିଏ ସେମିତି ଥିଲେ
ମାନ୍ୟ ଅନୁସାରେ ଜୁହାର, ମୁଣ୍ଠିଆ ହେଲା । ମାଟି ମା' କୋଳରେ ସଭିଏଁ ବସିଲେ । ଯମୁନା
ନିଜ ଲୋକଙ୍କୁ ଦେଖିଲା । ଶୁଖିଯାଇଥିବା ଧାର ଧାର ଲୁହ ଝରିପଡ଼ିଲା ତା' ଆଖିରୁ । କାନ୍ଦଣାରେ
ଫାଟିପଡ଼ିଲା ସେ ।

ଦାଦିନୀର ଆଖି ଲୁହରେ ସମୟ ଚହଲିଗଲା । ଜଣେ ପୋଛିଦେଲା ସେ ଆଖିର ଲୁହ ।
ଆଉ ଜଣେ କହିଲା — : ଯମୁନା ତୁମେ ଟିକେ କାଏଲା ଦିଶୁଛ । ଜାନ ଠିକ୍ ଅଛେ:

କିଏ ପୁଣି କହିଲା: ଆଜି କୁଆଟିଏ ତୁମ ଘର ଆଗରେ କା' କା' କରୁଥିଲା:

ସଂପର୍କର ନଈଧାରଟିଏ ବୋହିଯାଉଥିଲା ସେଠି, ସେଇ ମାଟିରେ ।

ଧୁବ୍‌ଲା ବିଲେଇଟିଏ ଆସିଲା । ମ୍ୟାଉଁ ମ୍ୟାଉଁ ସ୍ୱରରେ ତା' ସ୍ନେହ ଜଣେଇଲା । ନଇଧାରର ଛାତି ଚଉଡ଼ା ହୋଇଗଲା ସେଥିରେ ।

କାକି ମାନ୍ୟର ଜଣେ, ଝାଡୁଟିଏ ନେଇ ଆସି କହିଲେ —

: ଯ' ଭିତରକେ ଯ', ଘରଦ୍ୱାର ଖୋଲ, ସଫାସୁତୁରା କର:

ଆଉ ଜଣେ ବଡ଼ମା କହିଲେ: ପିଇବା ପାଏନ୍‌ ମାଠିଏ ଆନିଦଉଛେଁ । ପିଇବ:

ଜଗମୋହନ ଶୁଣୁଥିଲା ।

ଭାବିଲା —

ମାଠିଏ ପିଇବା ପାଣି ଏ ଗାଁ ପାଇଁ ବହୁତ ବଡ଼ କଥା । କୋଉଠି ନଳ ବହିଯାଇନି କି ସହର ଭଳି ପିଇବାପାଣିର ଟାଙ୍କି ବସିନାଇଁ । ସେମାନେ ଏତେ ଦିନ ପରେ ଆସିଛନ୍ତି — ସାହାଯ୍ୟରେ ହାତଟିଏ ବଢ଼ିଆସିଲା । ଏମିତି ହାତଟେ ଏବେ ଆଉ ସବୁଟି ମିଳେନାଇଁ — ଏବେ ଖାଲି ହାତ ବଢ଼ିଆସେ, ନେଇ ଯିବା ପାଇଁ ।

ଭେଟ୍‌ଘାଟ୍‌ର ଗହଳି, ଚହଳି ଭାଙ୍ଗିଲା । ଜଗମୋହନ ଉଠିଯାଇ ଘର ମୁହଁର କଣ୍ଡାଧ୍ୱାପ ଖୋଲିଲା । ଉଇପଲ କବ୍‌ଜାରେ ଥିବା କାଠକବାଟଟି ସେ ମୁକୁଲେଇ ଆଣିଲା । ତାଲା ଖୋଲିଲା । ଭିତରକୁ ଗଲା ପଛେ ପଛେ ଯମୁନା ଓ ଜାନକୀ । ଘର ଭିତରେ ଦଶମାସ ଦଶଦିନର କଡ଼ା ଗନ୍ଧ । ସେ ଗନ୍ଧ ଜଗମୋହନକୁ କିଆ ଫୁଲ ପରି ବାସିଲା । ଅଳନ୍ଦୁ, ମକରାଜୀଲ ଆଡ଼େଇ ତିନିହେଁ ଘରିଆଣ୍ଡୁ ଘେରାଏ ବୁଲିଆସିଲେ । ତାଙ୍କ ମେହନତର ଘର ।

ନ ରହିଲେ ବି ଦିଶିଲା ଇଟାଭାଟିର ଘର 'ଗୁଡୁସି' । ଖୋଲା ପଡ଼ିଆ, ଗଛଲତାର ତ ନାଁ ନାଇଁ । ସେଠି ଟିକେ ଟିକେ ଜାଗା ହଜାରେ ପରିବାରକୁ । ରୁରିଟା ବାଉଁଶ ପୋତି ପଲିଥିନ୍‌ ଟାଣିଥିଲା । ଉପରେ ଛାଉଣି କରିଥିଲା ତାଳପତ୍ର । ତଳେ ମୋଟା କେରପାଲ । ସେଇଠି ରନ୍ଧାବଢ଼ା, ଶୁଆ, ବସାଉଠା ସ୍ତ୍ରୀ ଓ ଝିଅକୁ ନେଇ ସେଠି ରହିଲାବେଲକୁ ତାକୁ ଭାରି ଅସହଜ ଲାଗିଥିଲା । ମୁଣ୍ଡ ଛିଡ଼ିଲା ପରି ଲାଗିଥିଲା କିନ୍ତୁ ଆଉ ରୁରା କ'ଣ ଥିଲା ? ଯମୁନା ତାକୁ ସଫାସୁତୁରା ରଖୁଥିଲା । ଏଇଯ଼ା ଭାବି ଯେ ଯେତେଦିନ ରହିବେ — ନିଜର ଘର ତ । ଜଗମୋହନ ନିଜ ଘରକୁ ପୁଣି ଫେରିଲା । ଝର୍କା ଖୋଲିଲା ବେଲକୁ ସୁଲୁସୁଲୁ ପବନ । ମା' ଝିଅ ଘର ସଫା କରୁଥିଲେ । ବାହାରେ ବାଛୁରୀ ଡାକୁଥିଲା ହମା... ହମା... ସେ ବଣ୍ତା ତିଆରି ଜିନିଷପତ୍ର କାଢ଼ିଲା । ଛାଡ଼ି ଯାଇଥିବା ଜିନିଷ ମାନଙ୍କ ଉପରେ ନଜର ବୁଲେଇ ଆଣିଲା । ସବୁଏ ଯେମିତି ତାଙ୍କ ବାଟ ରୁହିଁରୁହିଁ ପଥର ହୋଇ ପଡ଼ିଥିଲେ । ତାଙ୍କୁ ଦେଖ଼ ଜୀବନ ପାଇଲେ ।

କାନ୍ତୁରେ ପିଟା ହେଇଥିବା ଦର୍ପଣ ଡାକିଲା ଆ' ।

ଡେରା ହେଇଥିବା ଖଟଟି ଡାକିଲା ଆ' ।

ମାଛମରା ଛିଣ୍ଡା ଜାଲଟି ଡାକିଲା ଆ' ।

ଶୀଲ, ଶୀଲପୁଆ, ଭୁଗା, ଟୁପା ଡାକିଲେ — 'ଆରେ ଯମନା ଆ' ।

ଜଗମୋହନ ଗଦ୍‌ଗଦ୍‌ ହୋଇଗଲା । ସେମାନେ ବି ତ ଖୋଜୁଥିଲେ... ଝୁରି ହେଉଥିଲେ

ସବୁକୁ ହେଲେ – ସେଠି ଦଲାଲ୍ ମାଲେମାଲ୍ । ଶ୍ରମିକର ବୁରା ହାଲ୍ । ଆସିବେ କେମିତି ?

ଜଣେ ଆସିଲେ – ଯମୁନା ହାତରେ ଟିକେ ଗୁଡ଼ାଖୁ ଦେଇଗଲେ ।

ଆଉ ଜଣେ ଆସି କହିଗଲେ ଧୀରେ: ପଖାଳ୍ ଭାତ୍ ରାନ୍ଧୁଛେଁ–ଆନିଦେବି: ସଫା ହେଲା ଘରଦ୍ୱାର । ଲୁଗାପଟା ଦେହର ଧୂଳି ମଇଲା । ହେଲେ–ମନରେ ଥିବା କଷଣ ? ଲିଭିଲା ନାଇଁ । କିନ୍ତୁ– ସେ ମନମାରି ବସିବ ନାଇଁ । ରାଗ, ରୋଷ କରିବ ନାଇଁ । ଯମୁନା ଓ ଜାନକୁ ନେଇ ଜିଇଁବ । ତା'ର ହାତ କଟିନାଇଁ, ସେ କାମ କରିବ । ହୁଏତ ଦିନେ– ହରେଇଥିବା ଧାନ, ଝଉଲ, ମୁଗ, ବିରିର ଦିନ ଫେରିଆସିବ । ବରଷା ଝରିବ ।

ଆସିଲା ସେ ଦିନ ।

ରାତିରେ, ତା' ଦଉଡ଼ି ଖଟରେ ଶୋଇଗଲା ପରେ । ସପନରେ ଦେଖିଲା ସେ ତା' ଖେତରେ ଲକ୍ଷ୍ମୀମୁହଁ, ଗାଈ, ବଳଦ, ନିରୀହ ଝହାଣୀ, ଝରଝର ବରଷା ରାଣୀ, ପୁଷ୍ପପୁନି, ଝର, କେନ୍ଦୁ, ମହୁଲର ଅପୂର୍ବ ଠାଣୀ ।

ନିଦ ଭାଙ୍ଗିଲା ପରେ, ମନକୁମନ ଜଗମୋହନ କହିଲା – "ଆଗ ଏମିତି ସପନ ରୂପରେ ସବୁ ଉଭା ହୁଏ" ।

ସକାଳ ହେଲା ।

ସେ ନଥିଲା ଗୋଟିଏ ରାତିର ସକାଳ ।

ସେ ଥିଲା ଦଶମାସ ଦଶରାତି ପରର ସକାଳ ।

ଅସରନ୍ତି ଅନ୍ଧମୁହାଣୀ ପରର ତେଜୀୟାନ୍ ସକାଳ ।

ପ୍ରାୟ ଦଶଟା ପାଖାପାଖି ଗାଁରେ ହାଜର ହୋଇଗଲେ ଚଳନ୍ତି ସମୟ ଖଣ୍ଡର ଦାଦନ ସମସ୍ୟାର ଜଣେ ଚଳମାନ ମଣିଷ । ନାଁଟା ତାଙ୍କର ସଂଜୟ । ସଂଜୟ ମିଶ୍ର । ହଜାର ହଜାର ଯମୁନା ଓ ଜଗମୋହନ ମାନଙ୍କ ମୁହଁରୁ ତାଙ୍କର ପରିଚୟ ମିଳେ । ଜଗମୋହନମାନେ ହାଇଦ୍ରାବାଦରୁ ଉଦ୍ଧାର ପାଇ ଫେରିବା ପରେ ସେଠିକାର କର୍ତ୍ତୃପକ୍ଷ ଖବର ଦେଇଥିଲେ ସମାଜକର୍ମୀ ସଂଜୟ ମିଶ୍ରକୁ – "ଯାଅ, ଦେଖ, ଶ୍ରମିକମାନେ ଫେରିଲେ କି ନାଇଁ । ତାଙ୍କୁ ସେଠି ଆଉ କିଏ ଅସୁବିଧା କରୁଛି କି ? ତାଙ୍କ ଖାଦ୍ୟପେୟ ଓ ଅନ୍ୟାନ୍ୟ ସୁଖ–ଦୁଃଖ ସହ ସେମାନେ କିପରି ଥଇଥାନ ହୋଇ ପାରିବେ ଆଉ ଦାଦନ ଯିବେ ନାଇଁ । ସେ କଥା ବୁଝିବା ପାଇଁ ସଂଜୟ କାନିବାହାଲ୍ ଗାଁରେ ଆସି ପହଞ୍ଚଲେ । ଜଗମୋହନ ଘରେ ।

ଶିକୁଳି ଝଣଝଣ କରି ପରୁରିଲେ –

: ଜଗମୋହନ ବିଶି ଘରେ ଅଛ ?

ବବା ଘରେ ଛାଡ଼ିଯାଇଥିବା ସାଇକେଲ୍ ଆଣି ପୋଛାପୋଛି କରୁଥିଲା ସେ । କିଏ ? ସାଇକେଲ୍ ଡେରି ସେ ବାହାରି ଆସିଲା । ଯମୁନା ବି, 'କେହି ସରକାରୀ ଲୋକ କି' ? ଭାବିଲେ ଦିହେଁ ।

: ତୁମେ ଜଗମୋହନ ଆଉ ସେ ତୁମ ସ୍ତ୍ରୀ ଯମୁନା ବିଶି ?

: ହଁ ଆଜ୍ଞା ।

ସଂଜୟ ଆସିଲେ । ମାଟି ପିଣ୍ଠାରେ ବସିଲେ । କହିଲେ —

: ମୁଁ ସଂଜୟ । ତୁମର ମିଶ୍ର ଆଜ୍ଞା:

: ଆୱଁ... ତୁମେ... ଆପଣ ମିଶ୍ର ଆଜ୍ଞା ?: ମୁଣ୍ଠିଆ ମାରିବାକୁ ସ୍ୱାମୀ, ସ୍ତ୍ରୀ ଧାଉଁ ଆସିଲେ ଯେ- ସେ ମନାକଲେ । କାନ୍ଧରେ ଥିବା ଝୁଲା ବ୍ୟାଗ୍‌ରୁ ଖଣ୍ଡେ କାଗଜ କାଢ଼ିଲେ- କାଗଜଟି ଓ ହାତରେ ଥିବା ବ୍ୟାଗ୍‌ଟି ଜଗମୋହନକୁ ଦେଇ କହିଲେ —

: ତୁମର ରିଲିଜ୍ ସାର୍ଟିଫିକେଟ୍ ଆଉ ଇଏ ତୁମର ତିନିଦିନର ରିଲିଫ୍ ସାମଗ୍ରୀ ରଖ:

— ଆଚ୍ଛା, କାଗଜ କହୁଛି ତୁମର ଝିଅ ବି ଯାଇଥିଲା । ସେ କୁଆଡ଼େ ଗଲା ଦେଖୁନି ତ ?

— ସେ ଜଙ୍ଗଲ ଆଡ଼େ ଯାଇଛେ ଆଜ୍ଞା ।

— ଓ... ତାକୁ ଭେଟି ଦେଇଯିବା, ତା' ଆମର ନିୟମ ।

ସଂଜୟ କହିଲେ । ସେ ଦିହିଁକି ଦେଖିଲେ । ଶୁଆ-ଶାରୀ ଭଲି ଯୋଡ଼ି । ହାତ ଧରାଧରି ହୋଇ ପାରି ହଉଛନ୍ତି ଦୁଃଖର ନଈ । ସେ ପୁଣି ଲକ୍ଷ୍ୟ କଲେ — ଦିହେଁ ଦିଶୁଛନ୍ତି ଜୀବନମୟ । ମୁହଁରେ ସରୁହସ । ଏତେ ମାସ ବାହାରେ ଖଟିଲେ କେତେ କଷ୍ଟଣ ସହିଲେ । କିନ୍ତୁ-ହାରିଯିବା ଲୋକ ପରି ମୋତେ ଦିଶୁନାହାନ୍ତି ।

ସତରେ, କୋଉଠୁ ଆସେ ୟା'ଙ୍କ ପାଖକୁ ଏତେ ପ୍ରାଣମୟତା ! ଏତେ ଅକ୍‌ସିଜେନ୍ ! ନା ମର୍ଷ୍ଠଠାକ୍, ନା ଯୋଗାଭ୍ୟାସ ନା ସୁଷମଖାଦ୍ୟ, ତେବେ...

ରାଜନୀତି କ'ଣ, ଜଗତୀକରଣ କ'ଣ, ଛନ୍ଦ କପଟ କ'ଣ ଜାଣନ୍ତି ନାଇଁ ଏମାନେ । କେବଳ ସରଳ, ନିରୀହ ହୃଦୟ । ସେଥିପାଇଁ ? ? ଦୁଃଖ ନଈରେ ପହଁରୁଥିଲେ ବି... ସୁଖୀ ସୁଖୀ ?

ସେ ଉଠିଲେ ।

: ଜଗମୋହନ ! ଯିବା କି ଜଙ୍ଗଲଆଡ଼େ ?

ଝିଅକୁ ଦେଖି ଆସିବା ?

: ହଁ... ହଁ... ରୁଳନ୍ତୁ... ହେଲେ ଆମ ଘରଦ୍ୱାର ଟିକେ ଦେଖିଯାନ୍ତୁ... ଆସିଛନ୍ତି ତ...

ସଂଜୟ ଜାଣନ୍ତି— ଗାଁର ରୀତିନୀତି । ପହିଲି କରି ଯିଏ ଘରକୁ ଆସେ, ଘରଣୀ ତାକୁ ଘରଦ୍ୱାର ବୁଲେଇ ଦେଖାଏ । ଯମୁନା ତାଙ୍କୁ ବାଟ କଟେଇ ନେଲା । ସେଠି ବି ତାଙ୍କୁ ଯେମିତି ଅପେକ୍ଷା କରିଥିଲା ଆଉ ଏକ ଆଶ୍ଚର୍ଯ୍ୟ । ଘର ଏକଦମ୍ ସଫାସୁତୁରା କୋଉଠି ନା ଟିକେ ଅଲନ୍ଧୁ, ନା ଧୂଳିମଳି । ବାସନ କୁସନ ଚକ୍‌ଚକ୍ । ବାଡ଼ିପଟେ ବି ଅଳିଆ ନାଇଁ, ଘାସଲତା ନାହିଁ । ଚୂଲି ଲିପାପୋଛା ।

ଏଇତ କାଲି ଫେରିଛନ୍ତି ସେମାନେ ।

କୋଡ଼ିଏ ଘଣ୍ଟା ରେଲ୍‌ଯାତ୍ରା । ଜେନେରାଲ୍ କମ୍ପାର୍ଟମେଣ୍ଟ । କ'ଣ ବା କରିଥିବେ

ଖୁଆପିଆ ? ତେବେ ବି ? ଅଥଚ ସହରିଆ ବାବୁମାନେ ବିମାନଯାତ୍ରା ପରେ ବି ଥକିଯା'ନ୍ତି । ବିଶ୍ରାମ ନିଅନ୍ତି ଏ.ସି. ରୁମ୍‌ରେ ।

ମଣିଷ ମଣିଷ ଭିତରେ କେତେ ଫରକ୍ ସତେ । କାହିଁକି ଆସେ ଏ ଫରକ ? କିନ୍ତୁ ଏ ପ୍ରଶ୍ନର ଉତ୍ତର ନଥାଏ ।

ଜଗମୋହନକୁ ସାଇକେଲ ପଛରେ ବସେଇଲେ ସଂଜୟ କହିଲେ — ତୁମେ ଜବ୍ କାର୍ଡ଼ ପାଇଯିବ । ଆସିଲେ ଜଙ୍ଗଲ ଆଡ଼େ ଦିହେଁ । ତା'ପରେ ସେ ବେଳକୁ ସେ ଭାବୁଥିଲେ — ସେଇ ଜଙ୍ଗଲ ଆଉ କାଇଁ ?

ଗଛପତ୍ର ଗହଳି କାଇଁ ? କିଏ କାଟିନିଏ ଲୋକଙ୍କର ଆଶା, ଭରସାର ଜଙ୍ଗଲ ?

କୁଆଡ଼େ ଯାଏ ଶାଳ, ପିଆଶାଳ, ଅଁଳା, କେନ୍ଦୁ, ମହୁଲ ଗଛମାନେ ? କିଏ ଭାଙ୍ଗିଦିଏ ଏମାନଙ୍କ ପାହାଡ଼ ? କିଏ ନେଇଯାଏ ଝର୍ଣ୍ଣା ପାନି ? କିଛି ନାଇଁ, ଗଛ ନାଇଁ, କାମଧନ୍ଦା ନାଇଁ, ଆଶା, ସ୍ୱପ୍ନ ପାଇଁ । ଅଛି କିନ୍ତୁ ଭୋକ । ଭାତ ଖୋଜିବାକୁ ଯାଆନ୍ତି ସେମାନେ ଦୂର ରାଜ୍ୟ । ବନ୍ଧାପଡ଼ନ୍ତି ଇଟାଭାଟିରେ । ସତେ — ସାରା ଜୀବନ ଏମାନଙ୍କ ଲଢ଼େଇ ମୁଠେ ଭାତପାଇଁ ।

ଯୋଜନା ହୁଏ । ଅନେକ ହୁଏ ଯୋଜନା ।

ପାଣି ପରି ଟଙ୍କା ବୋହିଯାଏ । କିନ୍ତୁ ଯାହାପାଇଁ ଯୋଜନା, ସେ ରହିଯାଏ ଅଜଣା । କିଛି ପାଇପାରେନା । ସେ ଜଣେ ସମାଜକର୍ମୀ ସେଇ ଲୋକଙ୍କ ପାଇଁ ତାଙ୍କ ମନପ୍ରାଣ ଛଟପଟ ହୁଏ । କିନ୍ତୁ ସେ ବି ଅସହାୟ — ସିଷ୍ଟମ୍ ପାଖରେ । କ'ଣ ବଦଲେଇ ପାରିବେ ସେ ? କେମିତି ରୋକିବେ ସେ ଦୁର୍ନୀତିକୁ ଭୋକ ଶୋଷର ରାଜନୀତିକୁ ? ସବୁକିଛି ସେମିତି ହିଁ ରହୁଥାଏ । କଣ୍ଢାବାଞ୍ଜି, ଖରିଆର ରୋଡ଼ରେ ରେଲ୍ ସିଟି ବାଜୁଥାଏ । ବସ୍ତା ଧରି ହଜାର ହଜାର ଲୋକ ଧାଉଥା'ନ୍ତି... ସେମିତି... ଦାଦନ ଖଟି... ଅଜଣା ଇଟାଭାଟି । ଅଜଣା ମୁଲକ ।

: ଆଖା...! ସାଇକେଲ ରଖିବା । ଭିତରକୁ ଯିବା– ସେ ତ ଏଠି ନାଇଁ... କଉଠି ଥିବ ଯେ ହଁ... ହଁ... ସଂଜୟ, ସାଇକେଲ ଡ଼େରିଦେଲେ ଗୋଟେ ଗଛ ଦେହରେ ।

ରହଲି ରହଲି ଗଲେ ଦିହେଁ ।

କୋଉଠି ଖରା କୋଉଠି ଛାଇ । କୋଉଠି ଶୁଖିଲା ପତ୍ର ଖଡ଼୍‍ଖଡ଼୍ ତ କୋଉଠୁ ଶୁଭୁଥାଏ ଅଜଣା ଚଢ଼େଇର ଡ଼େଣା ଫଡ଼୍‍ଫଡ଼୍ ।

: ତୁମ ଝିଅର ନାଁ କ'ଣ ଜଗମୋହନ ?

: ଜାନ୍‍କୀ... ଜାନ୍...

ମାନେ ସୀତାମାତା । ସଂଜୟ ଭାବିଲେ — ମା' ସୀତାମାନେ କୋଉ ଯୁଗରେ ବା ସୁଖରେ ରହନ୍ତି ? କାଳେ କାଳେ, ତାଙ୍କ କପାଳରେ ଲେଖା ଥାଏ ବନବାସ । ଏଇ ନ'ବର୍ଷ ସୀତାର ବନବାସ କିନ୍ତୁ ଚଉଦବର୍ଷର ନୁହେଁ । ସାରା ଜୀବନର ଅଭାବର ବନବାସରୁ ତାଙ୍କୁ ଉଦ୍ଧାରିବ କିଏ ? ଆହା...

ଏଇ ଝିଅ ବିଷୟରେ ଗୋଟେ କରୁଣ କଥା ସେ ଶୁଣିଛନ୍ତି । ପଢ଼ିବେ କି

ଜଗମୋହନକୁ ? ନାଇଁ... ଥାଉ । କେଉ ବାପାକୁ ଭଲ ଲାଗିବ ସେମିତି କଥାଟେ ପଚରିଲେ ?

ଇଟାଭାଟିର ମାଲିକ୍‌ ଏଇ ନ’ବର୍ଷର ଝିଅକୁ ଡାକୁଥିଲା ‘ଫୁଲକଷ୍ଟି’ । କହୁଥିଲା –

: ଘରକୁ ଆସିବୁ କ୍ଲିପ୍‌ ନବୁ, ଚୁଡ଼ି ନବୁ, ଜିଲିପ ଖାଇବୁ–କେଲା ବି ଖାଇବୁ । ଥରେ– ଭୁଲେଇ ନେଲା ସେ ତା’ ଘର ଭିତରକୁ । କବାଟ କିଳିଲା ବେଳକୁ ହିଁ ମାଡ଼ି ଆସିଲା । ଝିଅକୁ ଟାଣିଆଣିଲା ଜଗମୋହନ । ସେଇ ରାଗ ରଖି ତିନିଜଣଙ୍କୁ ସେ ଅଟକ ରଖିଥିଲା । ପାଶବିକ । ଜୀବନ କ’ଣ ଜାଣିବା ଆଗରୁ... ଆହା ବିରଲୀ... ଚପଲ କିଶୋରୀ । ଦାଦିନୀ ହେଇଗଲା ।

ଜଗମୋହନ ଡାକୁଥିଲା ଜାନ... ଜାନରେ...

: କୁଆଡ଼େ ଗଲା ? ଡର, ଭୟ, କିଛି ନାଇଁ କି ତା’ର ?

: ଏ ଜଙ୍ଗଲକୁ ସେ ଚିହ୍ନିଛି ଆଙ୍କା । ସେ ଡରେ ନାଇଁ ।

: କିନ୍ତୁ ଏ ଜଙ୍ଗଲ ଚିହ୍ନିଛି କି ତାକୁ ? ଏମିତି ଏକା ଏକା ତାକୁ ଛାଡ଼ିବନି, ବୁଝିଲ ?

ତୁମେ ଜାଣ ଏବେ କ’ଣ ସବୁ ଘଟୁଛି ଏ ସଂସାରରେ ? ଛୋଟ ଝିଅଟିକୁ ବି ଦେଖିଲେ ଲୋକଙ୍କ ଦୁଷ୍ଟ ବୁଦ୍ଧି ବାହାରୁଛି । ତା’ଛଡ଼ା ଏଠି... ବାଘ ନଥିବେ ଯେ, ହେଲେ ଭାଲୁ ତ ଥିବେ । ହାତୀ ବି ଏବେ ମାଡ଼ିଛନ୍ତି ଦେଖ... ଖୋଜ... ତାକୁ... ଏତେ ନିଶ୍ଚିନ୍ତ ତୁମେ ? ବାପ ପରା ।

ସଂଜୟ ବ୍ୟସ୍ତ ହେଲେ ।

ମା’ ସୀତା ଠାବ ହୋଇ ପାରୁନଥିଲେ । ଅଥଚ.. ପବନ ବହୁଥିଲା... ଚଡ଼େଇମାନେ ଗୀତ ଗାଉଥିଲେ – ଧାର୍‌ ଧାର୍‌ କିରଣ ଚିକ୍‌ଟିକ୍‌ କରୁଥିଲେ...

ଜାନ କୁଆଡ଼େ ଗଲା ଜଗମୋହନ ? ? କୋଉଠି ଦିଶୁନାଇଁ ତ ସେ– ଆରେ... ସମୟ ଠିକ୍‌ ନୁହେଁ ।

: ହେଦେ... ହେଦେ ଆଙ୍କା... ଦେଖନ୍ତୁ ସେଇ ଗଛ ଉପରେ କେମିତି ବସିଛି ମୋ’ ଜାନ...

ଆଁ ? ଗଛ ଉପରେ ? କାଇଁଛେ ? ହଁ...ହଁ...

ଗଛପତ୍ର ହଠାତ୍‌ ଯେମିତି ଜୀବନ୍ୟାସ ପାଇଥିଲେ ।

ଜାନକୁ କୋଳରେ ଧରି ସେମାନେ ଝୁଲୋଉ ଥିଲେ ।

ଧରି ପବନ ଗୀତ ବୋଲୁଥିଲା ।

ଜାନକୀ– ବସିଥିଲା ଦୁଇ କେନା ଗଛର ମଝିରେ ।

ବଜୋଉଥିଲା । ପତ୍ର ବଇଁଶୀ । ସେ ବଇଁଶୀର ସୁର ଚଉରାସିଆଙ୍କ ବଂଶୀବାଦନର ସୁର ପରି ମିଠା ଲାଗୁଥିଲା ।

ସଂଜୟ ଦେଖିଲେ ତାକୁ ଏକ ଲୟରେ । ମନେହେଲା ସେ ଜାନ ନୁହେଁ– ଜହ୍ନଟିଏ । ଅସୁମାରି ଦୁଃଖ ଭିତରେ ଦହଦହ ଆଲୋକ ପୁଂଜଟିଏ ।

ଯାହାକୁ ସେ ଖୋଜୁଥିଲେ । ତମାମ୍ ଦାଦନଙ୍କ ଦୁଃଖ, କ୍ଲେଶ, ଅପମାନ ସେ ଟିକି ଜହ୍ନର ଆଲୁଅରେ ଯେମିତି ଧୋଇ ହୋଇଯାଉଥିଲା ।

ଜଗମୋହନ ଡାକିଲା ଭାରି ଆଦରରେ—

: ଏ ଜାନ, ଆରେ ମା' ତଳକୁ ଆ । ଦେଖ୍ ତ ଆଜ୍ଞା ତତେ ଦେଖ୍‌ବାକୁ ଆସିଛନ୍ତି...

ପତର ବଇଁଶୀ ରହିଗଲା ହାତରେ ।

ଦଶମାସ ଧରି ପାଇଥିବା ଦୁଃଖ କଷଣକୁ ବେଖାତିର କରି ସେ ହସିଲା କିରିକିରି...

ସଂଜୟଙ୍କୁ ଭାରି ଅପୂର୍ବ ଲାଗିଲା ସେ ହସ ଟିକକ । ଦୁନିଆଁର ସବୁ ହସକୁ ସେ ହସ ମାତ୍ ଦେଉଥିଲା । ତାଙ୍କର ମନେ ହେଲା ଏଇ କୁନି ଦାଦିନୀର ମଧୁ ହସ ହିଁ ପୃଥିବୀର ସୁନ୍ଦରତମ ହସ ।

❑

ଗୁଣୁଗୁଣୁ ଇନ୍ଦ୍ରଧନୁ

କୋଇଲିର କୁହୁ କୁହୁ ଶୁଭିଲା କଳିଂବେଲ୍‌ରେ । ମେଲ୍ ଚେକ୍ କରୁଥିଲା ବନ୍ଦନା । ଦିନ ଏଗାରଟାରେ କିଏ ? ଭାବିଲା । ଲାପ୍‌ଟପ ବନ୍ଦ କଲା । ଓଢ଼ଣୀ ସଜେଇ ଆସିଲା ଦାଣ୍ଡଘରକୁ । କବାଟ ଖୋଲିଲା । ଗ୍ରୀଲ୍ ସେପଟେ ଜଣେ ଭଦ୍ର ମହିଳା । ସାଲୱାର କୁର୍ତୀ । କାନ୍ଧଯାଏ ଫୁର୍‌ଫୁର୍ ବାଳ । ମୁହଁରେ ଦୁଇ କେରା ବାଳ ଦୋଲି ଝୁଲୁଛି । ଆଖିରେ ସନ୍‌ଗ୍ଲାସ୍ । କିଏ ? ଟିକେ ଚିହ୍ନା ଚିହ୍ନା ଲାଗିଲା କିନ୍ତୁ ଠିକ୍ ଚିହ୍ନିପାରିଲାନି । ତାଲା ନ ଖୋଲି ସେ ପଚାରିଲା —

: କାହାକୁ ଖୋଜୁଛନ୍ତି ?

ମୁଚ୍‌କିନା ହସିଦେଇ ଭଦ୍ରମହିଳା କହିଲେ—

: ବନ୍ଦନା ମେଡ଼ମଙ୍କୁ । ସେ ମୋ’ର କଲେଜମେଟ୍ । ମୁଁ ତାକୁ ବିନ୍ଦୁ ଡାକିଲେ ସେ ଚିଡ଼ିଯାଇ କହୁଥିଲା ମୁଁ କ’ଣ ତତେ ଖଳନାୟିକା ଭଳି ଲାଗେ ? ଏଥର ଚିହ୍ନିଲୁ ? କହ... ମୁଁ କିଏ ?

: ଇମା.. ବନାନୀ... ତୁଇ ? ଆ... ଆ...

ସେ ତାଲା ଫିଟେଇଲା । ତାକୁ ଧରି ନାଚିଥିକେଇଲା, କହିଲା — ୟୁ ଆର୍ ଲୁକିଂ ସେ
ୟଙ୍, ଏଣ୍ଡ ଫ୍ରେସ୍ ୟେ, ବିଶ୍ୱାସ କରିପାରୁନି ତୁ ସେଇ ବନାନୀ...

: ଓ... କୋଡ଼ିଏ ବର୍ଷ ଦେଖାହେଲାନି ୟେ ଭାବିଲୁ ମୁଁ ବୁଢ଼ୀ ହେଇଯାଇଥିବି ଏଁ... ?
ବନାନୀର ହାତ ଧରି ସେ ନେଇ ଆସିଲା । ବସେଇଲା ଦାଣ୍ଡ ଘରେ । ଫ୍ୟାନ୍ ସୁଚ୍ ଦେଲାବେଲକୁ
ବନାନୀ ଯେମିତି କିଛି ଖୋଜିଲା । ହେଲେ କାନ୍ଥରେ ଖାଲି ଦି'ଟା ଛିଟିପିଟି ଧାଁଦଉଡ଼ କରୁଥିଲେ ।
ପାଟିରୁ ବାହାରିପଡ଼ିଲା ତା'ର—

: ଏଠି ଏ.ସି ନାହିଁ କି ? ଫ୍ୟାନ୍‌ରେ ମୋ'ର କାମ ଚଳେନା...

ଖୁସିର ଡିଗ୍ରୀ ତଳକୁ ଖସିଗଲା । ସେ ଟିକେ ସାଙ୍କୁଡ଼ି ଗଲା । ଧୀରେ କହିଲା—

: ଏଠି ନାହିଁ, ବେଡ୍ ରୁମ୍‌ରେ ଅଛି । ଯିବା ?

: ହଉ ଚଲ: ଜିଜ୍ଞାସାର ଛାପଟିଏ ତା' ମୁହଁରେ ଉକୁଟି ଉଠିଲା । ତେଣୁ ବେଡ୍‌ରୁମ୍ ଯିବା
ଭିତରେ ତା'ର ହାତ ଗୋଡ଼, ଦେହ, ମୁଣ୍ଡ ସବୁ ୟାଞ୍ଚ କରିନେଲା । ବନାନୀ ରୁମ୍‌କୁ ଯାଇ
ଦେଖିଲା ସିଂଗିଲ୍ ବେଡ୍ ଆଉ ତକିଆ । ସିଓର୍ ହୋଇଗଲା ସେ ଏକଲା ରହେ ।

"ଆରାମରେ ବସିପଡ଼ ପଲଙ୍କରେ" କହିଲା ସେ । ରିମୋଟ୍‌ରେ ଏ.ସି. ଅନ୍ କଲା ।
ଦରଜା ବନ୍ଦ କରି ଆଲୁଅ ଜଳେଇଲା ।

: କାହା ବିଛଣାରେ ଏମିତି ବସିଯିବା ଗୁଡ୍‌ମ୍ୟାନର୍ସ ନୁହେଁ । ମୁଁ ଏ ଚେୟାରରେ ବସୁଛି:
କହି ଗୋଟେ ଚେୟାରରେ ଗୋଡ଼ ଉପରେ ଗୋଡ଼ ପକେଇ ପଛକୁ ଆଉଜି ବସିଲା ସେ ।

: ହଉ ବସ୍ । ସାଙ୍ଗ ପାଖରେ ଫର୍ମାଲିଟି... ହୁଁ... ଆଚ୍ଛା କହ, କୋଉଠି ଅଛୁ ? କ'ଣ
କରୁଛୁ ? ସାମ୍ନା ଚେୟାରରେ ବସିପଡ଼ି ସେ ପରଋିଲା ଭାରି ଆଗ୍ରହରେ ।

: କଉଠି ଆଉ ରହିବୁ ଭୁବନେଶ୍ୱର ଛଡ଼ା ? ଅଛୁ ଦଶବର୍ଷ ହେଲା । ବଦଲି ହୁଏ । ଈଏ
କୁଆଡ଼େ ଯାଆନ୍ତିନି । ମନ୍ତ୍ରୀଙ୍କୁ କହି ବଦଲି ବାତିଲ୍ କରନ୍ତି । ଆଉ ମୁଁ ? ମୁଁ ଖାଲି ମୋ' ସ୍ୱାମୀର
ଟଙ୍କା ଉଡ଼ାଏ । ମସ୍ତି କରେ । ବୁଝିଲୁ ? କହିଦେଇ ହସିଲା ।

: କ'ଣ କରନ୍ତି କି ତୋ ପତିଦେବ ?

: ଗାଲରେ ହାତ ଦେଇ ପରଋିଲା ସେ ।

: ମହାଶୟ ଅଛନ୍ତି ଏକ୍‌ଜିକ୍ୟୁଟିଭ୍ ଇଂଜିନିଅର୍ । ପି.ଡ଼ବ୍ଲ୍ୟୁ.ଡ଼: ଆଖ୍ଖନଚେଇ ବନାନୀ ପୁଣି
କହିଲା ।

: ଆଉ ତୁ ଅଧ୍ୟାପିକା ଅଛୁ ବୋଧେ ? ଋରିଆଡ଼େ ବହିପତ୍ର ଗଦା କରିଛୁ ତ...

: ଆରେ ନାଇଁ ନାଇଁ... ମୁଁ ଗୋଟେ କମ୍ପାନୀ ଜବ୍ କରେ । କମ୍ପାନୀର ଏଠି ଗୋଟେ ବ୍ରାଞ୍ଚ
ଅଫିସ୍ ଅଛି ସେଇଠି । ବହିପତ୍ରରେ ମୋ'ର ଭାରି ସଉକ୍ କିଶି ପକାଏ ହେଲେ ସବୁ ପଢ଼ିହଉଛି
କୋଉଠି ?

ସେ କହିଲା ଓ ସେଠି ଥିବା ମିନି ଫ୍ରିଜ୍‌ରୁ ପାଣି ବୋତଲଟେ କାଢ଼ି ବନାନୀକୁ ଦେଲା ।

: ବିସିଲେରି ?

ସେ ଚୁପ୍ ରହିଲା । ବନାନୀ ବୁଝିଲା । ମ୍ୟାନେଜ୍ କଲା ଭଙ୍ଗୀରେ ପାଣି ପିଇଲା । ପଚାରିଲା —

: ତୁ ଏକଲା ରହୁ? କାହିଁକି ? ବାହାସାହା ହେଇନୁ ନା କିଛି ମିସ୍‍ହ୍ୟାପ୍ ?

ଟିକେ ହସିଦେଇ ସେ କହିଲା : ମୋ’ ବାହାଘର ହେଇନି ତଥାପି...

: ସମ୍ଭାବନା ବି ଅଛି ତା’ହେଲେ...? ନାସିକା କୁଞ୍ଚନ କରି ବନାନୀ ପଚାରିଲା । ଗୋଡ଼ ଉପରୁ ଗୋଡ଼ କାଢ଼ି ଆଗକୁ ଟିକେ ଝୁଙ୍କି ବସିଲା ।

: ଥାଇପାରେ... ମୁଁ ତ ଅଣଚାଳିଶ ବର୍ଷର ତରୁଣୀ... ହା... ହା... ବନାନୀ ପିଇଥିବା ପାଣିବୋତଲରୁ ସେ ଢୋକେ ପିଇଲା ଯେମିତି କଲେଜ ଦିନରେ ତା’ ଗ୍ଲାସରୁ ପିଉଥିଲା ଢୋକେ... ଢୋକେ...

: ଏକା ଏକା ଚଲୁଛୁ... କିଛି ଅସୁବିଧା ହୁଏନା ? କେମିତି କ’ଣ ମ୍ୟାନେଜ୍ କରୁ? ଅସୁବିଧା କଥା ।

ତୀର ଫିଙ୍ଗିବା ଭଳି ସ୍ୱରରେ ପଚାରିଲା ବନାନୀ । ହେଲେ ତୀର ତା’ ଦେହରେ ବାଜିଲାନି ବରଂ ସ୍ୱରରେ ତରଙ୍ଗ ଖେଳେଇ ସେ କହିଲା—

: ପଜିଟିଭ୍ ମଣିଷ ଅସୁବିଧାକୁ ସୁବିଧାର ରୂପ ଦେଇଦିଏ । ମୁଁ ସେମିତି । ତା’ଛଡ଼ା କୋଉ ଜୀବନରେ ସୁବିଧା ସାଙ୍ଗରେ ଅସୁବିଧା ନାଇଁ-ସୁଖ ସାଙ୍ଗକୁ ଦୁଃଖନାଇଁ? ଚଟ୍ କିନା ବନାନୀ କହିଲା—

: ମୋ’ ଜୀବନରେ । ଦୁଃଖ, ଅସୁବିଧା, ସମସ୍ୟା ସେ ସବୁ କି ଜିନିଷ ମତେ ଜଣାନାଇଁ, ସତରେ ମୋ’ ଜୀବନଟା ଏକ୍‍ସେପ୍‍ସନ୍ । ମା’ ଘରେ ମୋ’ର ସମସ୍ୟା ଥିଲା କିନ୍ତୁ ଶାଶୁଘରେ ମୋତେ କିଛି ନାଇଁ, ମୋ’ ରାଜ୍ୟର ରାଣୀ ମୁଁ । ମୋ’ ସ୍ୱାମୀଙ୍କ କଥା କହିବି କ’ଣ ? ଦୁନିଆଁର ଯେତେ ସୁଖ, ସବୁକୁ ମତେ ଦେବାକୁ ସେ ବ୍ୟଗ୍ର:

: ତାହେଲେ ତ ତୁ ଭାରି ଲକି...

ବସିବା ଭଙ୍ଗୀ ବଦଲେଇ, ଓଢ଼ଣୀଟାକୁ କାନ୍ଧରେ ପକେଇଲା ବନାନୀ । ଭାରି ଗଦ୍‍ଗଦ୍ ହେଇ କହିଲା—

ଲକ୍ ସାଥ୍ ନ ଦେଲେ ମୁଁ ଯାହା ପାଉଛି ତା’ ମିଲେନା ବନ୍ଦନା । ଦେଖ, ରାଜଧାନୀରେ ଆମର ଗୋଟେ ଏ ଦି’ମହଲା କୋଠାଘର ଅଛି । ଆମେ ସେଠି ରହୁ । ସର୍କାରୀ ଘର ଯା’ଙ୍କର ପସନ୍ଦ ନୁହେଁ । କହନ୍ତି ନିଜ ଘରେ ଅୟସରେ ରହିବା । ଇଚ୍ଛାରେ ଘରର ଲୁକ୍ ଅଦଲ ବଦଲ କରିବା, ଘରର ଗୋଟେ ନାଁ ରଖିଛନ୍ତି ସେ, କ’ଣ ଜାଣୁ? ବନାନୀ ଭିଲ୍ଲା ।

: ଗ୍ରେଟ୍ ! ସେ କହିଲା,

: ଭିଲ୍ଲାରେ ପୁଣି ଖଞ୍ଜିଦେଇଛନ୍ତି ସେ ଅମରାବତୀର ସୁଖ-ସୁବିଧା । ବର୍ଷକୁ ବର୍ଷ ବଦଲ ହବ, ଇନ୍‍ଟେରିଆର୍ ଡିଜାଇନ୍ । ସେ ଅନୁସାରେ ଘର ରଙ୍ଗ । ମ୍ୟାଚିଂ ସୋଫା, ପର୍ଦା, ସେଥିରେ ପୁଣି ମୋ’ର ଟେନ୍‍ସନ୍ ନାଇଁ । ଜଣେ ଅଛନ୍ତି ହାଉସ୍ ମ୍ୟାନେଜର୍ ସେ ବୁଝିବ ସବୁ । ଇଏ ମତେ

କହିବେ — ବିନି ! ତୁମେ ଯାଇ ଆମ ଭେଲ୍‌ଭେଟ୍ ଲନ୍‌ରେ ବସ । ନେଲ୍ ପେଣ୍ଟ ବଦଳାଅ । ମ୍ୟୁଜିକ୍ ଶୁଣ । ଓ୍ୱାଲେଟ୍ ଖୋଲି କହିବେ — କ୍ୟାସ୍ ନିଅ । 'ବିଗ୍‌ବଜାର' ଯାଅ । 'ଓ୍ୱାର୍‌ଲଡ଼' ଯାଅ ସପିଂ କର । ଖମ୍‌ଜୀକୁ ଯାଇ ଲେଟେଷ୍ଟ ଗହଣା ନେଇ ଆସ । ଏମିତି କୋଉ ସ୍ୱାମୀ କରିବ କହିଲୁ ? ଏବେ ତ ଟି.ଭି.ରୁ ଜାଣୁଥିବୁ, ସ୍ୱାମୀମାନେ କେତେ ବଦ୍‌ନାମ । କିଏ ତା' ସ୍ତ୍ରୀକୁ ହାଣି ଟିଫିନ୍ ଡବାରେ ପୁରେଇଲାଣି ତ କିଏ ତା' ସ୍ତ୍ରୀର କିଡ୍‌ନି ବିକିଲାଣି । ଏମିତିରେ ଯା'ଙ୍କ ଭଳି ସ୍ୱାମୀ... ଏଥିରେ କହ ମୋ' ଜୀବନ ଗୋଟେ ଏକ୍‌ସେପ୍‌ସନ୍ କି ନୁହଁ ? ଅବଶ୍ୟ ଏତିକି ଯେ ଅଫିସ୍ କାମପାଇଁ ବେଶୀ ସମୟ ନ ଥାଏ ମୋ' ପାଇଁ:

: ହଁ ଲୋ ତୁ ଠିକ୍ କହିଛୁ । ଇଂରାଜୀରେ ସୁନ୍ଦର ଗଳ୍ପଟିଏ ଅଛି ବୁଝିଲୁ ବନାନୀ । ଜଣେ ରାଜା ଜାଣିବାକୁ ଚାହିଁଲେ — ନାରୀଟିଏ କ'ଣ ଚାହେଁ ? କୌଣସି ଉତ୍ତରରେ ସେ ସନ୍ତୁଷ୍ଟ ହେଲେ ନାହିଁ, ଜଣେ ଯୁବରାଜ ବୁଲି ବୁଲି ବୁଢ଼ୀ ଅସୁରୁଣୀଠୁ ଯେଉଁ ଉତ୍ତର ପାଇଥିଲେ ରାଜାଙ୍କ ମନକୁ ପାଇଥିଲା । ତା' ହେଲା — "ନାରୀଟିଏ ନିଜ ମନମୁତାବକ ଜୀବନ ଜିଇଁବାକୁ ଚାହେଁ", ମନ ମୁତାବକ ଜୀବନଟି ପାଇବା ନାରୀପାଇଁ କାଠିକର ପାଠ । ହେଲେ ତୁ ପାଉଛୁ । ତୁ ସୁଖୀ । ବୋଲି ତୁ ଏତେ ସତେଜ । ଆଛା ବନାନୀ ! ଚ'ରେ ତୁ କ'ଣ ପସନ୍ଦ କରିବୁ ? କ୍ଷୀର, ଚିନି ନା ଲେମ୍ବୁ, ମହୁ ?"

ସେ ଚେୟାରରୁ ଉଠି ପଛୁରିଲା ।

: ସେ ସବୁ କିଛି ନୁହେଁ । ମୋ' ପସନ୍ଦ ହେଉଛି ଗ୍ରୀନ୍‌ଟି । ରଖିଛୁ ?

: ନାହିଁ..

: ରଖିବୁ । ଗ୍ରୀନ୍‌ଟି ଭାରି ଉପକାରୀ । ଆଣ୍ଟି ଅକ୍‌ସିଡେଣ୍ଟ । କଲୋଷ୍ଟର ବଢ଼ିବାକୁ ଦିଏନା ସବୁଠୁ ବଡ଼ କଥା କ'ଣ ଜାଣୁ ? ଆଣ୍ଟିରିଙ୍କଲ୍... ଏଇ ଜିନିଷଟି ପାଇଁ ମୁଁ ଗ୍ରୀନ୍‌ଟି ନିଏ: ଜଣେ ସ୍ୱାସ୍ଥ୍ୟ ବିଶେଷଜ୍ଞ ଭଳି ତାକୁ ପରାମର୍ଶ ଦେଲା ବନାନୀ ।

ସେ କହିଲା — "ଜାଣେ ତା'ର ଗୁଣକୁ । ଆଣିଥିଲି ବି । କିନ୍ତୁ ଯା' କହ ପୁରା ଟେଷ୍ଟ‌ଲେସ୍ । କ୍ଷୀର, ଚିନି ଚ' ଫୁଟେଇ ମୋ'ର କଡ଼ା ଚ' ଦର୍‌କାର— ନ‌ହେଲେ ମତେ ଭଲ ଲାଗେନା..."

ସେ ହସିଲା ।

ବନାନୀ ବି ହସିଲା । କହିଲା— : ହଉ ଆଶ ଆଜି ତୋ'ର ଖାଣ୍ଟି ଦେଶୀ ଚ' ପିଇବା । ମାଇଣ୍ଡ କଲୁ କି ? ଟିକେ ମଜାରେ କହିଲି । ବଂଧୁତାରେ କହିଲି । ବଂଧୁତାରେ କ'ଣ ଏସବୁ ଚଲେନା ?

କହିବା ବେଳକୁ— ମୁହଁ ଉପରକୁ ମାଡ଼ି ଆସିଥିବା କେରାଏ ବାଲ କାନସେପଟେ ଗେଞ୍ଜି ଦେଲା । ଗୋଟେ ପଟ କାନ ଦିଶିଲା । କାନରେ ପିନ୍ଧିଥିବା ଟପ୍ ଝଲ୍‌ସିଗଲା । ନିଶ୍ଚେ ଇଏ ଡାଇମଣ୍ଡ । ନ ହେଲେ ଏତେ ଝଟକିବ କେମିତି ?

: କ'ଣ ଦେଖୁଛୁ କି ବନ୍ଦା ? କାନଟପ୍ ? ହଁ ଅସଲି ହୀରା । ଏବର୍ଷ ବିବାହ ବାର୍ଷିକୀରେ ତାଙ୍କ ଗିଫ୍‌ଟ । ତନିଷ୍କରୁ ଆସିଛି ।

ଜଣେଇ ଦେଲା ବନାନୀ ଯେ ସେ ଅମୂଲ ମୂଲ ହୀରାଫୁଲ ପିନ୍ଧିଛି । ମନେ ମନେ ଟିକେ ହସିଲା ବନ୍ଦନା, ରୋଷେଇ ଘରକୁ ଆସିଲା । ପଛେ ପଛେ ବନାନୀ ବି । ଏଆଡ଼େ-ସେଆଡ଼େ ସବୁଆଡ଼େ ନଜର କରି କେମିତି ଏକ ସ୍ଵରରେ କହିଲା—

: ଏକା ଅଛୁ । କମ୍ପାନୀ ରଖିକିରି । ସ୍ୟାଲେରୀ ତ ଠିକ୍‍ଠାକ୍‍ ଥିବ ତେବେ ଏମିତି ବେରଙ୍ଗ ଜୀବନ କାହିଁକି କହିଲୁ ? ସାରା ଜୀବନ ଏମିତି ଚଲିବୁ ? ଗୋଟେ ହାଇ ଲାଇଫ୍‍ ଷ୍ଟାଇଲ୍ ମେନ୍‍ଟେନ୍‍ କର... ପରିଚ୍ଛନ୍ନ ଲାଗିଲା ନାଁ ସେ ସ୍ଵର । ତେଣୁ ବନ୍ଦନା ନ ଶୁଣିବା ପରି ହେଲା । ବନ୍ଧୁ ଚର୍ଚ୍ଚାରେ ଲାଗିଗଲା । ରଁ' ସାଙ୍ଗରେ ଟ୍ରେରେ ସଜେଇ ଆଣିଥିଲା ମିଠା, ଲୁଣିଗଜା, ପେଣ୍ଠାଏ ଅଙ୍ଗୁର । ଗୋଟେ ଆରିଷା ପିଠା ବି, କଲେଜ ବେଳେ ଭାରି ସଉକିରେ ବନାନୀ ଆରିଷା ଖାଉଥିଲା । ଦିହେଁ ପୁଣି ବେଡ୍‍ରୁମ୍‍କୁ ଆସିଲେ । ବନାନୀ ଯେତେବେଳେ ପ୍ଲେଟ୍‍ରୁ ଖାଲି ଲୁଣି ଗଜାଟିଏ ଉଠେଇଲା ସେ ବୁଝିଲା । ତା' ସାଙ୍ଗର ସଉକି ବଦଳିଯାଇଛି ।

ରଁ'ରୁ ଢୋକେ ପିଇ ବନାନୀ ତା'ର ସ୍ଵାମୀ-ଗପ ପାଖକୁ ଫେରିଲା-କହିଲା

: ଆମ ବା'ଘର ଠିକ୍‍ ହେବା ପରେ ମୁଁ ଡରୁଥିଲି କେମିତି ହେଇଥବେ ମୋ' ଇଂଜିନିଅର ସ୍ଵାମୀ । ତାଙ୍କ ସହ ମୁଁ ଆଡ଼୍‍ଜଷ୍ଟ କରିପାରିବି କି ନାଁ । କିନ୍ତୁ ଦେଖିଲି ମୁଁ ନୁହେଁ ସେ ମୋ' ସହ ଆଡ଼୍‍ଜଷ୍ଟ କରୁଛନ୍ତି । ମୋ' ପସନ୍ଦ, ନାପସନ୍ଦର ଖିଆଲ ରଖି ଚଲୁଛନ୍ତି । ପତ୍ନୀକୁ ସୁଖୀ ରଖିବାର ଗୁମର କଲାଟି ତାଙ୍କୁ ବେଶ୍ ଜଣା । ମୁଁ ତ ଭାବେ ସବୁ ସ୍ଵାମୀ ସେ କଲାଟି ତାଙ୍କଠୁ ଶିଖିବା କଥା— ଟିକେ ବ୍ରେକ୍‍ ନେଇ ସେ କହିଲା —

: ବହୁତ ଦିନ ପରେ ଏମିତି ରଁ'... ଭଲ ବନେଇଛୁ: ରଁ'ର ପ୍ରଶଂସା ଶୁଣି ବନ୍ଦନା ଖୁସି ହେଲା, ଶେଷ ଢୋକଟି ପିଇ ସେ କପ୍ ରଖିଲା । ଜାରି ରଖିଲା କଥା ବିହ୍ଵଲ ସ୍ଵରରେ—

: ହଁ, ଯ୍ୟାଙ୍କ କଥା କହୁଥିଲି... ଭାରି ଦିଲ୍‍ଦାର ବି ସେ । ଦିନେ — ଗୀତଟିଏ ଶୁଣିଲେ "ଜୀବନ ମେ ଏକ୍‍ବାର ଆନା ସିଂଗାପୁର" ତ ସାଙ୍ଗେ ସାଙ୍ଗେ ପ୍ଲାନ୍ ବନେଇଲେ ସିଙ୍ଗାପୁର ଯିବାକୁ । ଦଶହରା ଆସିବା ଆଗରୁ କହିବେ ଏଥର ମସୌରୀ ଯିବା । ଏଇ ତ ଗତମାସ ହଠାତ୍ ଲଣ୍ଠନ ଟୁର୍ ପ୍ରୋଗ୍ରାମ ହେଲା ଯାଇ ବୁଲିଆସିଲୁ... ଏଠିକି ତାଙ୍କ ଟୁର୍ ପଡ଼ିଲା । ମତେ କହିଲେ — ତୁମ ପୁରୁଣା ଜାଗା ରଳ ବୁଲିଆସିବ ତ ଆସିଗଲି — ଏମିତି ସେ —

: ଭଲ ହେଲା । ଦେଖାହେଲା । ଏଥର ଫୋନ୍ ବି କରିହବ । ଆଛା ବନାନୀ ଖାଲି ତୋ ମିଷ୍ଟରଙ୍କ କଥା କହିଲୁ, ପିଲାପିଲିଙ୍କ କଥା କହିଲୁନି... କଥାର ମୋଡ଼ ବଦଲେଇବାକୁ ଯାଇ ବନ୍ଦନା ପଚରିଲା । ସ୍ଵାମୀ ଗପ ଯଥେଷ୍ଟ ହେଲା । କଥାଟିକୁଟ ସିଧାସଳଖ କହି ହବନି । ଯା' ହେଲେ ବି ସେ ଅତିଥ...

ଜଣେ ପ୍ରାଉଡ଼୍ ମଦର୍ ସ୍ଵରରେ କହିଲା ସେ —

: ଓନ୍‍ଲି ସନ୍ । ମାଇଁ ପ୍ରିନ୍ସ ରାଜସ୍ଥାନ କୋଟାରେ ପଢ଼େ । ହେଲେ ବୁଝିଲୁ ନା... ପଢ଼େ କମ୍ । ମଉଜମସ୍ତି ବେଶୀ, ବାପା ଯଦି କହିବେ ତା'ର ପାଠପଢ଼ିବା, ପରିଶ୍ରମ କରିବା କ'ଣ ଦର୍କାର, ମୋ'ର ଅଚଲାଚଲ ସମ୍ପଉର ଏକମାତ୍ର ଅଧିକାରୀ ସେ । ବସି ଖାଇଲେ ବି ସରିବନି ।

ସେ ପିଲା ପାଠ ଓ କ୍ୟାରିଅର୍ ପଛରେ ଧାଇଁବ କାହିଁକି କହିଲୁ ? କହିବେ ପୁଣି – ଅଯ୍ଯନି ପରିବାରର ପିଲା ପରି ମୋ' ପୁଅ ବଢ଼ିବ ଅୟସରେ । ଏମିତି କହି 'ମାନବ' ତାକୁ ମୁଣ୍ଡରେ ବସେଇଛନ୍ତି...

: କ'ଣ କହିଲୁ ମାନବ ? ତୋ ସ୍ୱାମୀ ?

ବନ୍ଦନା ଟିକେ ଆନମନା ଜଣାପଡ଼ିଲା । ହେଲେ ମାନବ ନାଁରେ ଆଉ କ'ଣ କେହି ନ ଥିବେ ? ଖାଲି କ'ଣ ସେଇ ମାନବ ଯାହାକୁ ସେ ଚିହ୍ନେ, ଜାଣେ, ତା' ଉନ୍ମୁକ୍ତ କେଶରେ ହାତ ବୁଲେଇ ଆଣିଲା ବନାନୀ ଆଉ କହିଲା

: ହଁ... ଶ୍ରୀମାନ୍ ମାନବ ନନ୍ଦ... ଦି ଗ୍ରେଟ୍...: ସ୍ୱାମୀଙ୍କ ନାଁ ଉଚ୍ଚାରିଲା ବେଲେ ସେ ଆହୁରି ସତେଜ ଦିଶୁଥିଲା ଓ ତା'ର ନାକପୁଡ଼ା ଫୁଲି ଉଠିଥିଲା ।

: ଶାଶୁଘର ?

: ସମ୍ବଲପୁର ।

ସ୍ଲିଟ୍ ଏ.ସି.ରୁ ଯେମିତି ଚୂନା ଚୂନା ବରଫ ଝଡ଼ିଗଲା । ସବୁ ପଡ଼ିଲା ବନ୍ଦନାର ମୁଣ୍ଡ ଉପରେ । ବନାନୀ ସେତେବେଲକୁ ପୁଣି ମୋବାଇଲ୍ ଟଚ୍ କରି ମାନବଙ୍କ ଫଟୋ ଦେଖେଇଲା । ଲାଗିଲା ବନ୍ଦନାକୁ – ସେ ବରଫର ମୂର୍ତ୍ତିଏ । ତା'ର ପ୍ରାଣ ନାଇଁ, ସ୍ପନ୍ଦନ ନାଇଁ କେତୋଟି ମୁହୂର୍ତ୍ତ ପରେ ସେ ଫେରିପାଇଲା ତା' ଶରୀର । ତା' ପ୍ରାଣ, ଦେଖିଲା – ସେ ମୁହାଁମୁହିଁ ବସିଛି ମାନବ ନନ୍ଦଙ୍କ ପତ୍ନୀ ସାଙ୍ଗରେ । ଯିଏ ଟିକେ ଆଗରୁ କହିଥିଲା – ଭାଗ୍ୟରେ ନଥିଲେ ଏତେ ସୁଖ ଆଉ ଏମିତି ସ୍ୱାମୀ ମିଳନ୍ତିନି । ହୁଁ... ସତ କହୁଛି ସେ । ସୁଖରେ ଅଛି ବୋଲି ସିନା – ସ୍ୱାସ୍ଥ୍ୟ ଓ ସୌନ୍ଦର୍ଯ୍ୟ ଏମିତି ଅଟୁଟ ରହିଛି ଅଣଚାଳିଶ ବର୍ଷ ବୟସରେ ବି !

ମାନବ ନନ୍ଦ ତାକୁ ସୁଖରେ ରଖିଛନ୍ତି ।

ହାଏ ପ୍ରୋଫାଇଲ ଜୀବନ ଜିଉଁଛି ସେ ।

ଲକ୍ଷଣ ଟୁର୍ କରୁଛି ।

ବନାନୀ ଭିଲ୍ଲାରେ ଅମରାବତୀ ସୁଖ ଭୋଗୁଛି । କିଛି ତ ଅସୁବିଧା ହୋଇନି ତା'ର !

: ଆରେ... କ'ଣ ଭାବୁଛୁ ? କହ, ମାନବ କେମିତି ଲାଗିଲେ ?

ତାକୁ ଟିକେ ହଲେଇ ଦେଇ ବନାନୀ ପଚାରିଲା ।

: ଓଁ... ହଁ... ଭାରି ହ୍ୟାଣ୍ଡସମ୍ ଏବେ ବି... ଆଇ ମିନ୍.. ଏ ବୟସରେ ବି...

: ସେଥିପାଇଁ ତ... ମ୍ୟାରେଡ୍ ଉମେନ୍ ବି ତାଙ୍କ ପଛରେ । ସେ କିନ୍ତୁ କା' ଆଡ଼େ ଅନାନ୍ତିନି... ଏକପତ୍ନୀ ବ୍ରତ... ହା... ହା... ହା... ଭାରି ଅହଂକାରୀ ଶୁଭିଲା ସେ ହସ ।

କିଛି ଆଉ ଶୁଣିବାକୁ ଭଲ ଲାଗୁନଥିଲା ବନ୍ଦନାକୁ । କିନ୍ତୁ ଗପୁଡ଼ି ବନାନୀର ଗପ ସରୁ ନଥାଏ । ଅନ୍ୟ ଟପିକ୍ କିଛି ହେଲେ କୁହନ୍ତା – ମାନବ କଥା ଶୁଣିବା ବେଳକୁ ମନ ଭିତରକୁ ଖାଲି ମନସ୍ତାପ ହିଁ ଆସୁଛି । ଛଟପଟ ଲାଗୁଛି ।

ମନ ଭୁଲେଇବାକୁ ଯାଇ ସେ ହିଁ କହିଲା –

: ଆମର ଆଉ କୋଉ ସାଙ୍ଗ ସହ ତୋର କନ୍ଟାକ୍ଟ ଅଛି କି ?

କିନ୍ତୁ ସେ କଲେଜ ଦିନକୁ କି ପୁରୁଣା ସାଙ୍ଗମାନଙ୍କ ପାଖକୁ ଫେରିବାକୁ ରହିଁଲାନି ସେ ଏଥର ସିଧା ଫେରିଲା ତା' ବେଡ୍‌ରୁମ୍‌କୁ ।

: ଗୋଟେ କଥା ସେଆର କରିବି ତୋ ସାଙ୍ଗରେ । ମାନବ ଭାରି ଗଂଭୀର ଦିଶନ୍ତି । ହେଲେ ଭାରି ରୋମାଣ୍ଟିକ୍ । ଦିନ ଓଲି ବେଡ୍‌ରେ ଯଉ ରଙ୍ଗର ବେଡ୍‌କଭର୍ ପଡ଼ିଲେ ଚଳିବ କିନ୍ତୁ ରାତିରେ — ଗୋଲାପୀ ରଙ୍ଗର ରହିଦର ପଡ଼ିବ । ମହ ମହ ବାସ୍ନା ଆଉ ଧୀମା ଧୀମା ସଂଗୀତ ଥିବ ରୁମ୍‌ରେ । ତା'ପରେ ଯାଇ... କହୁ କହୁ— ଫିକ୍ କିନା ହସିଦେଲା ବନାନୀ । ସେ ହସରେ ହୃଦୟଟିଏ ଭାଙ୍ଗିଗଲା । ରାସ୍ତା କଡ଼ର ହଲଦୀ ମୁହଁ ରାଧାଚୂଡ଼ା ଗଛରୁ ଫୁଲ ସବୁ ଝଡ଼ିପଡ଼ିଲା ।

ତଥାପି — ବନ୍ଧୁର ଆତିଥେୟତା ଖାତିରରେ ବନ୍ଦନା ସ୍ୱାଭାବିକ ରହିଲା । ଠିଆ ହେଲା । କପ୍‌ବୋର୍ଡ଼ ପାଖକୁ ଯାଇ ପୁରୁଣା ଆଲବମଟେ ଖୋଜି ଆଣିଲା । କହିଲା — ରହ୍ ଏ ଆଲବମ୍ ଦେଖିବା । ପୁରୁଣା ଦିନ ଓ ପୁରୁଣା ସାଙ୍ଗମାନଙ୍କୁ ମନେ ପକେଇବ ।

ପ୍ରଥମ ପୃଷ୍ଠା ଦେଖୁ ଦେଖୁ ବନାନୀକୁ ଅସ୍ତବ୍ୟସ୍ତ ଲାଗିଲା, ମୋବାଇଲରୁ ସମୟ ଦେଖିଲା, କହିଲା: ତାଙ୍କ ଲଞ୍ଚଟାଇମ୍ ହେଇଗଲା । ଏଇନେ ମାଡ଼ି ଆସୁଥିବେ । ଯିବା ଆଗରୁ ମୋବାଇଲରେ ଆମ ଲଣ୍ଡନ ଟୁରର କେତୋଟା ଫଟୋ ଅଛି ତତେ ଦେଖେଇ ଦିଏଁ.. ମୋବାଇଲ ଖୋଲି କହିଲା ହେଇ ଦେଖ୍... ହିଥ୍ରୋ ଏଆରପୋର୍ଟରେ ଆମେ । ଏଇ ହୋଟେଲ୍ ମାଉଣ୍ଟ ଫ୍ଲୋରାଣ୍ଡ— ଏଠି ରହିଥିଲୁ । ଆଉ ଦେଖ୍ — ମାଇଲ୍ ମାଇଲ୍ ବ୍ୟାପୀ ମ୍ୟାଗ୍ନେସିଆ ଫୁଲ ଭିତରେ ଠିଆ ହେଇଛି ଆମ ପ୍ରିନ୍ଦ । ହାଇଡ୍ ପାର୍କ ନାଁଟି ତ ଶୁଣିଥିବୁ — ସେଇ ପ୍ରସିଦ୍ଧ ପାର୍କରେ ଆମେ ତିନିଜଣ... ଲଣ୍ଡନ ଚିଡ଼ିଆଖାନାରେ 'ପାଣ୍ଡା'... ମାନେ ଧଳାମୁହାଁ ଭାଲୁ ପାଖରେ ବାପ ପୁଅ... । ଶୀଘ୍ର ଫେରିବାକୁ ହେଲା କିନ୍ତୁ — ତାଙ୍କର ଏତେ ଛୁଟୀ କାଇଁ ?

ମନେ ମନେ କୁହୁଳୁଥିଲା ବନ୍ଦନା ।

ବନାନୀ ପାଖକୁ କିଛି ମ୍ୟାସେଜ୍ ଆସିଲା "ଗାଡ଼ି ଆସିଯାଇଛି... ମୁଁ ଉଠେ" । ମ୍ୟାସେଜ୍ ପଢ଼ି ସେ କହିଲା । ଦର୍ପଣ ପାଖକୁ ଯାଇ ପୋଷାକ ଓ ତା'ର ବାଳ ଠିକ୍ କରିନେଲା । ମୋବାଇଲକୁ ତା' ଫ୍ଲୋରାଲ ଭ୍ୟାନିଟିରେ ରଖି ବାହାରି ଆସିଲା ରୁମ୍‌ରୁ । ବନ୍ଦନା ଏ.ସି ଅଫ୍ କରି ଆସିଲା । ଗ୍ରୀଲ୍ ଖୋଲିଲା ବେଳେ ତା' ହାତକୁ କାର୍ଡ଼ଟିଏ ବଢ଼େଇ ବନାନୀ କହିଲା — ଯାଉଛି...

: ଭୁବନେଶ୍ୱର ଆସିଲେ ଆସିବୁ । ଦେଖିବୁ ଆମ ଘର । ଆମ ଖାତିରଦାରି:

ସେ ସନ୍ୟାସ ଦେଲା ଆଖିରେ । ଏକ ବିଶେଷ ଠାଣୀନେଇ ଗାଡ଼ି ପାଖକୁ ଗଲା । ଡ୍ରାଇଭର ଧାଇଁଆସି ଦୋର ଖୋଲିଦେଲା । ବସିଲା ପରେ ଟିକେ ହସିଲା । ହାତ ହଲେଇ କହିଲା — ବାଏ ବାଏ ।

ତା' ଗାଡ଼ି ରହିଲିଲା । ଅଦୃଶ୍ୟ ହୋଇଗଲା ।

ଗ୍ରୀଲ୍ ଲକ୍ କରି ବନ୍ଦନା ଭିତରକୁ ଆସିଲା । ଖାଇବାକୁ ଇଚ୍ଛା କଲା ନାଇଁ ଫ୍ୟାନ୍ ଦେଇ ଚୁପ୍‌ଚ୍ୟପ୍ ବିଛଣାରେ ଗଡ଼ିଲା । ମନ ଭିତରକୁ ଈର୍ଷାର ଭାଇରସ୍ ପଶି ଆସି ସବୁକୁ ଅସ୍ତବ୍ୟସ୍ତ

କରୁଥିଲା । ତା' ଭିତରେ ଗୁଡ଼ାଏ ମନସ୍ତାପ ବି ଫେଣ୍ଟି ହୋଇ ପଡୁଥିଲା । ଦୁଃଖ, ଈର୍ଷା ଓ ମନସ୍ତାପର ବଳୟ ଭିତରେ ସେ ଘିରିଘିରି ଘୂରିଲା ।

ସବୁ ଠିକ୍ ରଖିଥିଲା ।

ସେ ମାନବ ନନ୍ଦଙ୍କୁ ଭୁଲିଯାଇଥିଲା ।

କାହିଁକି ଆସିଲା ବନାନୀ ? ତାଙ୍କ ପତ୍ନୀର ଅହଂ ଓ ମର୍ଯ୍ୟାଦା ନେଇ ?

ବନ୍ଦନା ଆଖିରେ ଫ୍ଲାସ୍‌ବ୍ୟାକ୍ । ଅତୀତର । ଉଣେଇଶ ବର୍ଷ ଛ' ମାସ ତଳର । ସେଦିନର ସେଇ ଦୃଶ୍ୟ । ବିଭାଘର ପ୍ରସ୍ତାବ ଆସିଥିଲା ତା' ପାଇଁ । ତା' ବୟସ ଉଣେଇଶ । ବରପାତ୍ରର ବୟସ ସତେଇଶ । ଉଚ୍ଚ ପରିବାର, ପାତ୍ର ଇଂଜିନିଅର ଭାବି ବାପା–ମା' ରାଜି ହୋଇଯାଇଥିଲେ । ଥିଲେ ବି ବୟସର ତାରତମ୍ୟ । ଘର ଲୋକ ପସନ୍ଦ କରି ଗଲାପରେ ଆସିଥିଲେ ବରପାତ୍ର ମାନବ ନନ୍ଦ । ତାଙ୍କ ଡେଙ୍ଗା, ଗୋରା ଚେହେରା ଦେଖୁ ଦେଖୁ ସେ ତାଙ୍କ ପ୍ରେମରେ ପଡ଼ିଯାଇଥିଲା । ନୀଡ଼ ବାନ୍ଧିବାର ସ୍ୱପ୍ନରେ ମସଗୁଲ ରହିଲା । ମାନବ ତାକୁ ପସନ୍ଦ କରିସାରିବା ପରେ ବାପା କହିଲେ —

: ବାବୁ ! ତୁମର ଯଦି କିଛି ଦାବି ଅଛି କୁହ । ଦେଇ ପାରିବି ଯଦି ବାହାଘର ହବ: — ବାପା ସତ୍ ଲୋକ । ନିୟମର ମଣିଷ । ସିଧା ସିଧା ତାଙ୍କ କଥା । ମାନବ କହିଲେ —

: ଆମ ତରଫରୁ କିଛି ଡିମାଣ୍ଡ ନାହିଁ ଆଜ୍ଞା । କ'ଣ ହେବ ଜିନିଷ ପତ୍ର ? ଆମର ତ ସବୁଅଛି: ସେ ଉଶ୍ୱାସ ହୋଇଗଲା । ମା'ବି । ଯା' ହଉ ଆଉ ଅସୁବିଧା ନାହିଁ; ବାହାଘର ହବ । ବାପା ଯେମିତି କିଛି ଭାବିଲେ । ପଚରିଲେ — : ସବୁ ଅଛି ମାନେ ?

: ଭୁବନେଶ୍ୱର ଓ ସମ୍ବଲପୁରରେ ଘର, ଗାଁରେ ଜମିବାଡ଼ି, କାର୍, ମୋଟର ସାଇକେଲ୍… ବ୍ୟାଙ୍କ ବ୍ୟାଲାନ୍‌… ସ୍ତ୍ରୀ… ସବୁ…

: ସ୍ତ୍ରୀ ? ସଭିଏଁ ଚମ୍‌କିଲେ ।

ସେ ହସିଦେଇ କହିଲେ — : କହୁ କହୁ କହିଦେଲି… ସ୍ଲିପ୍ ଅଫ୍ ଟଙ୍‌… ସ୍ତ୍ରୀ ପାଇଁ ତ ଏଠିକି ଆସିଛି:

: ହେଲା… ହେଲା… ବାବୁ… ହେଲେ ଯେତେ ଜିନିଷ କହିଲେ ସେ ସବୁ ତୁମେ କରିଛ ?

: ହଁ ଆଜ୍ଞା.. ଭାରି ଉସ୍ତାହିତ ହୋଇ କହିଲେ ସେ ।

: ତୁମ ରୋଜିରୀକୁ କେତେ ବର୍ଷ ହେଲା ?

: ପାଞ୍ଚବର୍ଷ…

: ପାଞ୍ଚବର୍ଷରେ ଏତେ ସଂପତି ? ତୁମ ସ୍ୟାଲାରୀରେ ତ' ସମ୍ଭବ ନୁହେଁ । ତେବେ, ସେସବୁ ତୁମର ଆୟ ବର୍ହିଭୂତ ସଂପତି ? ନା — କ'ଣ କହୁଛ ? ପାଞ୍ଚବର୍ଷରେ ଯଦି ଏତିକି — ଆଗକୁ ଆଉ କେତେ ନହବ ?

: ସେ ସବୁ ଆପଣଙ୍କ ଝିଅର… ମୁଁ ତାକୁ ବହୁତ ସୁଖରେ ରଖିବି…

: ଧନ-ସମ୍ପତ୍ତି ମୋ' ଝିଅକୁ ସୁଖ ଦବ ନାଁ ମାନବ- ବିପଦରେ ପକେଇବ । ଦିନେ ନା ଦିନେ – ସତ୍ ଆସିବ ସାମ୍ନାକୁ । ତୁମେ ଧରାପଡ଼ିବ ସେତେବେଳକୁ ?

ମୋ' ଝିଅର ଅବସ୍ଥା କ'ଣ ହେବ ? ମୁଁ ଏ ପ୍ରସ୍ତାବରେ ରାଜି ନୁହେଁ ବାବୁ ତୁମ ଘର ଲୋକଙ୍କୁ ଜଣେଇବ...

ଅପଦସ୍ତ ହୋଇଗଲେ ମାନବ । ଧଡ଼୍କିନା ଉଠି ଝଲିଗଲେ ଆରମ୍ଭ ହେବା ଆଗରୁ ଶେଷ । ଭାଙ୍ଗିଗଲା ମାନବ ସାଙ୍ଗରେ ନୀଡ଼ ରଚିବାର ସ୍ୱପ୍ନ । ସେ ବାପାଙ୍କ ଉପରେ ଅଭିମାନ କଲା । ରାଗିଲା, ରୁଷିଲା, ମାନବଙ୍କ ଚେହେରାକୁ ଭୁଲିପାରିଲା ନାଁ, ଆଉ ଦି'ତିନିଟା ପ୍ରସ୍ତାବ ବି ଆସିଲା ବିଭିନ୍ନ କାରଣରୁ ଭାଙ୍ଗିଗଲା । ଆଗପଛ ହୋଇ ବାପା-ମା' ସଂସାରରୁ ଝଲିଗଲେ । ବଡ଼ ଭାଇ ମୁହଁ ମୋଡ଼ିଦେଲା । ବିଦେଶରେ ଝିକିରୀ କଲା । ସେ ରହିଗଲା ଏକା ବିଲ୍କୁଲ ଏକା... ବିତିଗଲା ଅନେକ ରତୁ ।

ସରିଗଲା ବର୍ଷ ବର୍ଷର ସମୟ । ମାନବ ନନ୍ଦ ତା' ଛାତି ଭିତରେ ରହିଲେ କ୍ଷତଚିହ୍ନଟେ ହୋଇ । ଆଜି ହଠାତ୍ ସେ କ୍ଷତ ଉଖାରି ହୋଇଗଲା । କାଚୁଛି, ରଟ୍ ରଟ୍ କରୁଛି ସେ ଘା', ବନ୍ଦନା ଫେରିଆସିଲା ଆଜିର ସମୟକୁ । ବିଛଣାରୁ ଉଠିପଡ଼ିଲା । ମନେ ମନେ କହିଲା – ବାପା! ତୁମର ଉପପାଦ୍ୟ ଯଦି ସେଦିନ ଠିକ୍ ହୋଇଥା'ନ୍ତା ମାନବ ତାଙ୍କ ଭିଲ୍ଲାର ନାଁ ରଖ୍ଥା'ନ୍ତେ 'ବନ୍ଦନା ଭିଲ୍ଲା' । ଆଉ ତୁମ ଝିଅ ଲଣ୍ଠନ ଚୁର୍ରୁ ଫେରିଥା'ନ୍ତା । ପ୍ରତିରାତି ମହମହ ଗୋଲାପୀ ବିଛଣାରେ ଶୋଉଥା'ନ୍ତା । ବାପା-ମା' ଥରେ ଥରେ ଏମିତି ଭୁଲ୍ କରନ୍ତି । ପୁଅ, ଝିଅର ଜୀବନ ସହ ଖେଳନ୍ତି । କାହିଁକି କେଜାଣି । ବାପା! କ'ଣ ହୋଇଛି ମାନବଙ୍କର ? ଅୟସ୍ କରୁଛନ୍ତି । କିଛି ତ ଅସୁବିଧା ନାଁ ? ମତେ ଦେଖ, ଆଜି ମୋ' ପାଖରେ ଖାଲି ଗୁଡ଼ାଏ ମନସ୍ତାପ । ଅବସୋସ ଓ ଏକ ଅସମ୍ପୂର୍ଣ୍ଣ ଜୀବନ । ବାପା! ଏ ଜୀବନ ତୁମେ ମତେ ଦେଇଛ... ଦୀର୍ଘଶ୍ୱାସ ଶୁଭିଲା ତା'ର ।

ଆଜି ରବିବାର । ଅନେକ କାମର ପ୍ଲାନିଂ ଥିଲା । ସବୁ ଏପଟ ସେପଟ, ସେ ଆସି ୫ର୍କୋ ପାଖରେ ଠିଆ ହେଲା । ବାହାରେ ନରମ ଖରା ଥିଲା । ଚଢ଼େଇ ମାନେ ଖୁସିର ଗୀତ ଗାଉଥିଲେ । ସେ କ'ଣ ଏମିତି ଖୁସିର ଗୀତଟେ ଗାଇପାରିବ ? ସେଦିନ ସେ ଆଉ ଲଞ୍ଚ କଲା ନାଁ । ପୁଣି କପେ ଚ' ପିଇଲା । ଚ' ପିଇ ସାରି ଖାଲି କପକୁ ଦେଖି ଭାବିଲା – ମୋ' ଜୀବନ ଏଇ କପପରି – ଖାଲି ଖାଲି ।

ସେଇ ଭାବନା, ବନ୍ଦନାକୁ ଉଦାସୀ କରିଦେଲା । ପୋଛିନେଲା ଚେହେରାରୁ ସରସତା । ଧୀମେଇ ଗଲା ସେ ଅଫିସ୍ କାମରେ । ଫୁର୍ତ୍ତି ରହିଲାନି । ଗୋଟେ ଷ୍ଟ୍ରେସରେ ରହିଲା ସବୁବେଳେ । ସେ ସବୁ ଲକ୍ଷ୍ୟ କରି ଜୁନିଅର୍ ମାନେ କହିଲେ – : ମେଡ଼ମ୍ ଆପଣ ଅସୁସ୍ଥ କି ? ଯୁବ ଅଫିସର୍ ପଚାରିଲେ– : ଏନି ପ୍ରବ୍ଲେମ୍ ?

ତା'ର ଅବଦମିତ ବେଦନାର କଥା ସେ କାହାକୁ, କେମିତି କହିବ ? ସେଇ ବେଦନାରୁ ମୁକୁଳିବା ପାଇଁ ସେ ମର୍ଣ୍ଣିଂୱାର୍କରେ ଯିବା ଆରମ୍ଭ କଲା । ଯୋଗ, ପ୍ରାଣାୟମ କଲା । ପୁରୁଣା ହିନ୍ଦୀ ଗୀତ ଶୁଣିଲା... ଲତା, ରଫିଙ୍କ ସହ ସ୍ୱର ମିଶେଇ ଧୀରେ ଗାଇଲା ବି । ସେଥିରେ କୁଆଡ଼େ ଷ୍ଟ୍ରେସ କମିଯାଏ... ଦେଖାଯାଉ ।

ଏମିତି ଗଲା ମାସେ ଆଉ ପାଞ୍ଚଦିନ ।

ତା' ଆରଦିନ ଶୁକ୍ରବାର । ଅଫିସ୍‌ରେ କାମସାରି ବନ୍ଦନା ଘରେ ପହଞ୍ଚିବା ବେଳକୁ ସଂଧ୍ୟା ଛ'ଟା ତିରିଶ । ସେ ଫ୍ରେସ୍ ହେଲା । ଖ' ପିଇଲା ଟି.ଭି. ଅନ୍ କଲା । ଖଟରେ ଗଡ଼ିଯାଇ ରିମୋଟ୍‌ରେ ଚ୍ୟାନେଲ୍ ଅଦଳବଦଳ କଲା । 'ଓ' ଟି.ଭି ଲଗେଇଲା । ସନ୍ଧ୍ୟାରେ ଘରେ ଥିଲେ ସାତଟାରେ ସେ ସେଇ ଚ୍ୟାନେଲ୍‌ରୁ ନ୍ୟୁଜ୍ ଦେଖେ । ଟାଇମ୍ ହେଇ ନଥିଲା । ଚଲିଥିଲା ବୋଧେ ଟ୍ୱିନ୍‌ସିଟି ରାଉଣ୍ଡ ଅପ୍ । ପରେ ପରେ "ପ୍ରତିଦିନ" । ମୁଖ୍ୟ ଖବର, ସଂପୂର୍ଣ୍ଣ ଖବର । ମଝିରେ ମଝିରେ ନ୍ୟୁଜ୍ ଅପ‌ଡେଟ୍, ବ୍ରେକିଂ ନ୍ୟୁଜ୍, ତଳେ ସ୍କ୍ରଲିଂ । ସବୁରେ ତା'ର ନଜର ଚଟାପଟ୍ ଘୁରି ଆସିଲା । ଚିଟ୍‌ଫଣ୍ଡ ଦୁର୍ନୀତି । ସି.ବି.ଆଇ ତଦନ୍ତ । ତାହାହିଁ ସେଇ ସନ୍ଧ୍ୟାର ବିଶେଷ ଖବର । ସେଇ ଖବର ଭିତରେ ଆସିଲା ଗୋଟେ ବ୍ରେକିଂ ନ୍ୟୁଜ୍ । ଲାଲ୍ ରଙ୍ଗର ବକ୍ସ ଭିତରେ ଧଳା ରଙ୍ଗର ଅକ୍ଷର । ଠିକ୍‌ଭାବେ ଦେଖୁ ଦେଖୁ ଲିଭିଗଲା । ପୁଣି ଆସିଲା । ସେ ପଢ଼ିଲା ଚମ‌କିଗଲା ସେ ଠିକ୍ ପଢ଼ିଛି ତ ? ଆଉଥରେ ପଢ଼ିଲା ତା'ପରେ ଯାଇ ବିଶ୍ୱାସ ଆସିଲା । ବ୍ରେକିଂ ନ୍ୟୁଜ୍‌ଟି ଥିଲା "ଙଂ ମାନବ ନନ୍ଦ ଭିଜିଲାନ୍ସ ଜାଲରେ, ତାଙ୍କ ବିଭିନ୍ନ ବାସଭବନ ଉପରେ ରେଡ୍‌ଟିମ୍‌ର ଚଢ଼ାଉ । କୋଟି କୋଟି ଟଙ୍କାର ସଂପତ୍ତି ଜବତ ।"

ପରେ ପରେ ବିସ୍ତୃତ ଖବରରେ ଘୋଷିକା କହିଲେ — ତାଙ୍କ ପତ୍ନୀଙ୍କ ନାଁରେ ବିଳାସପୂର୍ଣ୍ଣ ବନାନୀ ଭିଲ୍ଲା ଓ ଆଉ ଦୁଇଜଣ ମହିଳାଙ୍କ ନାଁରେ ବି ଦୁଇଟା ଦାମୀ ଫ୍ଲାଟ୍ ରହିଛି । ଡିସ୍‌ପ୍ଲେରେ ସେ ଦେଖିଲା — ତିନିଟା ଯାକ ବାସଭବନ । ଲକ୍ଷ ଲକ୍ଷ ଟଙ୍କାର ଫିକ୍ସ ଡିପୋଜିଟ୍, ବ୍ୟାଙ୍କ ବ୍ୟାଲାନ୍ସ, ଇନ୍‌ସ୍ୟୁରେନ୍ସ ପଲିସି ଜବତ କରାଯାଇଛି । ସବୁ ସଂପତ୍ତିର ମୂଲ୍ୟ ଆକଳନ ଚଲିଛି । ରିପ୍ଲେ ହେଉଥାଏ ଭିଡ଼ିଓ କ୍ଲିପ୍ସ ତ ଦିଶୁଥାଏ ।

ବନ୍ଦନା ଯେମିତି ସେତେବେଳେ ଆକାଶରୁ ଖସିପଡ଼ିଲା । ଈଶ୍ୱର କଣିକା ଆବିଷ୍କାର କଲା ଭଳି ତା' ପାଇଁ ଚମକପ୍ରଦ ଥିଲା ସେ ଖବର । ସେ ଆଖ୍ୱବୁଜି ସ୍ଥିର ହୋଇ ଟିକେବେଳ ବସିଲା । ହୃଦ୍ ସ୍ପନ୍ଦନ ବଢ଼ିଯାଇଥିଲା । ଧୀରେ ଧୀରେ କିନ୍ତୁ ସେ ସ୍ୱାଭାବିକ ହେଲା । ସେ ଯଦି ମାନବ ନନ୍ଦଙ୍କୁ ବାହା ହୋଇଥା'ନ୍ତା... ଏବେ... ? ସେଥ‌ିପାଇଁ ସେ ପଇଁତିରିଶ ଦିନ କାଳ ମନସ୍ତାପରେ ରହିଲା । ସେ ଲଜ୍ଜିତ ହେଲା । ନିଜର ଦୁର୍ବଳ ଭାବନାକୁ ଧିକ୍‌କାର କଲା । ସେ ରକ୍ଷା ପାଇଯାଇଛି ଅପମାନରୁ । ଘୋର ଲଜ୍ଜାରୁ ।

"ବାପା... ବାପା... ତୁମେ ସତରେ ମତେ ରକ୍ଷା କରିଦେଇଛ... ଅଥଚ ତୁମକୁ ଭୁଲ୍ ବୁଝିଥିଲି... ମତେ କ୍ଷମା କର ବାପା..." ଦି'ବୁନ୍ଦା ଲୁହ ତା' ଆଖିରୁ ଝରି ପଡ଼ିଲା ।

ତା'ପରେ ପରେ—

ନିଜ ହାତଗଢ଼ା ଅନ୍ଧଗଳିରୁ ସେ ବାହାରି ଆସିଲା । ସେ କାହିଁକି କିଛିଦିନ ପାଇଁ ମୋହରେ ପଡ଼ିଥିଲା ? ବାତବଣା ହୋଇଯାଇଥିଲା ? ତା'ର ଯେ ନିଜର ଗୋଟେ ପରିଚିତ ଅଛି, ନିଜସ୍ୱ ଆଲୁଅରେ ସେ ଆଲୋକିତ । ତା'ର ସ୍ୱଚ୍ଛ ଓ ପରିଚ୍ଛନ୍ନ ଜୀବନ ହିଁ ତା'ର ବ୍ୟାଙ୍କ ବ୍ୟାଲାନ୍ସ । ଭାବିଲା ପରେ ସବୁ ତାକୁ ଫର୍ସା ଦିଶିଲା । ସେ ମୁରୁକି ହସିଲା । ମନେ ମନେ କହିଲା—

ଏଇ ମନରେ ଅନ୍ଧାର ।

ଏଇ ମନରେ ଜନ୍ମ, ତାରା ।

ସେ ଆରଦିନ ଅଫିସ୍‌ ଗଲା । ଆଗଭଳି କାମ କଲା । ନିର୍ଭୁଲ୍‌, ପରିଚ୍ଛନ୍ନ, ହସ ଖୁସି ହେଲା । ଲଞ୍ଚ ଆୱାରରେ ତାକୁ ଅଫିସରଙ୍କ ଡାକରା ଆସିଲା । ସେ ତା' ସିଟ୍‌ରୁ ଉଠିଲା । ଶାଢ଼ୀ କାନି ସଜାଡ଼ିଲା । ଅଲମାରାବାଲକୁ କାନ ପଞ୍ଚପଟକୁ ନେଇଗଲା । ସନ୍ତ୍ରମତାର ସହ ଅଫିସରଙ୍କ ଚ୍ୟାମ୍ବର ଆଡ଼କୁ ଗଲା । ତା' ଯୁବ ଅଫିସର ଜଣକ ସ୍ମାର୍ଟ ଓ ମ୍ୟାନ୍‌ ଅଫ୍ ପ୍ରିନ୍‌ସିପ୍‌ଲ । ଗମ୍ଭୀର ରହନ୍ତି, ମୋଟେ ପ୍ରଗଲ୍‌ଭ ନୁହଁନ୍ତି । ଶାଳୀନତାର ସହ କଥାବାର୍ତ୍ତା । ଖୁବ୍‌ ସଞ୍ଚୋଟ ବି ସେ ।

ଅନୁମତି ନେଇ ସେ ଭିତରକୁ ଗଲା । ଅଫିସର କିଛି ଫାଇଲରେ ଦସ୍ତଖତ କରୁଥିଲେ । ସେ ତାକୁ ଇସାରାରେ ବସିବାକୁ କହିଲେ । ଆଶ୍ଚର୍ଯ୍ୟ ହେଲା ସେ । ବସିବାକୁ ସେ କେବେ କହନ୍ତି ନାହିଁ । ତାଙ୍କ ସାମ୍‌ନା ଚେୟାରରେ ସେ କେବେ ବସିନାହିଁ । କାମ ସାରି ସେ ସାଙ୍ଗେ ସାଙ୍ଗେ ଚଲିଆସେ । ହେଲେ ଆଜି...? ସେ ତାଙ୍କ ମୁହଁକୁ ଚାହିଁଲା । ଅନ୍ୟଦିନ ଯେମିତି ସେ ଗମ୍ଭୀର ଗମ୍ଭୀର ଲାଗନ୍ତି ଆଜି ସେମିତି ଲାଗୁନାହାନ୍ତି । ମୁହଁ ହସହସ, ସେ ଦ୍ୱନ୍ଦ୍ୱରେ ପଡ଼ିଥିଲେ । ବସିଲା ନାହିଁ, ସେମିତି ଠିଆ ହୋଇ ରହିଲା । ଅଫିସର ଫାଇଲ୍ ବନ୍ଦ କଲେ କଲମରେ କ୍ୟାପ୍ ଦେଲେ । କହିଲେ—

: ବସନ୍ତୁ । ଆପଣଙ୍କ ସହ ଟିକେ ପର୍ସନାଲ୍‌ କଥା ଅଛି ଆଜି:

ଏଁ... ପର୍ସନାଲ୍ କଥା କ'ଣ? ତାଙ୍କର କିଛି ମନ୍ଦ ଉଦ୍ଦେଶ୍ୟ ନାହିଁତ ? ବେଶ୍ ଭଦ୍ର ଲାଗୁଥିବା ଚେହେରା ଭିତରେ ଆଉ ଏକ ଚେହେରା ରହିଛି କି ତାଙ୍କର ? କିଏ ଜାଣେ କା' ମନ କଥା ? କିଛି ଯା'ତୁ ସ୍ୱାତୁ କଥା ହେଲେ ସେ ବି କିନ୍ତୁ ଚୁପ୍ ରହିବ ନାହିଁ... କ'ଣ ଭାବିଛନ୍ତି ସେ ତାକୁ ? ହୁଁ... ଦର୍କାର ହେଲେ ଠିକଣା ଜବାବ୍ ଦବ । ସେ ଏସବୁ ଭାବିଲା । ବସିବ କି ନାହିଁ... ବସିବ କି ନାହିଁ ହେଲା ବସିଲା । ଯଦି କିଛି ଅଶାଳୀନ କଥା କି ବ୍ୟବହାର ସେ ଦେଖେଇବେ, ଧାଇଁ ଯାଇ ପାରିବ ବାହାରକୁ ।

ସେ ଗମ୍ଭୀର ହୋଇ ବସିଲା । ଏ.ସି.ର ଶୀତଳ ପବନ ଭିତରେ ବି ତା' କପାଳରେ ଫୁଟିଉଠିଲା ବୁନ୍ଦା ବୁନ୍ଦା ଝାଲ ।

ଅଫିସର୍ ଟିକେ, ଚଞ୍ଚଳ ଜଣାପଡ଼ିଲେ । ତା' ମୁହଁ ଚାହିଁଲେ । ବନ୍ଦନାର ହାର୍ଟବିଟ୍ ଟିକେ ବଢ଼ିଗଲା । ଅଫିସର ତା' ବୟସ ଜାଣନ୍ତି ।

ସେ ସଚେତନ ହେବା କଥା ।

: ମ୍ୟାଡ଼ାମ୍ ! ସିଧା ସିଧା ପଚରୁଛି । ଆପଣ କ'ଣ ଜଣେ ସୁପୁରୁଷକୁ ଜୀବନସାଥୀ ରୂପେ ପାଇବାକୁ ଚାହିଁବେନି ?

ବନ୍ଦନା ରାଗିଗଲା । ତା' ମୁହଁ ଲାଲ୍ ଦିଶିଲା । କିନ୍ତୁ ରାଗକୁ ଚାପିଦେଇ ସେ କହିଲା

: ଆପଣଙ୍କୁ ମୁଁ ଯଥେଷ୍ଟ ସମ୍ମାନ କରେ ସାର୍... ଏ କଥା...?

: ମୁଁ ବି ଆପଣଙ୍କୁ ସମ୍ମାନ କରେ ଯେହେତୁ ବୟସରେ ବଡ଼ ଆପଣ । ସେଇଥିପାଇଁ ତ... ମତେ ଭୁଲ୍ ବୁଝନ୍ତୁ ନାହିଁ ମ୍ୟାଡ଼ାମ୍ । ଦେଖନ୍ତୁ ଅସଲ କଥାଟା ହେଲା... ସେଇ ସୁପୁରୁଷ ଜଣକୁ ମୁଁ

ଜାଣେ । ସେ ମୋ’ ବଡ଼ଭାଇ । ବୟସ ଏକଚଳିଶ୍ । ନାବାର୍ଡ଼ରେ ଏ.ଜି.ଏମ୍ । ପିଲାବେଳୁ ଆମେ ବାପା–ମା’ଙ୍କୁ ହରେଇଲୁ । ଆମକୁ ମଣିଷ କରିବା ପାଇଁ ସେ ବିବାହ କଲେନି । ଏବେ ତ ଆଉ କିଛି ଦାୟିତ୍ୱ ନାହିଁ । ଆମେ ରୁହୁଁଛୁ ସେ ବିବାହ କରନ୍ତୁ...

ବନ୍ଦନା ନିଜ ଭିତରେ ସାଙ୍କୁଡ଼ି ଗଲା । ଏମିତି କଥା ? ନିଜର ସଂକୀର୍ଣ୍ଣମନା ମନଟିକୁ ସେ ଖୁବ୍ କଡ଼ା ଭାଷାରେ ଗାଳିଦେଲା । କିଛି ନ ବୁଝି ନ ଶୁଣି ଜଣେ ଭଦ୍ର ପୁରୁଷଙ୍କୁ ସେ କେତେ ଅବିଶ୍ୱାସ କଲା କେତେ ସମୟ ପାଇଁ... ଲଜ୍ଜିତ ହେଲା ସେ ।

ଅଫିସର ଦି’ ଢୋକ ପାଣି ପିଇଲେ । ସେବେଳକୁ ତାଙ୍କ ମୋବାଇଲ୍ ରିଂ ହେଲା । ‘ଏକ୍‌ସ୍‌କ୍ୟୁଜ୍ ମି’ କହି ସେ ମୋବାଇଲ୍ କାନ ପାଖକୁ ନେଇ କହିଲେ – ମି: ଅଗ୍ରୱାଲ୍ । ଆପଣଙ୍କ କାମ ହୋଇଯାଇଛି । ଆପଣ ଲଞ୍ଚ ବ୍ରେକ୍ ପରେ ଆସିପାରନ୍ତି ।

ମୋବାଇଲ୍ ଟେବୁଲ୍‌ରେ ରଖି ସେ ପୁଣି କହିଲେ ମୁହଁ ତଳକୁ କରି–

: ଆପଣଙ୍କୁ ମୁଁ ପାଞ୍ଚବର୍ଷ ହେଲା ଦେଖ ଆସୁଛି ମ୍ୟାଡ଼ାମ୍ । ଖୁବ୍ ଏଫିସିଏଣ୍ଟ ଆପଣ । ଯାହା ସମସ୍ୟା ଆସେ ତା’ର ସାମ୍ନା କରନ୍ତି ସମାଧାନର ବାଟ ଖୋଜିନିଅନ୍ତି । ଅଫିସର ସମସ୍ତଙ୍କୁ ଆପଣ ଗୋଟେ ଆତ୍ମୀୟତାରେ ବାନ୍ଧି ରଖିଛନ୍ତି । ସେ ସବୁକୁ ଲକ୍ଷ୍ୟକରି– ସବୁ ଭାବି ଚିନ୍ତି ଏ ପ୍ରସ୍ତାବ ଆପଣଙ୍କୁ ହିଁ ଦେଉଛି... ଦେଖନ୍ତୁ... ମନା କରିବେ ନାହିଁ... ମୋ’ର ଇଚ୍ଛା ଆପଣ ଦିହେଁ ଦିହିଁଙ୍କ ଜୀବନସାଥୀ ହୋଇଯାଆନ୍ତୁ...

ଏଇ ଭଳି ଏକ ମୁହୂର୍ତ୍ତ ତା’ ଜୀବନରେ ଆସିବାକୁ ଥିଲା ?

ଯୁବତୀଟିଏ ଭଳି ଲାଜେଇ ଗଲା ସେ । ଚଉକିରୁ ଉଠିଲା । ଅଫିସର ବି ଠିଆ ହୋଇଗଲେ । କହିଲେ ଭାରି ଆତ୍ମୀୟ ଭାବରେ –

: କାଲି ରବିବାର । ହୋଟେଲ୍ ବ୍ଲୁଲାଗୁନ୍‌ରେ ଆପଣ ଦିହେଁ ଲଞ୍ଚ କରିବେ । ଦିହେଁ ଦିହିଁଙ୍କ ଭେଟିବେ । ପୁଣି କହୁଛି ନିରାଶ କରିବେ ନାହିଁ... ମୋ ଭାଇ ଖୁବ୍ ଭଲ ।

ଅନୁରୋଧ ନୁହେଁ । ମିଠା ମିଠା ଏକ ଆଦେଶ । ମନ୍ଦ ନୁହେଁ ।

ସେ ଆସିଲା । ତା’ ସିଟ୍‌ରେ ବସିଲା । ବାହାରେ ପାଗର ଅଦଲ ବଦଲ । ଏଇ ଖରା ଏଇ ବର୍ଷା । ଜଣେ ସହକର୍ମୀ ବାହାରୁ, ଆସୁ ଆସୁ ତାକୁ କହିଲେ–

: ମ୍ୟାଡ଼ାମ୍ ! ଆସନ୍ତୁ ଦେଖିବେ... ସହର ଆକାଶରେ ଆଜି ଇନ୍ଦ୍ରଧନୁ ।

ବନ୍ଦନାକୁ ଲାଗୁଥିଲା ଏ ବିଶ୍ୱଟା ଧୀରେ ଧୀରେ ବଡ଼ ହୋଇଯାଉଛି । ଲୋକମାନେ ଅଧିକ ନିଜର ନିଜର ଲାଗୁଛନ୍ତି । ଲିଭିଯାଇ ଶୀତଳ ହେଉଛି ଅଗ୍ନି, ଆୟୁଷ୍ମାନ ହୋଇଯାଉଛି ସମୟ । ଆଜି ଆକାଶରେ ଇନ୍ଦ୍ରଧନୁ । ତା’ ମନରେ ବି । ପବନ ତା’ ମୁଣ୍ଡର କେଶକୁ ଫୁରୁଫୁରୁ ଉଡ଼ାଉଥିଲା ବେଳେ ଇନ୍ଦ୍ରଧନୁର ରଙ୍ଗ ଦେଖି ସେ ସମ୍ମୋହିତ ହୋଇ ଯାଉଥିଲା । ଇନ୍ଦ୍ରଧନୁ ମାନେ ଗୁଣୁଗୁଣୁ ହୋଇ ପ୍ରେମ ଓ ଜୀବନର ଗୀତ ଗାଉଥିଲେ ତା’ କାନ ପାଖରେ । ସେଠି ନା ବନାନୀ ନା ମାନବ ନଦ ।

□

ଜଣେ ଝିଅର ବାପ

ଧର୍ମା ହିଁ ଏ ଗପର ନାୟକ । ଧର୍ମା ହିଁ ଏ ସଂସାରର ଏକ ଚିହ୍ନ । ଧର୍ମା ଦେହରେ ବୋହିଯାଉଛି ସମୟର ଅଭିଶାପ ।

ଏ... ଏ ଧର୍ମୁ ପାଗଲ୍... ତୋ'ର ଘର କାହିଁ ଗଲା ? କାହିଁକି ତୁ ଏମିତି ପାଗଲ ହେଲୁ ? ହେଇରେ... ତୋ ଧୋତି ଫିଟିଗଲା ଦେଖ । ଆରେ... ତୋ ଦେହରେ ନିଆଁ ଲାଗିଛି ଭାଗ୍... ଭାଗ୍... ପଲା... ଦଉଡ଼... ଚମ୍କି ଗଲା ସେଇ ଧର୍ମୁ । ନିଆଁ ଲାଗିଛି ତା' ଦେହରେ... ଜଳୁଛି ଦେହ, ଜଳିଯାଉଛି ଧୋତି । ଜଳିଯାଉଛି ହାତ, ବାହୁ, ଗୋଡ଼, ବେକ, ପିଠି, ଛାତି, ଛାତି ଭିତର— ତା'ର କଳାରଂଗର ଦେହ । ପାଗଲ ରଂଗର ମନ, ମସ୍ତିଷ୍କ । ସେ ଖୋଜିଲା ବାଂଧ, ଗାଡ଼ିଆ, ନଦୀ, ୱର୍ଣ୍ଣ, ସମୁଦ୍ର, ଶ୍ରାବଣ, କୋଉଠି ଲିଭିବ ସେ ନିଆଁ ? ପବନ ଧାଉଁଥିଲା, ସେ ଧାଇଁଲା, ଘରଦ୍ୱାର, ଗଛଲତା, ଦୋକାନ, ବଜାର, କୋର୍ଟ-କଚେରୀ, ବସ୍‌ଷ୍ଟାଣ୍ଡ, ରେଲ‌ଓ୍ୱେଷ୍ଟେସନ୍ ସବୁକୁ ପଛରେ

ପକେଇଦେଇ ସେ ଦଉଡ଼ିପାରେ, ଅତିକ୍ରମ କରିପାରେ ଗାଁ ସହର, ନଗର, ରାଜ୍ୟ, ଦେଶ, ମହାଦେଶ ।

ଆସ ହେ ସହରବାସୀ ! ଦେଖ, ତୁମରି ଭଳି, ତୁମ ଭିତରେ ଜଣେ ମଣିଷ କେମିତି ଧାଉଁଛି... କୁଆଡ଼େ ଯିବ ସେ ? କୋଉ ନିରାପଦ ଜାଗାଟେ ଖୋଜିବ ? ତା' ପଛରେ ଚିରା, ହାଫପ୍ୟାଣ୍ଟ ପିନ୍ଧା କେତେଟା ସିଂଘାଣୀନକା ପିଲା ବି ଦଉଡୁଛନ୍ତି ।

ଜଳୁଛି... ଧରମୁ ତୋ ଧୋତି ଜଳୁଛି... ତୋ ଦେହ ପଛ ଜଳୁଛି... ପିଲାମାନେ ତାକୁ ଉରୋଉଛନ୍ତି... ନାରା ଦଉଛନ୍ତି ଧରମୁ ପାଗଲ... କେତେ ଆଉ ଦୌଡ଼ିବ ସେ ? ପରିକ୍ରମା କରିସାରିଛି ସେ ବିଶ୍ୱ-ବ୍ରହ୍ମାଣ୍ଡ । ସେ ଲଥ୍କିନା ବସିପଡ଼ିଲା । ଗୋଟେ ମାଟିଗଦା ଉପରେ । ମାଟିର ମଣିଷ ଗଡ଼ିଗଲା ମାଟି ବିଛଣାରେ । ନିଆଁ ଲିଭିଗଲାରେ ଧରମୁ । ଧରତୀମାତା ତୋର ନିଆଁ ଲିଭେଇ ଦେଲେ । ଧରମୁ ଉଠିଲା, ଲଢ଼ିଲା । ନିଜକୁ ସୁରକ୍ଷା ଦେବାକୁ ମୁଠା ମୁଠା ମାଟି ସହ ଟେକାବି ଫିଙ୍ଗିଲା ସେ ପିଲାଙ୍କ ଉପରକୁ । ଆସ, ହିମ୍ମତ୍ ଅଛି ତ ଆସ... ଲଢ଼ିବା ପାଇଁ ମୁଁ ତିଆର୍ ।

ପିଲାମାନେ ତା'ର ବୀର ଲଢୁଆ ରୂପ ଦେଖି ପଲେଇଲେ । ଛତ୍ରଭଙ୍ଗ ଦେଲେ । ଧରମୁ ଏବେ ତା' ମାଟି-ସିଂହାସନରେ ସମ୍ରାଟ ଭଳି ବସିଲା । ବିଭିନ୍ନଭଙ୍ଗୀ ଭିନ୍ନ ଭିନ୍ନ ମୁଦ୍ରା ସେ ଏବେ ଜଣେ ସୁଖୀ ସମ୍ରାଟ ।

ବୋଧେ – ଛ'ମାସ ହୋଇଗଲା, ଏମିତି ଏକ ଦୃଶ୍ୟ ଦେଖିବାକୁ ମିଳୁଥିଲା ନୂଆ ନୂଆ ଆଧୁନିକ ହୋଇଆସୁଥିବା ଏ ସହରରେ ।

ଧାଉଁଥିଲା ଜଣେ ପାଗଲ ।

ଧାଉଁଥିଲା କିଛି ଅବୋଧ ପିଲାଙ୍କ ପାଗଲାମୀ ।

ଦେଖଣାହାରୀ ବି ଥିଲେ । ଦେଖୁଥିଲେ, ମଜା ନେଉଥିଲେ । ମଜାକ୍ ବି ଉଡ଼ୋଉଥିଲେ । ସହରର ଅଧିକାଂଶ ଲୋକ ଜାଣିଥିଲେ ଧରମୁ ନାମକ ଏ ଯୋଉ ଲୋକ କିଛି ମାସ ଆଗରୁ ବିଲକୁଲ୍ ପାଗଲ ନଥିଲା, ଅତି ଧୀର, ଶାନ୍ତ ଭାବେ ରାସ୍ତାରେ ଯିବା ଆସିବା କରୁଥିଲା ବଜାର– ସଉଦା କରୁଥିଲା, ପାନ ଦୋକାନରୁ ପାନ ଖାଉଥିଲା । ଛୋଟ କର୍ମଚାରୀ ହେଲେ ବି ଅଫିସରେ ଖୁବ୍ ବିଶ୍ୱସ୍ତ ଭାବେ କାମ କରୁଥିଲା । ହଠାତ୍ ଦିନେ ସେ ପାଗଲ ହୋଇଗଲା । କାହିଁକି ହେଲା କେତେ କ'ଣ କାହାଣୀ ଏ କାନ ସେ କାନ ହେଲା । କିନ୍ତୁ ଜାଣିଲା ଲୋକେ ଜାଣିଲେ ସେ ପାଗଲ ହେଲା କାହିଁକି । ଅଥଚ... କିଏ ଆସି ତା' କାନ୍ଧରେ ହାତ ପକାଇଲା ? କାନ୍ଧରେ ପଡ଼ିବା ହାତଟିଏ ଏବେ କୁଆଡ଼େ ଗଲା ? କୁଆଡ଼େ ସତରେ ନିଖୋଜ ହୋଇଗଲା 'ଆହା'ର ସ୍ୱରଟିଏ ? ସହରଟିଏ ଥିଲେ ତ ହୃଦୟଟିଏ ଥାଏ– ଏବେ ସେ ହୃଦୟଟି ବି ଗଲା କୁଆଡ଼େ ? ଗୁଗୁଲ୍ ଖୋଜିଦେବ କି ଏ ସବୁ ପ୍ରଶ୍ନର ଉତ୍ତର ?

ଅର୍ଜୁନା ସାମନ୍ତ ।

ଏବେ ଏବେ ଆସିଛି ଏଇ ସହରକୁ । ଓଡ଼ିଶାରେ ସର୍ବାଧିକ ବିକ୍ରୀ ହେଉଥିବା ସମ୍ବାଦପତ୍ର ସାମ୍ୟାଦିକା । ସହରବାସୀ ମୋଟେ ଖୁସି ହୋଇ ନଥିଲେ ସେ ଆସିବା ଖବରଟି ଶୁଣି । ସେମାନେ ଭାବିନେଇଥିଲେ ଆମ ଏ ଅଞ୍ଚଳ ଯାହା ତ ଅବହେଳିତ ହଉଥିଲା — ଏଥର ଆହୁରି ହବ । ଝିଅଟିଏ ଆସିଲା ଯେ ସେ କ'ଣ କରିବ ? କଆଡ଼େ ଯିବ ଯେ ଜାଣିବ, ଦେଖିବ ଲୋକଙ୍କ ସୁଖ-ଦୁଃଖ, ଅଭାବ ଅସୁବିଧା, ସମସ୍ୟା ? ପ୍ରମୁଖ ସମ୍ବାଦପତ୍ରରେ ଯଦି ସେ ସବୁ ଛପା ନହେଲା ତେବେ ପ୍ରଶାସନ ଓ ସର୍କାରଙ୍କ ନଜର ତ ଅନ୍ଧ ହୋଇଯିବ । ସଚେତନତାର ହାଉ ବୋହିବ କେମିତି ଯେ ସହରର ଦୁଃଖ ଲିଭିବ ?

ହେଲେ — ଖୁବ୍ ଶୀଘ୍ର ସେ ଭାବ- ଗଣିତ ଭୁଲ୍ ହୋଇଗଲା । ସହର ଦେଖିଲା ଜଣେ ଯୁବ ସାମ୍ୟାଦିକାର ଦମ୍ଭ ଓ ସାହସ ଯୋଉଠି ବି ଯାହା ଘଟଣା, ସମସ୍ୟା, ସେଠି ସେ ଅନ୍ୟମାନଙ୍କଠାରୁ ଆଗ ହାଜର ହେଉଥିଲା । ପରଖୁଥିଲା ସତ, ମିଛ । ଅତି ନିର୍ଭୀକ ଥିଲା ତା'ର ଦୃଷ୍ଟି, ରୁହାଣୀ । ସବୁକୁ ସାମ୍ନା କରୁଥିଲା । ପ୍ରଶାସନ ସାଙ୍ଗରେ ଲଢ଼ୁଥିଲା । ବଦଳିଗଲା ସହରବାସୀଙ୍କ ନଜର । ସେମାନେ ବିଶ୍ୱାସ କଲେ ଯେ ଝିଅଟିଏ ବି ଜଣେ ଦକ୍ଷ ସାମ୍ୟାଦିକ ହୋଇପାରେ । କାନ୍ଧରେ କ୍ୟାମେରା ଝୁଲେଇ ପ୍ରେସ୍ ଲେଖାଥିବା ବାଇକ୍‌ରେ ଉଡ଼ିଗଲାବେଳେ, ଏକ ପ୍ରତ୍ୟୟ ବିଶ୍ୱ ହୋଇ ପଡ଼ୁଥିଲା ରାସ୍ତାଘାଟରେ । ଝିଅଙ୍କୁ ନେଇ ଲୋକଙ୍କ ମାନସିକତା, ପବନରେ ମିଳେଇ ଯାଉଥିଲା । ତାଙ୍କୁ ଦେଖି ବେଶ୍ କେତେଜଣ କଲେଜଝିଅ ସେମାନଙ୍କ କ୍ୟାରିୟର ବାଛି ନେଲେ, ସେମାନେ ବି ସାମ୍ୟାଦିକା ହେବେ । ସୋମାକ୍‌ରେ ଆଡ଼ମିସନ୍ ନେବେ । ବାଇକ୍ ନିଶ୍ଚୟ ଚଲେଇବେ । ଝିଅଟିଏ ବାଇକ୍ ଚଲେଇ ପାରେନା ଏ ଧାରଣା ବଦଳାଇଦେବେ ।

ସେଇ ଅର୍ଚ୍ଚନା-

ଧୀରେ ଧୀରେ ଲୋକଙ୍କ ବିଶ୍ୱାସ ଜିତି ଶକ୍ତ କରିଥିଲା ତା'ର ଦୁଇ ଡେଣା । ସହରର ଶିଥିଳ, ଶୀତଳ ଚିନ୍ତାଧାରା ପାଇଁ ସେ ହୋଇଗଲା ଏକ ନୂଆ ଦୀପ୍ତ ଚେତନା । ଦିନେ— ସେ ବି ଦେଖିଲା ସେଇ ନିର୍ମମ ଦୃଶ୍ୟ । ଯାହା ତାକୁ ଦେଇଗଲା ଏକ ନୂଆ ବେଦନା ।

ଆଗରେ ଜଣେ ପାଗଳ ।

ପଛରେ ନିରୀହ ପାଗଳାମୀ ।

ରାସ୍ତା କଡ଼ରେ ଦେଖଣାହାରୀଙ୍କ ମଜାଦାର ମନଗଢ଼ା କାହାଣୀ । ଅମାନବୀୟ ଟିସ୍ପଣୀ । ଲୋକଟା ସିନା ପାଗଳ । ପିଲାମାନେ ସିନା ପାଗଳ । କିନ୍ତୁ ଦେଖଣାହାରୀ ? ସେମାନେ କ'ଣ ସେଇ ପିଲାଙ୍କୁ ଅଟକେଇ ପାରନ୍ତେନି ? ସେମାନେ ଯେ ତାକୁ ରୀତିମତ ହଇରାଣ କରି ଘେଲିଛନ୍ତି ଆଉ ତାକୁ ଦଉଡ଼ିବାକୁ ମଜବୁର କରୁଛନ୍ତି... ଉଃ... ଏମିତି ହୁଏ କାହିଁକି ?

ସେ ଅଟକିଗଲା । ବାଇକରୁ ଓହ୍ଲେଇଲା, ଷ୍ଟାଣ୍ଡ ମାରିଲା । ପିଲାଙ୍କ ପାଖକୁ ଗଲା, କହିଲା—

: ଶୁଣ ପିଲାଏ... ସେ ଅସୁସ୍ଥ । ତା'ର ମୁଣ୍ଡ ଠିକ୍ ନାଇଁ, ତୁମେ ଜାଣିଛ ତ ?

: ହଁ... ତା'ହେଲେ

: କାଇଁ ତା'ହେଲେ ହଇରାଣ କରୁଛ ତାକୁ?

: ଆମକୁ ମଜା ଲାଗେ ସେଥିପାଇଁ...

: ଦେଖ ପିଲାମାନେ! ତା' ମୁଣ୍ଡ ଠିକ୍ ନାଇଁ। ସେ ଦୁଃଖରେ ଅଛି। କା'ର ଦୁଃଖ ବେଳେ ଏମିତି ମଜା କରିବା ଆଦୌ ଠିକ୍ ନୁହେଁ। ତୁମେ ସବୁ ଭଲ ପିଲା ନୁହଁ କି? ତାକୁ ଏମିତି କଷ୍ଟ ଦିଅନା... ଯିଏ କଷ୍ଟରେ ଥାଏ ତାକୁ ସାହାଯ୍ୟ କରାଯାଏ, ହଇରାଣ କରାଯାଏନା, ବୁଝିଲ?

ସେମାନେ ମୁଣ୍ଡ ହଲେଇ ହଁ କଲେ। ବୋଧେ ବୁଝିଗଲେ। ଗୋଟେ ଚକ୍କର ମାରି ଖେଳିଗଲେ ସେଠୁ। ଏଇ ବୁଝିଯିବାରେ ହିଁ କେତେ କ'ଣ ସମସ୍ୟାର ସମାଧାନ ହୋଇଯାଏ। ଖାଲି ବୁଝେଇବା, ବୁଝେଇ ପାରିବା ଲୋକଟିଏ ତ ଲୋଡ଼ା। ଅର୍ଜ୍ଜୁନ ଖୁସି ହେଲା। ଧରମୁ ପାଖକୁ ଗଲା। ପିଲାମାନେ ସେଇ ନାଁରେ ତାକୁ ଡାକୁଥିଲେ। ହୁଏତ ତାହା ହିଁ ତା'ର ନାଁ। ଏଇନେ କ'ଣ ସେ ନିଜେ କହିପାରିବ ତା' ନାଁ? ତା' ଘର ଠିକଣା? ଧରମୁ ସେବେଳକୁ ଦିଶୁଥାଏ ଶାନ୍ତ, ସରଳ, ନିରୀହ, ଆଖିରେ ଭରି ରହିଥାଏ କେମିତି ଗୋଟେ ସ୍ନେହପଣ, ଆହା? ସ୍ନେହ, ମମତାକୁ ଚିହ୍ନେ ତା'ହେଲେ ସେ? ଆରେ... କୁଆଡ଼େ ତା' ନଜର? କାହାକୁ ଦେଖୁଛି ସେ ଏକଲୟରେ? ରାସ୍ତାରେ ନିଜସ୍ୱ ଛନ୍ଦରେ ଖେଳୁଥିଲେ ଗାଈ ଓ ତା'ର ବାଛୁରୀ। ଭାରି ଗେହ୍ଲେଇ ହଉଥାଏ ବାଛୁରୀଟି ମା' ସାଙ୍ଗରେ। ସେଇ ଆଡ଼କୁ ଧରମୁର ଦୃଷ୍ଟି। ସେଇ ଦୃଷ୍ଟି ଚକ୍ଚକ୍ କରୁଥିଲା ବାସଲ୍ୟର କିରଣରେ। କିଏ କହିବ ଏ ଲୋକଟି ପାଗଳ— ସେ ତ ଗୋଟାପଣେ ଦିଶୁଛି ସ୍ନେହ କାଙ୍ଗାଳ, ନୁଖୁରା ଦିଶୁଛି ଖାଲି ଯାହା ତା' ବାଳ। ମୁହଁରେ ଦାଢ଼ି। ମଇଳା ଧୋତି। ଆଉ ଝାଲ ସରସର ଦୁଃଖୀ କପାଳ।

ଆରେ ମେଡମ୍! ଆପଣ ଏ ପାଗଳ ପାଖରେ? ସେ ଆପଣଙ୍କୁ ଦେଖିଲେ ଏଇନେ କାନ୍ଦିବ... ବାହୁନିବ... ଛାଡ଼ିବନି... ଆପଣ ଜାଣିନାହାନ୍ତି ନୂଆଲୋକ...

ଜଣେ ଚିହ୍ନା ଭଦ୍ରଲୋକ ତା' ପାଖରେ ଅଟକିଲେ।

ହେଲେ ତାକୁ ଦେଖି ସେ କାନ୍ଦିବ କାହିଁକି — ସେ ପଚାରିଲା କୌତୁହଲରେ।

: ଝିଅଙ୍କୁ ଦେଖିଲେ ସେ କାନ୍ଦେ। ସବୁ ଝିଅ ଭିତରେ ସେ ବୋଧେ ତା' ଝିଅଙ୍କୁ ଦେଖେ...

ସେ ତୁ ଖୁବ୍ ଭଲ କଥା। ସବୁ ଝିଅଙ୍କୁ ଝିଅ ଭଲି ଭାବିବା ମାନସିକତାଟି ଏବେ ଆଉ କାଇଁ? ଏବେ ତ ପାଞ୍ଚ ବର୍ଷର ଛୋଟ ଝିଅଟିକୁ ଦେଖିଲେ ବି ଲୋକଙ୍କ ପାଟିରୁ ଲାଳ ବୋହୁଛି... ମନ କଥାଟି ସେ କିନ୍ତୁ ତାଙ୍କୁ କହିଲାନି ଆଉ ପଚାରିଲା —

: କାହିଁକି ସେ ସେମିତି ଭାବେ?

: ତା'ର ଝିଅଟେ ଥିଲା... ମରିଗଲା, ତା'ପରେ ସେ ଏମିତି ପାଗଳ ହୋଇ ବୁଲୁଛି...

: ହଉ ମେଡମ୍ ମୁଁ ଆସୁଛି। ଭଦ୍ରବ୍ୟକ୍ତି ଧରମୁ ପାଗଳପଣର ପହିଲି ଗଣ୍ଟିଟି ଫିଟେଇ ଖେଳିଗଲେ।

ଅର୍ଚ୍ଚନା ଦେଖିଲା ସେଇ ଦୁଃଖୀ ବାପାଟିକୁ ।

ଝିଅ ମରିଗଲା ଯେ ସେ ପାଗଳ ହୋଇଗଲା ? ଏତେ ଭଲ ପାଉଥିଲା ସେ ତା'
ଝିଅକୁ ? କେତେ ବଡ଼ ଝିଅ ? କ'ଣ କିଛି ରୋଗ, ବେମାରୀ ? ଥରେ ଥରେ ଜଣକର ମୃତ୍ୟୁ
ଅନ୍ୟ ଜଣକ ପାଇଁ ଏମିତି ଦୁର୍ଦ୍ଦଶାର ଦ୍ୱାର ଖୋଲା କରିଯାଏ । ତାକୁ ନିୟତି ବୋଲି ଧରିନେବାକୁ
ହୁଏ । ହଉ... ନିୟତି ଉପରେ କାହାର ଜୋର ? ଅର୍ଚ୍ଚନା ଚଳିଆସିବାବେଳକୁ ଧରମୁ ସେମିତି
ରହିଁଥାଏ – ଅଥଚ ଗାଇ ବାଛୁରୀ ସେଠି ଆଉ ନଥିଲେ । ଏକ ଶୂନ୍ୟସ୍ଥାନ ଭିତରେ ସେ କ'ଣ
ଦେଖୁଥିଲା କେଜାଣି ।

ସହରର ଖବର ବଢୁଥିଲା । ବଢୁଥିଲା ଅର୍ଚ୍ଚନାର କାମର ରୂପ । ମନର ରୂପ ।
ସାମ୍ବାଦିକତା ତ ସହଜ ବୃତ୍ତିଟିଏ ନୁହେଁ କି ଗୋଲାପର ଶେଯ ନୁହେଁ । ସେଠି ବି କଣ୍ଟାର ପୀଡ଼ା
ସହିବାକୁ ହୁଏ । ସତ କଥାର ଗୁମର ଖୋଲିବାକୁ ଯାଇ କେତେ ଅନ୍ଧାରକୁ ସାମ୍ନା କରିବାକୁ
ହୁଏ । ତା' ଭିତରେ ସେଇ ଧରମୁ ଦୁଃଖରଙ୍ଗ ଫିକା ପଡ଼ି ଯାଇଥିଲା ।

ହେଲେ, ସେଦିନ –

ପୁଣି ଧରମୁ । ଧରମୁକୁ ନେଇ କେତୋଟି ପ୍ରଶ୍ନଚିହ୍ନ । ସେଦିନ ତାକୁ ଅର୍ଚ୍ଚନା ଭେଟିଲା
ସିଭିଲ କୋର୍ଟ ପରିସରରେ । ଆଶ୍ଚର୍ଯ୍ୟ ! ସେ ଏଠି କେମିତି ? ଅତି ସ୍ୱାଭାବିକ ଭାବେ ବୁଲୁଥିଲା
ସେ କୋର୍ଟ ବାରଣ୍ଡାରେ । ଜଣକ ପାଖରେ ଅଟକି ଯାଇ ସେ କିଛି ପଚାରିଲା । ପୁଣି ଗଲା ଆଉ
ଜଣକ ପାଖକୁ ଫେର୍ କ'ଣ ପଚାରିଲା । ନିଜ ମନକୁ ଗୁଣୁଗୁଣୁ ହେଲା । ଆସିଲା କମ୍ପାଉଣ୍ଡ
ଭିତରେ ଥିବା ଗୋଟେ ନିମ୍ବ ଗଛ ତଳକୁ । ସେଇଠି ଥାଇ କୋର୍ଟ ବିଲ୍ଡ଼ିଂକୁ ଅନେଇଲା,
ତଳେ ପଡ଼ିଥିବା ଟୁକୁଡ଼ା ଇଟାଟେ ବିଲ୍ଡ଼ିଂ ଆଡ଼କୁ ଲକ୍ଷ୍ୟ କରି ଫିଙ୍ଗିଲା । ତା'ର ସେ ସବୁ
ଉପରେ ନଜର ରଖୁଥିଲା ଅର୍ଚ୍ଚନା, ଆସିଲା ତା' ପାଖକୁ । ସେ କିନ୍ତୁ ତା' କାମ ଜାରି ରଖୁଥିଲା ।
ପୁଣି ଗୋଟେ ଟୁକୁଡ଼ା ଇଟା ହାତରେ ଧରି କହିଲା–

: ମୋ' ହାତରେ ବମ୍ ଅଛି । ମୁଁ ଏଇ କୋର୍ଟ କଚେରି ଉଡ଼େଇ ଦେବି– ବମ୍ ଫିଙ୍ଗି
ଉଡ଼େଇଦେବି ଜଜ୍, ଓକିଲ ସଭିଙ୍କୁ । ସେମାନେ ସବୁ ଠକ । ମହାଠକ ! କଳିକାଳ । ଘୋର
କଳିକାଳ । ସବୁ ଉଡ଼ିଯିବ । ଧ୍ୱଂସ ହୋଇଯିବ ।

ପାଖରେ ଥାଇ ଅର୍ଚ୍ଚନା ତା' କଥା ଶୁଣିଲା । ଦେଖିଲା ତା' ହାତରେ ଇଟା ବୋମା ।
କାହିଁକି ଧରମୁର ଏତେ ରାଗ କୋର୍ଟ କଚେରୀ ଉପରେ ? ଜଜ୍, ଓକିଲଙ୍କ ଉପରେ ? କାହିଁକି
ସେ ଉଡ଼େଇଦବାକୁ ଚୁହେଁ ସାରା ନ୍ୟାୟବିଭାଗକୁ ? ସେ କିନ୍ତୁ ତରତରରେ ଥିଲା । ଗୋଟେ
କେସ୍ ବାବଦରେ ଜଣେ ଓକିଲଙ୍କୁ ଭେଟିବାର ଥିଲା ତା'ର । ତା'ପରେ ଯିବାକୁ ଥିଲା ଏସ୍.ପି.
ଅଫିସ୍ । ତେଣୁ ମନର ପ୍ରଶ୍ନସବୁକୁ ଲକ୍ କରିଦେଇ, ଧରମୁକୁ ସେଠି ହିଁ ଛାଡ଼ିଦେଇ ସେ
ଭିତରକୁ ଗଲା । ତା' କାମ କଲା ।

କାମ ପରେ କାମ । ରୂପ ଉପରେ ରୂପ । ଫୋନ୍ କଲ୍ । ମ୍ୟାସେଜ୍ । ଖାଲି ସମୟ
କାଇଁ ? ମୁଠାଏ ଖାଇପାରେ ସେ ଶାନ୍ତିରେ ? ସମୟ ଏବେ ଏମିତି । ଭାରି ତରତର । କାହାକୁ

ଟିକେ ଫୁରୁସତ୍‌ ଦିଏନା । ଏମିତିରେ- ଧର୍ମୁ ଚେତନା ଭିତରେ ଥିଲେ ବି, କେଉଁ ସାମ୍ୟାଦିକ ବନ୍ଧୁକୁ ସେ କିଛି ପରଖିପାରେନା । କିଏ କହିବ ନ କହିବ... କ'ଣ ହେଇଥିବ କଥାଟା...

ମନରେ ବିଜୁଳି ଚମ୍‌କିଲା ।

ଆରେ... ସଂଜୟକୁ ତ ପଚରାଯାଇପାରେ । ସଂଜୟ ମିଶ୍ର, କବି, ପୁଣି ଜଣେ ଯୁବ ସାମାଜିକ କର୍ମୀ । ସମାଜର ଦୁଃଖୀ, ଅସହାୟ, ଅବହେଳିତଙ୍କ ପାଇଁ କାମ କରେ । ସେମାନଙ୍କର ସଖା, ସହୋଦର ସେ । ସମ୍ବାଦ ସଂଗ୍ରହରେ, ଠିକ୍‌ ଜାଗାରେ ଠିକ୍‌ ସମୟରେ ପହଞ୍ଜେଇବାରେ ସେତାକୁ ସାହାଯ୍ୟର ହାତ ବଢ଼ାଏ । ସେ ଏବେ ତା'ର ଜଣେ ଭଲ ବନ୍ଧୁ । ସେ ନିଶ୍ଚୟ ଜାଣିଥିବ ଧର୍ମୁକୁ । ଉତ୍ତର ସେ ହିଁ ଦେବ ।

ସେ ତାକୁ ଡାକିଲା ଫୋନ୍‌ରେ । ପରଖିଲା । ସଂଜୟ ଦୁଃଖରେ କହିଲା–

: ସେ ନ୍ୟାୟ ମାଗିଥିଲା । କୋର୍ଟ ଧାଉଁଥିଲା । ହେଲେ ପାଇନଥିଲା । ସେଥିପାଇଁ ସେ ଥରେ ଥରେ କୋର୍ଟକୁ ଯାଏ- ଗାଳିଦିଏ- ଏମିତି ଟେକା ପଥର ଫିଙ୍ଗେ, ରାଗ ଶୁଝାଏ ।

: କି ନ୍ୟାୟ ମାଗିଥିଲା ସେ ?

: ସେ ତ ଏକ କରୁଣ କବିତା ଅଙ୍ଗନା । କେବେ ଭେଟିଲେ କହିବି । ଏତିକି ଜାଣ, ତା' ଏଗାର, ବାର ବର୍ଷର ଝିଅର ନ୍ୟାଚୁରାଲ୍‌ ଡେଥ୍‌ ନୁହେଁ, ତା'ର ତଣ୍ଟି ଚିପି ମାରିଦିଆଯାଉଥିଲା । ଆଚ୍ଛା ରହୁଛି... ଭେଟିବି ତୁମକୁ... ସି ୟୁ... ବାଏ ବାଏ...

ଫିଟି ଫିଟି ଆସୁଥାଏ ଧର୍ମୁ ଦୁଃଖର ଦୁଃଖୀ ଦୁଃଖୀ ଗଣ୍ଡିସବୁ । ଦି'ଦିନ ପରର ସଂଜରେ, ସଂଜୟ ଆସିଲା । ଖୋଲିଲା ଧର୍ମୁ ଜୀବନର ସେଇ କେତୋଟି ମରମୀ ପୃଷ୍ଠା । ତାହା ଥିଲା, ଏମିତି –

"ସେଇତ ଗୋଟେ ବୋଲି ଝିଅ ପୌର କର୍ମଚାରୀ ଧର୍ମା ବଗର୍ତ୍ତୀର । ନାଁ ରଖିଥିଲା 'ଗଭାଫୁଲ', ତା' ପତ୍ନୀ ସତରେ ତାକୁ ଗଭାର ଫୁଲ କରି ରଖିଥିଲା । କିନ୍ତୁ ଝିଅକୁ ସାତବର୍ଷ ହେଲା ବେଳକୁ ବ୍ରେନ୍‌ ମ୍ୟାଲେରିଆରେ ସେ ଆଖି ବୁଜିଦେଲା । ସଂସାର ଅନ୍ଧାର ହୋଇଗଲା ଧର୍ମାର । ଯୁବା ବୟସ । ଆଉ ଗୋଟେ ବିଭା ହେଇ ଯା- କହିଲେ ବନ୍ଧୁବାନ୍ଧବ । ଝିଅ କାଳେ ଅଯତ୍ନ ହୋଇଯିବ ସେ ଆଉ ସାଥୀ ଖୋଜିଲାନି । ଝିଅର ବାପା ସାଂଗରେ ମା' ବି ହୋଇଗଲା । ପୌରସଂସ୍ଥାର ଜଣେ ତଳିଆ କର୍ମଚାରୀ । ଅଭାବ ଭିତରେ ବି ଗଭାଫୁଲକୁ ସେ ସଜଫୁଲ ପରି, ଗଳାର ମାଲି କରି ରଖିଥିଲା । ଗୋଟେ 'କଳା' ନେଇ ଗଭାଫୁଲ ଜନ୍ମ ହୋଇଥିଲା । ମନକୁ ମନ ନାଚୁଥିଲା । ଛୋଟ ଛୋଟ ପାଦ ଦି'ଟାରେ ଥିଲା ତା'ର ଛନ୍ଦ । ସରୁ ଅଖାରେ ଥିଲା ଗୋଟେ ଭଂଗୀ । ଆଖିରେ କେତେ ଭାବ । କେତେ ଛଟା । ବମ୍ବୁର ଗଞ୍ଚର ଶୁଖିଲା ଫଳ ଥିଲା ତା' ଘୁଙ୍ଗୁର । ନିମ୍ବ ଗଛ ତଳ ତା'ର ନୃତ୍ୟମଞ୍ଚ । ସ୍କୁଲ୍‌ ଗଲା ପରେ ସେଇ କଳାର ସୁଗନ୍ଧ ବିଛେଇ ହୋଇଗଲା । ଦିଦିମାନେ କହିଲେ "ବନମୟୂରୀଟେ ଉଡ଼ିଆସିଛି ଆମ ସହରକୁ ।"

କିଏ କିଏ କହିଲେ "ସେ ଗଭାଫୁଲ ନୁହେଁ, ଗୋଟେ ସତେଜ ପଦ୍ମଫୁଲ ।"

ଝରିପଡୁଥିଲା ଆଖରୁ, ପାଦରୁ କାହିଁ କେତେ ସ୍ୱପ୍ନ । କେତେ ଆଶା ।

: ବାପା ! ମୁଁ ନାଚିବି । ମଞ୍ଚ ଉପରେ । ଲୋକ ଉଚ୍ଚବରେ । ଆଉ ଟି.ଭି.ରେ ବି । କେତେ ଫଟୋ ଉଠିବ । କେତେ ତାଳି ଶୁଭିବ । ଖୁବ୍ ମଜାହେବ, ନୁହେଁ ? ଧର୍ମା ଖୁସି ହୁଏ କିନ୍ତୁ କହେ—

: ଗୀତ, ନାଚ କର । ପଢ଼ାରେ ବି ମନ ଦେ । ପାଠ ପଢ଼ିଲେ ସିନା ତୁ ଆମ ଅଫିସରେ ଅଫିସର୍ ହୋଇପାରିବୁ ।

ସେ ମୁଣ୍ଡ ହଲେଇ ହୁଁ ମାରେ । ତା' ପାଇଁ ଆଣିଦିଏ ଧର୍ମା ଲାଲ ସମ୍ବଲପୁରୀ ଶାଢ଼ୀ, ରୂପା ପାଉଁଜି, ଫେସ୍ ପାଉଡ଼ର, ଲିପ୍ଷ୍ଟିକ୍ । ହେଲେ ବିନା ପାଉଁଜିରେ ବି ଛମ୍ ଛମ୍ ଶୁଭେ କୋମଳ ଗଭାଫୁଲର ଝୁଲି । ବିନା ରଂଗରେ ବି ଓଠରୁ ଝରିପଡ଼େ ଗୋଲାପୀ ହସ । ସେ ହସରେ ଧର୍ମା ବଗର୍ଭୀର ଶୂନ୍ୟଘର ମନ୍ଦିର ହୋଇଯାଏ । ବନ ମୟୂରୀର ପୁଚ୍ଛ ଆହୁରି ଆହୁରି ଖୋଲିଯାଏ । ମେଲିଯାଏ । ଦି'ବର୍ଷ ତଳର ଜାନୁୟାରୀ ଛବିଶରେ- ଗଭାଫୁଲକୁ ଏଗାର ପୁରି ବାଆର ଝୁଲିଲା ।

ପ୍ୟାରେଡ଼୍ ଫିଲ୍ଡ଼୍ରେ ନାଚଗୀତ ହେଲା ସବୁବର୍ଷ ପରି । ସ୍କୁଲ୍ ତରଫରୁ ସମ୍ବଲପୁରୀ ଗ୍ରୁପ୍ ଡ୍ୟାନ୍ସରେ ନାଁ ରହିଲା ତା'ର । ଖୁସିରେ ସେ ତା' ବାପାଙ୍କୁ ଦିଦି ଦେଇଥିବା ଲିଷ୍ଟ ଦେଲା, କହିଲା—

: ଏଥର ଗ୍ରୁପ୍ ଡ୍ୟାନ୍ସରେ ମିଶିକି ସିନା, ଆର ଥର ସୋଲୋ ଡ୍ୟାନ୍ସ କରିବି ଦିଦି କହିଛନ୍ତି ।

ସେ ପୁଣି କ'ଣ ? ଜିନିଷ ଲିଷ୍ଟ ପଢ଼ୁ ପଢ଼ୁ ଧର୍ମା ପଚରିଥିଲା ।

: ମାନେ… ମୁଁ ଏକ୍ଲା ନାଚିବି । ପ୍ରାଇଜ୍ ପାଇବି । ଏକ୍ଲା ପ୍ରଶଂସା ପାଇବି । : ଗୋଲ ଗୋଲ ଆଖିରେ ସପନ ମାୟା ।

: ଓହୋ… ସୋଲୋ- ଓଲୋ ମୋ'ର… ।

ଝିଅକୁ ଗେହ୍ଲା କଲା ଧର୍ମୁ । ଲିଷ୍ଟ ଅନୁସାରେ ଗୋଲାପୀ ପାଉଡ଼ର, କଜଳ, ଅଳତା, କ୍ଲିପ୍, ଲାଲ୍ଚୁଡ଼ି ଆଣିଦେଲା । ସମ୍ବଲପୁରୀ ଶାଢ଼ୀ, ବ୍ଲାଉଜ୍ ତ ଥିଲା । ଥିଲା ଛମ୍ ଛମ୍ ପାଉଁଜି । ଝୁମ୍ ଝୁମ୍ ଝୁମୁକା ।

ସକାଳ ପାଇଁ ସଜ ହେଲାବେଳକୁ, ରାତିରେ ଧର୍ମା ଦେହରେ ତାତି । ସେ ଆଉ ଝିଅର ନାଚ ଦେଖିବ କ'ଣ ? ସକାଳେ ସ୍କୁଲ ଗଲାବେଳେ ତାକୁ ସେ କହିଲା—

: ବହୁତ ଭିଡ଼ ଥିବ ସେଠି । ଦିଦି ସାଙ୍ଗରେ ଯିବୁ । ପ୍ରୋଗ୍ରାମ୍ ସରିବା ପରେ ସିଧା ଘରକୁ ଆସିବୁ । ଭାତ ରାନ୍ଧିଥିବି । ଆସିଲେ ଖାଇବା ।

ଧର୍ମା ଗଳାର ମାଳ ଗଭାଫୁଲ ଡେଙ୍ଗ୍ ଡେଙ୍ଗ୍ ଝୁଲିଗଲା । ସ୍କୁଲରେ ଦିଦି ସଜ କରିବେ । ତାଙ୍କ ସାଙ୍ଗରେ ସେ ପ୍ୟାରେଡ଼୍ ଫିଲ୍ଡ଼୍ ଯିବ । ପ୍ୟାରେଡ଼୍ ଦେଖବ । ସ୍ୟାଲ୍ୟୁଟ୍ ମାରିବ । ଜୟ ହିନ୍ଦ୍ କରିବ… ନାଚିବ… ଓଃ… କି ମଜା ! ଗାଢ଼ ହେଉଥିଲା ସପନ ରଂଗ ।

ଫରଫର ଉଡ଼ୁଥିଲା ଜାତିର ପତକା–ତ୍ରିରଙ୍ଗା ।

ଫୁରର୍ ଫାରର୍... ଶାନ୍ତି କପୋତ ।

ଶୁଭୁଥିଲା ବୀରବାଦ୍ୟ । ବନ୍ଦେ ମାତରମ୍ । ଜୟ ହିନ୍ଦ୍ । ନାଚଗୀତ । ତା'ପରେ– କାର୍ଯ୍ୟକ୍ରମ ଶେଷ ।

କୋଲାହଲ । ଭିଡ଼ । ଆଉ– ତ'ପରେ ?

ସମୟ ଢ଼ଳୁଥିଲା ଟିକ୍... ଟିକ୍... ଘଣ୍ଟାରେ ସାଢ଼େ ଏଗାର । ବାଆର, ବା'ର ଦଶ, କୋଡ଼ିଏ... ସାଢ଼େ ବାର । ଗଭାଫୁଲ ଫେରିଲାନି । ସଭିଏଁ ଫେରିଲେ, ପକ୍ଷୀ, ପବନ, ମେଘ, ଝଟ୍, ଚେନାଚୁର, ଗୁପଚୁପ ଓ ବେଲୁନ୍ ବାଲା । ଗଭାଫୁଲ କାଇଁ ? ଧରମା ବଗର୍ଥ୍ୟୀର ଛାତିର କଲିଜା ଖଣ୍ଡକ କାଇଁ ? ଭାତ ଥଣ୍ଡା ହେଲା, ଦେହ, ମନର ତାତି ବଢ଼ିଲା । ଖରା ଉଷ୍ମୁମ ହେଲା । କେତେ ଧର୍ଯ୍ୟ ଥାଏ ଜଣେ ବାପର ଛାତି ତଳେ ? ଧରମା ଉଠିଲା । ସାର୍ଟ ଗଲେଇଲା ଦେହରେ । ଥରୁଥିଲା, ହାତ, ପାଦ, ଛାତି । ମୁଣ୍ଡ ଧରିଥିଲା । ସାଇକେଲ ଗଡ଼େଇ ନେଲା– ପ୍ୟାରେଡ୍ ପଡ଼ିଆ, ତ୍ରିରଙ୍ଗା ଛଡ଼ା ଆଉ କେହି ନ ଥିଲେ ସେଠି । ସେ ପରଖିଲା ସେ ଦିହିଙ୍କ ।

: କୁହ... କୁହ ମୋ' ଝିଅ କାଇଁ ? ହେ ତ୍ରିରଙ୍ଗା ! ମୋ ଦେଶର ପତାକା, ତୋ ପଣତକାନିରେ ଘୋଡ଼େଇ ରଖୁଛୁ ତୁ ସାରା ଦେଶକୁ । ଅଭୟ ଦଉଛୁ । କହ ତେବେ, ମୋ' ଗଭାଫୁଲ କୁଆଡ଼େ ଗଲା ? ଏତେ ଉପରେ ଉଡ଼ୁଛୁ, ସବୁ ଦେଖୁଥୁରୁ... କିନ୍ତୁ ସେ ଚୁପ୍ । କହିଲାନି କିଛି । ଧରମା ଅଭିମାନରେ ଢ଼ଳିଆସିଲା । ଦିଦିଙ୍କ ପାଖକୁ ଗଲା । ଦିଦି କହିଲେ– ଗ୍ଲ୍ୟପରେ ନାଚିଥିଲେ ବି ତୋ ଝିଅ ଆଜି ବାରି ହୋଇପଡ଼ୁଥିଲା । ଖୁବ୍ ଭଲ ନାଚିଥିଲା । ମୟୂରୀଠୁ ବଳି ତା'ର ନାଚ । ଆରେ... ଘରକୁ ଫେରିନି ? ତା' ସାଙ୍ଗ, ଲତା ସାଙ୍ଗରେ ତ ସେ ଗଲା ।

: ଏଁ...!

ସେ ଧାଇଁଲା ଲତା ଘରକୁ । ସେ କହିଲା– ଭିଡ଼ ଥିଲା ହାତ ଧରାଧରି ହେଇ ଆମେ ଆସୁଥିଲୁ । ହେଲେ ଟିକେ ପରେ ଦେଖିଲି ସେ ମୋ' ହାତ ଛାଡ଼ିଦେଇଛି, ମୋ' ସାଙ୍ଗରେ ସେ ନାଇଁ । ଭାବିଲି, ଘରକୁ ଯାଇଥିବ । ଯାଇନି ? ଇମା... କୁଆଡ଼େ ଗଲା ?

ଥରିଉଠିଲା ଭୂମି ।

ଘୁରିଗଲା ଭୂମା ।

ଗଭାଫୁଲ ! ଗଭାଫୁଲ ! ବନ୍ଧ, କଟା, ଚୂଆ, ଖେତଖଳା, ରାସ୍ତା, ଗଲି ଉପଗଲି ? ନା– କେଉଁଠି ନାଇଁ । ବନମୟୂରୀ କଉଆଡ଼େ ଉଡ଼ିଗଲା ? କୋଉ ପତ୍ର ଗହଳରେ ଗଭାଫୁଲ ଲୁଚିଗଲା ? କି ବାପ ସାଙ୍ଗରେ ଲୁକ୍‌ଲୁକାନି ଖେଳୁଛି ? ଥାଉ... ସେତିକି ଥାଉ ତୋ ଖେଳ । ଆ... ବାହାରି ଆ... ବାପା ବୋଲି ଡାକ୍ ରେ ମତେ – କିଏ ଆଉ ଅଛି ମୋର ?

ଦିନ ସରିଗଲା । ଖୋଜି ଖୋଜି । ଡାକି ଡାକି । ହେଲେ କେଡ଼େ ନିର୍ମୋହୀ ଝିଅଟେ ସତେ ! କେଡ଼େ ଗୁମାନୀ... ଆସିଲାନି । ପଭା ମିଳିଲାନି ।

ଧରମା ଥାନା ଗଲା । ରିପୋର୍ଟ ଲେଖେଇଲା । ଥାନା ବାବୁ ତାଚ୍ଛଲ୍ୟ କଲେ—

: କେତେ ବୟସ ? ଏଗାର ପୁରି ବାର ! ତେବେ କା' ସାଙ୍ଗରେ ଭାଗିଥିବ । ନ ହେଲେ ଶୋଇଥିବ ।

ନିଆଁ ଲାଗିଲା ଦେହରେ । ମନରେ । ଏତିକିବେଳେ ଉପହାସ ? ପୁଲିସ୍ ପରା ଲୋକଙ୍କ ବନ୍ଧୁ, ସଖା ! ହେଲେ- ନିଆଁଲଗା ଦେହ, ମନ ନେଇ ସବୁ ସହି ଧରମା ଫେରିଲା ଘରକୁ । ବାହୁନିଲା । ପାଖ ପଡ଼ୋଶୀ ଆସିଲେ । ଶୁଣିଲେ । କିଏ କହିଲା— "ଦଣ୍ଡ ଧର" ଜଣେ କିଏ କହିଲା "ମୁଁ ଟିକେ କିନ୍ଦରି ଆସେ ଘରିଆଡ଼େ", ଆଉ ଜଣେ କହିଲା "ନାଚୁଥିଲା ସିନା, ନାଚଟା କାଳ ହୋଇଗଲା ତା' ପାଇଁ" ମରମ ଭେଦିଲା ପରି କଥା । ଅଥଚ ସେ ଲୋଡ଼ୁଥିଲା ବନ୍ଧୁବାନ୍ଧବ, ପଡ଼ିଶାଙ୍କ ସାହାଯ୍ୟର ହାତ । ସେ ଚୁହୁଁଥିଲା କିଏ ଜଣେ ଦଉଡ଼ି ଯାଇ ଖୋଜି ଆଣନ୍ତା ତା' ଆଖ୍ତର ତରାକୁ । ଆକାଶ, ପାତାଳ ଯୋଉଠି ସେ ଥାଉ । କିନ୍ତୁ କିଏ ? 'କିନ୍ଦରି ଆସେ' କହିଯାଇଥିବା ଲୋକଟି ବି ଫେରିଲାନି । ତା'ର ଯନ୍ତ୍ରଣାକୁ କେହି ନିଜର ଯନ୍ତ୍ରଣା ପରି ଅନୁଭବ କଲେ ନାଇଁ ।

ରାତି ଆସିଲା ।

କଠୋର ରାତି । ଦୀର୍ଘଶ୍ୱାସର ରାତି । ପିଡ଼ାର ରାତି ।

ଧରମା ତା' ଦେହର ତାତିକୁ ଧିକ୍‌କାର କଲା । ଛାତି ପିଟି କହିଲା— ଧିକ୍ ! ଧିକ୍‌ରେ ତାତି ! ତୋ ପାଇଁ- ମୁଁ ଗଲିନି ପଡ଼ିଆକୁ । ଗଲିନି ବୋଲି ସିନା ଝିଅ ମୋ'ର କୁଆଡ଼େ ହଜିଗଲା । ଝିଅ କଣ ଗୋଟେ ଜିନିଷ, ବସ୍ତୁ ଯେ ହଜିଯିବ ? କିନ୍ତୁ ହଜିଯାନ୍ତି ଝିଅମାନେ ।

ଧରମୁକୁ କିଏ କହିବ ଆମ ଦେଶରେ ଏମିତି କେତେ ଝିଅ ହଜିଯାନ୍ତି ।

ସେ ଦୁଆର ମୁହଁରେ ବସି ରହିଲା । କାଲେ ସେ ଆସୁଥିବ...

ସେ ଆସି ନଥିଲା । ଆସିଥିଲା ଜୋର ଧୁକା ପବନ । ସବୁକୁ ଉଡ଼େଇନବା ପରି, ସଭିଙ୍କୁ ଧମକ୍ ଦେବା ପରି ପବନ । ସୁ... ସୁ... ଘୂଉ... ଘୂଉ... ଆଲୁଅ ମୁଁହ ଲୁଚେଇଲା ଭୟରେ । ସହର ଅନ୍ଧାର । ମଝିରେ ମଝିରେ କୁକୁରଙ୍କ ସମବେତ ବିଲାପ । ଭାତିର ସେଇ ରାତି, ବିତି ବିତି ଆସିଲାବେଳେ ଗୋଟେ ବ୍ରେକିଂ ନ୍ୟୁଜ୍ । ସତରେ ବ୍ରେକିଂ । ସକିଂ ବି ।

"ଟାଉନ୍‌ସିପ୍‌ର ଶେଷ ମୁଣ୍ଡରେ ଗଣ୍ଠରେଲ ପାହାଡ଼ । ସେଠି ପଡ଼ିଛି ଗୋଟେ ଲଙ୍ଗଳା ଝିଅର ଲାସ୍ ।" ଏଁ.... ? ଶୁଣିଲାକ୍ଷଣି କୋଉଠୁ ବଲ ପାଇଲା କେଜାଣି- ଧରମା ସାଇକେଲ୍ ଉଡ଼େଇ ଦଶ ମିନିଟ୍‌ରେ ସେଠି ହାଜର୍ । ମନ କହୁଥାଏ ସେ ତୋର ଗଭାଫୁଲ ନୁହେଁ । କୁଆଡ଼େ ଧାଉଁଛୁ ତୁଚ୍ଛାଟାରେ ?

କିନ୍ତୁ ସରଳ ମନକୁ କ'ଣ ସବୁବେଳେ ସତ କଥା ଜଣାଥାଏ ? ସତ ଜାଣିବାକୁ ସେ ପହଞ୍ଚିଲା ସେଠି । ସାଇକେଲ୍ ଡେରି ଦେଇ ସେ ପାହାଡ଼ ଆଡ଼େ ମୁହାଁଇଲା । ଲଣ୍ଠନ । ପୁଲିସ୍ । ଦି'ତିନିଜଣ ଦେଖଣାହାରୀ ।

ଅନ୍ଧାର ଫିଟି ଫିଟି ଆସୁଥିଲା ।

ଚଢ଼େଇମାନେ ଉଠି ସାରିଥିଲେ । କିଚିରି ମିଚିରି ସୁରରେ, ସେଦିନ ସେମାନେ ହୁଏତ

ଶୋକ ସଂଗୀତ ଗାଉଥିଲେ । ପବନରେ ଗତରାତିର ଉଦ୍ଦାମତା ନ ଥିଲା । ଧୀରେ ବୋହୁଥିଲା ।
ଲାଗୁଥିଲା ଉଦାସ ଉଦାସ ।

ଧୀର ପାଦରେ ଧରମା ଆସୁଥିଲା । ଛାତିଟା କିନ୍ତୁ ଧୀର, ଶାନ୍ତ ନଥିଲା । ଖୁବ୍ ଜୋର୍‌ରେ
ଧକ୍ ଧକ୍ କରୁଥିଲା । ଇଏ କ'ଣ ? କ'ଣ ପଡ଼ିଛି ଏଠି ? ଆଉ… ଟିକେ ଦୂରରେ…? ସମ୍ବଲପୁରୀ
ସକ୍ତାପର ଶାଢ଼ୀ ! ଲାଲ୍ ବ୍ଲାଉଜ ! ଶାଗୁଆ ପ୍ୟାଣ୍ଟ… ଟୁକୁଡ଼ା ଲାଲ୍ ଚୁଡ଼ି ! କାହାର ଏ ସବୁ ? କହ
ହେ ବନଗିରି ! ହେ ଲତାଗିରି ! ଏଠିକି କେମିତି ଆସିଲା ଏ ଶାଢ଼ୀ, ବ୍ଲାଉଜ୍ ? ଚୁଡ଼ି ଟୁକୁଡ଼ା
ହୋଇଛି ଯେ ? କିନ୍ତୁ ସେମାନେ ମଉନମୁହଁ । କିଛି କହିଲେ ନାହିଁ । ଆକାଶ ଆଖିରୁ ଯାହା
ଝରପଡ଼ିଲା ଟପ୍ ଟପ୍ ଲୁହ । ମୁଣ୍ଡ କିନ୍ଦରି ଗଲା ଧରମାର । ସେ ବସିପଡ଼ିଲା ପଥର ଉପରେ ।
ଖଣ୍ଡେ ପଥର ହୋଇଯିବାକୁ ଇଚ୍ଛା କଲା । କିନ୍ତୁ ପଥର ହେବାକୁ ଦବ କିଏ ମଣିଷକୁ ?

ତା' ଭାଗମାପର ପୀଡ଼ା ତେବେ ସହିବ କିଏ ?

ପୁଲିସ୍ ତାକୁ ବାଡ଼ି ଖେଞ୍ଚ ଭାରି ଟାଣରେ କହିଲା— ଜିନିଷ ଚିହ୍ନିଲୁ । ଲାସ୍ ଚିହ୍ନିବୁ ଆ ।

ସୂରୁଜର ପହିଲା କିରଣ ବାଟ କଢ଼େଇନେଲା ଜଣେ ବାପକୁ । ସେ ଚିହ୍ନିବ । କହିବ—

: ହଁ, ଇଏ ମୋ' ଝିଅର ଲାସ୍ । କହି ହୁଏ ସେମିତି ?

ସେବେଲେ— ସେ ସ୍ୱର କେମିତି ଶୁଭିବ ? କେତେ ଦାରୁଣ କେତେ କରୁଣ ?

ପୁଲିସ୍ ସେତେବେଲେ ପଥର ସନ୍ଧିରୁ ସେଇ ଲଙ୍ଗଳା ଦେହକୁ ଟାଣି ଆଣି ଚଟାଣରେ
ରଖ୍‌ଥିଲା । ଧରମା ଦେଖିଲା । ଏ ମାଂସ ପିଣ୍ଡୁଲା ମୁହଁ ତା' ଝିଅର ମୁହଁ ନୁହଁ । ତା' ଝିଅ ତ
ରଙ୍ଗମୁହିଁ— ରଙ୍ଗିନୀ । ସେବେଲକୁ କେତେ ଆହା… ଚୁ… ଚୁ… ଜର୍ଣ୍ଣଲିଷ୍ଟ ମାନଙ୍କ ଫଟୋ ଉଠା—
ଘାଏ ଏପଟୁ– ଘାଏ ସେପଟୁ । ଧରମା ମନେ ମନେ କହିଲା—

: ତୁ କହୁଥିଲୁ ନା ତୋର କେତେ ଫଟ ଉଠିବ… ଟି.ଭି.ରେ ବାହାରିବ । ଦେଖ୍ ଆଜି
ତୋ ମଲା ଦେହର କେତେ ଫଟ ଉଠୁଛି… ଛାପା ହେବ କୋଉଠି… କେତେ ଜାଗାରେ…

: କହ — ଇଏ ତୋ ଝିଅ ?

ଟିକିଟିକି ପାଦରେ ଅଲତା । ପାଉଂଜି । ଘୁଙ୍ଗୁର ।

: ହଁ…

ସେଇ 'ହଁ'ଟିରେ କେତେ ସୁନାମୀ । କେତେ ଉଭରାଖଣ୍ଡ ବନ୍ୟା ।

: ମୋ' ଝିଅ କାହାର କ'ଣ ଦୋଷ କରିଥିଲା ଆଖା– ଯେ ଏମିତି ଦଶା ଭୋଗିଲା ?

ଧରମା ବଗର୍ଣାକୁ କିଏ କହିଥା'ନ୍ତା, ଝିଅ ଜନ୍ମ ମାନେ ହିଁ ପ୍ରଥମ ଦୋଷ । ଭୁଲ୍ । ତା'ର
ବ୍ୟକ୍ତିସଭାକୁ ସ୍ୱୀକାର କରାଯାଏ ନାଇଁ । ସେ ଯୋଉ ବୟସର ହଉନା କାହିଁକି ତାକୁ ଭୋଗର
ବସ୍ତୁ ବୋଲି ବିଚାର କରାଯାଏ । ତାକୁ ଶିକାର କରାଯାଏ କଲେ, ବଲେ, କଉଶଲେ । ପୁଲିସ୍
ନେଇଗଲା ଲାସ୍ । ବାର ବର୍ଷର ଝିଅର ଖିନ୍‌ଭିନ୍ ଲାସ୍ । ଅଖାରେ ଭର୍ତି କରି । ସାମ୍ନାରେ ଥିଲା
ଝିଅର ବାପ । ବର୍ଷ ହୁଏ କି ସେ ଦୃଶ୍ୟ ?? କୋଉ କବି, ଲେଖକର କଲମରେ କାଲି ଅଛି ?
ଖିନ୍‌ଭିନ୍ କରି ଫେରିଲା ଲାସ୍ । ଧରମା ଅତି ଯତ୍ନରେ ତା' ମଲା ଦେହରେ ଲାଲ୍ ଫ୍ରକ୍‌ଟିଏ

ପିନ୍ଧେଇଲା । ମାଂସ ପିଣ୍ଡୁଲାର ମୁହଁରେ ବିନ୍ଦିଟିଏ ଲଗେଇଲା, ହାତରେ ଚୂଡ଼ି ଦେଲା ଆଉ ତାକୁ ବୋହି ନେଲା । ମଶାଣିରେ ଜାଳି ଦେଇ ଆସିଲା, ଘରକୁ ଫେରି ତାକୁ ସବୁଟି ଦେଖ୍ଲା । ତା’ ଛମ୍ ଛମ୍ ପାଦର ରୁଲି ଶୁଣିଲା । ତା’ ବହିପତ୍ର, ୟୁନିଫର୍ମ ଛାତିରେ ଜାକି ରାତି ରାତି ଟେଙାଁଲା ।

ନାବାଳିକାକୁ ବଳ୍କ୍ରା ଓ ହତ୍ୟା, ଖବରଟିକ ଦିନେ ଦି’ଦିନ ବାହାରିଲା । ସେ ସେଇକଥା କହି ଏଟାଲା ଦେଲା । ହତ୍ୟାକାରୀକୁ ଦଣ୍ଡ ମିଲୁ ଓ ତା’ ଝିଅକୁ ନ୍ୟାୟ ମିଲୁ ସେ ଦାବୀ କଲା । ପୁଲିସ୍ କହିଲା– ତୋ ଝିଅ ଦୋଷୀ । ସେ ତା’ ଇଚ୍ଛାରେ, ଦି’ଜଣ ଯୁବକଙ୍କ ସାଙ୍ଗରେ ଯାଇଥିଲା । ନା– ସେ ପ୍ରତିବାଦ କଲା । ପୁଲିସ୍ ବାଧ୍ୟ ହେଲା ଦି’ଜଣ ଅଭିଯୁକ୍ତଙ୍କୁ ଗିରଫ କରିବା ପାଇଁ । ଏମିତି ଅଘଟଣରେ ସମ୍ବେଦନାର ‘ଆହା’ ରଂଗ ମିଶେ ନାଇଁ । ମିଶେ ରାଜନୀତିର ରଂଗ । ଦଳେ ଆସିଲେ । ଧର୍ମାକୁ ବିଡ଼ାଏ ନୋଟ୍ ଓ ମଦ ଯାଚିଲେ । ଆଉ ଦଳେ ଆସିଲେ ଧମକ୍ ଚମକ୍ ଦେଲେ । ଧର୍ମା ‘ସତ୍’ରେ ରହିଲା । ଓକିଲି କଲା । ଧାଁ, ଦୌଡ଼ କଲା । ଲଢ଼ିଲା । ଦିନେ କୋର୍ଟରୁ ଫେରି ଦେଖ୍ଲା ତା’ ଘର ଜଳିଯାଉଛି । ଦେଖଣାହାରୀ ରୂପେରୂପ ତାମ୍ସା ଦେଖୁଥିଲେ । ଜଣେ କହିଲା– ଆମକୁ ଧମକ୍ ଦିଆଯାଇଚି, କା’ର ନାଁ କହିବୁ ନାଇଁ । ସେ ପୁଣି ଗଲା ଥାନାକୁ । ରିପୋର୍ଟ କଲାବେଳେ ଥାନା ଅଧ୍ୱକାରୀ କହିଲେ– ତୋ ଚୁଲିରୁ ନିଆଁ ଲାଗିଛି ତୋ ଘରେ । ସେଥିରେ କା’ର ହାତ ନାଇଁ । ତୁ ଯା... ।

କୁଆଡ଼େ ଯିବ ? କୋଉଠି ଥାବ ?

ଝିଅକୁ ସୁରକ୍ଷା ଦେଇପାରିଲାନି ବାପ ହେଇ– ଝିଅ ମରିଗଲା । ଘରକୁ ସୁରକ୍ଷା ଦେଇପାରିଲାନି ଘର ଜଳିଗଲା । ତେବେ ଜୀବନ ଓ ସଂସାର– କାହାକୁ ନେଇ ? ଧିକ୍ ! ଧିକ୍ ତାକୁ । ତା’ ବବା ତାକୁ ଡାକି ନେଲା ଘରକୁ । ସେ ଆଉ ତା’ କାମକୁ ଗଲା ନାଇଁ । ଥାନା ଗଲା । କୋର୍ଟ କଚେରୀ ଗଲା । ଟଙ୍କା ପଇସା ସରିଗଲା । ଓକିଲ ପାଖରେ ନେହୁରା ହେଲା । ଓକିଲ ଯେତିକି ପାରିଲେ କଲେ । ଧର୍ମାକୁ କିନ୍ତୁ ସେ ନ୍ୟାୟ ଦେଇପାରିଲେନି । ଅଭିଯୁକ୍ତ ନିର୍ଦ୍ଧୋଷରେ ଖଲାସ ହେଲେ । ସହର ସାରା ବୁଲିଲେ । ଧର୍ମାକୁ ନାନା କଥା କହି ହଇରାଣ, ହରକତ କଲେ । ତା’ ଜାଗା କବ୍ଜା କରିନେଲେ । ସେ ଯୁବକମାନଙ୍କୁ ଦେଖ୍ଲେ ଧର୍ମା ବାଡ଼ି ଉଠେଇଲା, ପଥର ଫିଙ୍ଗିଲା । ସେମାନେ ହଁ କହିଲେ, କହିବୁଲିଲେ– “ଧର୍ମୁ ପାଗଳ ହୋଇଗଲା ।”

ଧର୍ମାକୁ ସେଇମାନେ ହଁ ନୂଆ ନାଁଟିଏ ଦେଲେ । ଧର୍ମୁ ପାଗଳ୍ । ଛୋଟ ଛୋଟ ପିଲାଙ୍କୁ ମତେଇଲେ । ପିଲାମାନେ ତାକୁ ତତେଇଲେ । ଯୋଉଟି ଦେଖ୍ଲେ ତାକୁ ପରଢ଼ିଲେ–

: ଧର୍ମୁ ପାଗଳ୍ ତୋ’ର ଗଭାଫୁଲ କାହିଁଗଲା ? ଗନ୍ଧରେଲ୍ ଯାଇଛେ ବୁଲି ? ଆର ତୋର ଘର ?

ସେଇ କଥା ଶୁଣି ଶୁଣି ସତରେ ଦିନେ ଧର୍ମା ଅର୍ଦ୍ଧପାଗଳ ହୋଇଗଲା । ତା’ ବବା ତାକୁ ଘରୁ ତଡ଼ିଦେଲା । ସେ ଘୁରି ବୁଲିଲା ରାସ୍ତା ରାସ୍ତା– ଗନ୍ଧରେଲ୍ ପାହାଡ଼, କୋର୍ଟ ବାରଣ୍ଡା । ଗାଳି ଗୁଲଜ କଲା ଓକିଲ ଓ ଜଜ୍ଙ୍କୁ ।

ଆଉ ତା’ପରେ ?

ସ୍ୱାଧୀନ ଭାରତର ଜଣେ ନାଗରିକ ନିଜ ଝିଅକୁ ସୁରକ୍ଷା ଦେଇପାରିଲାନି, ନ୍ୟାୟ ଦେଇପାରିଲାନି ବୋଲି ଧାରେ ଧାରେ ପୂରା ପାଗଳ ହୋଇଗଲା । ଅଜ୍ଞ ଲୋକେ ତା'ର ମଜାକ୍‍ ଉଡ଼େଇଲେ । ମାଟିର ମଣିଷ ମାଟି କାମୁଡ଼ି ରହିଲା । ମାଟିକୁ ଜାବୁଡ଼ି କାନ୍ଦି କାନ୍ଦି କହିଲା – ମୋ ଝିଅ...

ଆଉ ଆମେ ତଥାକଥିତ ବିଜ୍ଞ ଲୋକେ ସବୁ ଦେଖୁରୁହଁ ନ ଦେଖିବା ପରି ରହିଲୁ । କଥା ସରିଲା । ଶୁଭିଲା କଥା ଶେଷରେ ଲମ୍ବ ଦୀର୍ଘଶ୍ୱାସ ସଂଜୟର ।

ଶୁଣିଲା ଅର୍ଜିନା ।

କ୍ଷତ, ବିକ୍ଷତ ତା'ର ଚେତନା ।

ସେ ଉଠିଗଲା । ଦି' କପ୍‍ ରଂ ନେଇ ଆସିଲା । ଗୋଟେ କପ୍‍ ସଂଜୟକୁ ଦେଲା । ନିଜେ ର ପି.ପି. କହିଲା–

: ଧର୍ମୁ ତା'ହେଲେ ଏମିତି ବୁଲୁଥିବ ପାଗଳ ହୋଇ ? ତୁମେ ପରା ଦୁଃଖୀ, ଗରିବଙ୍କ ସାଥୀ । ତୁମେ ବି ତା' ପାଇଁ କିଛି କଲନି ? ଚୁପ୍‍ ରହିଗଲ ? କାହିଁକି ? କାହିଁକି ଏ ସବୁ ହେବାକୁ ଦେଲ ?

: କ'ଣ କରିବି ଅର୍ଜିନା ? ଏବେ ତ ଦେଖୁଛ କେମିତି କାମୁକ ପୁରୁଷ ଓ ନାରୀ ମାଂସ ଶିକାରୀଙ୍କ ଦାଉ ବଢ଼ିଚାଲିଛି । ଗୁଣ୍ଡାଗର୍ଦି ବି ବଢ଼ିଛି । ଗଢ଼ି ଉଠୁଛି ଗୋଟେ ବଳତ୍କାର ସଂସ୍କୃତି । ରେପ୍‍ କଲ୍‌ଚର । ଏଥୁରୁ ନିଷ୍ତି କାଇଁ ? ଦେଶର ସାମୁହିକ ବିବେକ ସେ ଆଜି ଯେମିତି ଅସହାୟ ହୋଇପଡ଼ିଛି । ଏଥିରେ ଜଣେ କରିବ କ'ଣ ? ମୋ'ର କଣ ମନେ ହୁଏ ଜାଣ ଅର୍ଜିନା ?

ସଂଜୟ କପ୍‍ ରଖିଲା । ରୁମାଲରେ ଥରେ ମୁହଁ ପୋଛି ଆଣିଲା । କହିଲା–

: ଖାଲି ଧର୍ମା ନୁହେଁ, ତମେ, ମୁଁ, ଜଜ୍‍, ଓକିଲ ସଭିଏଁ ପାଗଳ ହେଇଯିବା କଥା । ନ୍ୟାୟ ହଜିଯାଉଛି, ଦୋଷୀ ଖସିଯାଉଛି, ବେଫିକର୍‍ ବୁଲୁଛି– ତ – ସବୁ ତ ଅନ୍ଧାର... କ'ଣ କରାଯିବ ? ? କଣ କରାଯାଇପାରେ ? ?

: ଏସବୁ ଭାବିଲେ ମୋ'ର ବି ଭୀଷଣ ମନ ଖରାପ ଲାଗେ । କିନ୍ତୁ ମୁଣ୍ଡ ବାଡ଼େଇବା, ପାଗଳ ହୋଇଯିବା କାହିଁକି ସଂଜୟ ? ସେ କ'ଣ ସମାଧାନ ? ଲଢ଼ିବା, ଲଢ଼ିରହିଥିବାରେ ହିଁ ବାଟ ମିଳେ । ଥରେ ହାର ଆଉ ଥରେ ଜିଣିବି ହେବ, ନୁହେଁ ?

: କ'ଣ ରୁହଁ କହିବାକୁ ? ପଚାରିଲା ସଂଜୟ ।

: ଧର୍ମା ପାଇଁ ଏଥର ତୁମେ ରହିବ । ମୁଁ ରହିବି । ଆମେ ମିଶି ଲଢ଼ିବା ତା' ଲଢ଼େଇ । ତା'ର କେସ ଫାଇଲ ପୁଣି ଖୋଲାଯିବ । ଜଣେ ଝିଅର ବାପ ଏମିତି କ'ଣ ହାରିଯିବ ? କୁହ ସଂଜୟ କୁହ... ସଂଜୟକୁ ଝୁଣି ପକେଇଲା ଅର୍ଜିନା । ସେ ଏମିତି ଝୁଣି ପାରିବ କି ଦେଶର ହୃଦୟକୁ ? ?

ସେବେଳକୁ କେଉଁ ଏକ ଅଦୃଶ୍ୟ ହାତ, ଅନ୍ଧାରର ଗଭୀରେ ତରା ଫୁଲଟିଏ ଖୋସି ଦେଉଥିଲା ।

□

କବିତାର ଜହ୍ନରାତି

ଟେଲିଫୋନ୍ ରିଂ ହେଲା । ଶ୍ରୀଭାଲି ଉଠେଇଲା । ଧୀରେ କହିଲା
— : ହ୍ୟାଲୋ । ଯେଉଁ ସ୍ୱର ଶୁଭିଲା, ସେ ଚମକି ଗଲା । ଏତେଦିନ
ପରେ ? କହିଲା ସିଏ ସେପଟୁ —

    : କାଲି ସକାଳେ ପହଞ୍ଚିବି ।

    : ଏଁ.. ହଁ.. କେତେବେଳେ ?

    : ଯେତେବେଳେ ଟ୍ରେନ୍ ପହଞ୍ଚିବ...: ତା'ର ଏମିତି
କଥା ସବୁବେଳେ ।

    : ଏଠି କିଛି କାମ ?

    : ଉଁ... କାମ, ଥରୁଟିଏ ଦେଖିବି ତତେ... ଆଉ କ'ଣ ?
ବାସ୍, ଫୋନ୍ ରଖିଦେଲା ସିଏ । ଘଡ଼ିଏ ଠିଆ ହେଇଗଲା
ଶ୍ରୀଭାଲି । ସିଏ ଆସୁଛି, ଖାଲି ତା' ପାଇଁ ଆସୁଛି । ପାଁଚ
କିଲୋମିଟର ଟ୍ରାଭେଲ୍ କରି । ଅଦ୍ଭୁତ ମନୁଆ ସତରେ ତା'ର
ଏଇ ମନ-ପ୍ରାଣର ମନସ୍ୱୀ, ମନ ହେଲେ ଦିନକୁ ଦି'ତିନିଥର

ଡାକିବ ନ ହେଲେ ମାସମାସ ଚୁପ୍ । କଥାବାର୍ତ୍ତା କରେ ନାଇଁ, ଚିଠି ତ ସେ କେବେ ଲେଖେନା "ଏ... କାଇଁ ଫୋନ୍ କରୁନ", କହିଲେ କହିବ—

: ହାଇବର୍‌ନେସନ୍‌ରେ ଥିଲି: ପୁଣି କେବେ କହିବ: ମୂଡ୍ ନଥିଲା, ତେବେ ତୁ ଫୋନ୍‌କୁ, କଥାବାର୍ତ୍ତାକୁ ଏମିତି ଗୁରୁତ୍ୱ ଦଉ କାହିଁକି ?: ମୋ' କାମ ତତେ କ'ଣ ଅଜଣା ?

ବୋଧେ ଗତ ଜନ୍ମରୁ କି ତା' ଆଗରୁ କି କ'ଣ, ଭଲପାଏ ମନସ୍ୱୀକୁ ଏଇ ଶ୍ରୀଭାଲି ହେଲେ ମୋତେ ବୁଝିପାରେନା । ଏଇ କଥାଟି ଯଦି କହିଦିଏ ସେ କହିବି—

: ଯଦି, ଭଲପାଉଛୁ ମତେ, ଖାଲି ଭଲ ପା' । ତାକୁ ଜାଣିବା, ବୁଝିବା କ'ଣ ଦର୍କାର ? ତୁ ନିଜକୁ କେବେ ବୁଝିଛୁ ? ମୁଁ ବୁଝିଛି ନିଜକୁ ? କେତେକେତେ ଜଟିଳ ତତ୍ତ୍ୱ ଫର୍ମୁଲା ବୁଝି ହୋଇଯାଏ ହେଲେ ମଣିଷକୁ ବୁଝିବା କଷ୍ଟ ସତରେ ସବୁଠୁ କଷ୍ଟ ଏଇ ବୁଝାବୁଝି ବ୍ୟାପାର:

ତା'ପରେ ତା'ର ପ୍ରାଣଖୋଲା ହସ ।

ପୁରୁଷର ହସରେ ବି ଫୁଲ ବିଛେଇହୋଇ ପଡ଼େ, ମନସ୍ୱୀର ହସ ଦେଖିଲେ ଯାଇ ଜଣେ କେହି ବିଶ୍ୱାସ କରିବ । ଅଥଚ ସେ ବିଶ୍ୱାସ କରେନା । କହେ — "ତୁ ବହୁତ ଓଡ଼ିଆ ଗପବହି ପଢ଼ୁ ପରା । ସେଥିପାଇଁ ଏମିତି କହୁଛୁ, କେମିତି ଫୁଲ ବିଛେଇ ହୋଇ ପଡ଼ିବ ? ଏମିତି କଳ୍ପନା ଜଗତରେ ରହିଲେ କିଛି ପାଇବୁନି ବୁଝିଲୁ ?"

ଶ୍ରୀଭାଲି ଭାବନା ଛାଡ଼ିଲା । ଦେହ, ମନରେ ଭରିଗଲା କେମିତି ଏକ ଉଦ୍‌ଭାପ, ଉତ୍ତେଜନା । ସିଏ ସତରେ ଆସିବ ? ହଁ ଆସିବ, ସକାଳେ ପହଞ୍ଚିବ । ଦିନେ, ଦି'ଦିନ ରହିପାରେ । ସେ ଅନୁସାରେ ତାକୁ ଟିକେ ପ୍ରସ୍ତୁତ ହବାକୁ ହବ । ଭାରି ଟିପ୍‌ଟିପ୍ ସେ । ସବୁରେ ନିହାତି ପରିଚ୍ଛନ୍ନ, ସହିପାରେନା ଧୂଳି, ଅଳନ୍ଧୁ । କଉଠି ଟିକେ ଅଳନ୍ଧୁ ଦେଖିଲେ କହିବ — ଦେଲୁ ୟୁରୋକ୍ଲିନ୍‌ଟା, ସଫା କରିଦିଏ । ଖାଲି କ'ଣ ଏତିକି ? ଖାଇବାରେ ବି ଭାରି ପାର୍ଟିକୁଲାର, ପ୍ରୋଟିନ୍, କ୍ୟାଲୋରୀ ହିସାବ କରି ଖାଇବ । ଥରକୁ ଥର କପି ପିଇବ କିନ୍ତୁ ସିଗ୍ରେଟ୍ ଟାଣିବ ଥରକୁ ଥର ।

ଆଚ୍ଛା, କଉ କାମଟା ଆଗ କରିବ ସେ ?

ଗୋଡ଼ ଏପଟ ସେପଟ ହେଲା । ମନ ହେଲା ଚଞ୍ଚଳ । ହରବର ହେଲାବେଳକୁ ସବୁ ଗଡ଼ବଡ଼ ଓଃ... ସେ କ'ଣ କରିବ ? ମନସ୍ୱୀ ସବୁବେଳେ ଏମିତି । ଆଗରୁ କହି ନ ଥା'ନ୍ତା ! ରିଜର୍ଭେସନ୍, କଲାପରେ । ଅନ୍ତତଃ ପ୍ରସ୍ତୁତି କରିବାକୁ ସମୟ ପାଇଥା'ନ୍ତା, ହଉ ଗୋଟେ ଲିଷ୍ଟ କଲା କ'ଣ ସବୁ ଆସିବ ବଜାରରୁ । ପିଅନ୍‌କୁ ଡାକି କହିଲା: ଏ ସବୁ ଶୀଘ୍ର ନେଇ ଆସ ବଜାରରୁ: ପିଅନ୍ ଲିଷ୍ଟ ଉପରେ ଆଖି ବୁଲେଇ ନେଇ ଆଶ୍ଚର୍ଯ୍ୟରେ ତାକୁ ରହିଲା । ଟଙ୍କା ଓ ବ୍ୟାଗ୍ ନେଇ ଚାଲିଗଲା ।

ପଶ୍ଚିମ ଆକାଶରୁ ସୂର୍ଯ୍ୟ ଉଭାନ୍ ହୋଇ ଆସୁଥିଲା ।

କିନ୍ତୁ ୟୁରୋକ୍ଲିନ୍ କାଢ଼ି ସେ ଆଗ ଟିକିଟିକି ଅଳନ୍ଧୁ ଓ ବୁଢ଼ିଆଣୀ ଜାଲ ସଫା କରି ଆଣିଲା । କୁନି କୁନି ବୁଢ଼ିଆଣୀ ମାନଙ୍କୁ ୟୁରୋକ୍ଲିନ୍ ଭିତରକୁ ଟାଣି ଆଣିଲା ବେଳକୁ ଭାରି କଷ୍ଟ

ପାଇଲା । ପରେ ସେ ପର୍ଦା ଆଉ ସୋଫା କଭର ଚେଞ୍ଜ କଲା । ଦର୍କାର ନ ଥିଲା କିନ୍ତୁ ଡିପ୍ କଲର୍‍ ମନସ୍ୱୀର ଆଲର୍ଜ‍ି, ଶୋଇବା, ଘରକୁ ଆସି ବିଛଣା ଋଦର, ତକିଆ ଖୋଳ ବଦଳ କଲା । ମନସ୍ୱୀର ପ୍ରିୟ ସୋରିଷ ଫୁଲିଆ ରଙ୍ଗ । ଗତଥର, ମାନେ ତିନିବର୍ଷ ତଳେ, ସେ ଆସି ଗୋଟେ ରାତି ରହିଥିଲା । ସେଇ ରଙ୍ଗର ବେଡ୍ କଭର ପକେଇ ଯେମିତି ବିଛଣା ଉପରେ ସୋରିଷ କିଆରୀଟେ ସେ ସଜେଇଥିଲା । ସେଦିନ । ଆଉ ଗୋଟାଏ ବିଶେଷ ଉଦ୍ଦେଶ୍ୟ ପଛରେ ହିଁ ମାତିଥିଲା । ଯଦିଓ ସେ ଜାଣିଥିଲା ମନସ୍ୱୀ ଏତେଟା ଦେହ-ପାଗଳ ନୁହେଁ । ଜିଦ୍ ଧରିଲେ, ବିଛଣାରେ ଏକାଠି ଥିଲେ ବି ଦେହରେ ଟିପ ମାରେନା । ଯାଚିକି ତ କେବେ କିଛି ଦିଏନା । ତା'ର କିନ୍ତୁ ଅନେକ ଦାବୀ ଥାଏ । ପାଇବାର ଥାଏ ତା'ଠୁ । କଉ ମାସକରେ କି ବର୍ଷକରେ ଥରେ ଅଧେ ଆସେ ।

ଏବେ — ତିନିବର୍ଷ ପରେ ।

ପୁଣି ଉସ୍‍ଵାହ ଉଠୁଛି ମନରେ କାମପାଇଁ । କେତେ କାମ ରହିଛି ଘର ସଜାଡ଼ିବୀ । ବିଛଣାରେ ଋଦର ଓ ଯୋଡ଼ି ତକିଆ ପଡ଼ିବ ତା' ପସନ୍ଦର । ଏମିତି ଟିକେ ଉସ୍‍ଵାହ, ଗୋଟିଏ ଗୋଟିଏ ବିଶେଷ ଉଦ୍ଦେଶ୍ୟ ହିଁ, ଜୀବନକୁ ଟାଣିନେଇ ଯାଏ କିଛି ବାଟ । ତା' ବିନା ସେ କେମିତି ଜିଏଁ, ସେ ହିଁ ଜାଣେ । କିନ୍ତୁ-ପ୍ରେମ, ତା'ର ଆନନ୍ଦ, ଆଉ ଦୁଃଖବି । ତା'ର ହାରିବା, ତା'ର ଜିତିବା ବି । ଏଥର ସେ ଆସୁ । ଖୁବ୍ ଅଭିମାନ କରିବ । ପ୍ରଥମେ, ମୋତେ ଯିବନି ପାଖକୁ । ତା' କଥାରେ ଖାଲି ହୁଁ... ହୁଁ... କରିବ । ସିଏ ପାଖକୁ ଆସିଲେ କହିବ— : ଗୋଟାଏ ଦିନରେ ତିନିବର୍ଷର ପ୍ରେମର ଭରଣା କରିବି ଯଦି.. ପାଖକୁ ଆସିବି:

କିନ୍ତୁ ମାନ-ଅଭିମାନ, ରାଗ, ରୁଷା କ'ଣ ମନସ୍ୱୀ ବୁଝେ ? ବୁଝେନା—: ଭଲ ପାଇବା ଏକ ସୁନ୍ଦର ଅନୁଭବ, ହେଲେ ତା' ପାଖରେ ତୁମର ଏଇ ମାନ-ଅଭିମାନ ଭଳି ଶବ୍ଦ କ'ଣ ? ଯଷ୍ଟ ମିନିଂଲେସ୍ ବୁଝିଲ ? ସେ କହେ ।

: ପ୍ରେମକୁ, ମାନ, ଅଭିମାନ ହିଁ ସୁନ୍ଦର କରେ ବୈଜ୍ଞାନିକ ମହାଶୟ । ତାକୁ ନେଇ ଲେଖାଯାଇଛି କେତେ କାବ୍ୟ ଗଳ୍ପ ଉପନ୍ୟାସ । ତୁମେ ପଢ଼ନା ଜାଣିବ କ'ଣ ? ତୁମେ ପ୍ରେମରେ ରହିବ, ପ୍ରିୟତମାର ମାନ, ଅଭିମାନ ବୁଝିବ ନାଇଁ ? ପ୍ରେମରେ କେତେଟା ଦାୟ, ଦାୟିତ୍ୱ ନବାକୁ ହୁଏ ମନସ୍ୱୀ ଏଇ ଯେମିତି ଲେଖିବାକୁ ହୁଏ ପ୍ରେମପତ୍ର ଆଉ ତାକୁ କାଗଜ ଡଙ୍ଗା କରି ଭସେଇଦବାକୁ ହୁଏ ଏକ ଅନୁକୂଳ ସ୍ରୋତରେ — ଆଉ କିଛି ମିଠା କଥା କହିବାକୁ ହୁଏ, ଜହ୍ନରାତିରେ ପ୍ରିୟାର ହାତ ଧରି ବୁଲିବାକୁ ହୁଏ... ଆଉ ଯାଚିକି ତାକୁ କିଛି ଦବାକୁ ହୁଏ...” ସେ କହେ ସିନା — ସେ କ'ଣ ବୁଝେନା ତା'ର ବ୍ୟସ୍ତତା ? ଜଣେ ବୈଜ୍ଞାନିକର ବ୍ୟସ୍ତତା ।

ଥିରି ପବନ, ଦୋଳି ଖେଳୁଥିଲା ଘରେ । ସେ ଦୋଳି ଝୁଲୁଥିଲା ତା' ଭାବନାର ଦୋଲାରେ । ଝୁଲିଝୁଲି ସେ ସଜେଇ ଦେଲା । ମନ ମତାଣିଆ ବିଛଣା । ଦେଖିଲା ଦୂରରୁ ଥରେ । ପାଖରୁ ଥରେ... ଚିକ୍‍ଚିକ୍ ସୁନା ରଙ୍ଗର କିଆରୀ... ଆଜି ରାତି ଏଠି କିନ୍ତୁ ସେ ଶୋଇବ ନାଇଁ । ଶୋଇବ, ଆର ଘରେ, ସିଙ୍ଗଲ୍ ବେଡ୍‍ରେ । ଏଇ ବିଛଣାରେ ରାତିସାରା ଫୁଟୁଥାଉ ଫୁଲ କାଲି ରାତି ପାଇଁ ।

ସକାଳୁ ଆସିବ ସିଏ । ବନେଇବ ଗରମ ଗରମ କଫି । ବ୍ରେକ୍‌ଫାଷ୍ଟ କ'ଣ ବନେଇବ ?
ଛାଣିଦେବ ଫୁଲକୋବି ପକୁଡ଼ି । ମୋହନ ଭୋଗ ଆଉ ଛେନାପ଼ୟସ୍‌ କିଣା ହୋଇ ଆସିବ ।
ବଲେଇ ବଲେଇ ଖୁଆଇବ । ସେବେଳକୁ ମନସ୍ବୀ ରହିଁବ ତାକୁ ଗଭୀର ଆଖିରେ, କହିବ:
ଓ.ଏ.ଏସ୍‌ ଅଫିସର ହେଲୁ । ଗୋଟେ ସବ୍‌-ଡ଼ିଭିଜନ୍‌ ସମ୍ଭାଳୁଛୁ କିନ୍ତୁ ସେଇ ଟିପିକାଲ୍‌ ପ୍ରେମିକା
ଇମେଜ୍‌ରୁ ମୁକୁଳି ପାରିଲୁନି ? ଏଇ ମନ ନେଇ କେମିତି କ'ଣ କାମ କରୁଥିବୁ ? ଥରେ ତୋ
ପ୍ରଶାସନିକ୍‌ ଚେୟାରରେ ତତେ ଭେଟିବି... କେମିତି ଦିଶୁଥିବୁ ତୁ ତୋ ଚେୟାରରେ ?

ସେଠର ଲଞ୍ଚବେଳେ ତାକୁ ସେ ଖାଇବା ବାଢ଼ିଦେଲା । ଆଉ ସାମ୍ନାରେ ବସିଲା ତ
ସିଏ କହିଥିଲା: ଛ'ଟିଅଣ, ନ'ଭଜା କରିବୁ । ଫାଲେ ଲେମ୍ବୁ ସହ କଣ୍ଠାଲଙ୍କାଟେ ବି ଦବୁ ।
ଆଉ ସାମ୍ନାରେ ବସି ଦେଖୁବୁ । ତ – ମୁଁ କାହାକୁ ଦେଖୁବି ? କା'ର ସୁନ୍ଦରପଣରେ ମୁଗ୍‌
ହେବି ? ତୋର ନା ଭାତଥାଳିର ?

ପ୍ରତିଟି ଖାଦ୍ୟର ନିଜସ୍ବ ଏକ ଖାଦ୍ୟମୂଲ୍ୟ ସହ ଗୋଟାଏ ସୌନ୍ଦର୍ଯ୍ୟ ଥାଏ ବୋଲି ସେ
ଭାବେ । ଖୁବ୍‌ ମନଦେଇ ସେ ଖାଏ । ସେତେବେଳର ମୁଗ୍‌ ମନସ୍ବୀକୁ ଦେଖ୍‌ଲେ ମନେ ହୁଏ
ନାଁ ଯେ ସେ ଜଣେ ଜ୍ଞାନ ପାଗଳ ମଣିଷ । ରୋକ୍‌ଟୋକ୍‌, ଚଟକଣା ମାରିବା ପରି ତା'
କଥା । ଏଇ ଜ୍ଞାନତପସ୍ବୀ ଜଣକ ତା' ମନର ମଣିଷ, ତା' ପ୍ରେମ, ତା' ଜୀବନ, ଭାବିଲେ
ମନକୁ ଅହଂକାର ଆସିଯାଏ । ତାଙ୍କ ସଂପର୍କରେ ସମାଜର ସ୍ବୀକୃତି ନାଇଁ କିନ୍ତୁ ତାଙ୍କର ପରସ୍ପର
ପାଇଁ ଆଦେୟ କିଛି ନାଇଁ । ଦିହେଁ ଦିହିଁଙ୍କ ପାଖେ ମୁକ୍ତ । ଦିହେଁ ଦିହିଁଙ୍କ ପାଇଁ ଶୁଭ୍ର ଶେଫାଲୀର
ମହକ । ସେ କାମନା କରେ, ସେ ନାମହୀନ ସଂପର୍କର ଅନ୍ତ ନଥାଉ । ସୀମା ବି ନଥାଉ । ଥାଉ
କେବଳ ଗୋଟାଏ ଅବିଶ୍ରାନ୍ତ ଗତିଶୀଳତା ।

ପିଅନ୍‌ ଆସିଲା । ବ୍ୟାଗ୍‌ ରଖିଲା । ହିସାବ ଚିଠା ଦେଲାବେଳକୁ ଘରର ନୂଆ ବେଶ
ଦେଖିଲା । ଶ୍ରୀଭାଲି କହିଲା – : ଦି'ଦିନ ଛୁଟୀ ପାଇଁ କହୁଥିଲ ନା, ଯାଅ ଏଭେଲ୍‌ କର: ସେ
ଖୁବ୍‌ ଖୁସି ହେଲା । ନମସ୍କାର କରି ଉଲିଗଲା । ଅର୍ଡ଼ଲି ତ ଆଗରୁ ଥିଲା ଛୁଟୀରେ । ରନ୍ଧାଘର
ଟିକେ ସେଟ୍‌ସାଟ୍‌ କଲା ସେ, ପୁରୁଣା ଜିନିଷ ବି ନୂଆ ଲାଗିଲା । କ୍ଷୀର ଗରମ କଲା ଆଉ
ଶୋଇଗଲା ଆର ଘରେ ସିଙ୍ଗଲ୍‌ ବେଡ଼୍‌ରେ । ଶୋଇଲା ଆଉ କେତେବେଳେ ? ଖାଲି ଛଟପଟ
ହେଲା । ଅନ୍ଧାର ଭିତରେ ଦିଶୁଥିଲା ମନସ୍ବୀ ତାକୁ ଅଥୟ ଓ ଅଧୀର କରୁଥିଲା । ଅଥଚ, ତିନିବର୍ଷ
ଆସି ନଥିଲା ଯେ ସେ ଠିକ୍‌ ଶୋଉଥିଲା ତ । ସ୍ବାଭାବିକ ଜୀବନ ଜିଉଥିଲା ତ । କାଲି ଆସିବ...
ଶୁଣିବାବେଳଠୁ ଏମିତି ଗୁଡ଼େଇ ତୁଡ଼େଇ ମନେ ପଡ଼ୁଛି ସେ କାହିଁକି ? କିନ୍ତୁ ନ ଆସିଲେ ବି
କେତେବେଳେ ବା ମନେପଡ଼େନା ସିଏ ? ଏମିତି ମନେ ନ ପଡ଼ିବାର ମୁହୁର୍ତ୍ତିଏ ଅଛି କି
ତା'ର ନିଜର ହୋଇ ? ଆଚ୍ଛା, ସିଏ ବି କ'ଣ ଏମିତି ଚେଇଁଥିବ ? ଟ୍ରେନ୍‌ରେ ଶୋଇ ନଥିବ ?
ଭାବୁଥିବ ତା' କଥା ?

କେଜାଣି...

ଆଖି ଲାଗିଗଲା କେତେବେଳେ ।

ଫୁଲଚୁଙାଁ ଚଢେଇ ମାନଙ୍କ ଅନବରତ ଆଳାପରେ କିନ୍ତୁ ଆଖ୍ ଖୋଲିଗଲା । ସକାଳ । ସେ ଧଡ଼ପଡ଼ ହୋଇ ଉଠିଗଲା । ସବୁ ରୁମ୍ ଉଚ୍ଛନିଆ ହୋଇ ଓଲେଇ ଆଣିଲା । ନିତ୍ୟକର୍ମ ସାରିଲା । ଚଟାପଟ୍ ଫିକା ନୀଳ ରଙ୍ଗର ଶାଢୀଟେ ପିନ୍ଧିଲା । ଫୁଲ ସଜେଇବ ଗୋଟେ ପଟ୍ରେ ଫ୍ଲାୱାର୍ ପିନ୍ ଦେଇ, ଭାବି, ଫୁଲ ମାନଙ୍କ ପାଖକୁ ଗଲା । ଦି'ଟା ଲାଲ୍ ଗୋଲାପ ଡେଙ୍ଗ କଇଁଚିରେ କାଟିବାକୁ ଗଲାବେଲେ ଅଟକିଲା । ଭାବିଲା ଆରେ କେଡ଼େ ଭୁଲାମନ ମୋ'ର । ମନସ୍ୱୀ ଲାଲ୍ଗୋଲାପ ଭଲପାଏନା । ସେ ଫୁଲ ଉପରେ ତା'ର ରାଗ । ତା' ପ୍ରଥମ ପ୍ରେମିକା ଯିଏ ତାକୁ ଧୋଖା ଦେଇଥିଲା, ସେ କୁଆଡ଼େ ଲାଲ୍ ଗୋଲାପ ଦେଖି ପାଗଳ ହଉଥିଲା ।

: ସେଥିରେ ଫୁଲର ଦୋଷ କ'ଣ ? ସେ ପଚାରିଥିଲା ।

: ଏତିକି ବୁଝିପାରୁନୁ... କହିଲା ବେଳକୁ ତା' ଗୋରା ମୁହଁ ପୁରା ଲାଲ୍ ।

ସେ କିନ୍ତୁ ସେଇ ପ୍ରେମିକାକୁ ମନେ ମନେ ଧନ୍ୟବାଦ ଦିଏ । ସେ ଧୋଖା ଦେଇ ଜଣେ ଧନୀ ବ୍ୟବସାୟୀ ସାଙ୍ଗରେ ଦୁବାଇ ଉଡ଼ିଗଲା ବୋଲି ସିନା ମନସ୍ୱୀ ତା' ପାଖକୁ ଘୁଞ୍ଚିଆସିଲା । ନଚେତ୍ ସେ ସେମିତି ଥ୍ୟାନ୍ ଓ୍ୱେ ଟ୍ରାଫିକ୍‍ରେ ଉଡ଼ିଥା'ନ୍ତା ।

ଶୋଇପଡ଼ିଥିବା ଗଛମାନେ ସେଦିନ ନିଦରୁ ଉଠି ସତେଜ ଦିଶୁଥିଲେ । ଡେଙ୍ଗ ସହ ସେ ଗୋଛାଏ ଲିଲିଫୁଲ ନେଇ ଫେରିଲା । ପଟ୍‍ରେ ପାଣି ରଖିଲା । ପାଣି ଭିତରେ ଫ୍ଲାୱାର ପିନ୍ । ପିନ୍ ସବୁରେ ଫୁଲ ସଜେଇଲା । ଥିରି ପବନରେ ସେମାନେ ନାଚିଲେ । ତୁମ ନାଚ ଦେଖିବାପାଇଁ ମୋ'ର ସମୟ କାହିଁ — କହିଲା ସେ ମନେମନେ । ଘଣ୍ଟା ଦେଖିଲା । ସେ ବୁଝିଛି — ସିଏ ଆସୁଥିବା ଟ୍ରେନ୍‍ଟି ସାଢ଼େ ଆଠ‍ରେ ପହଞ୍ଚିବ । ତା' ଆଗରୁ ବ୍ରେକ୍‍ଫାଷ୍ଟ ପ୍ରସ୍ତୁତି ତ ସାରିବାକୁ ଅଛି । ମନସ୍ୱୀକୁ ସେ ତିନିବର୍ଷ ପରେ ଦେଖିବ । କେମିତି ଦିଶୁଥିବ ସେ ? ବୁଦ୍ଧିଦୀପ୍ତ ଦି'ଟା ଆଖି ଗମ୍ଭୀର ଗମ୍ଭୀର ମୁହଁ, ଫ୍ରେଞ୍ଚକଟ୍ ଦାଢ଼ି, ଲୋମଶହାତ, କଫି କପ୍, ଫୁଲ୍‍ସ୍ପିଡ୍ ଫ୍ୟାନ୍, ଦେହରେ ଜ୍ଞାନ, ବିଜ୍ଞାନର ସୁଗନ୍ଧ, ଆଉ ଶ୍ରୀଭାଲିର ପ୍ରେମ ଏଇ ସବୁ ମିଶିଲେ ତା' ପ୍ରୋଫାଇଲ୍ । ଡ. ମନସ୍ୱୀ ରାୟ, ତା'ର ପରିଚିତିକୁ ନେଇ ସେ ସେମିତି ହଁ ଜ୍ଞାନୀ ତପସ୍ୱୀ ପରି ଦିଶୁଥିବ ।

ଆଛା ! ଟ୍ରେନ୍‍ଟା ଠିକ୍ ସମୟରେ ପହଞ୍ଚିବ ତ ! ସେଇ ଟ୍ରେନ୍ ଜାଣିବା ଉଚିତ୍ ଯେ ମନସ୍ୱୀ କେତେ ସମୟାନୁବର୍ତୀ । ତା'ର ପ୍ରତିଟି ମୁହୂର୍ତ୍ତ କେତେ ମୂଲ୍ୟବାନ । ଦେଶର ପ୍ରଗତି ପାଇଁ ସେ ନିଜର ଜ୍ଞାନ, ବୁଦ୍ଧି ଖଟାଏ । ସେ ଆଦୌ ଜଣେ ସାଧାରଣ ଲୋକ ନୁହେଁ । ଲକ୍ଷ୍ୟସ୍ଥଳରେ, ଠିକ୍ ସମୟରେ ପହଞ୍ଚିବା ତା' ପାଇଁ ଜରୁରୀ...

ସେ ଥରକୁ ଥର ଘଣ୍ଟା ଦେଖୁଥିଲା । ୱର୍କ । ଆଉ ଗେଟ୍‍କୁ ଅନୋଉଥିଲା । ବ୍ୟସ୍ତ ହଉଥିଲା । ତା' ଭିତରେ ସେ କପେ ଚ ବନେଇ ପିଇଲା । ସେବେଲକୁ ଘଣ୍ଟାରେ ସମୟ ଆଠଟା ପନ୍ଦର । ଷ୍ଟେସନ‍କୁ ସେ ଅଫିସ ଗାଡ଼ି ପଠେଇ ପାରିଥା'ନ୍ତା କିନ୍ତୁ ତା'ର ରୀତିନୀତି ଅଲଗା । ସିଏ ସରକାରୀ ଗାଡ଼ିରେ ଆସିବ ନାହିଁ । ପଛକେ ଅଟୋରେ ଆସିବ ନ ହେଲେ ଗୋଟେ ରିକ୍ସାରେ । କହିବ– ଅନେକବର୍ଷ ପରେ ଅଟୋ/ରିକ୍ସା ଚଢ଼ିଲି । ଖୁବ୍ ଭଲ ଲାଗିଲା ।

ଆଉ କ’ଣ କରାଯିବ ? ଆସୁ-ଯେଉଁଥରେ ଆସୁ । ହେଲେ-ଶୀଘ୍ର ଆସିଯାଉ । ଆଉ ପ୍ରାୟ ଅଧଘଣ୍ଟା ପରେ ସେ ଆସି ପହଞ୍ଚିବ । ସତରେ ଆସିବ ? ବିଶ୍ୱାସ କରିପାରୁନି ସେ ।

ଏବେଠୁ ଯେମିତି ଶୁଭୁଛି ତା’ ଆସିବାର ସଙ୍ଗୀତ । ଗେଟ୍ ଖୋଲି ଆସିବାର ତା’ର ପ୍ରତିଟି ପାଦ ଶବ୍ଦ । ତା’ର କାନ, ମନ ଉଲ୍ଲ‌କିତ ହୋଇ ଉଠୁଥିଲା ସେ ପାଦ ଶବ୍ଦରେ, ଲଳିତ ରାଗରେ । ସେ ଆସି ବସିଗଲା ୫ର୍କୀ ପାଖରେ । ଆନମନା ଭାବେ ଛୁଇଁଲା ଚେନ୍ ଲକେଟକୁ । ଟିକି ଏରୋପ୍ଲେନ୍ । ତା’ର ସିଙ୍ଗାପୁର ଗିଫ୍ଟ । ଛାତି ଭିତରେ ସିଏ । ଛାତି ଉପରେ ଝୁଲୁଛି ତା’ର ଉପହାର ।

ବାହାରେ ରିକ୍ସା ଟିଣ୍ଟିଣ୍ । ଗେଟ୍ ପାଖରେ ଅଟୋ... ଅଟକିଲା କି ? ନାଇଁ... ଅତିକ୍ରମ କରିଗଲା । ସେ ପୁଣି ଦେଖିଲା ଘଣ୍ଟା, ହଁ ସମୟ ହୋଇଗଲା । ସିଏ ଆସୁଥିବ...

ଅପେକ୍ଷା ସରି ଆସୁଛି... ଶେଷ ଘଡ଼ି ।

ଠିକ୍ ଆଠଟା ସତରଣିଶରେ ଗୋଟେ ଅଟୋରିକ୍ସା ଅଟକିଲା । ହଁ ଏବେ ତା’ ଗେଟ୍ ସାମ୍ନାରେ ଓହ୍ଲେଇ ଆସିଲା ଯିଏ... ସିଏ... ହଁ, ସିଏ ହିଁ ତା’ର ମନସ୍ୱୀ । ଅପେକ୍ଷା ସରିଲା । ଆଗରେ ଏବେ ଜୀବନର ପୁଲକପ୍ରଦ ମୁହୂର୍ତ୍ତ । ଗେଟ୍ ପାଖକୁ ଧାଇଁ ଯିବାକୁ ଇଚ୍ଛାକଲା ସେ । ନା- ଯିବନାଇଁ, ସିଏ ଆସୁ, କଲିଂ ବେଲ୍ ଦେଇ ତାକୁ ଡାକୁ’ “ଏ... ଶ୍ରୀ” ତା ଡାକ ଶୁଣିବାକୁ ସେ ଉଛନ୍ଦ ।

୫ର୍କୀ ପାଖରୁ ଜାଣିଶୁଣି ଉଠିଲା ନାଇଁ ସେ ।

ଛୁଇଁଯାଉଥିଲା ତାକୁ ଚୁନିଚୁନି ପବନ । ମନସ୍ୱୀ ଆଡ଼କୁ ଟାଣି ନେଉଥିଲା । ସେ ଆସିଲା । ହତା ଭିତର କଲିଂ ବେଲ୍ ଟିପିଲା । ଶୁଭିଲା ମୋହନ ବଂଶୀ, ଉଚ୍ଚାଟନ, ସମ୍ମୋହନ, ଗୁଞ୍ଜନ, କମ୍ପନ, ଶିହରଣ, ବଶୀକରଣ ।

କବାଟ ଖୋଲିଲା ।

ସାମ୍ନାରେ ମନସ୍ୱୀ । ଏଇଠି ସମୟ ଅଟକି ରହିଯା’ନ୍ତା କି !

ମନସ୍ୱୀ ରୁହାଁଲା ତାକୁ । ସେ ରୁହାଣୀ ତରଙ୍ଗାୟିତ ହୃଦୟକୁ ମୁହୂର୍ତ୍ତକରେ ନିଷ୍କଳ କରିପାରେ । ଆଉ ସ୍ଥିର ଚିଉକୁ ଦୋହଲାଇ ବି ଦେଇପାରେ ।

: ଆସ...

: ନାଇଁ । ଭିତରକୁ ଯିବି ନାଇଁ, ଏଇଠୁ ଫେରିବି:

ଦେଖିବା, କେମ୍ଭି ଫେରିବ...

: ହେଇ ଦେଖ୍...: କହି ସେ ପଛ ବୁଲିଲା । ଗେଟ୍ ପାଖରେ ଯାଇ ପହଞ୍ଚିଲା ।

ସେ ପଛେ ପଛେ ଆସି କହିଲା: ଏ ସବୁ ପାଇଁ ମୋ’ର ଆଉ ଧୈର୍ଯ୍ୟ ନାଇଁ ମନସ୍ୱୀ ଆସ, ଘରକୁ ଆସ:

: ତତେ ଥରୁଟିଏ ଦେଖିବା ପାଇଁ ମନ ହେଲା । ଆସିଲି । ଦେଖିଲି ତତେ । ବାସ... ଫେରୁଛି । ଏମିତି ହିଁ ଥିଲା ମୋ’ର ପ୍ରୋଗ୍ରାମ ।

କହିଲା ସେ । ଅଟୋ ଅଟକିଥିଲା । ସେ ବସିଲା । ହାତ ହଲେଇଲା ଥରେ ଝଲିଗଲା ।
ଅଦୃଶ୍ୟ । ଅପହଞ୍ଚ ପୁଣି ସେ ।

ସେ ଅସହାୟ ହୋଇ ଠିଆହେଲା କେତୋଟି ମୁହୂର୍ତ୍ତ ।

ପାଖ ସୁରୁସିଆଁ ଗଛରୁ ଡେଣା ଫଡ଼୍‌ଫଡ଼୍ କରି ଦଲେ ପକ୍ଷୀ ଉଡ଼ିଗଲେ । ତ ସେ ସଚେତନ
ହେଲା । ପାଦ ଘୋଷାରି ଭିତରକୁ ଆସିଲା ।

ରୋଷେଇ ଘରେ ବ୍ରେକ୍‌ଫାଷ୍ଟ ପ୍ରସ୍ତୁତି ।

ସୋରିଷ ଫୁଲିଆ ମିଳନୀ ବିଛଣା ରୁଦର ଓ ଯୋଡ଼ି ତକିଆ ।

ପତ୍ରେ ଲିଲିଫୁଲର ଖିଲଖିଲ୍ ହସ । ନିର୍ଦୟ ସେ ସବୁଦିନ । କିନ୍ତୁ ସବୁର ଗୋଟେ
ସୀମା ଥାଏ କି ନାଇଁ । କାହିଁକି ଏମିତି କଲା ମନସ୍ବୀ ? ଏମିତି କ’ଣ କେହି ଆସେ ଓ ଝୁଲିଯାଏ ?
ନା-କଉଠି କାମଥିବ । କାମ ସାରି ସେ ଆସିବ । କିନ୍ତୁ- ସକାଳ, ଖରାବେଳ, ସଂଜ, ରାତି
ଗଲା । ଆସିଲାନି ସେ । ତା’ ଆଖିରେ ବିଷାଦ ଘୋଟି ଆସିଲା ।

ତିନିଦିନ ପରର ସଂଜ ।

ଟେଲିଫୋନ୍ ରିଂ ହେଲା । ତା’ ମୁଣ୍ଡଟା ବିନ୍ଧୁଥିଲା । କିନ୍ତୁ ଅଫିସିଆଲ୍ ହୋଇପାରେ
ଭାବି ସେ ଉଠେଇଲା । ସେପଟେ ସିଏ- ମନସ୍ବୀ । ମୁଣ୍ଡ ବିନ୍ଧା ଗାୟେବ । ସିଏ କହିଲା — : ମନ
ହେଲା ବୋଲି ସବୁକୁ ଛାଡ଼ିଛୁଡ଼ି ପଳେଇଲି । ଦେଖିଲି ତତେ । ହଜିଯାଇଥିବା ଆମ୍ଭାଟି ଯେମିତି
ଫେରିଆସିଲା ମୋ’ ପାଖକୁ । ତତେ ଭେଟିବାଟା ମୋ’ ପାଇଁ ଚରମ ଓ ପରମ ଏକ ଆବଶ୍ୟକତା
ଥିଲା । ତେଣୁ...

ଶୁଭିଲା ତା’ର ଲମ୍ବା ଦୀର୍ଘଶ୍ବାସ । ସେ ଫେର କହିଲା —

: ତତେ ଭେଟିଲି ଶ୍ରୀ ଓ ମୁଁ-ମୁଁ ହୋଇଗଲି । ହଁ... ଏ... ଶୁଣ କାଲି ମୁଁ ୟୁ.ଏସ୍ ଯାଉଛି ।
ପାଞ୍ଚବର୍ଷ ପାଇଁ ନାସାରେ ଗୋଟେ ମିଳିତ ଗବେଷଣା କାର୍ଯ୍ୟକ୍ରମରେ । ଫେରିପାରେ ନ ବି ପାରେ ।
ଠିକ୍ ନାଇଁ କିଛି । ହଉ... ବାୟ... ବାୟ ଶ୍ରୀ... ବାୟ... ବିଦାୟ ସନ୍ଦେଶ ଦେଇ ସିଏ ଫୋନ୍
ରଖିଲା । ଫୋନ୍ ରଖିବାକୁ ତା’ର କିନ୍ତୁ ବଳ ପାଇଲା ନାଇଁ । ଫୋନ୍‌ଧରି ସେ କାଇଁ କାଇଁ
କାନ୍ଦିଲା । ଭୋ ଭୋ କାନ୍ଦିଲା ତା’ ପଦପଦବୀ ଭୁଲି । ସେଠି ଯେମିତି ଲୁହର ଗୋଟାଏ
ମହାନଦୀ ବୋହିଗଲା ।

* * *

ଶ୍ରୀଭାଲିର ଯୁବତୀ ଆଖିର ଲୁହ ସେ । ଅତୀତର ଅଭୁଲା ପ୍ରଷ୍ଟାଟିଏ ।

ବେଶ୍ କିଛି ବର୍ଷ ସେଇ ଲୁହ ସାଙ୍ଗରେ ସେ ବାଟ ଝୁଲିଥିଲା ଯେ ଝୁଲିଲା ସେ ତା’
ବେଡ଼୍‌ରେ ଆଉ ସୋରିଷଫୁଲିଆ ଚଦର ବିଛେଇଲା ନାଇଁ ।

ମନସ୍ବୀର ପ୍ରିୟ ନୀଳଶାଡ଼ୀ ପିନ୍ଧିଲା ନାଇଁ କି ଶେଷଥର ପାଇଁ ସିଏ ଓଠ ଲଗେଇଥିବା
କଫିମଗ୍‌ରେ କଫି ପିଇଲା ନାହିଁ । ହେଲେ ସେ ଦେଖିଲା ତା’ ଜୀବନକୁ କେତେଟା ଅଜଣା
ଶତ୍ରୁ ପଶି ଆସିଛନ୍ତି । ନିଃସଙ୍ଗତା ଓ ବିଷାଦପଣର ଶତ୍ରୁ । ତା’ ଉପରେ ସେମାନେ ଦାଉ ସାଧିଲେ ।

ସେ ଭାଙ୍ଗି ରୁଜି ପଡ଼ିଲା । ନିଜ ଭିତରେ । ତାଙ୍କୁ ଡିଲିଟ୍ କରିବାକୁ ସେ ରୁହିଁଲେ । କାର୍ଯ୍ୟବ୍ୟସ୍ତତା ଭିତରେ ବି ତାକୁ ଭାରି ଏକା ଏକା ଲାଗିଲା । ଡିପ୍ରେସ୍ ରହିଲା । ତେଣୁ ସେ ତା' ମନକଥା ଇ-ମେଲ୍ରେ ଲେଖିଲା । ଗୁଆହାଟୀରେ ରହୁଥିବା ତା' ପ୍ରିୟ ସାଙ୍କୁ ।

ସେ ଉତ୍ତର ଦେଲା — : ତୁ ନିଜେ ହିଁ ସେ ଶତ୍ରୁମାନଙ୍କୁ ପାଖକୁ ଡାକିଛୁ । ଜଣେ ପ୍ରଶାସନିକ୍ ଅଫିସର୍ ତୁ । କେତେ ସମସ୍ୟାର ସମାଧାନ କରୁଥିବୁ । ମତେ କହତ ଜଣକ ପାଇଁ କୋଉଠି କ'ଣ ଅଟକିଯାଏ ? ଗୋଟେ ବାଟ ବନ୍ଦ ହେଲେ ଆଉ ଗୋଟେ ବାଟ କ'ଣ ଦେଖାଏନି ଜୀବନ ?

ଲେଖିଲା ଶ୍ରୀଭାଲି—

: କଉଠି କିଛି ଅଟକି ଯାଏନା ଯେ ତୁଚ୍ଛ ଓ ଅର୍ଥହୀନ ଲାଗେ ସଂସାର । ସାତ ସମୁଦ୍ର ତେରନଦୀର ପାଣି ଶୁଖିଯାଏ ଯଦି ସେ ଜଣକ ତୋର ପ୍ରେମ ଓ ପୃଥିବୀ ହୋଇଥିବ:

: ତେବେ ଖୋଜିନେ ତାକୁ । ଏ ଇଣ୍ଟରନେଟ୍ ଯୁଗରେ ଆମେରିକାରେ ରହୁଥିବା ଜଣେ ଭାରତୀୟ ବୈଜ୍ଞାନିକକୁ ଠାବ କରିବାକୁ କେତେ ସମୟ ଲାଗିବ ? କିନ୍ତୁ ଶ୍ରୀ ମୁଁ କ'ଣ ଜାଣେନା ତତେ ? ତୋ ମନକୁ ଜାଣେ ଆଉ ତୋର ସମୁଦ୍ରେ ଅଭିମାନକୁ ଜାଣେ । ତୁ ଆଉଥରେ ପ୍ରେମ ଖୋଜିନେ', ତେବେ ପ୍ରେମ ଖାଲି ମଣିଷ ପାଖରେ ନଥାଏ । ଥାଏ ବହିରେ ଭାଷାରେ ଗଳ୍ପ, କବିତାରେ । ମୁଁ ଏବେ ଆସାମୀ ଭାଷା ପ୍ରେମରେ ପଡ଼ିଛି । କବିତା ଲେଖୁଛି । ମୋ'ର ମନେ ଅଛି କଲେଜ ଦିନରେ ତୁ କବିତା ଲେଖୁଥିଲୁ । ଏବେ ସେଇ କବିତା କ'ଣ ହେଇପାରିବନି ତୋର ପ୍ରେମ ଓ ପୃଥିବୀ ? କବିତା ଭିତରେ ହଜାରେ ଜୀବନ ଥାଏରେ ଶ୍ରୀ ।

ପ୍ରାୟ ଦି'ବର୍ଷ ପରେ -

ଦିନେ, ରାତିରେ ।

ଲାପଟପ୍ରେ ଚିଠିଟିଏ ଟାଇପ୍ କଲା ଶ୍ରୀଭାଲି ତା' ସାଙ୍କୁ — ଲେଖିଲା ।

: ତୋ' କଥାରେ ଫେରିଲି ମୁଁ କବିତା ପାଖକୁ । ତାକୁ ଭଲ ପାଇଲି । ପ୍ରେମ ଦେଲି, ପଛକୁ ଆଉ ରୁହିଁନି । ଏବେ, ଆଗରେ ମୋ'ର ଖାଲି କବିତା... କବିତା... ସେ ମୋ'ର ପ୍ରେମ ଓ ପୃଥିବୀ । ମୋ'ର ଗୀତା ଓ ଗାୟତ୍ରୀ ଛନ୍ଦ । ଅନୁଭବ କରୁଛି, ସତରେ କବିତାରେ ହଜାରେ ଜୀବନ ।

:ହରି ନିଏ ସେ ଏକେଲାପଣ । ଓଡ଼ିଆ, ଇଂରାଜୀ ଓ ହିନ୍ଦୀ ଭାଷାରେ ଏବେ ମୁଁ କବିତା ଲେଖୁଛି । ଖ୍ୟାତି ଅର୍ଜୁଛି । ଭାରି ଭଲ ଲାଗୁଛି:

ଚିଠିଟା ମେଲ୍ କଲା ।

ଆସିଲା ସେ ୫ର୍କୀ ପାଖକୁ ।

କାଚ ଖୋଲିଲା ।

ନୀଳ ଆକାଶରେ ସେଦିନ ସୁପରମୁନ୍ ।

ଅଧିକ ଉଜ୍ଜ୍ୱଲ ଜହ୍ନ ଓ କବିତାର ଜହ୍ନରାତି । ୦୫...

❑

ମଧୁଛାୟା

: ବୁଝିଲ ଶିଖା! ଏ ସବୁ ପାଇଁ ତୁମେ ଦାୟୀ...

ଶେଖରଙ୍କ କଥାଟି ଶୁଣି ଶିଖା ଟିକେ ବଡ଼ ପାଟିରେ କହିଲେ—

: ତୁମେ ବି କିଛି କମ୍ ନୁହଁ, ପୁଅ ଯଦି ଅବାଟରେ ଗଲା ବାପା-ମା' ଦିହେଁ ଦାୟୀ। ଖାଲି ମା'କୁ ଦୋଷ ଦେଲେ ହବନାଁ ମିସ୍ତର ଆଡ଼ଭୋକେଟ୍।

ଶିଖା ଓ ଶେଖର ସାହାଣୀ।

ପୁଅ ଶକ୍ତି।

ଗଲା ରାତିରେ ଘରକୁ ଫେରିନାଁ। ମୋବାଇଲ୍ ଅଫ୍। ତେଣୁ ଦିହେଁ ଦିହିଙ୍କ ଦାୟୀ କରୁଥିଲେ। ଇଏ ପୁଣି ଗୋଟେ ରାତିର କଥା ନୁହେଁ, ଏମିତି ଅନେକ ରାତି। ବାଇଶ ବର୍ଷର ପୁଅ। ରାତିରାତି ବାହାରେ। ବାପା, ମା'ଘରେ ଛଟପଟ ହେବେ ନାଁ? ନିଶ୍ଚିନ୍ତରେ ଶୋଇ ପାରିବେ?

ଶକ୍ତି ନୁହେଁ ଏମିତି ।

ବାପାଙ୍କଠୁ ଉଚ୍ଚତାରେ ଦୀର୍ଘ ହେବା ପରେ ବି, ବାହୁର ମାଂସପେଶୀ ଦୃଢ଼ ହେବା ପରେ ବି ଥିଲା ସେ ଶାନ୍ତ, ସୁଧାର । କଥା ଭାରି ମିଠା, ମଧୁର । ବାପା, ତାର ବନ୍ଧୁ, ମା'ବେଷ୍ଟ ଫ୍ରେଣ୍ଡ, ସବୁ କଥା ସେଆର କରେ । ଗୀତ ଗାଏ । ଗିଟାର ବଜାଏ, କିଚେନ୍ ଯାଏ । ବୋରନ୍‌ଭିଟା ଗୁଣ୍ଡ ଖାଏ । ମା' ରାନ୍ଧିବା ବେଳେ ଟିକେନ୍ ପିସ୍ ଉଠେଇ ନିଏ । ମଦରସ୍ ଡେ'ରେ ମା'କୁ କହେ: ତୁମେ ଦୁନିଆଁର ବେଷ୍ଟ ମମ୍ ।

ଏବେ– ଏଇ ସାତ ଆଠମାସ ହେବ, ଶକ୍ତି ଗୀତ ଗାଉ ନାହିଁ । ମା', ବାପା ସାଙ୍ଗରେ ସାଙ୍ଗ ହଉ ନାହିଁ । କମ୍ କଥା କହୁଛି । କହିଲେ ବି ମିଠା ଶୁଭୁ ନାହିଁ । ଚଳିଚଳଣ, ଠାଣିମାଣି ଅଲଗା । ଖାଆପିଆ କମ୍ କମ୍ । ପଚାରିଲେ କହୁଛି ଡାଏଟିଂରେ ଅଛି । ଶେଖର ବ୍ୟସ୍ତ ମଣିଷ ।

ଶିଖା ଏକାଏକା ।

ନା ବଗିଚାର ଫୁଲ, ନା ଗୀତ, ଗଜଲ, କିଛି ତାଙ୍କୁ ଲାଗେନା ଭଲ ।

: ଶକ୍ତି ! କ'ଣ ହେଇଛି କହ, ମୁଁ ତୋ ବେଷ୍ଟଫ୍ରେଣ୍ଡ ଯେ ।

: ନା କିଛି ହେଇନି । ଆଉ ପଚାରିବନି । ବାର ବାର ସେ ଗୋଟେ କଥା ? ଘରୁ ବାହାରି ଯାଉଯାଉ ସେ କହେ ।

ଶିଖା ଚହଲି ଯାଆନ୍ତି । କାନ୍ଥରେ ଶୋଭା ପାଉଥିବା ରାଜା ରବି ବର୍ମାଙ୍କ ପେଣ୍ଟିଂ ବି ଟିକେ ଦୋହଲି ଯାଏ । ରାଣୀନିୟମ ଦେଇ, ନାଲିଆଖ୍ୟ ଦେଖେଇ ବାଇଶ ବର୍ଷର ପୁଅକୁ ଶିଖା ଅଟକେଇ ପାରନ୍ତିନି । ସେମିତି ଚଳେ । ତାକୁ ନେଇ ବାପା-ମା' ବ୍ୟଥିତ ହୁଅନ୍ତି । ୟୁଚ୍ଚ ଚଳେ । କଥା ଲମ୍ୱିଯାଏ । ସେଥିରେ ଆଉ ଗୋଟେ ଫର୍ଦ ଯୋଡ଼ି ହୋଇଛି । ଶକ୍ତି ବାହାରେ ରହୁଛି ରାତିରାତି । ଶେଖର ରାଗନ୍ତି ହେଲେ ଶକ୍ତିକୁ ଦେଖିଲେ ଚୁପ୍ ରହନ୍ତି । ମୁହାଁମୁହିଁ କିଛି କହିପାରନ୍ତି ନାହିଁ । ଗଲା ରାତିରେ ବି ସେ ଫେରି ନାହିଁ ।

ଶିଖା ଶୋଇପାରିଲେ ନାହିଁ । ଶେଖର ଲାଇବ୍ରେରୀ ଯାଇ ପଢ଼ିପାରିଲେ ନାହିଁ । ଅପେକ୍ଷା । ପୁଅ ଆସିବ । ଆସିବ । ଆସିଲା ନାହିଁ, ସକାଳ ହେଲା । ଏବେ ବି ଅପେକ୍ଷା । ଲନ୍‌ରେ ଚ'ପାନ୍ ପରେ ଶିଖା, ଶେଖର ସେମିତି ବସିଛନ୍ତି । ଶେଖର କହିଲେ–

: ଆଜି ତାକୁ କହିବି । ପଚାରିବି କାଇଁ ସେ ଘରକୁ ଫେରୁନି । ମୋବାଇଲ୍ ବ°ଦ ।

ଖବରକାଗଜ ପଢ଼ୁପଢ଼ୁ ଶିଖା କହିଲେ–

: ଏମିତି କିଛି କହିବନି ଯଉଥିରେ ସେ ଆହୁରି ଦୂରକୁ ଘୁଞ୍ଚିଯିବ–ହେଲା ? ଧୀରେ କହିବ, ଧୀରେ ପଚାରିବ... ଜେରା କରିବନି... ବେଶୀ

: ତୁମେ ମୁଣ୍ଡରେ ବସେଇଛ ତାକୁ...

: ଆଉ ତୁମେ ? ସେ ତାରା ମାଗିଲେ ଜହ୍ନ ଆଣି ଦେଇଛ ଯେ... ହଉ... ମୁଁ ବ୍ରେକ୍‌ଫାଷ୍ଟ ରେଡ଼ି କରିବି । ମୁଁ ଯାଉଛି କିଚେନ୍... ଆଜି କାମବାଲୀ ବି ଆସିବନି ।

ଶିଖା ଖବରକାଗଜ ଚଉଠିଲେ । ଭିତରକୁ ଗଲେ । ପଛେ ପଛେ ଶେଖର ବି । ସିଧାସିଧା

ତାଙ୍କ ଚ୍ୟାମ୍ବର । ହେଲେ ଅସ୍ଥିର ଲାଗିଲା । କ'ଣ କାମ କରିବେ ? ଆସିବେ ଏଇନେ ଦୁଇ ଜୁନିଅର । ମହିଳାମାନେ ବି । କିନ୍ତୁ... ପୁଅକୁ ନେଇ ନାନା ଦୁଶ୍ଚିନ୍ତା । ଏତେ ବେଳ ହେଲା ଆସି ନାଇଁ । ସେ ଚ୍ୟାମ୍ବରୁ ବାହାରି ଆସିଲେ । କିଚେନ୍ ପାଖ ଲମ୍ବା ବାରଣ୍ଡାରେ ଏପଟ ସେପଟ ହେଲେ । କ'ଣ ତିଆରି କରୁଛନ୍ତି ଯେ ଶିଖା- ମହକି ଯାଉଥାଏ । ଶିଖା ସୁଗୃହିଣୀ, କିନ୍ତୁ ପୁତ୍ରମଣିକୁ ଆୟତ୍ତରେ ରଖିପାରୁନାହାନ୍ତି । ଟିକେ ପାଟି କରି ସେ କହିଲେ–

: ଦେଖ ! ଶକ୍ତି ଫେରିଲାନି । ବାପା-ମା'ଙ୍କୁ ଖାତିର ନାଇଁ ତା'ର । କ'ଣ ରହୁଛି ସେ କେଜାଣି ତା' ପାଇଁ କ'ଣ ଚ୍ୟାମ୍ବରରେ ବି ବସିପାରିଲି ? ହୁଁ...

ଗେଟ୍ ଖୋଲୁଥାଏ । ବନ୍ଦ ହେଉଥାଏ । ମହିଳାମାନେ, ଜୁନିଅରମାନେ ଆସୁଥିବେ । ଶକ୍ତି ଆସିବ କେତେବେଲେ ?

ଶେଖର ଗୁମ୍ ମାରି ଗୋଟେ ଚେୟାରରେ ବସିଲେ । ଅଗଣା ଟାଇଲରେ ଖରା ପଡ଼ି ଚକ୍ ଚକ୍ କରୁଥାଏ । କିନ୍ତୁ ଶେଖରଙ୍କ ମନ ଅଗଣାରେ ଅନ୍ଧାର ପହଁରୁଥାଏ । ଏଇ ଆସିଲା ବୋଧେ । ହଁ... ହଁ...

ପୋର୍ଟିକୋରେ ବାଇକ୍ ରହିଲା । ଶିଖା ଧାଇଁ ଆସି ଶେଖରଙ୍କୁ କହିଲେ–

: ଏ... ଦେଖ, କୋର୍ଟ ଭାଷା କହିବନି ତା' ଆଗରେ... ସେ ଆମ ପୁଅ, ମହିଳ ନୁହେଁ । ତୁମେ ତୁମ କାମ କର । ଯାଅ...

ଶକ୍ତି ଆସିଲା । ଶେଖର କିଛି କହିବା ଆଗରୁ ସେ କହିଲା–

: ପା ! ଆପଣ ଏଠି ? ବାହାରେ ମହିଳଙ୍କ ଭିଡ଼ । ଏନି ପ୍ରବ୍ଲେମ୍ ?

: ଯା'ର ପୁଅ, ରାତିରେ ଘରକୁ ଫେରେନା କି ଫୋନ୍ କରେନା ତା'ର ତ ପ୍ରବ୍ଲେମ୍ ହିଁ ପ୍ରବ୍ଲେମ୍ । କଉଠିଥିଲୁ ? ଆମେ କେତେ ବ୍ୟସ୍ତ ତୁ ଜାଣୁ ।

: ପୁଅ ପାଇଁ ସଭିଏଁ ମାନେ ସବୁ ବାପା-ମା' ବ୍ୟସ୍ତ ହୁଅନ୍ତି, ନୁହେଁ ପା' ? କିନ୍ତୁ ପୁଅମାନେ ?? ଯେମିତି ମୁଁ... । ଦେଖନ୍ତୁ, ମୁଁ ଆଉ ଛୋଟ ପିଲା ନୁହେଁ । ଏମିତି ଛୋଟ କଥାରେ ଏତେ ବ୍ୟସ୍ତ ହେବେନି ବୁଝିଲେ ? ଆଜି ରାତିରେ ବି ଫେରିନପାରେ, ଏବେଠୁ କହିଦେଉଛି... ।

: ରାତିରେ, କଉଠି କ'ଣ କାମ... ଏଁ... ?? ଶିଖା କିଚେନ୍‌ରୁ ବାହାରି ପଚାରିଲେ ।

: ଏମର୍ଜେନ୍ସି । ଓକେ ମା' । ନୋ ମୋ'ର କ୍ବେସ୍‌ଚେନ୍ସ ।

ଶେଖର ଫୋନ୍ କରି ତାଙ୍କ ଜୁନିଅରଙ୍କୁ କହିଲେ– ମୁଁ ଚ୍ୟାମ୍ବର ଯିବିନି । ତୁମେ ସବୁ ଟିକେ ବୁଝାସୁଝା କର । ଓକେ...

ଶିଖା, ଶକ୍ତିକୁ କହିଲେ ଫ୍ରେସ୍ ହୋଇଆ । ପା'ସାଙ୍ଗରେ ବ୍ରେକ୍‌ଫାଷ୍ଟ କରିନେ ।

: ନା... ମୁଁ ଖାଇ ଆସିଛି ।

ମନା କଲା ସେ । ତା' ରୁମ୍‌କୁ ଗଲା । ଧଡ଼ାସ୍ କରି କବାଟ ଦେଲା । ଶିଖା, ଶେଖର, ପରସ୍ପରକୁ ଚହିଁଲେ । ଶେଖର ପଚାରିଲେ–

: ଏବେ ସେ କବାଟ ବନ୍ଦ କରି ରହୁଛି କାଇଁ ?

: ବୋଧେ ପ୍ରାଇଭେସି ରହୁଁଛି ।

: ହୁଁ... ପ୍ରାଇଭେସି... ଶିଖା: ଲାଗୁଛି ତା'ର କିଛି ଗୋଟେ ସମସ୍ୟା ହୋଇଛି । ସେ ଲୁଚେଇ ରଖୁଚି । ଝିଅ ଫିଅ ଚକ୍କରରେ ନାଇଁ ତ... ?

ଶିଖା କିନ୍ତୁ ଅନ୍ୟ ପ୍ରକାର ଭାବୁଥିଲେ । ସେ କୁସଂଗରେ ପଡ଼ିଛି । ସେମାନଙ୍କ କଥାରେ ସେ ଚଳୁଛି । ସେମାନେ ସଂସ୍କାରୀ ପିଲା ହେଇ ନ ଥିବେ । ତାଙ୍କ ଭାଷା ଇଏ ଶିଖୁଛି ଓ କହୁଛି । ବଡ଼ଘରର ପିଲାକୁ ଫସେଇ ଅବାଟରେ ନଉଛନ୍ତି । କିଛି ଗୋଟେ ପ୍ଲାନ୍ ଅଛି ସେ ପିଲାଙ୍କର । କୌଣସି ଅସାମାଜିକ କାମର ପ୍ଲାନିଁ...?

ଖବରକାଗଜରେ ସେଦିନ ସିଭିଲ୍ ସର୍ଭିସ୍‌ରେ ଓଡ଼ିଆ ପୁଅଝିଅଙ୍କ ସଫଳତାର ଖବର ଥିଲା । ଶେଖର ଭାବୁଥିଲେ— ତାଙ୍କର ବି ସ୍ୱପ୍ନ ଥିଲା ତାଙ୍କ ପୁଅ ସିଭିଲ୍ ପାଇଁ ପ୍ରସ୍ତୁତ ହେବ । ଦିଲ୍ଲୀ ଯାଇ କୋଚିଂ ନବ । ଆଇଏଏସ୍ ନ ହେଲେ ବି ଆଇଏଫ୍‌ଏସ୍ ହବ । କିନ୍ତୁ ସେ କହିଲା— 'ଅର୍ଥ ଉପାର୍ଜନ ମୋ'ର ସ୍ୱପ୍ନ ନୁହେଁ । ସବୁ ପିଲାଙ୍କ ଆଖିର ଏବେ ଆନୁଏଲ ପ୍ୟାକେଜ୍ ସ୍ୱପ୍ନ- କର୍ପୋରେଟ୍ ଜୀବନର ଅଭିଳାଷ । ହେଲେ ଶକ୍ତି ମନକୁ ସେ ଭାବନା କୋଉଠୁ ଆସିଲା ? ତା' ଜେଜେଙ୍କଠୁ ? ସେ ତାଙ୍କୁ ଦେଖିଛି କିନ୍ତୁ ତା' ମୁଣ୍ଡ ବିଗାଡ଼ି ଦେବେ ବୋଲି ଜେଜେ ସହ ମିଶିବା ସୁଯୋଗ ତାକୁ ସେମାନେ ଦେଇନାହାନ୍ତି । ଭାବନାଟି ତା'ହେଲେ ସେ ଉତ୍ତରାଧିକାରୀ ସୂତ୍ରରେ ପାଇଛି । ଚୁପ୍ ରହିଲେ । ଏବେ ପୁଣି ଏକ ଅଲଗା ମିଜାଜ୍ । ଟାଇମ୍ ଦେଖିଲେ ଶିଖା ।

କହିଲେ: ତୁମେ ବ୍ରେକ୍‌ଫାଷ୍ଟ ସାରିଦିଅ । କୋର୍ଟ ଯିବାକୁ ଅଛି ନା ନାଇଁ ?

ଓ୍ୱାସ୍ ବେସିନ୍‌ରେ ହାତ ଧୋଇ ଶେଖର କହିଲେ—

: କୋର୍ଟ ଯିବନି କାହିଁକି ? ଯିବି । ତୁମେ ଯଦି ମୋ'ର ରାଣୀ ହୁଅ, ଅର୍ଥ ହେବ ମୋ'ର ପାଟରାଣୀ... ହା... ହା... ବୁଝିଲ ?

ବ୍ରେକ୍‌ଫାଷ୍ଟ ଆରମ୍ଭ କଲେ ଶେଖର । ଖାଉ ଖାଉ ଅଟକି ଗଲେ, ଡାଇନିଂ ସ୍ପେସରୁ ଦିଶୁଥିଲା ଗୋଟେ ଗଛ ଡାଳର ଅପୂର୍ବ ଦୃଶ୍ୟ । ଚଢ଼େଇଟିଏ ଥରକୁ ଥର ଖାଦ୍ୟ ନେଇ ଆସୁଥିଲା । ଶାବକ ଥଣ୍ଟରେ ଭରୁଥିଲା । ସନ୍ତାନ ପ୍ରୀତି ପାଇଁ ତ ତା'ର କଷ୍ଟ । ସେ ଫୌଜଦାରୀ ମାମଲାରେ ସହରର ବିଖ୍ୟାତ ଓକିଲ । କୋର୍ଟରେ କଠୋର, ପଥର ପରି ଟାଣ । ଅଥଚ ଏ ପ୍ରୀତି ଟିକକ ପାଇଁ ପୁଅ ଆଗରେ ତୁଲା ପରି ନରମ । ତା'ର ସୁରକ୍ଷିତ ଭବିଷ୍ୟତ ପାଇଁ ଯୋଜନା । ଟାଉନ୍‌ସିପ୍ ବାହାରେ ଥିବା ଦଶ ଏକର ଜମିରେ ଝୁଲିଛି ଗୋଟେ ଅତ୍ୟାଧୁନିକ ହୋଟେଲର ପରିକଳ୍ପନା । ଇଂଜିନିୟରଙ୍କ ସହ କଥାବାର୍ତ୍ତା । ଭାବନା ଭିତରେ— ବ୍ରେକ୍‌ଫାଷ୍ଟ ସାରି, ସତମିଛର ଖେଳ ଖେଳିବା ପାଇଁ ସେ କୋର୍ଟ ଗଲେ । ଶକ୍ତିର ରୁମରୁ ସେତେବେଳକୁ ଭାସିଆସୁଥାଏ ଗୀଚାରରେ ଏକ ମିଠା ଧୁନ୍... ଏମିତି ଧୁନ୍ ବଜେଇ ପାରୁଥିବା ପିଲା ଏତେ ଅମାନିଆ ହେଲା କେମିତି ? ?

ସେ ରାତି ବି ଆସିଲାନି ଶକ୍ତି ।

ସକାଳେ ଆସିଲା । ଖାଇଲାନି, ଡ୍ରେସ୍ ବଦଲେଇ ଆସିଲା । ଶିଖାଙ୍କୁ କହିଲା ।

— ମା' ମୋ'ର ପଚିଶ ହଜାର ଟଙ୍କା ଦର୍କାର ଆଜି, ଏଇନେ ।

— କ'ଣ ପାଇଁ ?

— କାମ ଅଛି ।

— "ତୋ' ପା'ଙ୍କୁ ପଚର । ସେ ହଁ କଲେ ଦେବି ।" ଶିଖାଙ୍କ ମୁଣ୍ଡ କିଛି କାମ କଲା
ନାଇଁ ।

— ତୁମ ଆକାଉଣ୍ଟ୍‌ରୁ ଦିଅ ।

— ଗମ୍ଭୀର ରହିଲେ ଶିଖା । ଭାବିଲେ ପଚିଶ ହଜାର ଟଙ୍କାରେ ସେ କ'ଣ କରିବ ?
ସେଇ ଫାଲତୁ ସାଙ୍ଗମାନଙ୍କ ସହ ମସ୍ତି କରିବ ? ନା କ୍ରିମିନାଲ୍‌ମାନେ, ଧନୀଘରର ପିଲା ଦେଖି
ଟଙ୍କା ଦାବି କରିଛନ୍ତି ? କି ଆଉ କିଛି ? ସେ ଟିକେ ଆତଙ୍କିତ ଜଣାପଡ଼ିଲେ । ଟଙ୍କା ପାଇଁ ହଁ
କଲେ ନାଇଁ । ସେ ତାକୁ ନିରେଖି ରହିଁଲେ । ଅବିନ୍ୟସ୍ତ ଦାଢ଼ି । ତେଜ ନାଇଁ ମୁହଁରେ । ଖାଉଛି
ଚୁଇଁଗମ୍ । ଡ୍ରିଙ୍କ କରୁଛି ? ଡ୍ରଗସ୍ ନଉଛି କି ? ଦେହ ଖେଳ ଖେଳୁଛି କି ? ଯୁବକମାନଙ୍କୁ
ପଥଭ୍ରଷ୍ଟ କରିବା ପାଇଁ ଏବେ ସହରମାନଙ୍କରେ ସବୁ ପ୍ରକାର ବ୍ୟବସାୟ ଚଳିଛି । କେଜାଣି
ଶକ୍ତି କଉ ଜାଲରେ ଫସିଛି । ଶିଖା କାନ୍ଦ କାନ୍ଦ ସେ ସବୁ, ଭାବି ।

ସେବେଳକୁ ଘର ସାରା ଭରିଗଲା ଗରମ ପବନ, ଅଜଣା ଭୟର ।

ସେ ଭୟ ଆରଦିନ ଗଭୀର ହେଲା । ବେକରେ ପିନ୍ଧିଥିବା ସୁନା ଚେନ୍ ବିକି ଦେଇଥିଲା
ଶକ୍ତି । ଶିଖା, ଶେଖର ନିର୍ଣ୍ଣିତ ହୋଇଗଲେ ଯେ ପୁଅ ଭୁଲ୍ ବାଟରେ ଚଳୁଛି । ମାରପିଟ୍ ଦୁଷ୍କର୍ମ
ଭଳି କିଛି କଲେ ଗଲା ତାଙ୍କର ମାନ ଇଜ୍ଜତ୍ । କହୁଥିଲା— ସେ ଏବେ କରାତେ ଶିଖୁଛି ।
ହଠାତ୍ ସେ ବିଦ୍ୟା ? ଶିଖା ଦୁଇ ହାତ ଲମ୍ବେଇ କହିଲେ—

: ମୋ' ପାଖକୁ ଫେରିଆ ଶକ୍ତି ।

ଫେରିଲା ନାଇଁ ଶକ୍ତି ଘୁଞ୍ଚିଗଲା । କାହିଁକି ?

ବାପା ମା'ଙ୍କ ସହ ବନ୍ଧା ସୂକ୍ଷ୍ମ ଡୋରିଟା ଆହତ ହେଲା । କାହିଁକି ? ଭାବିଲେ ଶିଖା ।
ବିନା ନିଆଁରେ ଜଳିଲେ ଶେଖର ।

କିଛି ଦିନ ଗଲା ।

ଫୁଲ ଫୁଟିଲା । ମଉଳିଲା । ପୁଣି ଫୁଟିଲା । ଶକ୍ତି କିନ୍ତୁ ଫୁଲ ହୋଇ ଫୁଟିଲାନି । ଶିଖାର
ମା'ମନ ଝାଉଁଳି ପଡ଼ିଲା । ଯଉଦିନ ସେ ଆସି କହିଲା 'ସପ୍ତାହେ ପାଇଁ ଷ୍ଟଡ଼ିଟୁର୍ ଯାଉଛି' ।
ତାଙ୍କର ପୂରା ବଗିଚ ଉଜୁଡ଼ି ଗଲା । ଶେଖର ପଚରିଲେ—

: କଉଠିକି ଯାଉଚ । ଏମିତି ହଠାତ୍ ?

: ବାଙ୍ଗାଲୁରୁ

: ଯିବା ଜରୁରୀ ?

: ହଁ... ଜୋର୍ ଦେଇ ସେ କହିଲା ।

ଶିଖା କହିଲା– ଫୋନ୍ କରିବୁ କିନ୍ତୁ । ଆଜ୍ଞା କହ କେତେ ଟଙ୍କା ଦେବି ?
ମୋ'ର ଏଟିଏମ୍ ଅଛି । ଶିଖାଙ୍କୁ ବାଧ୍ୟଲା ଭଲି ସେ କହିଲା ।

: ଡ୍ରାଇଭରକୁ ଫୋନ୍ କର, ତତେ ଷ୍ଟେସନରେ ଛାଡ଼ିଆସିବ । କେତେବେଳେ ଯିବୁ ?

: ମୁଁ ବାଇକ୍ ନେଇ ଯିବି । ଷ୍ଟେସନ୍ ପାଖ ସାଙ୍ଗ ଘରେ ରଖ୍‌ବି । ପ୍ୟାକିଂ ପରେ ଯିବି ।
ଶକ୍ତି ବେପରୱା ଭାବେ କହିଲା ।

ପ୍ରାୟ ଦେଢ଼ଘଣ୍ଟା ପରେ ବାହାରିଗଲା ବ୍ୟାକ୍ ପ୍ୟାକ୍ ନେଇ । ଶିଖା, ଶେଖର ହାରିଗଲା
ପରି ବସିଲେ । ମିଛ କହି ସେ ଆଉ କୁଆଡ଼େ ଯାଉନି ତ ? ନା–ତା ହାବଭାବ କିଛି ଠିକ୍
ଲାଗୁନାହିଁ । ଶିଖା ! ବାଇକ୍ ସାଙ୍ଗ ଘରେ ରଖ ଷ୍ଟେସନ୍ ଯିବ । ବିଶ୍ୱାସ ହଉନାଇଁ... ଔଲ୍ ଜାଣି
ହେବ ଯେ କହି, ଶେଖର ଫୋନ୍ ଲଗେଇଲେ ପ୍ରିନ୍‌ସିପାଲଙ୍କୁ । ଶୁଭିଲା–ନଟ୍ ରିଚେବଲର
ସ୍ୱର । ଅଧଘଣ୍ଟା ପରେ ଚ୍ୟାମ୍ବରରେ ବସି ପୁଣି ଲଗେଇଲେ । ରିଂ ହେଲା । ହ୍ୟାଲୋ ଶୁଭିଲା ।
ନିଜର ନାଁ କହି ସେ ପଚାରିଲେ କଲେଜର ଷ୍ଟଡ଼ି ଟୁର୍ ପ୍ରୋଗ୍ରାମ କିଛି ଅଛି କି ? ସେ ସ୍ୱସ୍ତ
କହିଲେ–

: ସେମିତି କିଛି ପ୍ରୋଗ୍ରାମ ନାଇଁ ସାର୍ ।

ସେ ଫୋନ୍ ରଖ୍‌ଲେ । ଟିକେ ବେଳ ଗୁମ୍ ମାରି ବସିଲେ । କ'ଣ କହିବେ ଶିଖାକୁ ? ଆମକୁ
ପୁଅ ମିଛ କହିଛି । ଷ୍ଟଡ଼ିଟୁର୍ ନାଁରେ ମଜ୍ଜି କରିଯାଇଛି । ନା–ଆଉ କିଛି । କିଏ ଜାଣେ ? କିନ୍ତୁ କହିବାକୁ
ହବ । ଭିତରକୁ ଯାଇ ଦେଖ୍‌ଲେ ଶିଖା ଅଛନ୍ତି ଟିଭି ସାମ୍ନାରେ । ସିରିଏଲ୍ ମଗ୍ନ ହୋଇ ।

: ତୁମ ଟିଭି ସିରିଏଲ୍‌ଠୁ ଚମକ୍‌ଦାର ତୁମ ପୁଅର କଥା ।

: ଉଁ...?? ଟିଭି ବନ୍ଦ କଲେ ସେ ରିମୋଟ୍‌ରେ ସାଙ୍ଗେ ସାଙ୍ଗେ ।

: ପ୍ରିନ୍‌ସିପାଲଙ୍କୁ ଫୋନ୍ କରି ବୁଝିଲି । ଷ୍ଟଡ଼ି ଟୁର୍ ପ୍ରୋଗ୍ରାମ ଆଦୌନାଇଁ । ଶକ୍ତି ଆମକୁ
ଠକିଛି ଶିଖା, ମିଛ କଥା କହିଛି । ଆମର ଅତ୍ୟଧିକ ସ୍ନେହ ଓ ସ୍ୱାଧୀନତାର ଫାଇଦା ଉଠେଇଛି
ସେ । ଆଜ୍ଞା । ସେ ଝିଅସୁଖ ରହୁଛି କି ? ଶିଖା । ସେ ଘର ଛାଡ଼ି ପଳେଇଛି କି ? କାନ୍ଦ କାନ୍ଦ
ଦିଶିଲେ ଶିଖା ।

ତାକୁ ଫୋନ୍ ଲଗେଇଲେ, ସୁଇଚ୍ ଅଫ୍ । ମେସେଜ୍ ଛାଡ଼ିଲେ 'କଲ୍ ମି ସୁନ୍':
ଆଉ କାନ୍ଦିଲେ ସେ କଙ୍କଁ । ଟିକେ ପରେ ଆପେ ଲୁହ ପୋଛିଲେ । ଝର୍କାରୁ ଆକାଶ
ଦେଖ୍‌ଲେ । ତାରାମାନେ ନିସ୍ତବ୍ଧ ଦିଶୁଥିଲେ । ତା'ପରେ... ।

ବାଟ ରହିଁବା । ଖୋଜି ହେବା । କଉଠି ପୁଅ ଅଛି । ଘଡ଼ିକି ଘଡ଼ି ଶୂନ୍ୟକୁ ପଚାରିବା–
ସେ ଆସିବ । ଆସୁଥିବ । ସପ୍ତାହେ ହେଇନି ଯେ ପୁଣି କେତେବେଳେ ଯଦି ନଆସେ'ର
ଆଶଙ୍କା । ଶେଖର ସାହାଣୀ କିନ୍ତୁ କୋର୍ଟ ଆସିଲେ ପତି କିମ୍ବା ପିତା ନୁହଁନ୍ତି । କେବଳ
ଆଇନଜୀବୀ । ନିଜ ମାମଲା ପରିଚାଳନାରେ ସେ ବ୍ୟସ୍ତ ରହନ୍ତି ।

ଭୟ ଓ ଆଶଙ୍କା ନିରର୍ଥକ ଥିଲା ତାଙ୍କର । ଛ'ଦିନରେ ଫେରିଆସିଲା ଶକ୍ତି । ବାପା–
ମା' ଉଚ୍ଛ୍ୱାସ ହେଲେ । ଶିଖା ତାଗିଦ କଲେ ଶେଖରଙ୍କୁ–

: କିଛି କହନା ତାକୁ । ପରେ ଦେଖିବା । ସେ କେମିତି ଶୁଖିଲା ଦିଶୁଛି ଦେଖୁନ ?

ପୁଅ ହୃତ୍‌ପିଣ୍ଡ ହୋଇ ଧକଧକ୍‌ କରୁଥିଲା ତାଙ୍କ ଛାତିତଳେ ।

: ମତେ କିଛି ଦିଶୁନି । ଦିଶୁଛି ସେ କେମିତି ଖେଳୁଛି ଆମ ସାଙ୍ଗରେ । କେମିତି ବିଶ୍ୱାସ ଭାଙ୍ଗୁଛି ଆମର । ଆଉ ନୁହେଁ, ଏଥର ତା' ଖେଳ ଭାଙ୍ଗିବ । ସବୁରି ଗୋଟେ ସୀମା ଥାଏ ।

: କ'ଣ କରିବ ? ଶିଖା ଶେଖରଙ୍କ ହାତ ଧରି ପକେଇ ପଚାରିଲେ ।

: ସେ କ'ଣ କରୁଛି, କୁଆଡ଼େ ଯାଉଛି । କିଏ କିଏ ତା'ର ସାଙ୍ଗ, ଜାଣିବି, ଯା'କରିବା କଥା କରିବି । ତାକୁ ରାସ୍ତାକୁ ଆଣିବି ।

ହାତ ଖସେଇ ନେଇ ଶେଖର କହିଲେ ।

: ଜାସୁସି କରିବାକୁ ତୁମର ସମୟ ଅଛି ?

ଅଭିମାନ ଫୁଟିଲା ଶିଖାଙ୍କ ସ୍ୱରରେ । ତାଙ୍କର ଧାରଣା– ଘରେ ଥାଇ ବି ଘରର ନୁହନ୍ତି ସେ । ବାପ ହୋଇ ବି ପୁଅର ନୁହନ୍ତି ସେ । ହେଲେ, ଶେଖର ଅଭିଯୋଗଟିକୁ ମୋତେ ମାନନ୍ତି ନାଇଁ ।

: ମୋ'ର ଜୁନିଅର ଦୀପକ, ଶକ୍ତିକୁ ଫଲୋ କରିବ । ମାନେ ରୀତିମତ ଜାସୁସି ବୁଢ଼ିଲ ? ସେସବୁ ଖବର ଆଣି ଦବ । ତା'ପରେ କିଛି ଗୋଟେ ସଲ୍ୟୁସନ୍‌ ବାହାରି ଯିବନି ? ଆଛା ? ମୁଁ ଲାଇବ୍ରେରୀ ଯାଉଛି । ତୁମେ କଫି ପଠେଇବ, କହିଲେ ଶେଖର । ଲାଇବ୍ରେରୀ ରୁମ୍‌ ଯାଇ ଯାଇ ଭାବିଲେ– ଜଣେ ବାପର ଗର୍ବ ହେଉଛି ତା' ପୁଅ କିନ୍ତୁ ତାଙ୍କ ପୁଅ ପାଇଁ ସେ ଗର୍ବ କରିବେ କ'ଣ, ଗୁଇନ୍ଦା ଲଗେଇଲେ ।

ଆରଦିନଠୁ – ଗୁଇନ୍ଦାଗିରି । ଚତୁରତାର ସହ ।

ଗୁଇନ୍ଦାଙ୍କ ଚେହେରା ହେଲମେଟ୍‌ ଭିତରେ । ତଥାପି ସତର୍କ । ସଚେତନ । ଚୁପ୍‌ଚାପ୍‌ । ଗୋପନ… ଗୋପନ… । ଯଦି ଶକ୍ତି ଆଗରେ, ସେ ପଛରେ । ସେ ଅଟକିଲେ, ଟିକେ ଦୂରରେ ସେ ବି । ଦିନେ ନୁହେଁ, ଦି'ଦିନ ନୁହେଁ । ଗୋଟେ ସପ୍ତାହର ପ୍ରହରୀ ହେଲେ ଜୁନିଅର ଦୀପକ । ସେପଟେ ଶିଖା ବ୍ୟାକୁଳ । ଛଟପଟ ।

ଦୀପକ ଆସି କ'ଣ କହିବ ? କୁସଂଗରେ ପଡ଼ିଛି ଶକ୍ତି ? ଝିଅଟେ ତାକୁ ଟ୍ରାପ୍‌ କରିଛି ? ନା କଉ ର୍ୟାକେଟ୍‌ରେ ସେ ସାମିଲ ଅଛି ? ନା କିଛି ବି ଭାବି ହଉନି । ଶକ୍ତି କ'ଣ ସେମିତି କିଛି କରିପାରେ ?

ସାତ ଦିନ ପରେ… ।

ଆସିଲେ ଦୀପକ । ବାହାର ଲନ୍‌ରେ ଶିଖା, ଶେଖରଙ୍କୁ ଭେଟିଲେ । ଟିକିନିଖ୍ଧ ସବୁ କହିଲେ । ଯଉ ଖବରଟି ଶୁଣି ଦିହେଁ ଆତ୍‌ମିତ ଓ ଚିନ୍ତିତ ହୋଇପଡ଼ିଲେ ତା'ହେଲା–

: ସାତ ଦିନଯାକ ଶକ୍ତି କୋଡ଼ିଏ କି.ମି. ଯାଉଥିଲା, ଆସୁଥିଲା । ଯଉଠି ଅଟକୁଥିଲା ସେ ଗାଁର ନାଁ ଦେଗାଁ । ଦେଗାଁ ବଙ୍ଗଳା ପାଖରେ ଗୋଟେ ବଡ଼ ତେନ୍ତୁଳି ଗଛ । ସେଠୁ ଟିକେ ଦୂରରେ ବାଁ ହାତିଆ ଗୋଟେ ପକ୍କା ଘର । ଝରିକଡ଼େ ଅମରୀ ଡାଲର ବାଡ଼ । ସେଇ ଘରକୁ

ଯାଏ ଶକ୍ତି । କବାଟ ଠକ୍‌ଠକ୍‌ କରେ । କବାଟ ଫିଟେ । ବନ୍ଦ ହୁଏ । ଘଣ୍ଟେ ଦି ଘଣ୍ଟା ପରେ ସେ ବାହାରେ । ପଛେ ପଛେ ଗୋରୀ ଝିଅଟେ ଆସେ । ଠିଆ ହୁଏ । ହାତ ହଲାଏ । ଶକ୍ତି ଗଲା ପରେ କବାଟ ବନ୍ଦ କରେ ।

ଦିହେଁ ଶୁଣି ହତବାକ୍‌ ।

ବିଦାୟ ନେଲେ ଦୀପକ । ଦିହିଁଙ୍କ ମୁହଁରେ ଚିନ୍ତା ଓ ଉଦ୍‌ବିଗ୍ନ ଚିହ୍ନ । ଟିକେ ବେଳ ଗୁମ୍‌ ମାରି ବସିଲେ ଦିହେଁ । ଶେଖର ଲନ୍‌ ଆଡ଼େ ରହିଁଲେ । ସବୁଜିମା ଦିଶିଲା ନାଇଁ । ଦିଶିଲା ଝିଅଟିଏ । ଭାବିଲେ କିଏ ସେ ଝିଅ ? ଶିଖା ଗୋଲାପ ଗଛ ଦେଖିଲେ, ଫୁଲ ଦିଶିଲା ନାଇଁ । ଦିଶିଲା ଗୋରୀ ଝିଅଟେ- ଭାବିଲେ କିଏ ସେ ଝିଅ ? ଦିହିଁଙ୍କ ପରବର୍ତ୍ତୀ ଭାବନା ବି ଏକା ପରି ।

ଦେଗାଁ ଭଳି ଛୋଟିଆ ଗାଁରେ ଏଡ଼େ ଚତୁରୀ ଝିଅଟେ ଅଛି, ଶକ୍ତିକୁ ଯିଏ ଟ୍ରାପ୍‌ କରିପାରେ ? ଶିଖା ମୁହଁ ଖୋଲିଲେ—

: ରୁଲ କାଲି ଦେଗାଁ ଯିବା । ସେଇ ଘରକୁ ।

ଶେଖର ଉଠି ଠିଆ ହେଲେ । କହିଲେ—

: କାଲି ଯାଇହେବ ନାଇଁ । ଗୋଟେ ମାଲ୍‌ଦାର୍‌ ପାର୍ଟି ଆସିବାର ଅଛି ।

ଶିଖା ରାଗିଲେ । କେମିତି ଗୋଟେ ଆଖିରେ ଶେଖରଙ୍କୁ ରୁହିଁ କହିଲେ—

: ପୁଅଠୁ ବଳି ଧନ କ'ଣ ଆଉ ଅଛି ? ସେ ଲୋକଟା ପରଦିନ ଆସିଲେ ଚଲିବନି ? ତମେ ନ ଗଲେ ନାଇଁ ମୁଁ ଏକା ଯିବି ।

କଥା କଟାକଟି । ରଗାରଗି । ଟିକେ ଝେଗଡ଼ା । ତା'ପରେ ଯାଇ ରାଜି ହେଲେ ଶେଖର ।

ଆରଦିନ । ଏକାଠି ବ୍ରେକ୍‌ ଫାଷ୍ଟ ଖାଇଲେ ତିନି ହେଁ । ସବୁ ଲାଗିଲା ସ୍ୱାଭାବିକ । ଯେମିତି ଯାଏ, ସେମିତି ବାଇକ୍‌ ନେଇ ରୁଲିଗଲା ଶକ୍ତି । ସେଠିକି ତ ଯିବ । ସେ ଯାଉ ପହଞ୍ଚୁ । ତା'ପରେ ଦିହେଁ ପହଞ୍ଚିବେ ସେଠି । ସତ୍ୟ ସାମ୍ନାକୁ ଆସିବ । କିଛି ଗୋଟେ ଫଇସଲା ହେବ । କେତେଦିନ ଆଉ ଲୁଚକାଲି ଖେଲ ରୁଲିବ । ଶିଖାଙ୍କ ଭିତରେ ମହଣେ କୌତୁହଲ ଓ ଉତ୍ତେଜନା ।

ପନ୍ଦର ମିନିଟ୍‌ ପରେ ଗାଡ଼ି ନେଇ ସେମାନେ ବି ବାହାରିଲେ । ଟାଉନ୍‌ ଦେଇ ଗଲା ବେଳେ, ଟ୍ରାଫିକ୍‌ ଛକରେ, ଗୋଟେ ଗ୍ରସରି, ଦୋକାନରେ ଶକ୍ତିକୁ ଦେଖିଲେ ଶିଖା । କିଣୁଛି ଜିନିଷ । ବ୍ୟାଗରେ ଭରୁଛି । ଶେଖର ଗାଡ଼ି ପାର୍କ କଲେ । ନଜର ପୁଅ ଉପରେ । ଗ୍ରସରିରୁ ମେଡ଼ିକାଲ୍‌ ଷ୍ଟୋର, ସାମସଙ୍ଗ ସୋ ରୁମ୍‌, ପରେ ଫ୍ୟାନ୍‌ସି ଷ୍ଟୋର । ଦିହେଁ ଟାକୁବ, ଝିଅଘର ପାଇଁ ସପିଙ୍ଗ । ୩୪... ବାଇକ୍‌ ଛୁଟିଲା । ତାଙ୍କ ଗାଡ଼ି ବି ରୁଲିଲା । କିନ୍ତୁ ବିପରୀତ ଦିଗକୁ ଗଲା ସେ । କଲେଜ ରୋଡ଼ । ବୋଧେ କ୍ଲାସ୍‌ ସାରି ଯିବ କି ?

ଆଉ ଧୈର୍ଯ୍ୟ ନଥିଲା । ଶେଖର ଗାଡ଼ି ବୁଲେଇ ଘରକୁ ଆସିଲେ । କୋର୍ଟ ଗଲେ । ଶିଖା ଅଭିମାନ ନେଇ ରହିଲେ । ପୁଅ ଯେମିତି, ପୁଅର ବାପ ବି ସେମିତି ।

ଆସିଲା ରବିବାର ।

ପୁଣି ବାହାରିଲେ ସେମାନେ । ଶକ୍ତି ନ ଗଲେ ବି ଦିହେଁ ଯିବେ । ସେଇ ଘରଟା ଖୋଜି ନେବେ । ସେମିତି ହେଲା । ଦେଗାଁ । ପୋଲ ପାରି ହୋଇ ଦେଗାଁ ବଙ୍ଗଳା । ଦୀପକ କହିଥିବା ସେଇ ବିରାଟ ତେନ୍ତୁଳି ଗଛ । ଡାଲମାନଙ୍କରେ ଝୁଲୁଥିଲେ ବାଦୁଡ଼ିମାନେ । ଚିଟାଁ... ଚିଟାଁ... ସେଇଠି ରହିଲା ଗାଡ଼ି । ରୁଳିରୁଳି ବାଁ ପଟକୁ । ଘର ଚିହ୍ନିହେଲା । ଅମରୀ ଡାଲର ବାଡ଼ । ଟିଣ କବାଟଟେ ବନ୍ଦ ହୋଇଛି । ବାଡ଼ କଡ଼ରେ ବାଇକ୍ । ଶକ୍ତିର । ସେ ଅଛି ! ଶିଖାଙ୍କ ଗୋଡ଼ ଚଲୁନଥାଏ । ଘର ଭିତରକୁ ଯିବ । କ'ଣ ଅଛି ସେଠି ? ଆଲୁଅ ନା ଅନ୍ଧାର । କି ପ୍ରକାର ସତ୍ୟକୁ ସାମ୍ନା କରିବେ ସେମାନେ ? ଜୀବନରେ ଏଭଳି ମୁହୂର୍ତ ବି ଆସିବାର ଥିଲା । ୩୪...

ଟିଣ ଡାଟି ଖୋଲି ଦିହେଁ ଭିତରକୁ ଗଲେ । ଦି'କଡ଼ରେ ଧାଡ଼ିଧାଡ଼ି ବାଇଗଣ ଗଛ । ଟମାଟୋ ଭାଡ଼ି । ତହିଁରେ ଗୋଛାଗୋଛା ଟମାଟୋ । ଶାଗ ପଟାଲି ଆଉ ତା' ସାଙ୍ଗରେ ଅନାବନା ଗଛ ଓ ଦୁବଲଟା । ଦି'ଟା ପାହାଚ ଡେଇଁଲା ପରେ ବାରଣ୍ଡା । ଘର କବାଟ ବନ୍ଦ । କବାଟରେ ଶିକୁଳି । ଶିଖା, ଶେଖରଙ୍କୁ ରୁହିଁଲେ । ଶିକୁଳି ଝଣଝଣ କଲେ । ତାଙ୍କ ଛାତି ଭିତରଟା ବି ଝଣଝଣେଇ ଗଲା । କିଏ ଆସିବ ? ସେଇ ଝିଅ ? ଝିଅଟି ଏକା ରହୁଥିବ କି ଆଉ କିଏ ଥିବେ ? ଶିଖା ମୁହଁରେ ଉଦ୍ବେଗନା । ଶେଖର ରୁମାଲ୍ କାଢ଼ି ମୁହଁ ପୋଛିଲେ । କବାଟ ଖୋଲିବାରେ ଏତେ ଡେରି । କାହିଁକି ? ? ନାରୀକଣ୍ଠ ଶୁଭୁଛି ।

କବାଟ ଖୋଲିଲା । ସାମ୍ନାରେ ଶକ୍ତି । ହଡ଼ବଡ଼େଇ ଗଲା । ଗୁଣ୍ଠୁଗୁଣ୍ଠୁ ହେଇ କହିଲା— 'ଆପଣମାନେ... ଏଠି ? କେମିତି ? ହଉ ଆସନ୍ତୁ... ଆସିଛନ୍ତି ଯେତେବେଲେ' ।

ଦିହେଁ ଚପଲ ଖୋଲିବା ବେଲକୁ ସେ କହିଲା— "ରୀନା... ମୋ' ମା' ବାପା ଆସିଛନ୍ତି ।"

ଏମିତି ଭାବେ କହିଲା ଯେ ସାରା ଘର ଶୁଣିଲା । ଛାତକୁ ଭେଦିଲା । ଛାତି ତଲର ଧକ୍‌ଧକ ଗତି ବଦଲି ଗଲା । ଝିଅଟିଏ ଆସିଲା । ଗୋରା ଲମ୍ବ ବେଣୀ । ହଳଦୀ ରଙ୍ଗର ଶାଢ଼ୀ । ଆଖିରେ ମାୟା । ମୁଣ୍ଠିଆ ମାରିଲା । ରୁଳିଗଲା । ଇଏ ସେଇ ଝିଅ ଶିଖା ଭାବିଲେ । ଶକ୍ତି ନେଇଗଲା ତାଙ୍କୁ ଗୋଟେ ବଖରାକୁ । ସେଠି ପଟାଖଟଟେ ପଡ଼ିଥିଲା । ଜଣେ ଶୋଇଥିଲେ ଗଭୀର ନିଦରେ । କେହି ଜଣେ ସେଠି ଥିଲେ । ଚଟ୍‌କିନା ଉଠି ରୁଳିଗଲେ । ରୁଡ଼ିର ଗୀତ ଶୁଭିଲା ତ । ଦି'ଟା ଚେୟାର ଟାଣିଲା ଶକ୍ତି । ବସିବାକୁ କହିଲା । ଦିହେଁ ରୁରିଆଡ଼େ ଆଖି ବୁଲେଇଲେ । ଶୋଇଥିବା ଜଣକର ପୂର୍ଣ ଚେହେରା ଦେଖିଲେ, ତାଙ୍କୁ ଦେଖ ଦିହିଁଙ୍କ ଛାତି ଚମକିଲା । ଶିଖାଙ୍କୁ ଲାଗିଲା ତାଙ୍କ ପୃଥିବୀରୁ ପବନ ସରିଗଲା କି ଆଉ । ଶେଖରଙ୍କୁ ଅନୁଭବ ହେଲା ତାଙ୍କ ଦେହର ରକ୍ତ ପ୍ରବାହ ବନ୍ଦ ହୋଇଗଲା କି ଆଉ ।

ତେନ୍ତୁଲି ଗଛରେ ଲଟକି ଥିବା ବାଦୁଡ଼ି ସବୁ ମାଡ଼ି ଆସିଲେ ଘର ଭିତରକୁ କି ଆଉ ?

: ବାପା... । ଶେଖର କହିଲେ ।

: ହଁ ମୋ' ଜେଜେ ସିଏ । ବୟାଅଶୀ ବର୍ଷର ଜେଜେ । ଔଷଧ ଖାଇ ସେ ଶୋଇଛନ୍ତି ।

ଜେଜିମା'ଙ୍କ ସହ ଗାଁରେ ରହନ୍ତି ସେ । ପୁଅ, ବୋହୂ ତାଙ୍କୁ ପାଖରେ ରଖନ୍ତି ନାହିଁ । ଭଲ ମନ୍ଦ ବୁଝନ୍ତି ନାହିଁ । ବୁଝନ୍ତି ଗାଁର ଜଣେ ବିଧବା ସ୍ତ୍ରୀ ଲୋକ । ଏବେ, ବୁଝୁଛି ତାଙ୍କ ଝିଅ ଯାହାକୁ ଜେଜେ ଶିକ୍ଷିତା କରିଛନ୍ତି । ସେଇ ଝିଅ ହେଉଛି ଏଇ ରୀନା । ଗାଁର ଶିକ୍ଷାକର୍ମୀ । ଏବେ ଜେଜେ, ଜେଜିଙ୍କ ସବୁକିଛି । ତାଙ୍କୁ ସେ ଆପଣାର କରିଛି । ଜେଜେଙ୍କ ଆଣ୍ଠୁବାତ ବାହାରିଛି । ଖୁବ୍ କଷ୍ଟ ପା'ନ୍ତି । ତାଙ୍କୁ ନେଇ ସେ ବଲାଙ୍ଗୀର ଯାଏ । ଡାକ୍ତର ଦେଖାଏ । ଏବେ ତାଙ୍କ ଭୁଲାପଣ 'ଆମ୍‌ନେସିଆ' ବାହାରିଛି...

୩୪... କେତେ କଥା କହିଗଲି । ଫ୍ୟାନ୍‌ର ସ୍ପିଡ଼୍ ବଢ଼େଇ ଶକ୍ତି ପୁଣି କହିଲା– 'ଆପଣମାନେ ବସନ୍ତୁ । ଡ୍ରାଇଭ୍ କରି ଆସିଛନ୍ତି... ରୀନା । ପାଣି ଆଣି ଦେ... ଲଥ୍ କରି ବସିପଡ଼ିଲେ ଶେଖର । ଏମିତି ଜଟିଳ ପରିସ୍ଥିତି ସାମ୍ନାରେ । ସେ ଏବେ କ'ଣ କରିବେ ? ହେଲେ ବାପା, ମା' ଏଠି ? ଏ ଘରେ ? କେମିତି ? ପୁଣି ଶକ୍ତି ଏଠି ? ସବୁ ଅବୁଝା ଲାଗୁଥାଏ ।

: କହୁଛି ପା'... ମନର ଭାଷା ବୁଝିନେଲା ଯେମିତି ଶକ୍ତି । ସେ ବସିଲା ତା' ଜେଜେଙ୍କ ଗୋଡ଼ ପାଖରେ । ଶୋଇଥିଲେ ସେ ପିତାମହ ଭୀଷ୍ମ ପରି । ଜୀବନଯୁଦ୍ଧର ମହାରଥୀ । ସ୍ୱାଭିମାନୀ । ପୁଅ ବୋହୂର ଅବହେଳା ସତ୍ତ୍ୱେ ଦୃଢ଼ମନା ।

ମା' ବାରବର୍ଷରେ ପରା ଗୋଟେ ଯୁଗ ? ଥରେ ବି ଭେଟନାହାନ୍ତି ତାଙ୍କୁ ଏଇ ବାରବର୍ଷ ଭିତରେ । ଜାଣିବାକୁ ଚୁହିଁନାହାନ୍ତି ଦିନେ, କେମିତି ଦିହେଁ ରହନ୍ତି । ଗାଁର ପୁରୁଣା ଘରର ଅବସ୍ଥା କ'ଣ । ତା'ର ମରାମତି ପାଇଁ ମୁଁ ପଚିଶ ହଜାର ଟଙ୍କା ମାଗିଥିଲି ସେଦିନ । ପାଇଲିନି । ଚେନ୍ ବିକିଦେଲି । ଗାଁରେ ଭଲ ଘରଟେ ଭଡ଼ାରେ ମିଳିଲାନି । ଏଇଠି ଦେଗାଁରେ ରୀନା ଘରଟି ପାଇଲା । ଆମେ ତାଙ୍କୁ ସିଫ୍ଟ କରି ଆଣିଛୁ । ମରାମତି ଚୁଲିଛି । ତେଣୁ ଜିନିଷପତ୍ର ଯୋଗେଇବା, ଦେଖରେଖ କରିବା ଏଠିକି ସିଫ୍‌ଟିଂ କରିବା ପାଇଁ କିଛି ଦିନ ଦର୍‌କାର ଥିଲା । ସ୍ଟଡ଼ି ଟୁର୍' କହି ସେସବୁ କାମ ରୀନା ସାଙ୍ଗରେ କଲି ।

ଶିଖାଙ୍କ ମୁଖା ଖୋଲିଗଲା । ସେ ସଂକୁଚିତ ହୋଇଗଲେ ପୁଅ ପାଖରେ । ସେ ପତ୍ନୀ ହେଲେ । ମା' ହେଲେ କେବେ ବୋହୂଟିଏ ହବାକୁ ଚୁହିଁନଥିଲେ । ଶକ୍ତିର ବିବାହ ପରେ ତା'ର ପତ୍ନୀ ଯଦି ସେମିତି ଚୁହେଁ ? ନା, ଶାଶୁ ଭଲି ସେ ବୋକୀ ନୁହନ୍ତି ।

ବାପା, ମା'ଙ୍କୁ ଚୁହିଁ ଶକ୍ତି ପୁଣି କହିଲା 'ଭାବୁଥିବେ, ହଠାତ୍ ମୁଁ କେମିତି ସେ ସବୁ ଜାଣିଲି । ତାଙ୍କ ପାଖକୁ ଆସିଲି । ଜେଜେ, ଜେଜିଙ୍କ ପାଇଁ ପିଲାବେଳୁ ମୋ' ମନ ଭିତରେ ସ୍ନେସିଆଲ ଜାଗାଟେ ରଖିଥିଲି । ତାଙ୍କ ସହ ମିଶିବା ବାଟଟିକୁ କିନ୍ତୁ ଆପଣମାନେ ବନ୍ଦ କରିଥିଲେ । ପ୍ରାୟ ଛ'ମାସ ତଳେ ଗୋଟେ ମେଡ଼ିସିନ୍ ଷ୍ଟୋର୍‌ରେ ଅଚାନକ ଜେଜେଙ୍କୁ ଭେଟିଲି । ରୀନା ସହ ଚେକ୍‌ଅପ୍ ପାଇଁ ଆସିଥିଲେ । ସେ ତ ସ୍ୱାଭିମାନୀ । କିଛି କହିଲେ ନାହିଁ । ରୀନା କହିଲା ସବୁ । ମୁଁ ରହିପାରିଲି ନାହିଁ । ଗଲି, ଆପଣ ଯିବାକୁ ଦେଇନଥା'ନ୍ତେ । ତେଣୁ ମୁଁ ଲୁଚିଛପି ଗଲି । ଦର୍‌କାର ବେଳେ ରାତାରାତି ରହିଲି । ଜେଜି ହାତରୁ ଚକୁଲି, ମାଛପୋଡ଼ା କୁଲେର ଶାଗ, ଚିଙ୍ଗୁଡ଼ିବରା ଖାଇଲି । ଅପୂର୍ବ ସେ ସ୍ୱାଦ ।

ଲାଇନ୍ ଝୁଲିଗଲା ସେବେଳକୁ । ଫ୍ୟାନ୍ ଘୁରିଲାନି । ଜେଜେଙ୍କ ନିଦ ଭାଙ୍ଗିଯିବ କାଳେ ସେ କଷ୍ଟ ପାଇବେ, ବିଛଣାଟେ ଆଣି ଶକ୍ତି ବିଞ୍ଚିବାରେ ଲାଗିଲା । ପବନ ବୋହୁଥିଲା । ତା' ଦାୟିତ୍ୱ ଭୁଲି ନଥିଲା । ପ୍ରକୃତି ସତରେ କେବେ କିଛି ଭୁଲେ ? ଭୁଲେ ଖାଲି ମଣିଷ ।

: ମା' ? ମା' କୁଆଡ଼େ ଗଲେ ? ବାରବର୍ଷ ପରେ ପଚାରିଲେ ଶିଖା । ଶେଖର ସାହସ କରି ନଥିଲେ । ଚୁଡ଼ି ଝଣଝଣ ସାଙ୍ଗରେ ଭିତରୁ କଥା ଶୁଭିଲା—

: ମୁଁ ଏଠି ଅଛି ଶକ୍ତି, କିନ୍ତୁ ନା ସେ ଦିହେଁ ମୋ' ପାଖକୁ ଆସିବେ, ନା ମୁଁ ଯିବି । କହିଦେ ତାଙ୍କୁ ।

ଶିଖା, ଶେଖରଙ୍କ କପାଳ ସାରା ଝାଳ । ରୁମାଲ କାଢ଼ି କେହି ଝାଳ ପୋଛି ନଥିଲେ । ଯା ବି ହେଉ ପୋଛିଥିଲା ପଙ୍ଖାର କୃତ୍ରିମ ପବନ । ଶକ୍ତି ରଖିଦେଲା ବିଞ୍ଚଣା । ଶିଖା ଏଥର ଉଠିଗଲେ ଶକ୍ତି ପାଖକୁ । ତାଙ୍କ ଭିତରେ ଦୂରତା ରହୁ, ରହିଁନଥିଲେ ।

"ବାରବର୍ଷର ହଜିଲା ଖୁସି ଦୁଇଗୁଣ ହୋଇ ଫେରିଆସିବ ଶକ୍ତି । ଏବେ ଆମେ ସମସ୍ତେ ସାଙ୍ଗ ହୋଇ ରହିବା ।"

: ରୀନା ଆଣି ରଖିଥିବା ପାଣିଗ୍ଲାସରୁ ଢୋକେ ପିଇ ସେ କହିଲେ ।

: ମା ! ସତରେ ରୁହାଁନ୍ତି ଏକଥା ? ଯା' ଚାହିଁବେ ତ ?

: ହଁ ବେଟା ହଁ । ଶେଖରଙ୍କର ବାପା ମା' ସୁଆଗ ନାଇଁ । ସାଙ୍ଗ ହୋଇ ରହିବା ମାନେ ସେ ଜାଣନ୍ତି ଗୁଡ଼ାଏ ଦାୟିତ୍ୱ ଓ ତାଙ୍କ ବାର୍ଦ୍ଧକ୍ୟ ବୋଝ । ହଜିଲା ଖୁସି କେମିତି ଦୁଇଗୁଣ ହବ ସେ ବୁଝିପାରୁନଥିଲେ । କିନ୍ତୁ ସେ ଯଦି ଅରାଜି ହେବେ ପରିସ୍ଥିତି ଅସମ୍ଭାଳ ହବ । ପୁଥ ପୁଣି ହଙ୍ଗାମା କରିବ । ପୁଥ ପାଇଁ ତାଙ୍କୁ ପିତାମାତାଙ୍କ ବୋଝ ବୋହିବାକୁ ହେବ । ସେ କହିଲେ—

: ମୁଁ ବି ରୁହେଁ ଶକ୍ତି... ସେମାନେ ଆମ ସାଙ୍ଗରେ ଯିବେ ଏଥର ଯା' ହେଇଛି ଭୁଲିଯା...

ବାହାରର ଚପଲ ଖରା ଠକ୍ ଦେଇ ବଖରାକୁ ଆସିଲା । ଉଜ୍ଜ୍ୱଳ ଦିଶିଲା ରୁରିଆଡ଼େ । ରୀନା ଜେଜେମା ପାଖକୁ ଘୁଞ୍ଚିଆସିଲା । ତାକୁ ସବୁ ଅନ୍ଧାର ଲାଗିଲା । ଜେଜିମା ରୀନାର ହାତରେ ହାତ ରଖି ଆଉଁସିଲେ । କହିଲେ ଦୁଃଖମିଶା ଦୃଢ଼ତାରେ ।

: ଶକ୍ତି ! ଟିକେ ରହ । ତାଙ୍କ ରୁହିଁବା ନ ରୁହିଁବାରେ କ'ଣ ଅଛି ? ଆମେ ତ କେବେଠୁ ତାଙ୍କୁ ତେଜ୍ୟ କରିସାରିଛୁ । କାଗଜ, କଲମରେ ନୁହେଁ । ମନ ଓ ଆତ୍ମାରେ । ତେଣୁ ମୃତ୍ୟୁ ପରେ, ଜେଜେଙ୍କ ମୁହେଁ ନିଆଁ ଦେବ ରୀନା, ଆଉ ମୋ' ମୁହେଁ ତୁ ହିଁ ଦେବୁ । ତାଙ୍କୁ କହ ତାଙ୍କ ରାଜଉଆସକୁ ଦିହେଁ ଫେରିଯା'ନ୍ତୁ । ଏଠି କିଏ ଅଛି ? ହଁ ତୁ, ରହ । ଜେଜେ ଉଠିଲେ ପଖାଳ ଖାଇବା... ।

ଶେଷ ଆଡ଼କୁ ତାଙ୍କ ସ୍ୱର ଅସ୍ପଷ୍ଟ ଶୁଣାଗଲା ।

ତାଙ୍କ ଘୋଷଣାରେ ଶିଖା ଓ ଶେଖର ଚମକିଗଲେ । କୋଉ ମୁହେଁ କଣ କହିବେ ? ପାଦ ଘୋଷାରି ଝୁଲିଗଲେ । ସବୁକିଛି ଲାଗୁଥିଲା ଏକ ଅଜବ ଚଲଚ୍ଚିତ୍ର ଦେଖିବା ପରି । ଜେଜିମା ଭିତରୁ ଆସିଲେ । ବାସ୍ତରୀ ବର୍ଷର ଆଖିରେ ସ୍ୱର୍ଗୀ ଓ ସ୍ୱାଭିମାନର ତେଜ । ଶକ୍ତି ତା' ମୋହରେ ପଡ଼ିଗଲା ।

ଘରକୁ ଫେରିଲା ସେ ।

ଫେରିବା ପାଦ ଦି'ଟା ମନେ ହେଲା ଦୃଢ଼ିଲା । ସ୍ୱାଭାବିକ ରହିଲା ସେ । ଜେଜେ ଜେଜିଙ୍କ କଥା ଉଠେଇ ବାପା ମା'ଙ୍କୁ ଆଉ ଆଘାତ ଦେବାକୁ ସେ ରୁହିଁଲା ନାଇଁ । ସଞ୍ଜବେଳେ ତାଙ୍କ ସାଙ୍ଗରେ ସେ ବାଲ୍‌କୋନିରେ ବସିଲା । ଥିଲା ସେଠି ଚଢ଼େଇମାନଙ୍କ କିଚିରିମିଚିରି । ଥିଲା ପବନ । କଫି ପାନ । କଫିରୁ ଢୋକେ ପିଇ ସେ କହିଲା—

: ପା' । ଆମର ଗୋଟେ ଫ୍ଲାଟ୍‌ ଖାଲି ପଡ଼ିଛିନା । ତାକୁ ୟୁଟିଲାଇଜ୍‌ କରାଗଲେ ? ଶେଖର ଖୁସି ହେଲେ । ଭାବିଲେ— ଯା' ହଉ ଆଜି ସେ ଫ୍ଲାଟ୍‌ କଥା ଭାବୁଛି । କାଲି ଜୀବନ କଥା ଭାବିବ । ଦାୟିତ୍ୱବାନ ହେବ । ଜାଣିବ ଜୀବନଟା ଖାଲି ଇମୋସନ ନୁହେଁ । ସେ ଗହଗହ ହୋଇ କହିଲେ—

: ୟୁଟିଲାଇଜ୍‌ ହବ ଶକ୍ତି । ହେବାକୁ ଯାଉଛି । ସେଠି ବଢ଼ୁଥିବା ମୋ'ର ଡ୍ରିମ୍‌ ପ୍ରୋଜେକ୍ଟ ଏବେ ସତ ହେବାକୁ ଯାଉଛି । ତିଆରି ହେବ ସେଠି ଗୋଟେ ଅତ୍ୟାଧୁନିକ ହୋଟେଲ୍‌ । ହୋଟେଲ୍‌ ଶକ୍ତିଶେଖର । ଇଞ୍ଜିନିୟର ପ୍ଲାନ୍‌ ଦେଇଛନ୍ତି । ଆର୍କିଟେକ୍ଟ, ଡିଜାଇନର କାରିଗରଙ୍କ ସାଙ୍ଗରେ କଥା ସରିଛି । ସେମାନେ ଆସିବେ ମୁମ୍ବାଇରୁ । ମ୍ୟାଟେରିଆଲସ୍‌ ଆସିବ ବେଙ୍ଗାଲୁରୁ... ।

ଶୁଣିବା ଭିତରେ ଶକ୍ତିର କଉଠି ଯେମିତି କିଛି ଭାଙ୍ଗିରୁଜି ଗଲା । ସେଇ ଝଟ୍‌କାରେ ତା' କଫିମଗ୍‌ର କଫି ସାମାନ୍ୟ ଚହଲିଗଲା । ତା' ମୁହଁର ରଙ୍ଗବି । ଶେଖର ଲକ୍ଷ୍ୟ କଲେ । ପରଖିଲେ —

: ତୁ ଖୁସି ନୁହେଁ ?

: ମୁଁ ଅନ୍ୟ କିଛି ଭାବିଥିଲି । ତେବେ... ଥାଉ...

: କହୁନୁ ? କହ...

ବାପା ମା'ଙ୍କ ଆଡ଼େ ନରୁହିଁ ସେ ରୁହିଁଲା ଗୋଟେ ଶୂନ୍ୟ ଜାଗାକୁ । ଶୂନ୍ୟତା କିନ୍ତୁ ସେଠି ନଥିଲା । ଥିଲା ଘରଟିଏ । କେତୋଟି ପ୍ରଶସ୍ତ କୋଠରି । ଫୁଲ, ପତ୍ର, ଘାସ, ଗାଲିରଡ଼, ଦୋଲି । ଗୋଟେ କ୍ଲିନିକ୍‌ । ସବୁରେ ଥିଲା ରଙ୍ଗ, ସ୍ନେହ ଓ ସରାଗର ।

ମହ‌ମହୁ‌ପଣ ଥିଲା ମଣିଷ ପଣିଆର । ଶକ୍ତି ସେ ସବୁ ଦେଖେଇଲା । ତା'ର ପା' ଓ ମା'ଙ୍କୁ କିନ୍ତୁ ତାକୁ ଅଣଦେଖା କରି ଶେଖର କହିଲେ—

: ତୁ ଖାଲି ଇମୋସନ୍‌ କଥା ଭାବୁ, ଜୀବନ କଥା ନୁହେଁ । ଗୋଟେ 'ଓଲଡ଼୍‌ଏଜ୍‌ ହୋମ୍‌' କରିବୁ ଯେ କ'ଣ ଲାଭ ପାଇବୁ ? ତୋ ଫ୍ୟୁଚର ଗଢ଼ି ହୋଇଯିବ ସେଥିରେ ? ବି ପ୍ରାକ୍ଟିକାଲ୍‌ । ହୋଟେଲ୍‌ ବିଜିନେସ୍‌ ମୋ' ଭାଗ୍ୟ ବଦଲେଇଦେବ । ଶିଖା ! ତୁମେ ତାକୁ ବୁଝାଅ ନା...

ସେ ଟିକେ ଦୂରକୁ ଘୁଞ୍ଚିଗଲେ । ଶିଖା ପାଖକୁ ଆସି ଶକ୍ତିକୁ ବୁଝେଇଲେ —

: ହୋଟେଲ୍‌ ତୋ ପା'ଙ୍କ ବହୁଦିନର ସ୍ୱପ୍ନ । ତାଙ୍କୁ କିନ୍ତୁ ତୁ ସମ୍ଭାଳିବୁ । ତା' ଆଗରୁ ତୁ ଆମେରିକା ଯିବୁ । ଗୋଟେ କୋର୍ସ କରି ଆସିବୁ... ।

: ଠିକ୍ ଅଛି ମା’ । ପା’ ତାଙ୍କ ସ୍ୱପ୍ନ ପୂରା କରନ୍ତୁ ମୁଁ ବି ରହିଁବି । ହେଲେ ମତେ ସେ ଦାୟିତ୍ୱ ଦିଅ ନାହିଁ । ସମସ୍ତେ ବ୍ୟବସାୟୀ ହୋଇ ପାରନ୍ତିନି ମା’... ଶାନ୍ତ ସ୍ୱରରେ କହିଲା ଶକ୍ତି । କଫି ମଗ୍ ଟି’ପୟରେ ରଖି ଉଠିଗଲା । ସେ ଦିହେଁ ଅନେକ ବେଳ ସେଠି ବସିଲେ । କଥାବାର୍ତ୍ତା କଲେ । ସଂଜ ଉଠିଗଲା ରାତି ଆସିଲା । ଥିଲା ସବୁ ଗୁମ୍‌ସୁମ୍ ।

ଆରଦିନ ସକାଳ ।

ଶିଖା ଓ୍ୱାକ୍‌ରୁ ଫେରିଲେ । ଦେଖିଲେ ଶକ୍ତି ଉଠିଯାଇଛି । ଲାପ୍‌ଟପ୍‌ରେ କାମ କରୁଛି । ଏମିତି ତ କେବେ ହୁଏନା । ସେ ଯାଇ ପଚାରିଲେ । “ହଁ ମା’ କାମ ଅଛି”, କହିଲା ସେ । ବାହାରକୁ ଯିବାକୁ ପ୍ରସ୍ତୁତ ହେଲା । ସେବେଳକୁ ଶିଖା କହିଲେ—

: ଶୁଣ । ତୋ ପା’ କହିଲେ ଓଲ୍‌ଡ୍‌ଏଜ୍ ହୋମ୍ ପାଇଁ ଅନ୍ୟ ଜମି କିଣା ହେବ । ତୋ କଥା ବି ରହିବ ।

: ନା

ଦୃଢ଼ ଶୁଭିଲା ତା’ ସ୍ୱର । ଶିଖା ଆଶ୍ଚର୍ଯ୍ୟ । ପଚାରିଲେ – କାହିଁକି ?

: ନା, ଦର୍କାର ନାହିଁ ଥାଉ ।

: କରିବୁ ନାଇ ସେ ଘର ?

: କରିବି ନିଶ୍ଚୟ କରିବି । ଖୁବ୍ ଶୀଘ୍ର କରିବି କିନ୍ତୁ ପା’ଙ୍କ ଜମି ଓ ଟଙ୍କାରେ ନୁହେଁ ।

: ତେବେ... ?

: ମୋ’ର କେତେ ଜଣ ଭଲ ସିନିୟର ସାଙ୍ଗ ଅଛନ୍ତି ମା’ । ଖୁବ୍ ରୋଜଗାର କରନ୍ତି । ସେମାନଙ୍କ ସହଯୋଗରେ କାମଟି ହେବ । କାଲି ରାତିରେ ସ୍କାଇବ୍‌ରେ ସମସ୍ତଙ୍କ ସାଙ୍ଗରେ କଥା ସରିଛି । ସେମାନେ ସମାଜ ପାଇଁ ବିଶେଷରେ ଅବହେଳିତ ବୟସ୍କ ବାପା-ମା’ଙ୍କ ପାଇଁ କିଛି କରିବାକୁ ଚାହାନ୍ତି ।

ସେ କହିଲା । ଲାପ୍‌ଟପ୍ ନେଇ ଭାରି ତରବର ହୋଇ ଉଠିଗଲା । ଶିଖାଙ୍କ ଛାତିଭେଦ କଲା କଥା । ସେ ବୁଝିଲେ ତା’ର ଜିଦ୍ ଓ ସ୍ୱାଭିମାନର ବ୍ୟଥା ।

ଆରମ୍ଭ ହେଲା ଶକ୍ତି ମିସନ୍ ।

ଲାପ୍‌ଟପ୍ ହେଲା ସାହା । ଇଣ୍ଟର୍‌ନେଟ୍ ଦେଖେଇଲା ରାହା । ଆମେରିକାର ବନ୍ଧୁ ପରାମର୍ଶରେ ଶକ୍ତି ତା’ର କମ୍ପ୍ୟୁଟର ଜ୍ଞାନ କାଉଣ୍ଶଲର ଉପଯୋଗ କଲା । ଡ଼େ ମାର୍କେଟିଂର କନ୍‌ସଲ୍‌ଟାନ୍ଟ୍ କରି କିଛି ରୋଜଗାର କଲା । ଆସିଲା ବ୍ୟାଙ୍କ୍ ଲୋନ୍ । ବହୁ ରାଷ୍ଟ୍ରୀୟ କମ୍ପାନୀର ବନ୍ଧୁମାନଙ୍କଠୁ ଆସିଲା ଚେକ୍ । ଆମେରିକାରୁ ଆସିଲା ଡଲାର ଚେକ୍ । ଭୋପାଲ ବନ୍ଧୁ କହିଲା ‘ଭାଇ ଶକ୍ତି! କେବିସିକୁ ଯିବା ସୁଯୋଗ ପାଇଛି ମୁଁ । ସେଠି ଯଦି ହଟ୍‌ସିଟ୍‌ରେ ବସେ ଏବଂ କିଛି ଆମାଉଣ୍ଟ ଜିତି ଯାଏ, ଅଧା ଯିବ ତୁମ ‘ହୋମ’କୁ ।

ଶକ୍ତି ଖୁବ୍ ଖୁସି । ଖୁବ୍ ଉତ୍ସାହିତ ହୋଇ ଆରମ୍ଭ କଲା ମିସନ୍ ହୋମ୍ । ସାମ୍ନା କଲା କେତେ ବାଧା ଓ ସମସ୍ୟାରୂପୀ ଆତଙ୍କବାଦୀମାନଙ୍କୁ । କିନ୍ତୁ ଜୋସ୍ କମିଲା ନାହିଁ କି ସେ ପଛକୁ

ରୁହିଁଲା ନାଇଁ । ନଜର ରହିଲା କେବଳ ମାଛ ଆଖିରେ । ସେ ସହରରେ ରହୁଥିବା ତା'ର ସହପାଠୀ ଦି'ଜଣ ଆସି ତାକୁ କହିଲେ—

: ଅର୍ଥ ଦେଇପାରିବୁନି ଆମେ । ଶ୍ରମ ଦେବୁ । ସାହାଯ୍ୟ କରିବୁ । ବାପା ମା' କହିଲେ କ'ଣ ଆମେ ଜାଣୁ । ରୀନା ଖବର ପଠାଇଲା – ଦାଦା, ମୁଁ ତୁମ ସାଙ୍ଗରେ ଅଛି । ସମସ୍ତଙ୍କ ସହଯୋଗରେ ଶକ୍ତି ହେଲା ଆହୁରି ଶକ୍ତ । ଭାବିଲା– ଦୁନିଆରେ ତଥାପି ରହିଛି ମାନବିକତା ।

ସମୟ ରୁଳିଲା ।

ଖରା, ବର୍ଷା, ଶୀତ ଆସିଲା, ଗଲା ।

ଘରଟି ବି ଯେମିତି ତତ୍ପର, ବ୍ୟାକୁଳ ହୋଇ ଉଠୁଥିଲା ନିଜର ଏକ ପୂର୍ଣ୍ଣ ରୂପ ପାଇଁ । ଠିକ୍ ଦୁଇ ବର୍ଷ, ଦି'ମାସ ପୂରିଲା ବେଳକୁ ଘରଟି ଝଲସି ଉଠିଲା ପୂର୍ଣ୍ଣାଙ୍ଗ ରୂପ ନେଇ । ସ୍ୱପ୍ନଠୁ ସୁନ୍ଦର ସେ ରୂପ । କଳାମୟୀ ତା'ର ଚେହେରା । ଫୁଲମୟ ତା' ପରିବେଶ । ପାଚେରି କଡ଼େ କଡ଼େ କିଶୋର ଦେବଦାରୁଙ୍କ ଉଜ୍ଜ୍ୱଳ ବେଶ । ଗେଟ୍‌ରେ ବେଗୁନ୍‌ଭିଲ୍ଲା ଡାଲରେ ପେଟ୍‌ଏ ନୂଆ ଫୁଲର ଆମନ୍ତ୍ରଣ । ସବୁରେ କେମିତି ଗୋଟେ ନିଆରାପଣ । ଜେଜେ ଜେଜିଙ୍କ ନାଁ ଅନୁସାରେ ଶକ୍ତି ସେ ଘରର ନାଁ ରଖିଲା 'ମଧୁ-ଛାୟା' । ବନ୍ଧୁମାନେ ସେ ନାଁରେ ମୋହର ମାରିଲେ ।

ମନମୋହିନୀ ଉଦ୍‌ଘାଟନୀ ସେଦିନ । ଝୋଟି, ଆମ୍ବତୋରଣ, ପୂର୍ଣ୍ଣକୁମ୍ଭ ଭିତରେ 'ମଧୁଛାୟା' ଦିଶୁଥିଲା ଦେବାଳୟ ପରି । ଶକ୍ତିର ଜେଜିମା ସମ୍ବଲପୁରୀ ପାଟରେ ଲାଗୁଥିଲେ ଦେବୀ ପ୍ରତିମା ପରି । ଶୁଭ୍ର ପୋଷାକରେ ଜେଜେ ଦିଶୁଥିଲେ ଭୀଷ୍ମ ପିତାମହ ପରି । ଦେଶର ବିଭିନ୍ନ ସହରରୁ ଶକ୍ତିର ଘରିଜଣ ସହଯୋଗୀ ବନ୍ଧୁ ଆସିଥିଲେ । ନିମନ୍ତ୍ରଣ ନ ପାଇ ବି ଆସିଥିଲେ ସେଠିକି ପ୍ରାୟ ପଚଶ, ଷାଠିଏ ବୃଦ୍ଧବୃଦ୍ଧା । କେବଳ ଗୋଟିଏ ମାନବିକତାର ମନ୍ଦିର ଦେଖିବା ପାଇଁ ଓ ଶକ୍ତି ଆଉ ତା' ବନ୍ଧୁମାନଙ୍କୁ ଆଶୀର୍ବାଦ ଦେବା ପାଇଁ ।

ଶିଖା, ଶେଖର ଥିଲେ ପଛରେ ।

ତାଙ୍କୁ ବିସ୍ମିତ କରିଥିଲା ଶକ୍ତିର ଶକ୍ତିମାନ ରୂପ । ଅଥଚ, ସେମାନେ କ'ଣ ଭାବିଥିଲେ ? ଶକ୍ତି ସଭିଙ୍କୁ ସ୍ୱାଗତ କଲା । ସଭିଏଁ ଭିତରକୁ ଗଲାବେଳେ ରୀନାକୁ ସେ ଅଟକେଇ ଦେଲା । ଅପ୍ରସ୍ତୁତ ହୋଇଗଲା ସେ । କାହିଁକି ସେ ଯିବ ନାଇଁ ? ଶକ୍ତି ସେବେଲକୁ ଶିଖାଙ୍କୁ କହିଲା—

: ମା ! ମୋ'ର ଏଇ ଭଉଣୀ 'ମଧୁଛାୟା' ଯିବନି । ଯିବ ତା' ଶାଶୁଘରକୁ । ତା' ପାଇଁ ତୁମେ ଶୀଘ୍ର ଶାଶୁଘରଟିଏ ଖୋଜିଦିଅ ।

ତା' କଥାକୁ ସମର୍ଥନ କରି କରତାଲି ଶୁଭିଲା । ଲାଜେଇଗଲା ରୀନା ।

ସୁନ୍ଦର ସ୍ୱପ୍ନର ଏକାଧିକ ପାଖୁଡ଼ାଖଞ୍ଜା 'ମଧୁଛାୟା' କେବେ ଭିଜୁଥିଲା ଶ୍ରାବଣର ବାରିବିନ୍ଦୁରେ ତ କେବେ ଶାନ୍ତ, ଶୀତଳ ହେଉଥିଲା ଅଶିଣ ଆକାଶ ଆଖିର କାକର ବୁନ୍ଦାରେ । ଆଉ ନିତିନିତି ଓଦା ହେଉଥିଲା ଅନ୍ତେବାସୀଙ୍କ ଅନ୍ତରଙ୍ଗ ହସଖୁସିରେ ।

❑

ଶୀତକୁ ରୁତୁର ଚିଠିଟିଏ

ପ୍ରିୟ ଶୀତରୁତୁ !

ମୋ'ର ନମସ୍କାର ଜାଣିବ । ତୁମେ ଏଥର ଏକା ଆସିନାହଁ । ବର୍ଷା, ବାଦଲ କୋହଲା, ପାଗକୁ ସାଙ୍ଗରେ ନେଇ ଆସିଛ । ମୋ'ର ହାତ ଥରିଯାଉଛି । କଲମ ଧରି ହେଉନାଇଁ କିନ୍ତୁ ତୁମକୁ ଚିଠି ଲେଖିବାକୁ ମନ । ତୁମକୁ ନ ଜଣେଇଲେ ତୁମେ କ'ଣ ଜାଣିପାର ଅନ୍ୟମାନଙ୍କର ମନର ଅବସ୍ଥା ? ଦୁଇମାସ ଖୁବ୍ ମଉଜ କରିବାକୁ ଆସିଛ ତୁମେ । ତୁମର ମଉଜ ତୁମର ଖେଳ ଆମ ଗରିବଙ୍କ କାଳ — ଜାଣିନ ? ମୁଁ — ରୁତୁ । ତୁମେ କହିବ — କେଉଁ ରୁତୁ ? ବର୍ଷା ? ଖରା ନ ଅନ୍ୟ କିଛି ? କହୁଛି । କହୁଛି । ରୁହ ଟିକେ ।

ଏ ସହରରେ କେତେ କେତେ ଦାମୀ — ସୁନ୍ଦର ଚକ୍‌ଚକ୍ ଘର । ସେ ଘରର ସବୁଆଡ଼େ କାଚ, ଗ୍ରୀଲ୍, ଶାଗୁଆନ୍ କାଠର ଝର୍କା-କବାଟ । ମୋଟା ମୋଟା ପର୍ଦା । ବନ୍ଦ କରିଦେଲେ ସବୁ

ବନ୍ଦ । ସେଠି ତୁମର ପ୍ରବେଶ ନିଷେଧ । ରହିଁଲେ ବି ତୁମେ ଛୁଇଁ ପାରିବ ନାଇଁ ସେ ଧନୀ ମଣିଷ ମାନଙ୍କର ଦେହକୁ । ସେଠି ସୁଟ୍‌-ସ୍ୱେଟର୍‌, ମଖମଲି କମ୍ବଳ, ରେଜେଇ, ରଃ’, କଫି, ସୁପ୍‌ । ବିକ୍ସ୍‌, ମେନ୍‌ଥୋପ୍ଲସ୍‌, ଆହୁରି କେତେ କ’ଣ ଗରମାଗରମ୍‌ । ସବୁ ଭରପୁର୍‌ । କିଛିର ଅଭାବ ନାଇଁ । ତୁମ ସାଙ୍ଗରେ ସେମାନଙ୍କର ବି ମଉଜ, ପାର୍ଟି, ପିକ୍‌ନିକ୍‌, ଖେଳ ।

ଏ ସହରରେ ଆହୁରି ବି ଅନେକ ଘର — ଯାହା ଘର ଭଲି ଦିଶେ କିନ୍ତୁ ନୁହେଁ । ରଃଲ ଛପର, ଖୋଲା ଫାଙ୍କା । ତା’ ଭିତରୁ ଗୋଟ ଘର ଆମର । ତୁମର ପ୍ରଥମ ପାଦ ଶବ୍ଦରେ ସେ ଘରର ଛାତିଥରେ । ଘରେ ରହୁଥିବା ମା’ ଓ ଝିଅର କଲିଜା ଥରେ । ମା’ର ଶ୍ୱାସପ୍ରଶ୍ୱାସରେ କଷ୍ଟ ହୁଏ । ସେ ଅଣନିଃଶ୍ୱାସୀ ହୁଏ । ନିଜକୁ ସମ୍ଭାଳିବାକୁ ସେ କାନ୍ଥକୁ ଆଉଜେ । ଖୁଣ୍ଟକୁ ଧରି ଠିଆ ହୁଏ । ଖାଲି ହୋଇଥିବା ବିକ୍‌ ଶିଶିକୁ ନାକ ପାଖରେ ରଖି ଶୁଘେ । ନିରାଶ ହୁଏ । ବିକଳରେ ରଃହେଁ ତା’ର ଦଶବର୍ଷ ଦୁଇମାସର ଝିଅକୁ । ସେ ବି ତ ସୁସ୍ଥ ନ ଥାଏ । ଅଭାବୀ ଘରେ ରୋଗ, ବଇରାଗ ସବୁବେଳେ ଅତିଥି ହୋଇଥାଏ । ଅବଶ୍ୟ, ତୁମେ କେମିତି ଜାଣିବ ?

ହାଁ, ତୁମେ ଆସିଲେ — ତୁମର ପ୍ରଥମ ଛୁଆଁରେ ଯେଉଁ ଝିଅର କାନ ଟାଣେ, କାନରୁ ପୂଜ ବାହାରେ, ଦଣ୍ଡିକାଟେ, କାଶି କାଶି ଯିଏ ତା’ର ରୋଗିଣା ମା’କୁ ଜାବୁଡ଼ି କାନ୍ଦେ — ସେ ହିଁ ମୁଁ, ସେଇ ରତୁ । ଦୁଃଖର ରତୁ । ତୁମେ କହିବ ନିଜକୁ ନିଜେ ଦୁଃଖୀ କହିବା ଠିକ୍‌ ନୁହେଁ କି ମନରେ ଦୁଃଖ ଆଣିବା ଠିକ୍‌ ନୁହେଁ । ଜାଣିଛି — ଯେମିତି ଭାବିବ — ସେମିତି ହିଁ ହେବ ତୁମ ଜୀବନ, ସାହିତ୍ୟ ପଢ଼ିଲା ବେଳେ ଦିଦିଙ୍କଠୁ ସେ କଥା ଶୁଣିଛି; ହେଲେ ଆମ ଘରେ ସବୁ ତ ନାହିଁ ନାହିଁ । ମୋ’ ମା’ ତା’ ରଃକିରିରୁ ଯେଉଁ ଟଙ୍କା ଆଣେ ସେଥିରେ ଡାକ୍ତରଙ୍କ ଫିସ୍‌, ଔଷଧ ଖର୍ଚ୍ଚ ଏବଂ କିଛି ସୁଷମ ଖାଦ୍ୟ — କିଛି ବି ହୋଇପାରେନା । ଡାକ୍ତରଖାନା ଆମେ ଯାଉ — ଡାକ୍ତର ଔଷଧ ଚିଠା ଲେଖନ୍ତି । ମା’ ସେ କାଗଜ ଦେଖେ । ଔଷଧ ଦୋକାନର ବାସ୍ନା ଶୁଘେ ଆଉ ଫେରି ଆସେ ଘରକୁ । ଔଷଧ ଆମ ପାଇଁ ଏକ ବିଲାସ । ତୁମର ଜୁଲୁମ୍‌ ଆମେ ସହିଯାଉ । କ’ଣ ଆଉ ରଃରା ? ଯା’ର କିଛି ପ୍ରତିକାର ନ ଥାଏ ତାହା ସହିବାକୁ ହୁଏ — ତା’ ବି ପଢ଼ିଛି । କିନ୍ତୁ ପାଠର କଥା ନିଜ ଜୀବନର କଥା ହୋଇଗଲେ ସହିବା ଖୁବ୍‌ କଷ୍ଟ ।

ହେ... ଶୀତରତୁ !

ପଞ୍ଚମ ଶ୍ରେଣୀର ଝିଅ ହେଲେ ବି ଅନେକ ଏମିତି ଭାବନା ଆସେ ମୋ’ ଭିତରକୁ । ମୁଁ ଭାବେ — ଆମର ଗରିବପଣ ପାଇଁ ଭାଗ୍ୟ ନୁହେଁ — ଅନ୍ୟ କିଛି — ଅନ୍ୟ କେହି ଦାୟୀ । ମୋ’ ମା’ ଖୁବ୍‌ କମ୍‌ ଦରମା ପାଏ କାହିଁକି — ସେ ତ କମ୍‌ ପାଠ ପଢ଼ିନାହିଁ । ତା’ ଯୋଗ୍ୟତା ଅନୁସାରେ ଭଲ ରଃକିରିଟିଏ ପାଇଥା’ନ୍ତା ଯଦି ଆମେ ଅନ୍ତତଃ ଔଷଧ କିଣିପାରିଥା’ନ୍ତୁ ଏବଂ ଅତି ଛୋଟ ଛୋଟ ଅଭାବ ବି ଆମର ନଥା’ନ୍ତା । ଅନ୍ୟମାନଙ୍କର କାହିଁକି ଅଭାବ ନଥାଏ ? ଅନ୍ୟମାନେ କାହିଁକି ଏତେ ଧନୀ — ଆମେ କାଇଁ ଏତେ ଅଭାବୀ ? କୁହ ତ....

ଦିଦି ବୁଝାନ୍ତି — ଆମେ ସମସ୍ତେ ମଣିଷ । ସମସ୍ତେ ସମାନ । ହେଲେ କାଇଁ ? ସବୁଠି ଫରକ୍‌ । ଭେଦଭାବ । କିଏ ଆଣେ ଏ ଭେଦଭାବ ? ମୋ’ର ଇଚ୍ଛା ହୁଏ ସତକୁ ସତ ସବୁ

ମଣିଷ ଏକା ପରି ରହନ୍ତେ । କା'ର କିଛି ଅଭାବ ନଥାନ୍ତା । ହୋଇପାରିବ ଏମିତି ? କିଏ କରିବ ?

ତୁ ଭାରି ସୁନ୍ଦର ଶୀତରତୁ । ଜାଣେ । ତୁ ଆସିଲେ କେତେ ଫୁଲ, ଫଳର ବାସ୍ନା । ହେଲେ ଆମ ପାଇଁ ବଡ଼ ଆମର ଝଉଳ ବାସ୍ନା । ଗରମ ଭାତର ମହକ । ସତରଶହ ଟଙ୍କାରେ ଯେଉଁଠି ମା' ଝିଅର ଚଳିବା ପ୍ରଶ୍ନ ଉଠେ — ସେଠି ଶୀତରତୁର ସୁନ୍ଦରପଣକୁ ତାରିଫ କରିବା ମୁସ୍କିଲ । ସବୁ ବୁଝିପାରୁଛି ଏବେ ମୁଁ । ମା'ର ଗୋପନ ଲୁହର ସ୍ୱର ବି ଶୁଣିପାରେ । ଜୀବନ ବଞ୍ଚିବାର ଲଢ଼େଇରେ ସାମିଲ ହୁଏ । ଲାଗେ ବାରବର୍ଷ ନୁହେଁ ମୋ'ର ବୟସ ତିରିଶ । ଅଭାବରେ ରହୁଥିବା ଲୋକର ବୟସ ଖୁବ୍ ବେଶୀ ବଢ଼ିଯାଏ ନୁହେଁ ? କାହିଁକି ଯେ ?

ତୁମେ ଆସିଲେ ପୁଣି କ'ଣ ଅସୁବିଧା ଜାଣ ?

ସ୍କୁଲରେ ରଙ୍ଗ ବେରଙ୍ଗ ସ୍ୱେଟର, ସ୍କାର୍ଫ । ସିଲ୍କ୍ ରୁମାଲ । ଶନିବାର ସକାଳେ ମୋ'ର ସେଇ ପୁରୁଣା ରଙ୍ଗଛଡ଼ା ସ୍ୱେଟର ପିନ୍ଧିଲା ବେଳେ ମା' ଆନମନା ହୋଇଯାଏ । ସ୍ୱେଟର ହାତକୁ ଟିକେ ଟାଣିଦେଇ କହେ: ଆର ଥରକୁ ଗୋଟେ ନୂଆ କିଣିଦେବି:

ଆର ଥର ଆସେ । ତୁମେ ଆସ । ନୂଆ ସ୍ୱେଟର ଆସେନା । କାହିଁକି ଆସେନା ମୁଁ କ'ଣ ଜାଣେନା ? ଯେଉଁ ମାସ ମା'ର ଶ୍ୱାସ ବାହାରେ — ଛୁଟୀ ନିଏ — ଦରମା କାଟ ହୁଏ । ସବୁରେ ଫେର କାଟଛାଟ୍ । ମନ ହୁଏ — ବଡ଼ ଝଟିକିରି କରିବି । ମା'କୁ ଟିକେ ଖୁସିରେ ରଖିବି — ମୁଁ ବି ପାଇବି କିଛି । କିନ୍ତୁ ସେ ସ୍ୱପ୍ନ ତ ଅନେକଙ୍କର । ସ୍ୱପ୍ନ ପୂରା ହୁଏନା — କେଉଁଠି ଭୁଲ୍ ରହିଯାଏ କେଜାଣି । ମୋ'ର କ୍ଷୁଦ୍ର ମସ୍ତିଷ୍କ ଜାଣିପାରେନା — ଅଥଚ ଭାବେ ଯେ ଭାବେ, ଭାବୁଥାଏ । ଶୀତରତୁ! ତୁମେ କ'ଣ ଭୁଲ୍ ସବୁକୁ ଠିକ୍ କରିପାରିବ ? ସମସ୍ତଙ୍କ ମନକୁ ମହକେଇ ପାରିବ ? ସେମିତି ହୋଇ ପାରିଲେ ମୋ' ଭଳି ଆହୁରି କେତେ ଲୋକ ଖୁସି ହୁଅନ୍ତେ, ହଉ ରହୁଛି", ଇତି – ତୁମର ରତୁ ।

ରତୁମାନଙ୍କ ମନରେ ଚିରକାଳ ଏ ଚିଠି ।

ଏ ଚିଠିର ଜବାବ୍ ନ ଥାଏ ଖରା-ବର୍ଷା-ଶୀତ ପାଖରେ । ସେମାନେ ଆସନ୍ତି । ଆସୁଥିବେ । ବର୍ଷାରେ ମାଟି କାନ୍ଥୁ ସେମିତି ଧସ୍କୁ ଥିବ ।

ଶୀତରେ ଭଙ୍ଗାଘରର ଛାତି ଥରୁଥିବ ।

ଖରାରେ ନିଆଁ ଜଳୁଥିବ ।

ଅଥଚ ସବୁ ରତୁରେ ରହିଛି ମଣିଷର ସର୍ବନିମ୍ନ ଆବଶ୍ୟକତା । ସମସ୍ତେ ପାଇପାରନ୍ତି ନାଇଁ କିନ୍ତୁ ପ୍ରତିଶ୍ରୁତି ପାଇଥାଆନ୍ତି ପାଇବାକୁ — ସେଇ ଦଳେ ଲୋକଙ୍କଠୁ — ସେମାନେ ଆସନ୍ତି ଭୋଟ୍ ରତୁରେ । ଗୋଡ଼ ଭାଙ୍ଗି ଠିଆ ହୁଅନ୍ତି । ହାତ ଯୋଡ଼ି ମାଗନ୍ତି । ଦିଅ... ଦିଅ ।

ପାଇବା ପରେ ଝଲିଯା'ନ୍ତି ଦର୍ପରେ । ଠାଣୀରେ । ଜନସାଧାରଣ ରହିଯାଏ ପଛରେ ତା'ପରେ ବିଶ୍ୱରୂପ ସେମାନଙ୍କର ।

ସେ ରୂପରେ ଆମେ ସ୍ତବ୍ଧ । ନିର୍ବାକ୍ । ନିସ୍ତବ୍ଧ । ଯାହା ଘଟୁଛି ଆମେ ଘଟିବାକୁ ଦେଉ ।

ଯାହା ହେଉଛି ହେବାକୁ ଦେଉ ।

ଆମେ କେତେ ଶାନ୍ତ – ସହନଶୀଳ ସତେ ! ସେ ସହନଶୀଳତାର କେବେ କ'ଣ ଅନ୍ତ ହେବନାହିଁ ?

କେବେ କ'ଣ ଗୋଟେ ବିଦ୍ରୋହୀ ସକାଳ ଆସିବ ନାହିଁ ?

❑

ଫୁଲକୁମାରୀ ଓ ରଜାପୁଅ କଥା

ରଜାପୁଅ ଆସିବେ... ରଜାପୁଅ । ହୁରି ପଡ଼ିଗଲା ଗାଁରେ । ତୋରଣ ଲାଗିଲା । ନିଜ ନିଜ ଘର ଆଗରେ ଗାଁ ଲୋକ ପୂର୍ଣ୍ଣକୁମ୍ଭ ବସେଇଲେ । ଦୀପ ଜଳେଇ ରଖିଲେ । କୋଉ କାଳରୁ ଚଳିଆସୁଛି ଏ ବିଧ୍ । ରଜାଘର କେହି ଆସିଲେ ଏମିତି ଭାବେ ତାଙ୍କୁ ସ୍ୱାଗତ କରାଯାଏ । ସେ ଯୁବତୀ ବି ଶୁଣିଲା ରଜାପୁଅ ସତରେ ଆସିବେ । ହେଲେ ସେ ତା' ଘର ଆଗରେ ଝୋଟି ପକେଇ ପୂର୍ଣ୍ଣକୁମ୍ଭ ବସେଇଲା ନାହିଁ । ରଜାପୁଅ ଆସିଲେ । ତାଙ୍କ ଘରବାଟ ଦେଇ ଗଲାବେଳେ ସେ ସଡ଼କ ଉପରେ ଆସି ଠିଆ ହେଲା । ତାଙ୍କୁ ଦେଖିଲା ଏକ ଲୟରେ । ମନ ଧ୍ୟାନ ଦେଇ । ତରା ମେଳରେ ଚନ୍ଦ୍ର ଶୋଭା ପାଇବା ପରି ଦଳେ ଲୋକଙ୍କ ଭିତରେ ସେ ବାରି ହୋଇ ପଡ଼ୁଥିଲେ, କେଡ଼େ ଉଚ୍ଚ ପୁରା । ଠିଆ ନାକ, ଗୋରା ତକ୍‌ତକ୍, ଧଳା ଫିନ୍‌ଫିନ୍ ପୋଷାକ । ଆଖିରେ କଳା ଚଷମା । 'ଭଗବାନ' ରଜାପୁଅଙ୍କୁ ନିଜ ହାତରେ,

ଫୁରସତ୍ ବେଳେ ଗଢ଼ିଥା'ନ୍ତି ସେଥିପାଇଁ ସେ ଏତେ ସୁନ୍ଦର'– ଆଇ କହିଥିଲା। ପରକ୍ଷଣରେ ସେ ତା' ପାଖେ ଠିଆ ହୋଇଥିବା ଯୁବକକୁ ଦେଖିଲା। ଇଏ କୋଉ କମ୍‌ତମ୍ ଯେ? ଖାଲି କ'ଣ ରାଜା ଘରେ ଜନମିଥିଲେ ଯାଇ ହବ? ଜଣେ ରାଜାପୁଅ ହେଇପାରିବ କାମରେ, ଗୁଣରେ, ବୀରତାରେ ଓ ମନରେ। ଯୁବତୀ ଖୁବ୍ ଦମ୍ଭର ସହ ଆସି ଠିଆହେଲା ସେ ପଟୁଆର ଆଗରେ। କହିଲା: ମୁଁ ମୋ' ରାଜାପୁଅ ପାଇସାରିଛି... ତୁମେ ଫେରିଯାଅ: ସେ ସ୍ୱରରୁ କେହି କିଛି ବୁଝିନଥିଲେ।

* * * *

ଏବର ଏ ସହରଟି କେବେ ଦିନେ ଥିଲା ଗୋଟିଏ ରାଜ୍ୟ। ରଜାଟିଏ ଥିଲେ। ଭାରି ସୁନ୍ଦର। ତାଙ୍କ ପୁଅଟିଏ, ସେ ବି ସୁନ୍ଦର। ସେ ପୁଅର ପୁଅ– ସେ ତ କୁଆଡ଼େ ଅପୂର୍ବ ସୁନ୍ଦର, ଯେତେ ଦେଖିଲେ ବି ମନ ପୁରେନାଇଁ କି ପେଟ ଭରେ ନାଇଁ। ଦେଖୁଥା ଭଲି ଲାଗେ, ଲୋକେ ଯାହା କୁହନ୍ତି। ଘେରି ରହିଛି ଏ ସହରକୁ ଧାଡ଼ି ଧାଡ଼ି ପାହାଡ଼, ପର୍ବତ, ଜଙ୍ଗଲ। ଛୋଟ ପାହାଡ଼ଟିଏ ଯା' ପଛରୁ ଉଇଁ ଆସେ ସୂର୍ଯ୍ୟ, ତା'ରି ତଳେ ଗୋଟେ ଗାଁ ଶ୍ୟାମଳ ସୁଧାର ସଂପନ୍ନ ଗାଁ। ଗାଁର ଶିରି ହେଉଛି ତା'ର କେତୋଟି 'ପଡ଼ା'। ସେଇ ପଡ଼ା ଭିତରେ ପଡ଼ାଟିଏ। ତିରିଶ, ଝଲିଶ ଘର। ତା'ରି ଭିତରେ ଘରଟିଏ। ବାରି ହୋଇପଡ଼େ। ଅଲଗା ଦିଶେ। ଗାଁ ଲୋକ ତ ଜାଣନ୍ତି। ବାହାର ଲୋକ ଆସିଲେ କାବା ହୁଅନ୍ତି। ଘଡ଼ିଏ ଦେଖନ୍ତି। ଯେମିତି ଗୋଟେ ଚିତ୍ରଘର। ସବୁଠି ରଙ୍ଗ, ସବୁଠି ଚିତ୍ର। ସାଧାରଣ କାନ୍ଥ, ବାଡ଼, କବାଟ, ଝର୍କା ବି ଏତେ ସୁନ୍ଦର ଦିଶେ? ଦିଶିପାରେ ଏତେ ମନଲୋଭା?

ସେ ଘର କୌଣସି ଶିଳ୍ପୀର ନୁହେଁ। କେହି ବିଶିଷ୍ଟ କଳାକାର ସେଠି ରହନ୍ତି ନାଇଁ, ରହନ୍ତି ଜଣେ ଆଇ ଆଉ ତା'ର ସାତବର୍ଷର ଗେହ୍ଲେଇ ନାତୁଣୀ। ଆଇର ଜମିବାଡ଼ି ଅଛି। ସେ ରୁଷବାସ କରେ। ରୋଜଗାର ବି ହୁଏ। ସେ ପାଠ ପଢ଼ିନାଇଁ କିନ୍ତୁ ଗାଁ ଚୁଙ୍ଗାରେ ରାମାୟଣ, ମହାଭାରତ, ଭାଗବତ ପାଠ ସେ ଶୁଣିଛି। ବୁଝିଛି ମନେ ରଖିଛି ପରୀକଥା ଓ କାହାଣୀ, ରଜାଘର, ପରିବାର, ରାଜଉଆସ କଥା ବି ସେ ଜାଣିଛି। ବାପ-ମା'ଙ୍କୁ ହରେଇ ନାତୁଣୀ ତା' ପାଖରେ। କୋଳରେ ବସେଇ ତାକୁ ସେ କଥାନି କହେ–ବଖାନି ଶୁଣାଏ। ତାକୁ ସେ ବେଶୀ କହିଛି ରାଜା, ରାଣୀ ଓ ରାଜାପୁଅ କଥା। କଥାରେ କଥାରେ ରାଜଉଆସ ବୁଲେଇ ଦେଖେଇଛି। ବଖାଣିଛି ତା'ର ଥାଚପାଚ, ମନ୍ତ୍ରୀ, କଟୁଆଳ, ଧନରତ୍ନ, ଘୋଡ଼ା, ହାତୀ ଦାସ-ଦାସୀ, ଖଣ୍ଡା ତଲୱାର କଥା।

ଗାଲରେ ହାତ ଦେଇ କିଶୋରୀ ଫୁଲକୁମାରୀ ଶୁଣେ। ମନରେ ଚମକ୍ ଖେଳିଯାଏ। ଆଖି ବଡ଼ ବଡ଼ ହୋଇଯାଏ। ରାତିରେ ରାଜାପୁଅକୁ ସେ ସ୍ୱପ୍ନ ଦେଖେ। ରାଜାପୁଅ ଆସୁଛି ଘୋଡ଼ାରେ, ଟପ୍... ଟପ୍...

ହଁ – ଏଇ ଆଇର ଗୋଟେ ବିଶେଷ ଗୁଣ। ଯୁବା ବୟସରେ ସେ ଭଲ ଚିତ୍ର କରୁଥିଲା। ତା'ପରେ – ଛାଡ଼ିଦେଇଥିଲା। ନାତୁଣୀ ଆସିବା ପରେ ସେ ତାକୁ ଚିତ୍ର କରିବା ଶିଖେଇଲା।

ସେ ଖୁବ୍‌ ଜଲଦି ଶିଖିନେଲା । ଦିନେ – ତା’ ଗୁରୁଠୁ ବଳିଗଲା । ତା’ପରେ – ତାଙ୍କ ଘର ହୋଇଗଲା ଗୋଟେ ଚିତ୍ରଘର । ଆଈ ନାତୁଣୀ ଘରେ ରଙ୍ଗ ଭରିଲେ । ଯାହା ଯାହା ଶୁଣିଥିଲା ମନରେ ରଖିଥିଲା । ସବୁକୁ ରୂପ ଦେଲା ଫୁଲ କୁମାରୀ ରାଜଉଆସ, ରାଜବାଟିକା, ପାତ୍ର ମନ୍ତ୍ରୀ, ଘୋଡ଼ାହାତୀ ହେଲେ ରାଜାପୁଅ ଚିତ୍ର ଆଙ୍କିପାରିଲାନି । ମନଦୁଃଖ କଲା । ଆଈ ବୁଝେଇଲା –

: ତୁ ଏବେ ଛୋଟ ଅଛୁ । ବଡ଼ ହେଲେ ପାରିବୁ:

ଫଳସା ଗଛତଳେ ଆଈ ସେଦିନ ବସିଥିଲା । ଲୋକ ଲଗେଇ ଖେତ ଜମି ପ୍ରସ୍ତୁତ କରୁଥିଲା ବିହନ ବୁଣିବା ପାଇଁ । ହଠାତ୍ ଆସିଲା ଫୁଲକୁମାରୀ ଆଈ କୋଳରେ ମୁଣ୍ଡ ରଖିଲା । "ଖରାରେ କାଇଁ ଆସିଲୁରେ ଧନ"... ମୁଣ୍ଡବାଳ ସାଉଁଳେଇ ପଚାରିଲା ଆଈ । ଚଟ୍‌କିନା ଉଠିପଡ଼ି ସେ କହିଲା

: ଗୋଟେ କଥା କହିବି ଗୋ ଆଈ...

: କହ...

: ମୁଁ ରାଜାପୁଅକୁ ବିଭା ହେବି:

ଚମ୍‌କିଗଲା ପବନ । ଫଳସା ଗଛ ଓ ଆଈ ।

ସୁଲୁସୁଲୁ ପବନ ଟିକେ ଜୋରରେ ବୋହିଲା ।

ଫଳସା ଗଛରୁ କେତୋଟି ଫୁଲ ଝଡ଼ିପଡ଼ିଲା ।

ବସିବା ଜାଗାରୁ ଉଠି ପଡ଼ିଲା ଆଈ । ଲମ୍ବ ନିଃଶ୍ୱାସଟେ ନେଇ କହିଲା ତା’ କାନ ପାଖରେ

: ତୋ’ କପାଳରେ ଲେଖାଥିବ ଯଦି ତୁ ରାଜାପୁଅକୁ ବିଭା ହୋଇପାରିବୁ । ତୋ’ର ତ ରାଣୀ ଚେହେରା:

ବାସ୍, ପଦ୍ମଫୁଲ ପରି ଫୁଟିଗଲା ଫୁଲକୁମାରୀ । କପାଳରେ ଲେଖାଥିବ ଯଦି... ହବ ତ ?

ତେବେ କିଏ ଲେଖେ କପାଳରେ ? କଉଠି ତା’ ଘର ? କେତେ ପଇସା ନିଏ ?

କିଏ କହିବ ? ଖେତରୁ ଘରକୁ ଗଲାବେଳେ ବୁଢ଼ା ବରଗଛ ତଳେ ବସିଥିଲେ ଗାଁର ଦଦା, କକା ଓ ଅଜାମାନେ । ସେ ତାଙ୍କୁ ଯାଇ ପଚାରିଲା ତା’ କପାଳରେ କିଏ ଲେଖିଦବ ରାଜାପୁଅ ନାଁ । ସେମାନେ କାବା । କାହିଁକି ସେ ନାଁ ଲେଖିବାକୁ ଚୁହେଁଛି ? ସେ କହିଲା –

: କପାଳରେ ଲେଖାଥିଲେ ଯାଇ ରାଜାପୁଅକୁ ବିଭା ହେଇପାରିବି: ଅଜା ମାନ୍ୟର ଜଣେ ବୃଦ୍ଧ ରହସ୍ୟକରି କହିଲା –

: ଚିତାକୁଟ଼ା ଜଣେଲୋକ ଅଛି । ତା’ ପାଖକୁ ଯା’ । ସେ ଲେଖିଦବ ତା’ପରେ ତୁ ରାଣୀ:

: ସତେ ? କଉଠି ତା’ ଘର ? ତା’ ମୁହଁ ସାରା କଅଁଳି ଖରା ଖେଲିଗଲା ।

: ମହାଦେବ ଗୁଡ଼ି ରାସ୍ତାରେ ଯିବୁ । ଭୁଜ୍‌ନି ଆଡ଼େ ମୋଡ଼ିବୁ । ସେଠି ସେ ରହେ । କାହାକୁ ପଚାରିଦବୁ:

ଖୋଜି ଖୋଜି ଗଲା ଫୁଲକୁମାରୀ। ପାଇଲା, ଚିତାକୁଟା ବାଲାକୁ ସବୁ କହିଲା — ପଚାରିଲା: ଦଶ ଟଙ୍କା ଆଣିଛି ସେଥିରେ ହବ ?

ସେ ତାକୁ ବୁଝେଇଲା ଟଙ୍କା। ସାଙ୍ଗରେ କିଛିନାଇଁ କପାଳରେ ନାଁ ଲେଖ୍ହେବ ନାଇଁ। କିନ୍ତୁ ସେ ଜିଦ୍ ଧରି ବସିଲା। ଲୋକଟି କରେ କ'ଣ ? କହିଲା —

: ହାତରେ ଲେଖିଲେ ବି ଚଳିବ କିନ୍ତୁ କଷ୍ଟ ହେବ। କାଟିଲେ ସହିପାରିବୁ ?

: ହଁ... ହଁ... ସହିବି। ତା ପାଇଁ ମୁଁ ସବୁ କରିପାରିବି। ତୁମେ ଲେଖିଦିଅ...

ତା' ଡେବିରି ହାତରେ କୁଟେଇ ଦେଲା ସେ 'ରଜାପୁଅ'। କଷ୍ଟ ହେଲା ଧାର ଧାର ଲୁହ ଝରିଗଲା ସହିନେଲା ସେ। ଘରକୁ ଫେରିଲା ଡେଇଁ ଡେଇଁ।

ଆହା ! ଫୁଲକୁମାରୀ ! ଗୋରୀ ସୁନ୍ଦରୀ !

କିଏ ତାକୁ ବିଶ୍ୱାସ ଦେବ, କହିବ, ଏମିତି ହାତରେ ଲେଖିଇ ଦେଲେ ସବୁ ଜିନିଷ ମିଳିଯାଏନା। ରୁନ୍ଦ, ରୁନ୍ଦ ଶହେଆଠ ଥର ଲେଖିଲେ ବି ରୁନ୍ଦ ଓହ୍ଲେଇ ଆସେନା କେବେ ହାତକୁ। କିନ୍ତୁ...? ସେ ଘରକୁ ଫେରିଲା। ହାତ ଦେଖେଇ ଆଇକୁ କହିଲା —

: ଦେଖ୍ ଲେଖ୍ ଆଣିଛି ରଜାପୁଅ ନାଁ। ହାତରେ ଲେଖିଲେ ବି ହବ ପରା... ସେ ଲୋକ କହିଲା। ସେତିକିବେଳେ ତା' ଦେହରେ ତାତି ଆରମ୍ଭ ହୋଇଗଲା।

: ମୋ' ଯୁବରାଣୀ... ଆଇ ତାକୁ ଛାତିକୁ ଆଉଜେଇ ଜାକି ଧରିନେଇ କହିଲା। ଛୋଟ ଚୁମାଟେ ବି ଦେଲା।

କାନରୁ କାନକୁ କଥାଟି ଉଡ଼ିଲା। ସାରା ଗାଁ ଜାଣିଲା। ଫୁଲକୁମାରୀ ରଜାପୁଅ ବିଭା ହବାକୁ ମନ କରିଛି। ହାତରେ 'ରଜାପୁଅ' ବୋଲି କୁଟେଇ ଦେଇଛି। ବଂଧଘାଟରେ, ବରଗଛ ତଳେ, ସବୁ ପାନ ଦୋକାନରେ, ନୂଆ ଖୋଲିଥିବା ଜଳଖିଆ ଦୋକାନରେ ଚର୍ଚ୍ଚା ଖାଲି ଚର୍ଚ୍ଚା। କିଏ ହସିଲା। କହିଲା କିଏ— ଏବେ ତା'ର ଛୁଆବୁଦ୍ଧି। ଆଉ କିଏ କହିଲା: କାହିଁ ରାଣୀ କାହିଁ ଚନ୍ଦ୍ରକାଣୀ:

ଫୁଲକୁମାରୀ ବସୁଥିଲା ମନମାରି, ଆଇ ତାକୁ ଭୁଲେଇବା ପାଇଁ ବଖାନି ପଚାରିଥିଲା "ଅମଜି ମଜା, ମଞ୍ଜି ନାଇଁ ତାର ଭୂଇଁନ ଗଜା" କହ ତ କ'ଣ ? ଫୁଲେଇ ହେଇ ସେ କହୁଥିଲା: ତୁଇ କହ...

: ଛତୁ... ଛତୁ। ତା'ର ମଞ୍ଜି ନଥାଏ। ଭୂଇଁରେ ସେ ଫୁଟେ: ଆଇ ନାତୁଣୀ କୋଲାକୋଲି ଯିଏ ଯା' କହିଲେ କହୁ। କହୁଥାଉ...

ସେଥର — ଗାଁ ପାହାଡ଼ର ଛାତି ଛୁଇଁ ରତୁ ବସନ୍ତ ଆସିଲା। ଆସୁ ଆସୁ ମଳୟ ପବନ ଛୁଇଁ ଦେଲା ଫୁଲକୁମାରୀକୁ। ଫୁଲରେ ଫୁଲରେ ସେ କୁସୁମିତ ହୋଇଗଲା। ମୌସୁମୀ ଆସିଲା। ସେ ବି ଛୁଇଁଲା, ଝର୍ଝର ବରଷାରେ ଭିଜେଇ ତାକୁ ବରଷାରାଣୀ କରିଦେଲା, ତା' ଗୋରା ଗୋରା ହାତରେ ଲେଖାଥିବା "ରଜାପୁଅ"ର ରଙ୍ଗ ସେତେବେଳକୁ ଭାରି ଗାଢ଼ା ଓ ଗଭୀର। ସେ ତାକୁ ଦେଖୁଥାଏ, ଛୁଇଁଥାଏ, ମୁଲମୁଲ ହସୁଥାଏ, ଦେଖୁଥାଏ ମୁହଁ ଦର୍ପଣରେ। ବନ୍ଧପାଣିରେ

ଲଗୋଉଥାଏ ହଳଦୀ ଚନ୍ଦନ । ଚମକି ପଡ଼ୁଥାଏ ଶୁଣି କୋଇଲିର କୁହୁତାନ । ଖୋଲା ଆଖିରେ ଦେଖୁଥାଏ ରଜାପୁଅର ଛୋଟ ବଡ଼ ସପନ । ଆଈ କହୁଥିଲା ରସିକା ପରି — ରଜାପୁଅ ତୋ ଶୀତରାତିର କମ୍ବଳ ହେବ ଲୋ... ଯୁବରାଣୀ... ।

ରାଜଉଆସ । ଝଲମଲ୍ ମହଲ ।

ରତ୍ନ ପଲଙ୍କ । ଆଈ ବି ଅଛି ସେଠି । ରତ୍ନ ପଲଙ୍କରେ ଛଟପଟ ହଉଛି କହୁଛି

: ମତେ ଏ ରତ୍ନ ପଲଙ୍କରେ ନିଦ ଲାଗୁନାଇଁରେ ଫୁଲକୁମାରୀ:

ସଖୀ, ପରିଚାରିକା ହସୁଛନ୍ତି ଠଓ ରୂପିରୂପି ।

ସକାଳ ହୁଏ, ସପନ ଉଭେଇ ଯାଏ ।

ସେ ପଚାରେ — "ତୁମେ କେବେ ଆସିବ ରଜାପୁଅ ?" ତା'ପରେ — ସେ ଚିଟାଉ ଲେଖେ ମନରେ, ମାଟିରେ ।

ସେମିତି ଦିନେ ଆଈ ଆଉ ଗୋଟେ ବଖାଣି ପଚାରିଲା —

"ଅରଖ୍ ଚେର୍‌ର ପରଖ ପଁଏଖ୍

କେନ୍ ଚେର୍‌ର ତିନ୍‌ଟା ଆଁଏଖ୍" ?

ସାଙ୍ଗେ ସାଙ୍ଗେ ଫୁଲକୁମାରୀ ଉତ୍ତର କହିଲା "ନଡ଼ିଆ" । କେମିତି ବୁଝ ?

: ନଡ଼ିଆ ଗଛର ପତ୍ର ଢେଣା ପରି ଦିଶେ । ତା'ର ତିନିଟା ଆଖି... ମାନେ ତିନିଟା କଣା...

: ଠିକ୍... ଠିକ୍... ସବୁ ମନେ ରଖିଛୁ... ତୁ ଭାରି ଚତୁରୀ...ଲୋ । ତୁ ଯୁବରାଣୀ ହେବା ଯୋଗ୍ୟା:

: ଏଥର ମୁଁ ଗୋଟେ କଥା ପଚାରୁଛି... ତା'ର ଉତ୍ତର ଦବୁ ଆଈ...

: ପଚାର...

: ରଜାପୁଅକୁ ଥରେ ଦେଖିବାକୁ ମୋ'ର ଭାରି ମନ... କେମିତି ଦେଖିବି ? ଦେଖେଇ ପାରିବୁ ? ହଠାତ୍ କିଛି ଉତ୍ତର ଦେଇପାରିଲାନି ଆଈ । କହିଲା— ପଛେ କହିବି ।

ତା'ପରେ ଖୋଜଖବର । ପଚରାଉଚୁରା । ଗାଁ ଗଉଁଟିଆ କହିଲେ—

: ଆଉ ରାଜ୍ୟ ନାହିଁ । ରାଜାପଦ ନାଇଁ । ଉଆସ ଖାଲି । ରଜାଘର ଲୋକ ସେଠିକି କେବେ କେମିତି ଆସନ୍ତି । ଏବେ ସେମାନେ ଲୋକ ପ୍ରତିନିଧି । ସହରର ସଭା ସମିତି— ଲୋକଙ୍କ ବିପଦ, ଆପଦରେ ଆସନ୍ତି । ହାରି ଗୁହାରି ଶୁଣନ୍ତି । ତେବେ ତୁମେ ଦେଖିପାରିବ କି ନାଇଁ ମୁଁ ଜାଣେନା ।

ଆଈ ମୁହଁର ତେଜ ଟିକେ କମିଗଲା ।

ଆଉ ଜଣେ ବୃଦ୍ଧ କହିଲେ— : ଦଶହରା ଦିନ... ଗିରି ଗୋବର୍ଦ୍ଧନ ପଡ଼ିଆରେ ଲାଖବିନ୍ଦା ତିହାର କେବେଠୁ ଚଳିଆସୁଛି । ଲାଖବିନ୍ଦିବାକୁ ସେଦିନ ରଜାପୁଅ ଆସନ୍ତି । ଯଦି ସେଠିକି ଯିବ ଦେଖିପାରିବ...

ଆଇ-ନାତୁଣୀ ଭାରି ଖୁସି । ଦଶହରୋକୁ ଅପେକ୍ଷା କଲେ । ଫୁଲକୁମାରୀ ଆଶାଫୁଲରେ ମାଲା ଗୁନ୍ଥିଲା । ବିଶ୍ୱାସର ଘିଅବତୀ ଜଳେଇଲା । ରଜାପୁଅ ପାଇଁ ଚିଟଉ ଲେଖିଲା । ଗୀତ ଫାନ୍ଦି ଗାଇଲା । "ତମେ ସିନା ଆସିଲନି ରଜାପୁଅ ମୋ'ର... ଦେଖ ମୁଁ ତୁମକୁ ଯିବି ଗୋବର୍ଦ୍ଧନ ପାହାଡ଼"

ଯିବାଦିନ ପାଖେଇ ଆସିବାରୁ ଫୁଲକୁମାରୀ ପଚରିଲା ଗୋଟିଏ ନିରୀହ ପ୍ରଶ୍ନ —

: କ'ଣ ନେବା ଗୋ ଆଇ ତା' ପାଇଁ ? ଜଙ୍ଗଲରୁ ଆଣିବା କି ଚିହୁର, କେନ୍ଦୁ, ମହୁଲ, ଜାମୁଫଳ ?

ଆଖି ମିଟିକା ମାରି, ରହସ୍ୟ କଲା ନାତୁଣୀକୁ ସେ—

: ତୋ' ବାଡ଼ିର କୋଳି ଆଉ ଆମ୍ଭ ଥାଉଥାଉ ଅନ୍ୟ ଜିନିଷ କାଇଁନବୁ ? ଖିଲଖିଲ୍ ହସିଲା ଆଇ । ଟିକେ ପରେ ସେ ଭାବିଲା ନାତୁଣୀ ମନରେ ସେ ହିଁ ତ ବିହନ ବୁଣିଛି... ଏଇନେ ସେଥିରୁ ଛନଛନ ଗଛ । ଏ ଗଛରେ କେବେ କ'ଣ ଫଳ ଫଳିବ ସତରେ ?

ଦଶହରା ଦିନ —

ବସ୍ ଚଢ଼ି ସହର । ସେଠୁ ଗିରି ଗୋବର୍ଦ୍ଧନ ପଡ଼ିଆ । ଭିଡ଼ ଲହଡ଼ି ମାଡ଼ୁଥିଲା । କେମିତି ଦେଖିହବ ରଜାପୁଅ ? କେମିତି ଦେଇହେବ ଚିଟଉ ? ଛୁଟି ଆସିଲା ଗାଡ଼ି, ମଟର । ଆହୁରି ଭିଡ଼, ଆଇ-ନାତୁଣୀ ହାତ ଧରାଧରି । ପଶିଲେ ଭିଡ଼ରେ ଠେଲାପେଲା ରଜାପୁଅ ଦେଖିବି । ବାଟ ଛାଡ଼... ଛାଡ଼ିଦିଅ... କିନ୍ତୁ ବାଟ ଛାଡ଼ିବ କିଏ ? ଅଟକେଇଦେଲା ପୁଲିସ୍ ।

ତୁମକୁ ଏ ଭିଡ଼ରେ ମାଡ଼ି ଦଲିଦେବେ... ପଳାଅ...

: ମୁଁ ରଜାପୁଅ ଦେଖିବି । ଏ ଚିଠି ଦେବି...

ପୁଲିସ୍ ଭାବିଲା ବୋଧେ କିଛି ଦାବୀପତ୍ର । ଚିଠିଟା ଟାଣିନେଇ ସେ କହିଲା

— ମୁଁ ଦେଇଦେବି... ତୁମେ ଯାଅ...

ପୁଲିସ୍ ବାବୁ ଦେଖ, ଦେଇଦେବ, କହିବ ଫୁଲକୁମାରୀ ପଠେଇଛି...

ନିରାଶ ହୋଇ ଦିହେଁ ଫେରିବାବେଳକୁ ରଜାପୁଅ ବୋଧେ ବୁରୁଡ଼ି ଗଛରେ ଝୁଲୁଥିବା ନଡ଼ିଆଟିକୁ ବନ୍ଧୁକ ଗୁଳିରେ ଫଟେଇ ସାରିଥିଲେ । ଟୁକୁଡ଼ା ଟୁକୁଡ଼ା ନଡ଼ିଆକୁ ଗୋଟେଇ ନଉଥିଲେ କିଛି ଲୋକ ।

ତ — ରଜାପୁଅକୁ ଦେଖ ପାରିଲାନି ଫୁଲକୁମାରୀ, କନ୍ଥନରେ ଦେଖିଲା । ଉଚ୍ଚା, ପୁରା ଗୋରା, ନୀଳଆଖି, ଫିନ୍ ଫିନ୍ ପୋଷାକ । ବାସ୍ — ଶୋଇବା ଘରେ, ବସିବା ଘରେ ରଜାପୁଅ... ରଜାପୁଅ ଚିତ୍ର ଆଙ୍କିବାକୁ ସେ ଚେଷ୍ଟା କଲା ମନର ରଙ୍ଗରେ ଆଉ ଆଙ୍କିପାରିଲା ବି ସେ ମୋହନ ରୂପ ।

ଆଇ କହିଲା — : କହୁନଥିଲି ତୁ ଆଙ୍କିପାରିବୁ । ସବୁ କାମ ପାଇଁ ଗୋଟେ ଗୋଟେ ସମୟ ଥାଏ । ବୟସ ଥାଏ । ଯେଉ ବୟସରେ ଯାହା... ଲୋ ଫୁଲକୁମାରୀ....

ଦିନେ— ସେ ଚେହେରା ଆଙ୍କି ହୋଇଗଲା ଗାଁ ମାଟିରେ, ପାଣିପବନରେ,

ମେଘମାଳାରେ, ଜଙ୍ଗଲର ଗଛପତ୍ର, ଫୁଲଫଳରେ । ଆଷ୍ଟୁଲା ଆଷ୍ଟୁଲା ଫୁଲ ଭାଲୁଥିଲା ଫୁଲକୁମାରୀ ସେ ଚିତ୍ର ଓ ଚେହେରା ଉପରେ । ସାଙ୍ଗ ସରିଷା ଦେଖିଲେ, ଗାଁ ଲୋକ ଦେଖିଲେ ଗାଁକୁ ଆସୁଥିବା ବାହାର ଲୋକ ଦେଖିଲେ । ଗାଁର ସୀମା ଟପି ଦିନେ ସେ ଖବର ଯାଇ ପହଞ୍ଚିଲା ସହରରେ । ସାମ୍ୱାଦିକ ମହଲ ଶୁଣିଲେ, କେତେ ଜଣ ସାମ୍ୱାଦିକ ଛୁଟି ଆସିଲେ ସେଇ ଗାଁକୁ । ଫୁଲକୁମାରୀ ଘରକୁ । ସତମିଛ ଜାଣିବାକୁ ସତକୁସତ ତା' ଶୋଇବାଘରେ, ବାଟଘରେ, କାନ୍ଥରେ ରଜାପୁଅ ଚିତ୍ର ।

ସେମାନେ ପୁରା ତାଜୁବ୍ ।

ଫୁଲକୁମାରୀକୁ ପ୍ରଶ୍ନ ଓ ତା'ର ନିରୀହ, ନିର୍ଭୀକ ଉତ୍ତର —

: ଇଏ କିଏ ତୁମେ ଜାଣ ?

: ରଜାପୁଅ ।

: ଦେଖିଛ ତାଙ୍କୁ ? କେବେ ? କେଉଠି ?

: ଦେଖିନାହିଁ କେବେ, ଚିତ୍ର କରିଛି ମୋ' ମନରୁ, ସେ ମୋ' ମନଭିତରେ ଅଛି । ସାମ୍ୱାଦିକ ଆହୁରି ଆବାକାବା ।

: ତୁମେ କାହିଁକି ଆଙ୍କିଛ ଏ ଚିତ୍ର ?

: ସେ ମୋ' ହୃଦୟ ଚେର:

: ସେ ଜାଣନ୍ତି ଏ କଥା ?

: ଜାଣିଥିବ, ଲାଖବିନ୍ଧା ବେଳେ ପୁଲିସ୍ ହାତରେ ଚିଠି ପଠେଇଥିଲି ତ... ହେଲେ ସେ — ଉତ୍ତର ପଠେଇନି କି ଆସିନି । ତୁମେ ଆସିଛ, ଏବେ ତୁମେ ଯାଇ କହିବ ।

ସେ ଆସିବ... ମୋ'ର କିରିଆ, ମୋ' ଗାଁର କିରିଆ ଦେବ ତାକୁ — ମୁଁ ବାଟ ରୁହିଁ ବସିଛି ।

: କାହିଁକି ?

: ମୁଁ ତାକୁ ବିଭାହେବି । ଏଇ ଦେଖ ମୋ' ହାତରେ ତା' ନାଁବି ଲେଖିଛି ।

ସାମ୍ୱାଦିକ ମାନେ ସମ୍ୱେଦନଶୀଳ ହୋଇ ଫେରିଯାଇଥିଲେ । ପ୍ରେମ...! ଅଦ୍ଭୁତ ଓ ଏକପାଖିଆ ପ୍ରେମ । ଜଣେ କହିବା କଥାକୁ ଅନ୍ୟଜଣେ କାଟିଦେଇ କହିଲେ —

: ଇଏ ପ୍ରେମ ନୁହେଁ ଗୋଟେ ପ୍ରକାର ମାନସିକ ବିକୃତି, ଗୋଟେ ଖିଆଲି ରୋଗ ଖାଲି... ଯ୍ୟା'ର ମାନେ ଅଛି କିଛି ?

ଖବରକାଗଜରେ ଅବଶ୍ୟ ଖବରଟି ଛପାଗଲା । ଆଉଥାଲରେ ରଖାଗଲା ରଜାପୁଅଙ୍କୁ । ମଜାଦାର ଖବର ହିସାବରେ ସଭିଏଁ ପଢ଼ିଲେ । ମଜା ନେଲେ । ଭୁଲିଗଲେ, ଏପଟେ ଫୁଲକୁମାରୀ ଭାବୁଥିଲା — ସେମାନେ ରଜାପୁଅଙ୍କୁ ନିଶ୍ଚେ କହିଥିବେ — ସେ ଆସିବ, ଆସୁଥିବ, ସେ ବାଟ ରୁହିଁଛି — ରୁହିଁଥିବ । ନିଜ ହୃଦୟଟିକୁ ଆଉ କାହାକୁ ଦେଇଦେଲେ ଏମିତି ହିଁ ବାଟ ରୁହିଁବାକୁ ପଡ଼ିଥାଏ । ଦ୍ୱାପର ଯୁଗର କୃଷ୍ଣ ମହାପ୍ରଭୁଙ୍କ ପାଇଁ ରାଧାରାଣୀ ବି ପରା ବାଟ ରୁହିଁ ବସିଥିଲେ — ଆଇ କହିଥିଲା ।

ଆଉ ସେ କିଏ ? ସାଧାରଣ ଝିଅଟିଏ... ବାଟ ଚାହିଁବ... ସେ ଆସିବା ଯାଏଁ ।

ଦିନେ ବନ୍ଧଘାଟରେ ଦେହ ରଙ୍ଗ ମାଜୁଥିଲା ଫୁଲକୁମାରୀ । ଗାଉଥିଲା ଗୀତଟିଏ ଗୁଣୁଗୁଣୁ । ହଠାତ୍ ହୋହଲ୍ଲା ଶୁଭିଲା ପାଖଘାଟରୁ ।: "ବୁଡ଼ିଗଲା ମୋ'ର ନୁନି ବୁଡ଼ିଗଲା": ସେ ଆକୁଳ ରଡ଼ିରେ ଚହଲିଗଲା ଫୁଲକୁମାରୀର ମିଠା ଗୀତ । ସେ ଦେଖିଲା ବନ୍ଦର ମଝାମଝି ଜଣେ ଉଠୁଛି, ବୁଡ଼ୁଛି, ଆଉ କିଛି ନ ଭାବି ସେ ଚଟ୍‌କିନା ତା'ର ଖୋଲାକେଶ ବାନ୍ଧିଲା । ଅଣ୍ଟାରେ ଶାଢ଼ୀକାନି ଗୁଡ଼େଇଲା । ସେ ପହଁରା ଜାଣେ । ତାକୁ ନେଇ ଆସିପାରିବ । ହେଲେ ପୁରୁଷ ଘାଟରୁ ଜଣେ ଯୁବକ ତା' ଆଗରୁ ପହଁରିଗଲା । ପହଞ୍ଚିଗଲା ସେଟିକି । ଝିଅଟିକୁ ଧରି ଘଲିଆସିଲା । ଦଶମିନିଟ୍ ଭିତରେ ସେ ଗଲା, ଆସିଲା ।

ସାବାସ୍...! ସାବାସ୍ ! ବୁଢ଼ାବୁଢ଼ୀଙ୍କ ଆଶୀର୍ବାଦ ବରଷି ଗଲା ।

ତା' ଖୋଲା ଦେହକୁ ଗାମୁଛାରେ ଘୋଡ଼େଇ କହିଲା ଫୁଲ କୁମାରୀ —

: ସାବାସି ନେଲା ଭଲି କୋଉ ବଡ଼କାମଟେ କରିଛି ଯେ... ?

ହେଲେ ଲୋକଙ୍କ ଆଖିରେ ତା'ର ଶାରୀରିକ ଆକାରଠୁ ସେ ବେଶ୍ ବଡ଼ ଦିଶିଲା । ଫୁଲକୁମାରୀ ରହିଁଲା ତାକୁ ତେରା ଆଖିରେ । ଭାବିଲା —

: ହଁ ତ କୋଉ ବଡ଼ କାମ... ଏ କାମଟି ମୁଁ କରି ନଥା'ନ୍ତି କି ?

ଆଉଥରେ — ଯୁବକଟି ଗୋଟେ କାଠୁରିଆକୁ ଭାଲୁ କବଲରୁ ରକ୍ଷା କଲା । ନିଜେ ତା'ସହ ଲଢ଼ି ବେଶ୍ ଖଣ୍ଡିଆ ଖାବରା ହେଲା । ବନ ବିଭାଗକୁ ଯାଇ ଘଟଣାଟି ରିପୋର୍ଟ କଲା । ଲୋକେ ସବୁ ଦେଖି ସେଦିନ ତାକୁ ହିରୋ କରିଦେଲେ । ସେଟିକିବେଳେ ଫୁଲକୁମାରୀ ଯୁବକକୁ ଈର୍ଷା କଲା ଓ ଭାବିଲା: ରାଜାପୁଅତ ଏମିତି କେତେଥର ବାଘ, ଭାଲୁ ସହ ଲଢ଼ିଥିବ:

ଆଇର ଆଖି କିନ୍ତୁ ଚମକୁଥିଲା । ଭାରି ଗୁଣର ପିଲାଟେ କହି ସେ ତାକୁ ମୁଣ୍ଡରେ ବସେଇଲା । ନିଜ ଜୀବନକୁ ବିପଦରେ ପକେଇ ଅନ୍ୟକୁ ସାହା ହେବା ଲୋକ ଏବେ ଆଉ କାହାନ୍ତି ? ସେ କିନ୍ତୁ ସେମିତି ପିଲା । ଦିନେ ପୁଣି କ'ଣ ହେଲାନା — ସାଏବାନିର ଛେଳିଟିକୁ ଗିଲି ପକେଉଥିଲା ଦଶଫୁଟିଆ ଗୋଟେ ଅଜଗର । ତା' ଆଁ ଭିତରକୁ ଯାଉ ଯାଉ ଛେଳିକୁ ଭିଡ଼ି ଆଣିଲା ସେଇ ହିରୋ ତା'ପରେ ଆଉ କ'ଣ ? ଘରେ ଘରେ, ପୁରେପୁରେ ତା' ଚର୍ଚ୍ଚା, ସେଇ ବୀର ଅର୍ଜୁନର ଚର୍ଚ୍ଚା । ପ୍ରଶଂସା, ଆଇ ବି ଶୋଇଲାବେଳେ ଫୁଲକୁମାରୀ ଆଗରେ ତା'ର ପ୍ରଶଂସା କଲା । ଅନ୍ଧାରରେ ତା'ର ନାକଫୁଲ ଚମକୁଥିଲା କିନ୍ତୁ ଅର୍ଜୁନର ବୀରତ୍ୱ ଶୁଣି ତା' ମନରେ ମୋଟେ ଚମକ୍ ସୃଷ୍ଟି ହେଲାନି । ଆଇ ଆଡ଼କୁ ପଛକରି ସେ କହିଲା — : ହଁ ହେଲା — କିନ୍ତୁ ସେ ତ ରାଜାପୁଅ ନୁହେଁ: ସେଇ କଥା ପଦକ ଆଇ ମନକୁ ପାଇଲାନି । ଏବେ ଏବେ ସେ ବୁଝିପାରିଛି ଫୁଲକୁମାରୀର କି କ୍ଷତି ସେ କରିଛି । ଅନ୍ଧ ଭାବରେ ସେ ତାକୁ ଭଲପାଇ ରାଜାପୁଅର ମିଛ ସପନ ଦେଖେଇଛି । ମିଛ ଆଶା ଦେଇଛି । ଗୋଟେ ଭୁଲ୍ ବାଟରେ ଚଲେଇ ଆଣିଛି । ଏବେ ଏବେ — ଆଉ ଫୁଲକୁମାରୀର ମନ ଭଲ ନାଇଁ — କ'ଣ କିଛି ଭାବୁଛି । ଯେଉଁଠି ବସୁଛି — ବସି ରହୁଛି ପଥର ପରି । ହସ-ଖୁସି ନାଇଁ ଅଲ୍ପ ଖାଉଛି — ଅଲ୍ପ କହୁଛି ।

ଦିହପା'ର ଖିଆଲ ନାହିଁ । ଆହା ! ତା' ପାଇଁ ଏ ସବୁ । ଦୋଷ ତା'ର, ଅପରାଧ ତାର । ପିଲାବେଳ କଥା ଅଲଗା । ଏଇ ଫଗୁଣ ପୁନିରେ ତାକୁ ସତର ପୁରିବ । ଏବେ ସତସତିକା ସାଙ୍ଗଟେ ଦର୍କାର ତା'ର । ଦିହ ସୁଖ ବି ଦର୍କାର, ଖରା, ବରଷା ପାଇଁ ଛତାଟିଏ ଦର୍କାର ।

ମୋ' ଫୁଲକୁମାରୀ ଲୋ...

କିଏ ତତେ ଛୁଇଁଦେବ... ପଥରରୁ ଫୁଲ କରିଦେବରେ ଧନ... ଅଛି କିଏ ? ?

ଭାବିଲା ଆଇ । ବହୁତ ବହୁତ ଭାବିଲା । ଏତେ ଭାବିଲା ଯେ ତା' ମୁଣ୍ଡଫାଏଁ କରିଗଲା । ରୁଷକାମରେ ବାଧା ଆସିଲା । ହେଲେ କୋଉଠି ଟିକେ ଉକିଆ ଥାଏ ଠିକଣା ବେଳରେ ଯାଇ ଦିଶେ । ଦିନେ ତାକୁ ଦିଶିଲା । ବାଟ କଡ଼େଇ ନେଲା । ସେ ସିଧା ଗଲା ସେଇ ନିର୍ଭୀକ ଯୁବକ ଘରକୁ । କିନ୍ତୁ — ତା'ର ବାଉଁଶ ପଟିରେ ତାଲା ପଡ଼ିଥିଲା । ପାଖ ଘରର କାକି କହିଲେ — : ସେ ବ୍ଲକ୍ ଅଫିସ୍ ଯାଇଛି ଗାଁ ଲୋକଙ୍କ କାମରେ । 'ହଉ' — ସେ ଫେରି ଆସିଲା । ଆଜି ନାହିଁ କାଲି ତ ଥବ । ଆଶା ବାନ୍ଧିଲା ସେ । ଆରଦିନ ଖେତକୁ ଯିବା ଆଗରୁ ପୁଣିଗଲା । ଅର୍ଜୁନ ଅନାଥ ପିଲା । ନିଜେ ନିଜକୁ ଠିଆରିଛି । ଏକା ରହେ । ପବନ ସହ ତା'ର ଭାବ ଦୋଷ୍ଟି । ଅକାଶ ସହ କଥାବାର୍ତ୍ତା । ଆଇକୁ ତା' ଘରେ ଦେଖି ସେ କାବା । ଗ୍ଲାସେ ନାଲି ରଂ ଦେଇ ସେ ତା'ର ଖାତିର କଲା । ଆଇ ଆମୂଲଚୂଲ ସବୁ କଥା କହିଲା ଆଉ ତା' ମନର କଥାଟି ବି ଭାରି ସରାଗରେ କହିଦେଲା । କହିଲା — ଏତେ କାମ କରୁଛ, ଏ କାମଟି ବି କରିଦେ । ମୋ' ନାତୁଣୀକୁ ନୂଆ ଜୀବନଟେ ଦେରେ ଅର୍ଜୁନ । ଧରମ କାମ ।

ଅର୍ଜୁନ ଚୁପ୍ ରହିଲା । କିଛି କହିଲା ନାହିଁ, ଫୁଲକୁମାରୀର ସରୁମୁହାଁଟି । ତାକୁ ଟିକେବେଳ ପାଇଁ ଦିଶିଲା । ଲିଭିଗଲା ଆମ୍ବ ଡାଲରେ କୋଇଲିଟେ ଗୀତଟିଏରେ ସୁର ଦଉଥିଲା । ଅର୍ଜୁନ ସେଇ ଗୀତ ଶୁଣେ । ହେଲେ ସେତେବେଳକୁ ଶୁଭୁଥିଲା ଖାଲି ଆଇ ଗାଇଥିବା ଗୀତର ସୁର । ଆଇ ଫେରିଲା । ଘରେ, ରୁଷଜମିରେ ଭାରି ଛଟପଟ ହେଲା । ଫୁଲକୁମାରୀ ଦିନକୁ ଦିନ ଖାଲି ଖାଲି ଦିଶୁଥିଲା । ଅର୍ଜୁନ ଏଯାଏଁ ତ କିଛି ଜବାବ୍ ଦେଲାନାହିଁ । ତା' ମାନେ... ସେ ପଥରକୁ ଫୁଲ କରିପାରିବ ନାହିଁ ? ତେବେ ତ ତା'ର ପାରିଲାପଣକୁ ଧିକ୍... ହୁଁ...

କିନ୍ତୁ ଏ କ'ଣ ? କି ଅପୂର୍ବ ଦୃଶ୍ୟ ! କି ସୁନ୍ଦର ! ସେଦିନ -

ଅର୍ଜୁନର ସାଇକେଲ୍ ପଛରେ ଫୁଲକୁମାରୀ ! ! ଆହା... ହା... ରାମ ସୀତା ଯୋଡ଼ି । ଅଟକିଗଲା ଦିହେଁ । ଫୁଲକୁମାରୀ ରୂପ୍‍ରଝ୍ ଭିତରକୁ ଗଲା । ସାଇକେଲ ଧରି ଅର୍ଜୁନ କହିଲା — ଜଙ୍ଗଲରେ ବୁଲୁଥିଲା ପାଗଲୀ ହୋଇ ।

: ଫୋଡ଼ି ହେଇଛି ଏକାଥରକେ ଦି'ଟା ବମୁର କଣ୍ଟା ତା' ପାଦରେ । ସେ ପଟେ ଆସୁଥିଲି ଦେଖିଲି ଥପ୍ ଥପ୍ ରକ୍ତ— ରୁମାଲ୍ ବାନ୍ଧିଦେଇଛି-ପଛରେ ବସେଇ ନେଇ ଆସିଲି:

କହିଲା । ରୁଲିଗଲା । ଆଇ ତା' ପଛେ ପଛେ ବାଟଯାଏଁ ଗଲା ।

: ଠିକ୍ ହୋଇଛି... ଯା' ହୋଇଛି ଭଲ ହୋଇଛି । ଆଜି ପାଦରେ ବମୁର୍ କଣ୍ଟା କାଲି ମନରେ ଫୋଡ଼ିହବ ଅର୍ଜୁନ ଧନୁଟୀରର ମଧୁର କଣ୍ଟା । ମନ ଦିଆ-ନିଆ ତ ଏମିତି ହୁଏ ।

ଦିହିଁଙ୍କର ପୁଣି ଉଷ୍ମ ବୟସ । ଭାବିଲା ବେଳକୁ ଶତ ପ୍ରତିଶତ ପ୍ରେମିକାଟିଏ ପରି ଆଇ ଦିଶୁଥିଲା ।
ଓଠର ପାଖୁଡ଼ା ନ ଖୋଲି ହସୁଥିଲା ।

ଶୀତୁଆ ଆକାଶ, ଆଙ୍ଗୁଲା ଆଙ୍ଗୁଲା ଖରାରେ ଉଷ୍ମ ହେଉଥିବା ବେଳକୁ ହିଁ ସେଦିନ
ଅର୍ଜୁନ ଆସିଲା । ତା' ରୁମାଲ୍ ମାଗିଲା ଫୁଲ କୁମାରୀକୁ ।

: ତା' ପାଦ ବନ୍ଧା ରୁମାଲ୍‌ରେ ତୁ କ'ଣ ଆଉ ମୁହଁ ପୋଛିବୁ ? ଥାଉ... ସେ ତତେ ନୂଆ
ରୁମାଲଟିଏ ସିଲେଇ ଦବନି କି ? ତମେ ସୁଖ-ଦୁଃଖ ହଉଥା— ମୁଁ କୁକୁଡ଼ା ତର୍କାରୀ କରୁଛି —
ସାଙ୍ଗ ହେଇକି ଖାଇବା...

ଅର୍ଜୁନ ବସିଲା ଫୁଲକୁମାରୀ ପାଖରେ ।

ଘର ଭିତର ବାହାରଠୁ ଉଷ୍ମ ଲାଗୁଥିଲା ।

ପବନ ନ ଥାଇ ବି ଫୁଲକୁମାରୀର କେଶ ଫୁରୁଫୁର ଉଡ଼ୁଥିଲା । ଶାଢ଼ୀ କାନି ଲମ୍ଵିଯାଇ
ଭୁଇଁ ଛୁଇଁଥିଲା । ଗୁମାନ କରି ବସିଥିଲା ଫୁଲକୁମାରୀ । କା ଉପରେ ତା' ମାନ-ଗୁମାନ ?
ରଜାପୁଅ ଉପରେ ? ଜୀବନ ଉପରେ ? ଗୁମାନୀ ଫୁଲକୁମାରୀ ଉପରେ ଅର୍ଜୁନର ମାୟା ଆସିଗଲା ।
ସେ କହିଲା —

: କାଲି ବ୍ଲକ୍ ଅଫିସ୍ ଯାଇଥିଲି... ଦେଖିଲି ସେଠି ବିଧବା ଓ ବୁଢ଼ାବୁଢ଼ୀଙ୍କ ଭିଡ଼ । ଭତ୍ତା
ପାଇଁ କେତେ କଷ୍ଟ— କେତେ ଧାଁ ଦଉଡ଼ ଆମ ଗାଁର କିଛିଜଣ ଭତ୍ତା ପାଉ ନଥିଲେ — ତାଙ୍କ
ପାଇଁ ଲଢ଼ି ଆସିଲି । ପୁଣି ଗୋଟେ ଏନ୍.ଜି.ଓକୁ ଗଲି । ଆମ ଗାଁର ସତାଜଣ ଲୋକ ଇଟା
ଗଢ଼ିଯାଇ ବନ୍ଧା ପଡ଼ିଛନ୍ତି ଆନ୍ଧ୍ରରେ, ତାଙ୍କୁ ମୁକୁଲେଇ ଆଣିବା ପାଇଁ ତାଙ୍କ ସହ କଥାବାର୍ତ୍ତା
କରିଆସିଲି...

: ତୁ ଏକଥା ମତେ କାଇଁ କହୁଛୁ ?

: ଯେହେତୁ ତୁ ବି ଏ ଗାଁର, ଭାବିଛୁ କେବେ ଆମ ଗାଁର ସୁଖ-ଦୁଃଖ କଥା ତୋ
ଆଇ କଥା ? ଏ ବୟସରେ ସେ କେମିତି ଋଷବାସ କରେ ? ବ୍ୟାଙ୍କୁ ଲୋନ୍‌ପାଇଁ କେତେଥର
ଧାଏଁ ? ତେଲଲୁଣର ସଂସାର ଆଉ ଏ ଜୀବନ କେମିତି ଋଲେ, ଭାବିଛୁ ? ତୁ ରହିଛୁ ଖାଲି
ଏକ ମିଛ ସପନ ଭିତରେ... ଯାହାକୁ କୁହାଯାଏ କଳ୍ପନା ବିଳାସ... ସେଥିରେ ଜୀବନ
ଚାଲେନା...

: ମିଛ ସପନ ? ରଜାପୁଅ ମୋ'ର ମିଛ ସପନ ? ଏଁ... ? ଫୁଲକୁମାରୀ ରାଗିଲା । ତାକୁ
ପଛ କରି ଠିଆ ହେଲା । ଅର୍ଜୁନ ହାରିଜାଣେନା, ଜୀବନଠୁ ଦୂରେଇ ରହେନା । ସେ ପୁଣି ଯାଇ
ତା' ଆଗରେ । କହିଲା —

: ଖୁବ୍ ସୁନ୍ଦର ଓ ସରଳ ଜୀବନ ତୋ'ର । ତୁ ନିଜେ ହିଁ ତାକୁ ଜଟିଳ କରିଛୁ । କେବେ
ଆସିଛି ରଜାପୁଅ ? ସ୍ୱୀକାର କରିଛି ତତେ ? ତା'ର ବା ଦୋଷ କ'ଣ ? ସେ କ'ଣ ଜାଣେ ତୋ
ବିଷୟରେ ? ପ୍ରେମ, ପିରତି ଏମିତି ହୁଏନାରେ ଫୁଲକୁମାରୀ । ତୁଚ୍ଛା ଖାଲାରେ ଧାନ ମପାଯାଏନା ।
ଯାଏ ? ?

ମାଟି ଓ ଜୀବନକୁ ଚିହ୍ନୁ, ସତକୁ ସାମ୍‌ନା କରୁ ସେ — ରହିଁଲା ଅର୍ଜୁନ, କିନ୍ତୁ ତା'ର କି ଜିଦ୍‌ ! ଓଃ... ଫୁଲ କୁମାରୀ ।

ଆଈ ଅର୍ଜୁନକୁ ପୁରାଣ କଥା କହିଲା । କହିଲା — ଯୁଗଯୁଗ ଧରି ପଥର ହୋଇ ପଡ଼ିଥିଲେ ଅହଲ୍ୟା । ପ୍ରଭୁ ଆସିଲେ, ଟିକେ ଛୁଇଁଦେଲେ ବାସ୍‌ — ସ୍ପର୍ଶବିଦ୍ୟାରେ ଚମକ୍‌ରେ ପଥରରୁ ସେ ନାରୀ ।

ଆଈ କାଇଁ ଶୁଣେଇଲା ସେ କଥା ? ସେ ଭାବନାରେ ପଡ଼ିଗଲା । ଦୂର ପାହାଡ଼କୁ ରହିଁଲା । ପାହାଡ଼ର ମୁହଁକୁ ଥରକୁ ଥର ଛୁଇଁଯାଉଥିଲା ମେଘମାଳା, ଆଉ ଖଲ୍‌ଖଲ୍‌ ହସୁଥିଲା । ସେଦିନ ଅର୍ଜୁନ ଦେଖିଲା ଆଈ ଘର କାନ୍ଥ, ବାଡ଼, ସବୁ ସଫା ପରିଛନ୍ନ । ଲିଭିଯାଇଛି ରଜାପୁଅ, ପାତ୍ର, ମନ୍ତ୍ରୀ, କଟୁଆଳଙ୍କ ଚିତ୍ର । ଆଈ ଲିଭେଇ ଦେଇଛି ସେ ନିଆଁ । ରୁଷିଛି । କାନ୍ଦୁଛି ନାତୁଣୀ । ସେ ଭିତରକୁ ଗଲା । କାନ୍ଦି କାନ୍ଦି ଶୋଇପଡ଼ିଥିଲା ସେଇ ମାନିନୀ, ଗୁମାନୀ । ପାଖରେ ବସିଲା ସେ । ଦେଖିଲା, ନିରେଖିଲା । ଦିଶିଲା ସେ ନିରୀହ ପରୀଟେ ପରି । ଆଙ୍ଗୁଲୀଏ ମଲ୍ଲୀ କଢ଼ ପରି, ପ୍ରେମର ପ୍ରଜାପତିଟିଏ ପରି — ସତରେ ସେ ଫୁଲକୁମାରୀ । ହଠାତ୍‌ ସେ ବେଳାରେ ପୁଣି ମନରେ ଆସିଲା ଅହଲ୍ୟା ଗାଥା ।

ବିହ୍ୱଳ ହାତ ରଖିଲା ସେ ତା' କପାଳରେ । ରଜାପୁଅ ଲେଖାଥିବା ସେଇ ହାତଟିରେ । ନିଦ ଭାଙ୍ଗିଗଲା ସ୍ୱପ୍ନ ନାୟିକାର । ସେ ଆଶ୍ଚର୍ଯ୍ୟ କିନ୍ତୁ ଚୁପ୍‌ ।

: ଆଈ ଚିତ୍ର ଲିଭେଇଲା, ମୁଁ ଲିଭେଇଦେବି ଏ ନାଁ ମୋ' ଓଠର ରଙ୍ଗରେ: ଓଠର ରଙ୍ଗ ଭରିଦେଲା ଅର୍ଜୁନ, ଫୁଲକୁମାରୀର ଫୁଲର ହାତରେ, ବାହୁରେ, ବେକରେ, କପାଳରେ ଆଉ ଫୁଲର ଓଠରେ । ଝରିଗଲା ତା' ପାଦପାଖରେ, ସ୍ପର୍ଶବିଦ୍ୟାର ଆବେଗ ଭିତରେ ଫୁଲକୁମାରୀ ।

କପାଳରେ ମୁକ୍ତା ବିନ୍ଦୁ । ମୁହଁରେ ତେଜ, ଚମକ୍‌ । ଅଲଗା ଦିଶିଲା ସେ ।

ଝିଲ୍‌ମିଲ୍‌ ଲାଜର ଓଢ଼ଣୀ ଭିତରେ ସେ । ମନରେ, ଦେହରେ ଗୋଟେ ଅଲଗା ଭାବ ।

ଦୁଆରେ-ଦିନେ ଖଟ ପାରି ବସିଥିଲା ଫୁଲକୁମାରୀ । ଆଈ ତା' ମୁହଁ ରହିଁ ମୁଲ୍‌ ମୁଲ୍‌ ହସୁଥିଲା । ତାକୁ କୋଳେଇ ନେଇ କହିଲା — ମୋ'ର ଅର୍ଜୁନଘରଣୀ ଲୋ ଦ୍ରୁପଦୀରାଣୀ..

: ଆଈ... ତୁ ଭାରି ଇଏ... ଯା' ତୋ ସାଙ୍ଗରେ କଟି... ଡବଲ କଟି: କହିଲା ସେ । ଫିକ୍‌ କିନା ହସିଦେଲା ।

ସେଟିକିବେଳେ ଅର୍ଜୁନ ଆସିଲା । ସାଙ୍ଗରେ ବସିଲା, କହିଲା —

: କାଲି ଗାଁରେ ସଭାହେବ । ସେଠିକି ରଜାପୁଅ ଆସିବେ । ଗାଁ ଉଠୁଛି ପଡୁଛି । ତୋରଣ ବନ୍ଧା ହେଲଣି । ସଭା ଜାଗା ସଜାସଜି ହେଲିଛି । ଫୁଲକୁମାରୀ ଶୁଣିଲା । କିଛି କହିଲା ନାଇଁ, ଆରଦିନ ରଜାପୁଅ ତାଙ୍କ ଘର ବାଟଦେଇ ଗଲାବେଳେ ସେ ଆସି ତାଙ୍କ ଆଗରେ ଠିଆ ହେଲା । କହିଲା ସେଇ କଥା ।

* * * *

: ମୁଁ ମୋ' ରଜାପୁଅ ପାଇସାରିଛି । ତୁମେ ଫେରିଯାଅଃ ତୁମ ଉଆସଃ

ରଜାପୁଅ ଓ ସଭିଏଁ ଆଶ୍ଚର୍ଯ୍ୟ । ଝିଅଟି କିଏ ? ସେ କାହିଁକି ଏମିତି କହିଲା ? ସେ କେଉଁ ଦଳର ? କ'ଣ ତା'ର ଉଦ୍ଦେଶ୍ୟ ? ବୁଝୁ ବୁଝୁ ଜଣା ପଡ଼ିଲା ସବୁକଥା । ରଜାପୁଅ ସବୁ ଶୁଣିଲେ । ତାଙ୍କ ଭାବନା କିନ୍ତୁ କେହି ପଢ଼ି ପାରିଲେନି ।

: ଫୁଲକୁମାରୀର ବିଭାଘର ଦିନ ।

ରଜାପୁଅର ଭେଟି ଆସିଲା । ଲମ୍ବା ସୁନାଚେନ୍ । ପାଉଁଜି ରୁଣୁଝୁଣୁ ।

ଯିଏ ଆଣିଥିଲା, ଫୁଲକୁମାରୀ ତାକୁ ଡାକି ବସେଇଲା । ଆଦର ସତ୍କାର କଲା । ହାତ ଯୋଡ଼ି କହିଲା—

: ଆମ ବିଭାଘରେ ବାଜା ବାଜିବ । ଭୋଜିଭାତ ହେବ, ହେଲେ ଆମେ କାହାଠୁ କିଛି ଭେଟି ନେବୁ ନାଇଁ: ଏ ସବୁ ତୁମେ ଫେରେଇ ନିଅ ।

ଲୋକଟି ଫେରିଗଲା ଆଶ୍ଚର୍ଯ୍ୟ ହୋଇ ।

ରଙ୍ଗବତୀ ଗୀତର ମିଠା-ମଧୁର ସଂଗୀତରେ ଗାଁ ମାଟି ଉଲ୍ଲୁସି ଉଠିଲା ।

❑

ଇଟାଭାଟିର ଶିଳ୍ପୀ

ନୂଆଁଖାଇ ସରିଲା ।

ସଜବାଜ, ବସ୍ତାବନ୍ଦା, କନ୍ଧାବାନ୍ଧି ରେଲ୍‌ଷ୍ଟେସନ୍ । ରେଲ୍‌ଗାଡ଼ି ଚଢ଼ା, ଭୁଜା, ମୁଗ୍‌ଫଲି, ସିଙ୍ଗଡ଼ା । ଭିଡ଼, ପାଟିତୁଣ୍ଡ, ପୁଲିସ୍‌, ଗୁଣ୍ଡା, ଦଲାଲ୍‌ । ଗୋଟେ ଅଜଣା ଇଲାକା । ଦୁଇଦିନ, ଦୁଇରାତି ପରେ । ସେଠୁ ଗୋଟେ ଟ୍ରକ୍‌ଡ଼ାଲାରେ ଲଦି ହୋଇ ଇଟାଭାଟି । ଟ୍ରକ୍‌ଡ଼ାଲାରୁ ଉତ୍ତୁରିଲା ସାଢ଼େ ବାରବର୍ଷର ବାବୁ । ପିନ୍ଧିଥିବା ନୂଆ ସାର୍ଟ, ପ୍ୟାଣ୍ଟରୁ ଧୂଳି ଝାଡ଼ିଲା । ଜାଗାଟି ଦେଖି ସେ କାବା ହୋଇଗଲା । ଏତେ ବଡ଼ ଜାଗା ? 'ଆରେ ବାପ୍‌ରେ' ତା' ପାଟିରୁ ବାହାରିଗଲା । ଜାଗାଟି ତ ତାଙ୍କ ଗାଁ ଯେଡ଼ିକି ହେବ । ଝରିଆଡ଼େ ଖାଲି ଇଟା । କୋଉଠି ଥାକ ମରା ହୋଇଛି ତ କୋଉଠି ଶୁଖୁଛି ତଳେ । ଇଟାର ଜଙ୍ଗଲଟିଏ ଭଳି ଦିଶୁଛି । ହେଲେ ବାବୁ ଆଉ ଟିକେ କାବା ହୋଇଗଲା । ସେ ସବୁ ଇଟା ନା' ଆଉ କିଛି ? ସବୁ ଧୋବ୍‌ ଧୋବ୍‌ ଦିଶୁଛି ଯେ । ଏମିତି ଇଟା ତ ସେ

କୋଉଠି ଦେଖ୍‌ନାଇଁ । ସେ ତା’ ମା’ ପାଖକୁ ଘୁଷ୍‌ଯାଇ ସେ ବିଷୟରେ ପଚରିଲା । ହେଲେ ତା’ ମା’ ଭୂମିସୃତା କ’ଣ ବୁଝେଇବ ? ସେ ତ ନିଜେ କାବା ହୋଇ ଦେଖୁଥିଲା । ତେଣୁ ସେ ପଚରିଲା ତା’ ବାପାକୁ ।

ବାବୁର ବାପା କାର୍ତ୍ତିକ । ହୁସିଆର ଲୋକ । ଆଗରୁ ଚଷୀ ଥିଲା । ଲାଗ୍‌ଲାଗ୍ ମରୁଡ଼ିରେ ଚଷବାସ ଉଜୁଡ଼ିଗଲା । କାମଦାମ ମିଳିଲା ନାଇଁ । ଜମି ବନ୍ଧକ ପଡ଼ିଲା । କର୍ମନିଯୁକ୍ତି ଯୋଜନାରେ କାମ କଲେ ବି ମଜୁରି ମିଳିଲାନି ଠିକ୍ ସମୟରେ । ତେଣୁ ପେଟ ପୋଷିବା ପାଇଁ ତାକୁ ଆସିବାକୁ ହେଲା ଇଟାଭାଟି । ସ୍ତ୍ରୀ ଓ ପୁଅକୁ ନେଇ ଆସିଲା ସେ ଦାଦନ ଖଟି । ଦଲାଲ୍‌ଠୁ ଅଗ୍ରୀମ ନେଇଥିଲା ସେ ପନ୍ଦର ହଜାର ଟଙ୍କା । ସେଥିପାଇଁ ଏବେ ସେ ଇଟାଭାଟିରେ । ଅସହାୟତାର ନିଆଁ ପାଖରେ । ହୁଗୁଲା ହୋଇପଡ଼ିଥିବା ଧୋତିର ଗଣ୍ଠି ବାନ୍ଧୁବାନ୍ଧୁ ପୁଅର କଥା ସେ ଶୁଣିଲା । ବାରବର୍ଷର ପିଲା ହେଲେ ବି ତା’ ପୁଅର ଭାରି ବୁଦ୍ଧି ବୋଲି ସେ ଭାବେ । ସେ ତାକୁ ଚାହିଁଲା ଆଉ କହିଲା, "ଦଲାଲ୍ କହୁଥିଲା ଏଇ ଇଟାଭାଟିରେ ପାଉଁଶ ଆଉ ଚୂନରେ କ’ଣ ସବୁ ମିଶି ଇଟା ତିଆରି ହୁଏ । ଏବେ କେତେଟା ଇଟାଭାଟିରେ ଏମିତି ପାଉଁଶ ଇଟା ତିଆରି ହଉଛିରେ । ସେଥିପାଇଁ ଧୋବ୍ ଧୋବ୍ ଦିଶୁଛି ଏଇ ଇଟା... ।"

"ଏ... ବୁଆ... ଆମ ରନ୍ଧାଚୁଲି ପାଉଁଶରୁ ଏମିତି ଇଟା ?" ଆଶ୍ଚର୍ଯ୍ୟ ହୋଇଗଲା ବାବୁ ।

"ଆମ ଘର ଚୁଲିର ପାଉଁଶ ନୁହେଁ ଭକୁଆ, କଳ, କାରଖାନାରେ ବଡ଼ବଡ଼ ଚୁଲ୍‌ହା ସବୁ ଥାଏ । ସେଥରୁ ବହୁତ ପାଉଁଶ ବାହାରେ । ଚୁରିଆଡ଼େ ଉଡ଼ିଲେ ଖରାପ । ତାକୁ ଏଇ ଇଟା ଗଢ଼ା କାମରେ ଲଗାଯାଉଛି ବୁଝିଲୁ ?"

ମୁଣ୍ଡ ହଲେଇ ହୁଁ କଲା ବାବୁ । ଭୂମିସୃତା କଥାଟି ଶୁଣି ଟିକେ ଘାବ୍‌ରେଇ ଗଲା । ପଚରିଲା — "ଏ ପାଉଁଶରେ ଇଟା କେମିତି ଗଢ଼ା ହବ ଯେ, ତୁମେ ଜାଣିଛ ?"

"ତୁ କାଇଁ ଏମିତି ଡରୁଛୁ ? ଆମେ ନୂଆଲୋକ । ଆମକୁ ଠିକାଦାର ବତେଇଦେବ ଯେ... ହଉ... ଚଲ । ବସ୍ତା, ବ୍ୟାଗ୍‌ମୁଣା ଧରି ଆସ । ଠିକାଦାର ଡାକୁଚି । ଆମକୁ ରହିବା ଜାଗା ଦେଖେଇବ । ଆମେ ଘର ବନେଇବା ସେଠି ।"

ଦଳେ ଲୋକଙ୍କ ଭେଳିରେ ସେମାନେ ତିନିପ୍ରାଣୀ ବି ଗଲେ । ଜାଗା ଦେଖେଇଲା ଠିକାଦାର । କହିଲା, "ଏଠି ଯିଏ ଯା’ର 'ଗୁଡ଼ୁସି' ବନେଇନିଅ । ଏଇ ଯୋଉ ଭାଟି ଦେଖୁଛ, ତା’ର ଆଗକୁ ଟିକେ ଗଲେ ଭୁଜ୍‌ନିହାଟି 'ଦାଦନହାଟ' ପଡ଼ିବ । ସେଠି ଘର ବନେଇବା ସାମାନ୍, ଖାଇବା ସାମାନ୍ ସବୁ ମିଳେ । ନିଜ ନିଜ ଆଡ଼୍‌ଭାନ୍‌ ଟଙ୍କାରୁ ଯାଅ, କିଣି ନେଇ ଆସ । ଗୁଡ଼ୁସି ବନାଅ । ଭାତ ପଖାଳ୍ ରାନ୍ଧ । ଖାଅ । ବେଲବୁଡ଼ୁକୁ ଭାଟି ପାଖକୁ ଆସି ଯିଏ ଯା’ ଗୁପ୍‌ର ହାଜିରା ଦେବ ।"

ଇଟାଭାଟିରେ ଖରା ନ ଥିଲା । ଆସିବାକୁ ଡେରିଥିଲା ।

ହେଲେ ବି ଠିକାଦାର ସଭିଙ୍କ ଆଗରେ କଳାଚଷମା ପିନ୍ଧିଲା । ବଡ଼ଲୋକୀ ଠାଣିରେ ସେଠୁ ଚାଲିଗଲା ।

ବସ୍ତା, ବ୍ୟାଗ୍‌ମୁଣା ଜଗି ରହିଲା ଭୂମିସୃତା ।

ବାବୁ, ତା' ବାପା ସାଙ୍ଗରେ ଆସିଲା ଦାଦନହାଟ । ଦେଖିଲା ସେଠି ଧାଡ଼ିଧାଡ଼ି ଦୋକାନ । ବିକ୍ରି ହେଉଛି ବଡ଼ବଡ଼ ଜରି, କେରୁପାଲ୍, ବାଉଁଶ, ଶୃଙ୍ଖଳା ତାଳପତ୍ର ଭଳି କିଛି ସାମାନ୍ । ରନ୍ଧାବଢ଼ା ସାମାନ୍ । ଆଉ କେତେ କ'ଣ ଜିନିଷ । ଦି'ତିନିଟା ଔଷଧ ଦୋକାନ ବି । ହେଲେ ସବୁ ଚଢ଼ାରେଟ୍ । ଦୋକାନୀମାନଙ୍କ ଚଢ଼ା ସ୍ୱର ଓ ଗାଳି ବି । ହୀନିମାନିଆ ବ୍ୟବହାର । ଛୋଟ ଲୋକ ଭାବୁଥିଲେ କିଣିବା ଲୋକଙ୍କୁ । ଡାକୁଥିଲେ ସେମାନେ... ଏ... ଏ ଦାଦନ... 'ତୁ', 'ତା', 'ରେ' ରା' କଥା ବାବୁକୁ ବାଧିଲା । ଭଲ ଲାଗିଲା ନାଁ ତାଙ୍କ କଥାବାର୍ତ୍ତା । ଦାଦନ, ଖଟିଖିଆ ହେଲେ ବି ସେମାନେ ଅନ୍ୟଲୋକ ପରି । ତାଙ୍କର ବି ଅଛି ମାନ, ଇଜ୍ଜତ । ସେ ଇଚ୍ଛା କଲା କହିବାକୁ ।

"ଆମେ ଦାଦନ । ଖଟିଖାଇ ଆସିଛୁ ବୋଲି ତ ଚଳିଛି ତୁମ ବେପାର । ରୋଜଗାର କରୁଛ ଟଙ୍କା । ଆମେ ଇଟା ବନେଉଛୁ ବୋଲି ତ ଇଟାଭାଟିର ମାଲିକ୍ ମାଲେମାଲ୍ । ଆମକୁ ତୁମେମାନେ ମାନ–ଇଜ୍ଜତ ଦେବା କଥା । ହୁଁ... ।"

ହେଲେ, କାହାକୁ କିଛି କହିଲା ନାଁ । ସେ ଜାଣେ, ସେ କିଛି କହିଦେଲେ, ସେମାନେ ବଦଳିବେ ନାଁ କି ତାଙ୍କ କଥାଭାଷା ବଦଳିବ ନାଁ । ଦାଦନ ଶ୍ରମିକ ସେମାନଙ୍କ ଆଖିରେ ମଣିଷ ନୁହଁନ୍ତି ।

'ଗୁଡ଼ସି' ସାମାନ୍ ନେଇ ଦିହେଁ ଆସିଲେ ।

ବନାହେଲା ଘର । ମୁଣ୍ଡ ଉପରେ ଜରିର ଛାତ । ଚାରିପାଖେ କେରୁପାଲ୍ କାନ୍ଥ । ବସ୍ତା, ବ୍ୟାଗରୁ ଜିନିଷପତ୍ର କଢ଼ାହେଲା । ମା', ପୁଅ ଜିନିଷପତ୍ର ସଜେଇ ରଖିଲେ । ବାବୁ କହିଲା, "ଛ'ମାସ ପାଇଁ ଇଏ ଆମ ଘର" । ଆଉ ଦେଖିଲା ବାହାରୁ ଥରେ, ଭିତରୁ ଥରେ । ମନେ ପକେଇଲା, ବହୁ ଦୂରରେ ଛାଡ଼ିଆସିଥିବା ତାଙ୍କ ନିଜ ସିମେଣ୍ଟ୍ ଖପର ଘର । ଚୁଲି ଜଳିଲା ସେଇ ଛ'ମାସିଆ ଘରେ । ଭାତ ବସିଲା । ମହମହ ବାସିଲା । ସବୁଦିନିଆ ଭାତବାସ୍ନା ପାଇଁ ତ ଏଇ ତାତିଲା ଇଟାଭାଟି । ଆନ୍ଧ୍ରପ୍ରଦେଶ, ରଙ୍ଗାରେଡ୍ଡି ଜିଲ୍ଲା, ଗୋତିଭିଲ୍ଲୁ ଗାଁର ସୁବ୍ବାରାଓ ଇଟାଭାଟି ଏଇ ନାଁସବୁ ତା'ର ମୁଖସ୍ଥ ।

ଗରମ ଗରମ ଭାତ ।

ଫାଳେ ଫାଳେ ଲେମ୍ବୁ ।

ଗୋଟେ ଗୋଟେ ମିର୍ଚ ।

ଆଖିରେ ବୁନ୍ଦାବୁନ୍ଦା ଲୁହ । ଛାଡ଼ି ଆସିଛନ୍ତି ଗାଁ ମାଟି । ବନ୍ଦାପାଣି । ହାଟ, ଦେବୀଦେବତା । ସାଙ୍ଗସରିଷା । କୁଟୁମ୍ବ । ଆହା! କେତେ ଦୂରେ... କେତେ କୋଶ ଦୂରେ... କେବେ ପୁଣି ଦେଖିବେ ସେମାନଙ୍କୁ?

ବାବୁ, ଡେବ୍ରି ହାତରେ ଲୁହ ପୋଛିଲା । ଗୁଣ୍ଡିଏ ଭାତ ଆଁ ଭିତରେ ରଖି କହିଲା, "ବାପା ଗୋ! ମୁଇଁ କାଣା ଭାବିଥିଲି କହେମି... ।"

"ହୁଁ... କହ ।"

ଲେମ୍ବୁ, ମରିଚ ଝୋଲ ଟିକେ ହାଥରି ଦେଇ ସେ କହିଲା, "ଭାବିଥୁଲି ଇଏ ଗୋଟେ ଇଟାଭାଟି ମାନେ ଏଠି ବହୁତ ମାଟି ଥିବ, ଇଟା ତ ଗଢ଼ିବି ଆଉ ମୂର୍ତ୍ତି ବି ବନେଇବି...।"

ଭୂମିସୂତା ଓ କାର୍ତ୍ତିକଙ୍କ ହାତ ଅଟକିଗଲା ଭାତଖୁରିରେ। ଦିହେଁ ଦିହିଁଙ୍କ ରୁହେଁଲେ। ଦିହେଁ ଜାଣନ୍ତି, ତାଙ୍କର ଏଇ ପିଲା ଇସ୍କୁଲ୍ ଯାଏ ହେଲେ ପାଠରେ ନୁହେଁ ମାଟିରେ ତା'ର ମନ ଥାଏ। ଭାରି ମାଟି ସଉକିଆ। ମାଟି ଦେଖିଲେ ଚକଟି ଦେଇ ଯାହା ହେଲେ ବନେଇଦିଏ। ହଂସ, ପାରା, କୁକୁଡ଼ା, ହାତୀ, ଘୋଡ଼ା, ଗଣେଶ, ସରସ୍ୱତୀ ମୂର୍ତ୍ତି। କେହି ଶିଖେଇନାହାନ୍ତି। ଆପେ ଆପେ ସେ ସବୁ ବନେଇଦିଏ। ରଙ୍ଗଦିଏ। ଇସ୍କୁଲର ଡ୍ରଇଂ ଆଖ୍ୟା କହନ୍ତି, ସୁଯୋଗ ପାଇଲେ ସେ ବଡ଼ ମୂର୍ତ୍ତିକାରଟେ ହେବ। କାର୍ତ୍ତିକ ଶୁଖିଲା ହସ ହସେ। କହେ ସୁଯୋଗ ତ ଟାଉନ୍ ପିଲାମାନେ ଆଉ ଥିଲାଘରର ପିଲା ପାଆନ୍ତି ଆଖ୍ୟା। ମୋ' ବାବୁ ଗାଁ ପିଲା। ଗରିବ ଘର। କାମ ଥିଲେ ଯାଇ ଆମେ ମୁଠେ ଖାଉଁ। ନ ହେଲେ ଖାଡ଼ା ଉପାସ।

ଆଉ ଏବେ ଘରର ଅବସ୍ଥା ଏମିତି ହେଲା ଯେ ସେ ମୂର୍ତ୍ତିକାର ହେବ କ'ଣ ଦାଦନ ହୋଇଗଲା। ତାକୁ ସେମାନେ ଆଣି ନ ଥାନ୍ତେ, କିନ୍ତୁ ଗାଁରେ ଏକୁଲା ରହିବ କେମିତି? ତା'ଛଡ଼ା, ତିନିଜଣ ହେଲେ ଯାଇ ସିନା ଗ୍ରୁପ୍ ହୋଇପାରିବେ, 'ପଥୁରିଆ' ହେବେ।

"ବାପା... ଏ... ମା', କ'ଣ ଭାବୁଛ? ଗାଁ କଥା? ଧାର, ଉଧାର କଥା? ଭାବନି କିଛି। ମୁଁ ଅଛି ଯେ... ଆମେ ବହୁତ ବହୁତ ଇଟା ଗଢ଼ିବା। ଛ'ମାସ ଦେଖୁ ଦେଖୁ ପଲେଇବ। ଆମେ ଫେର ଆମ ଗାଁ ଫେରିଯିବା... ଜମି ମୁକୁଲେଇବା, ରୁଷ କରିବା...।"

ଭୂମିସୂତା, କାର୍ତ୍ତିକ ହରେଇଥିବା ବିଶ୍ୱାସ ଫେରିପାଇ ଉଶ୍ୱାସ ହୋଇଗଲେ। ଭାତଗୁଣ୍ଟା ପାଟିକୁ ନେଲେ। ହସହସ ଦିଶିଲେ। ନୂଆ ଦନ୍ଥ ପାଇଲେ। ବାବୁର କଥା ସତ ହୋଇଯାଉ। ଦିହେଁ ଭାବିଲେ ମନେମନେ।

ବେଲବୁଡ଼ାରେ ହାଜିରା ହେଲା।

ରାତି ଆସିଲା। ଇଟାଭାଟିର ତତଲା ରାତି। ବାବୁ ନିଘୋଡ଼ ନିଦରେ ଶୋଇପଡ଼ିଲା। ହେଲେ ତା' ବାପା-ମା' ଶୁଣିଲେ ରାତିର ସ୍ୱର। ଢିଁ... ଢିଁ... ଭୋ... ଭୋ... କାଚବୋତଲ୍ ଟୁଂ ଟାଂ- କିଛି ଅବୁଝା, କିଛି ବୁଝିହଉନଥିବା କାନ୍ଦଣାର ଲହର। ଭୂମିସୂତା ଗୁଖୁ ଆସିଲା କାର୍ତ୍ତିକ ଦେହ ପାଖକୁ। ସୁଁ ସୁଁ ହେଲା। ତା' ପିଠିରେ ହାତ ରଖିଲା କାର୍ତ୍ତିକ। ସେ ତା'ର ଖରା, ବର୍ଷା, ଶୀତର ଡାଲ୍‌ଖାଇ ଗୀତ।

ରାତି ପାହିଲା।

ସକାଳ ହେଲା।

କମେଇ ଖାଇବା ସକାଳ। ତା' ପାଇଁ ଯଦିଓ ୫ରିପଡ଼େ ଧାରଧାର ଝୋଲ।

ବାବୁ ଆସିଲା କାମ ଜାଗାକୁ ତା' ବାପା-ମା' ସହ। ସେଠି ପାଉଁଶର ଛୋଟ ବଡ଼ ପାହାଡ଼। ପଥରଗୁଣ୍ଟ। ଚୂନ ଗଦାଗଦା। ପାଉଁଶ ପାହାଡ଼କୁ ଦେଖି ବାବୁ ଭାବିଲା, ପବନ ହେଲେ ତ ଇଏ ଖୁବ୍ ଜୋର୍ ଉଡ଼ୁଥିବ — ଲୋକଙ୍କ ଆଖ୍ୟ, କାନରେ ପଶୁଥିବ। ହଇରାଣ କରୁଥିବ। କେମିତି

କାମ କରୁଥିବେ କେଜାଣି । ଏବେ ଆସୁଛି ତାଙ୍କ ପାଲି । ସେମାନେ ବି ପାଉଁଶ ପବନ ନାକରେ ନେବେ । ଦେହରେ ମାଖିବେ । ଇଏ ତ ଭାରି ଖରାପ କଥା । କିନ୍ତୁ ମାଲିକ୍ କାଇଁ ଭାବିବ ଦାଦନ ଦେହ ପା' କଥା । ତା'ର କାମ ହେଲେ ହେଲା ।

ବାବୁର ଝରିଆଡ଼େ ନଜର । କେତେ କେତେ ପଥୁରିଆ । କେତେ ଡାଲା, ରଫା, ଗଇଁତି, ଇତ୍ୟାଦ୍ୟାଶ । ଯିଏ ଯା'ର ଇଟା ଗଢ଼ିବେ, ଶୁଖେଇବେ । ଚଉତିବେ । ଗଣିବେ । ତା' ମନରେ ଗୋଟେ ଜୋସ୍ ଆସିଲା । ସେ ଖୁବ୍ ଇଟା ଗଢ଼ିବ । ଫାଷ୍ଟ ହେବ । ତା' ବାପା ନେଇ ଆସିଲା ତାଙ୍କ ଗ୍ରୁପର ଡାଲା, ରଫା ଆଦି ଇଟାଗଢ଼ା ସାମାନ୍ । ସେବେଲକୁ ତାଙ୍କ ଆଡ଼କୁ ମାଡ଼ି ଆସୁଥିଲା ଜଣେ କଳା, ମୋଟା, ନିଶୁଆ ଲୋକ । ପିନ୍ଧିଥିଲା ଖଣ୍ଡେ ସଫେଦ୍ ଲୁଙ୍ଗି ଓ ସାର୍ଟ । ଲୋକେ କୁହାକୁହି ହେଲେ ସେ ହେଉଛି ଏ ଭାଟିର ମାଲିକ ସୁବ୍ବାରାଓ । ଆଖ୍ ଦି'ଟା ତା'ର ଭାଟିନିଆଁ ଭଳି ଜଳୁଥିଲା । ବାବୁ ତାକୁ ଦେଖ୍ ତା' ବାପା ପାଖକୁ ଘୁଞ୍ଚିଗଲା । ତା' ସାଙ୍ଗରେ ଥିବା ଦୁଇଟା ଲୋକ ନୂଆ ଶ୍ରମିକଙ୍କୁ ବତେଇଲେ କେମିତି ଗଢ଼ା ହେବ ପାଉଁଶ ଇଟା । କେତେ ପାଉଁଶରେ କେତେ ଚୂନ, କେତେ ପଥରଗୁଣ୍ଟ, ପ୍ଲାଷ୍ଟର ଅଫ୍ ପ୍ୟାରିସ୍ ଓ କେତେ ପାଣି ମିଶିବ କେମିତି ଗୋଲାହେବ, ମିଶାହେବ, ଛାଞ୍ଚରେ ଢାଲି ଶୁଖା ହେବ, ଓଲଟା ହେବ— ସବୁ ନମୁନା ଦେଖେଇଲେ । ବାବୁ ମନଦେଇ ଦେଖିଲା, ଶିଖିଲା । ମନେ ମନେ କହିଲା, ତା' ମୂର୍ତ୍ତି ଗଢ଼ାରେ ଯେତିକି ବୁଦ୍ଧି ଖଟେଇବା ଦରକାର, ଏଥିରେ ସେମିତି ନାହିଁ । ସେ ଗଢ଼ିଦେବ ଇଟା ଜଲ୍‌ଦି ଜଲ୍‌ଦି ।

ପରେ, ସେ ଦି'ଜଣ ବତେଇଲେ ଇଟାଭାଟିର ନିୟମ, କାନୁନ୍ ।

ପ୍ରଥମ ନିୟମ ହେଲା, ଖାଲି କାମ । ଠକାମି ହେଲେ ସାବାଡ଼ କରାଯିବ । ଅନ୍ୟ ନିୟମ ଭିତରେ ଥିଲା — ହଜାର ହଜାର ଟଙ୍କା । 'ଖାଏରୀ' ନେଇଛନ୍ତି । ଶ୍ରମିକମାନେ ଆଗ ଶୁଝିବେ ସେଇ ଟଙ୍କା । ତା'ପରେ ଯାଇ ବାକି ମଜୁରି । ଶ୍ରମିକର ଦେହପା' କଥା ମାଲିକ୍ ବୁଝିବ ନାଇଁ, ଯିଏ ଯେତେ ମାସ ପାଆଁ ଆସିଛି ସେତିକି ମାସ ଯେମିତି ହଉ ଖଟିବ । ତା' ଆଗରୁ ଇଟାଭାଟି ଛାଡ଼ିଲେ ଗୋଡ଼ ଛୋଟା କରିଦିଆଯିବ । ସଭିଏଁ ଶୁଣିଲେ । ବାବୁ ବି' । ସେବେଲକୁ ପୂରୁବ ଦିଗରୁ ଦଲକାଏ ପବନ ବୋହିଲା । ପିଟି ହେଲା ଆସି ବାବୁର ନିରୀହ ମୁହଁରେ । ମୁହଁ ପୋଡ଼ିଗଲା ପରି ତାକୁ ଲାଗିଲା । ସେ ଖୋଜିଲା ଟିକେ ସୁଲୁସୁଲିଆ ପବନ । ହେଲେ ସେ ପବନ, ସେଠି ସପନ । ଦି'ଟା ଭାଟିରେ ନିଆଁ ଜଳୁଥିଲା ।

ଉଠୁଥିଲା କଳା ଧୂଆଁର ଦୁଃଖ । ବେଦନା ।

ହଜାର, ହଜାର, ସିଦାସାଧା, ସରଳ ଆତ୍ମା । କୋଲାହଲ । ସୁବ୍ବାରାଓ ଭାଟି ଚଲଚଞ୍ଚଲ । ଆହୁରି ଅନେକ ପୁଅଝିଅ ବି ସେଠି, ବାବୁ ବୟସର । ବହି, ଖାତା, କଲମଠୁ ଦୂରେଇ, କିଶୋର ବୟସର ଅଧିକାର ଛାଡ଼ି । ସେମାନେ ଖଟିବେ କମ୍ ମଜୁରିରେ ବିନା ଅଭିଯୋଗରେ ।

ବାବୁ ଏବେ କାମରେ ।

ଦୂରରୁ ସେ ଧାଇଁଧାଇଁ ପାଉଁଶ ବୋହି ଆଣୁଥିଲା, ସ୍ଵପ୍ନ ବୋହି ଆଣିବା ପରି । ତା' ବାପା-

ମା' ପାଉଁଶ, ଚୂନର ମିଶ୍ରଣ ତିଆରି କରୁଥିଲେ, ଭାଗ୍ୟ ତିଆରି କଲା ପରି । ଭୂମିସୂତାର ମା' ମନ ବୁଝୁ ନ ଥିଲା । ପୁଅର ଧାରଧାର ଝାଲ ସେ ସହି ପାରୁ ନ ଥିଲା । ସିଏ ଯେ ତା'ର ଗଳାର ମାଳି । ଏକୋଇର ବଳା ବିଶିକେଶନ, ତା'ର କାଳିଆ କାହ୍ନୁ । ଥରକୁ ଥର ପୁଅ ଦେହ, ମୁଣ୍ଡରୁ ସେ ଝାଲ ପୋଛି ଆଣୁଥିଲା । ବିସ୍କୁଟ୍ ଖୁଆଉଥିଲା । ମୁଲ୍‌ମୁଲ୍ ହସୁଥିଲା କାର୍ତ୍ତିକ ସେ ଗେହ୍ଲାପଣ ଦେଖି ।

ମଝିରେ ମଝିରେ ମୁନ୍ସୀ, ଠିକାଦାର, ମାଲିକ ଆସୁଥିଲେ । ଯାଞ୍ଚ କରୁଥିଲେ କାମ । ତେଲୁଗୁ ମିଶା ଓଡ଼ିଆ କହୁଥିଲେ । କେତେଟା ଓଡ଼ିଆ ଗାଳି ରଖିଥିଲେ ଜିଭ ଅଗରେ । କହୁଥିଲେ ବାରବାର । ବାବୁକୁ ଭାରି ଖରାପ ଲାଗୁଥିଲା କିନ୍ତୁ ମନ ଦେଉଥିଲା ସେ କାମରେ । ଚୂନ, ପାଉଁଶ, ପଥରଗୁଣ୍ଡ ମିଶେଇବା ବେଳେ ସେ ଭାବୁଥିଲା ଗୋଟେ କଥା । ଏଥିରେ ସେ ହାତୀ, ଘୋଡ଼ା ବନେଇବ ସିନା, ମନରମା ମୂର୍ତ୍ତି ନୁହେଁ । ସେଥିପାଇଁ ମାଟି ଦର୍କାର । ମାଟି ଯା' ହେଲେ ବି ମାଟି । ତା'ର ରଙ୍ଗ ଅଲଗା– ବାସ୍ନା ଅଲଗା । ସେମିତି ଭାବୁଭାବୁ ତାକୁ ଲାଗେ– ତା' ପାଖ ଦେଇ ଝିଅଟିଏ ଚାଲିଗଲା ଲକ୍ଷ୍ମୀପାଦ ପକେଇ । କିଏ... ମନରମା କି ? ବାପା ଗୋ... ମନରମା ଆସିଥିଲା କି ?

ସେ, କେମିତି ଏକ ସ୍ୱରରେ ତା' ବାପାକୁ ପଚାରେ । କାର୍ତ୍ତିକ ତା' ସାଢ଼େବାର ବର୍ଷ ପୁଅର ମନ ଓ ସପନକୁ ବୁଝେ । ସେ ଡରିଯାଏ । ପୁଅ ଆଖିର ସେ ସପନ ଠିକ୍ ନୁହେଁ । ସେ ତାକୁ ଆକଟ କରିବାକୁ ଯାଇ କହେ, "ଭକୁଆ ହେଲୁରେ ବାବୁ ? ସରପଞ୍ଚ ଘରର ଝିଅ ସେ । ସେ ଏଠିକି କାଇଁ ଆସିବ ? ବଡ଼ଘର ଝିଅମାନେ ଭାରି ଗୁମାନୀ । ସେମାନେ ଗରିବ ପାଖକୁ ଆସନ୍ତି ନାଇଁ ।"

"ତୁମେ ଜାଣିନ ବାପା । ମନରମା ସେମିତି ଝିଅ ନୁହେଁ । ମୁଁ ଗରିବ ପିଲା ସେ ଜାଣେ, ହେଲେ ବି ମୋ' ସାଙ୍ଗ ସାଙ୍ଗ ହୁଏ । ସେ କହିଛି ତା'ର ଗୋଟିଏ ମୂର୍ତ୍ତି ଗଢ଼ିଦେବାକୁ । ମୁଁ କହିଲି, ଜିଅଁଥିବା ଲୋକର ମୂର୍ତ୍ତି ଗଢ଼ା ହୁଏନାଇଁ । ସେ ମାନିଲା ନାଇଁ । କହିଲା, ମୁଁ ସେସବୁ ଜାଣେନାଇଁ । ମୋ'ର ମୂର୍ତ୍ତି ଦରକାର... ।"

କଥାଟି ଶୁଣି ତା' ମା' ବି ହେଇଗଲା ଆନମନା । ହାତ ଅଟକିଗଲା ତା'ର । ମାଡ଼ି ଆସୁଥିବା ଭାତିର ନିଆଁଧାସ କିନ୍ତୁ ଅଟକିବ କେମିତି ? ସେ ଟିକେ ବିରକ୍ତ ହୋଇ କହିଲା, "ସେ ମୂର୍ତ୍ତି ଫୁର୍ତ୍ତିକଥା ଛାଡ଼ । ଇଟା ବନେଇ ଆସିଛୁ ଆମେ, ଇଟା ବନା । ବହୁତ ଇଟା ବନେଇବାର ଅଛି ଆମକୁ... ।"

ବାବୁ ଚୁପ୍ । ହେଲେ ଚୁପ୍ ବସି ନ ଥିଲେ ତା' ମନ ଓ ଆଖି । ସେମାନେ ଖୋଜୁଥିଲେ ମାଟି । କାମ ସାରି ତା' ବାପା-ମା' 'ଗୁଡ଼ୁସି' ଫେରିବାବେଳେ ସେ କହିଲା, "ତୁମେ ଯାଅ ମୁଁ ବୁଲାବୁଲି କରି ଯାଉଛି ।" ଦୂରରେ ଦିଶୁଥିଲା ଗୋଟିଭିନ୍ନ ଗାଁର ବିଜୁଲି ଆଲୁଅ ।

ଇଟାଭାଟିରେ ଚମକୁଥିଲା ହୁ ହୁ ନିଆଁର ଆଲୁଅ ।

ଆଉ, ହସର, ଧାରେ ଆଲୁଅ ଥିଲା ବାବୁର ମୁହଁରେ – ଗୁଡ଼ୁସି ଆସିବାବେଳକୁ । ଭାତ

ଫୁଟୁଥିଲା । ତା' ବାପା ମା' ସୁଖଦୁଃଖ ହେଉଥିଲେ । ସେ ଆସି ବସିଗଲା ଦିହିଙ୍କ ମଝିରେ । ମା' ହାତରୁ ବିସ୍କୁଟ୍ ନେଇ ଖାଇଲା । କହିଲା ଖୁସୀରେ, "ବାପା ଗୋ ! ମାଟି ଅଛି ଏଠି... ବହୁତ ମାଟି ଗଦା ହୋଇଛି ଦେଖ଼ଆସିଲି । ତେବେ ମାଟି ଥାଉଥାଉ ଆମ ମାଲିକ୍ ପାଉଁଶ ଇଟା କାଇଁ ବନୋଉଛି ?"

"ବେପାର କଲାବେଲେ, ବେପାରୀ, ତା'ର ଫାଏଦା ଦେଖେରେ ବାବୁ । ଏ ଇଟାରେ ମୁଁ ଦେଖ଼ଲି ଖର୍ଚ୍ଚ କମ୍ ଫାଏଦା ବେଶୀ । ଏଇଟା ସହଜେ ଭାଙ୍ଗେ ନାଇଁ । ଘର ତିଆରିଲା ବେଲେ ଭିଜେଇବାବି ଦରକାର ହୁଏ ନାଇଁ । ତା'ଛଡ଼ା ବୁଦ୍ଧିଆ ଲୋକମାନେ ସବୁବେଲେ ନୂଆ ନୂଆ ସୁବିଧା କଥା ଭାବୁଥା'ନ୍ତି... ।"

ତା' ବାବୁ ମନେ ମନେ ଭାବିଲା, ବୁଦ୍ଧିଆମାନେ ତାଙ୍କଭଲି ଗରିବ ଗୁରୁବାଙ୍କ କଥା କାଇଁ ଭାବନ୍ତିନି ? କାମଧନ୍ଦା ଅଭାବରୁ ସେମାନେ ଦାଦନ ଖଟି ଯା'ନ୍ତି, କେତେ କଷ୍ଟ ପାଆନ୍ତି ସେ କଥାର ସମାଧାନ କାଇଁ କରନ୍ତିନି... ବଡ଼ଲୋକମାନେ ?

ଖାଇସାରି ଟିକେ ପାଣି ପିଇଲା ବାବୁ । କହିଲା, "ସେ ମାଟିରେ ମୁଁ ମନରମା ମୂର୍ତ୍ତି ଗଢ଼ିବି..." କିନ୍ତୁ ନିଷ୍ପାପ ବାବୁ ! ସେ କାହୁଁ ଜାଣିବ, ତା' କଥା ଶୁଣି, କେମିତି ହସୁଥିଲେ ସମୟ ଓ ନିୟତି ।

ସପ୍ତାହର ଶେଷଦିନ ।

ଇଟା ଚଉତୁଥିଲା ଓ ଗଣି ରଖୁଥିଲା ବାବୁ । ହେଲେ ସବୁ ଭୁଲଭାଲ୍ । ମନଟା ଥିଲା ଯାଇ ମାଟିଗଦା ପାଖରେ । ବାପା କିନ୍ତୁ କହିଥିଲେ, ସେ ମାଟି ମାଲିକର । ତାକୁ ଛୁଇଁବା ବି ହକ୍ ନାଇଁ ଶ୍ରମିକର । ହେଲେ ସେ ଛଟ୍‌ପଟ୍ । ଯେମିତି ମାଟି ଡାକୁଥିଲା ତାକୁ । ମାଟିର ଡାକକୁ କୋଉ ମୂର୍ତ୍ତିକାର ଏଡ଼େଇଯିବ ? ଗଣତି ଛାଡ଼ିଦେଲା ସେ ଆଉ ପାଦେପାଦେ ଆଗକୁ ଗଲା । ଯାଇ ଯାଇ ପହଁଚିଗଲା ସେ ମାଟିଗଦା ପାଖରେ । ପାଖେ ଆଖେ କେହି ନ ଥିଲେ । ସେ ବସିପଡ଼ିଲା । ସେଠି, ମା' କୋଲରେ ବସିଲା ପରି । ତାକୁ ଛୁଇଁଲା । ଦୁଇହାତରେ ଧରିଲା । ତା' ଦେହ ଶିରୁଶିରେଇ ଗଲା । ମାଟି ଛୁଇଁଲେ ତାକୁ କାହିଁକି ସେମିତି ଲାଗେ... ସେ ଭାବିଲା । ଭାବନାରେ ପହଁରିଲା ।

"ହେ... ହେ ପିଲ୍ଲାଲୁ... !"

ଏତେ କଠୋର ଥିଲା ସେ ଆଓ୍ୱାଜ୍ ଯେ ବାବୁକୁ ତାହା ଘଡ଼ଘଡ଼ି ପରି ଶୁଭିଲା । ସେ ଟିକେ ଜୋରରେ ଚମକିଗଲା । ଶିରୁଶିରପଣ ଝରିଗଲା ଦେହରୁ । ହାତରୁ ଖସିପଡ଼ିଲା ମାଟି । ଧାଇଁ ଆସୁଥିଲା ତା'ରି ଆଡ଼କୁ ଭାଟିମାଲିକ ସୁବ୍ବାରାଓ । ପାଖକୁ ଆସି ତା' ହାତ ଟିଙ୍କିଦେଇ ସେ ପୁଣି ଗର୍ଜିଲା ତା' ତେଲୁଗୁ–ଓଡ଼ିଆରେ ।

"କାମଛାଡ଼ି କ'ଣ ପାଇଁ ଏଠିକି ଆସିଛୁ ? ମାଟି ଚେରି କରୁଛୁ ? ଶଲା ଚେର..." ବାଧିଲା ବାବୁକୁ । ତାକୁ ଚେର କହିବ ସେ ? ସେ ପ୍ରତିବାଦ କଲା । କହିଲା, "ମାଟି ଧରିଥିଲି ଖାଲି, ମୁଁ ଚେର ନୁହେଁ ।"

"କାଇଁ ଧରିବୁ ? ଇଏ କ'ଣ ତୋ ବୋପାର ମାଟି ? କି ତୋ ରାଇଜ ମାଟି ?"

"ମୋ' ବାପା କି ମୋ' ରାଇଜକୁ କିଛି କହନା । ମୋ ବାପା, ମୋ ରାଇଜ ଭାରି ଭଲ । ମାଟିରେ ମୋ'ର ସଉକି... ମୁଁ ସେଥିରେ ମୂର୍ତ୍ତି ଗଢ଼େ ।"

"ଦାଦନ ପିଲାର ସଉକି ?" ହସିଲା ସେ ହୋ ହୋ । ପୁଣି କହିଲା, "ଆଗ ତୋ ବୋପାର 'ଖାଏରୀ' ଟଙ୍କା ଶୁଝ– ନହେଲେ ତୋ ସଉକି ଭାଙ୍ଗିଦେବି । ମୁଁ କିଏ ଚିହ୍ନୁଛୁ ତ ?"

ରକ୍ତ ତାତି ଉଠିଲା ବାବୁର । ସେ ବି ଟିକେ ଜୋର୍‌ରେ କହିଲା, "ହଁ... ହଁ... ଚିହ୍ନିଛି । ଭାରି ଭାଙ୍ଗିବା ବାଲା... ।"

"କ'ଣ କହିଲୁ ରେ ? କାମ୍‌ଚୋର । ବେଇମାନ୍... ଇଏ ମୋ'ର ମାଟି... ଆଉ ଦିନେ ଏଠିକି ଆସିବୁ ତ... ।"

"ଏ ମାଟି, ଏ ଆକା. କା'ର ଜଣକର ନୁହେଁ । ସେ ସମସ୍ତଙ୍କର । ବହି ପାଠରେ ଲେଖା ଅଛି ।"

"ଚୁପ୍ ଶାଲା । ତା'ପରେ ଏ ଗାଲରେ ଗୋଟେ ଶକ୍ତ ଥାପଡ଼ ଆଉ ସେ ଗାଲରେ ବି । ଲାଲ୍ ହୋଇଗଲା ଗାଲ । ଝରିପଡ଼ିଲା ଆଖୁଲୁହ । ସେ ହେକେଇ ହେକେଇ କାନ୍ଦିଲା । ବାପା– ମା' ପାଖକୁ ଆସିଲା । ଦିହିଙ୍କ ଛାତି କରଟି ହୋଇଗଲା । ତାଙ୍କ ପୁଅ ଦେହରେ ହାତ ଦେବ ମାଲିକ ? କିନ୍ତୁ... ଆହୁରି କେତେ କ'ଣ କରିପାରେ ଇଟାଭାଟି ମାଲିକ । ସେଠି ପ୍ରତିବାଦ ସବୁ ନିଷ୍ଫଳ ହୋଇଯାଏ । ଲୋକେ ଜାଣନ୍ତି ସେ ସବୁ ।

କେତେ ଦିନ ବାଦ୍ ।

ବାବୁ ଦେଖିଲା, ଇଟାଭାଟି ପଡ଼ିଆର ଗୋଟେ ପଟେ ପିଲାମାନେ କ୍ରିକେଟ୍ ଖେଳୁଛନ୍ତି । ସେ ଖେଳଟି ତାକୁ ଭାରି ଭଲ ଲାଗେ । ତାଙ୍କ ଗାଁରେ ବି ସେ ଖେଳ ଖେଳେ । ଭାବିଲା, ପାଖକୁ ଯାଇ ଖେଳଟି ଦେଖିବ କି ? ଠିକାଦାର ସେବେଳକୁ ବୁଲିବୁଲି କାମ ତଦାରଖ କରୁଥିଲା । ସାଙ୍ଗରେ ଆଉ ଜଣେ ଲୋକ । ସେ ଦିହେଁ ସେ ଖେଳ ଆଡ଼େ ନଜର ପକେଇ ଖେଳ ବିଷୟରେ ହିଁ କଥା ହେଲେ । ଠିକାଦାର କହୁଥିଲା, "ଦେଖ୍, ଆମ ସୁବ୍ବାରାଓ ପୁଅ କେମିତି ବୋଲିଂ କରୁଛି । ସେଥିରେ ତା'ର ଭାରି ସଉକି ।" କଥାଟି ଖଏଁକିନା ଲାଗିଲା ବାବୁ ଛାତିରେ । ସେ ତା' ଅଜାଣତରେ ହିଁ ଗାଲ ଆଉଁଶିଲା, ଭାବିଲା – ମାଲିକ୍‌ର ପୁଅ ବୋଲି ସେ ସଉକି କରିପାରିବ, କ୍ରିକେଟ୍ ଖେଳିପାରିବ । ସେ ଦାଦନ ଖଟିଆସିଛି, ଗରିବ ପିଲା, ତ ସଉକ୍ କରିପାରିବ ନାଇଁ ସେ ? ସବୁ ସଉକ୍ ଧନୀପିଲାର ? ଗରିବର କିଛି ନୁହେଁ ? କିଏ ଏଭଲି ନିୟମ କାନୁନ୍ କରେ ? ସେ ପଚରିଲା । ଶୂନ୍ୟକୁ ହିଁ ପଚରିଲା । ମାଲିକ ପୁଅ ହାତରୁ ବଲ୍ ଛଡ଼େଇ ଆଣିବାକୁ ସେ ଇଚ୍ଛା କଲା । କିନ୍ତୁ– ରାଗରେ ଲାତେ ଦେଲା ପାଉଁଶ ଚୂନର ମିଶ୍ରଣକୁ । ଧନୀ, ଗରିବ.... କିଏ କରେ ? କିଏ ବାଛେ ? ଭଗବାନ ? ନା କିଛି ମଣିଷ ??

ଦିନ ଗଲା ।

ମାସ ଗଲା । କାମ । ଖଟଣି । ଗାଲି । ମାଡ଼ ।

ଇଟାଭାଟିରେ ପୁରୁଣା ହୋଇ ଆସିଲା ବାବୁ । କମ୍ ସମୟରେ ବାପା-ମା' ସହ ବେଶୀବେଶୀ ଇଟା ଗଢ଼ିଲା । ଠିକାଦାର ମୋବାଇଲରୁ ଭାସି ଆସୁଥିବା 'ଛୁନାନା... ଛୁନାନା' ଗୀତ ଶୁଣିଲା । ବଳକା ମିଶ୍ରଣରେ ଛୋଟ ଛୋଟ ମୂର୍ତ୍ତି ବନେଇ, ସାଙ୍ଗମାନଙ୍କୁ ଦେଲା । ବାପା-ମା'ଙ୍କ ନାହିଁ ନାହିଁ ଭିତରେ ବି ମାଟିଗଦାକୁ ଗଲା । ବସିଲା । ଶୋଇଗଲା । ମନେପକେଇଲା ମନରମାର ଆଖି, ନାକ, କାନ, କପାଳ । କେମିତି ବନେଇବ ସେ ମୁହଁ ? ସେଇ ଆଖି ? ମୁନ୍ସୀ ଆସେ । ତାକୁ ଦୂରଦୂର ମାରମାର୍ କରେ । ହେଲେ ସେ ସେମିତି ହିଁ ଅମାନିଆ ହେଲା । ଚୂନ, ପାଉଁଶ କାମ କରିକରି ତା' ବାପାର କାଶ ଉଠିଲା । ସେ ଧଇଁସଇଁ ହେଲା । ବାବୁ ତା' ଛାତି, ପିଠି ସାଉଁଲି କହିଲା, "ତୁମେ କାମ କରନି ବାପା, ବସ । ଆମର ତ 'ଖାଏରୀ' ଶୁଝିଗଲାଣି । ହାତକୁ ଟଙ୍କା ଆସିଲାଣି ।" କିନ୍ତୁ କାର୍ତ୍ତିକ କ'ଣ ବସିପାରିବ ? ଇଟାଭାଟିରେ ଦାଦନ ବସିପାରେନା । ଯେମିତି ବି ହେଉ ତାକୁ ଖଟିବାକୁ ହୁଏ । ନିଆଁରେ ଜଳିବାକୁ ହୁଏ । ତେଣିକି ତୁମେ ଜଳିଯାଅ କି ମରିଯାଅ...

ବାବୁର ବାପା-ମା' ଖଟି ଜଳିଥିଲେ । ସିଝୁଥିଲେ ନିଆଁଧାସରେ ।

ବାବୁକୁ ବାଧୁଥିଲା । ଦିନେ ବାବୁ ସପନରେ ଦେଖିଲା । ସପନରେ ମନରମା ଲାଲ୍ ଫ୍ରକ୍‌ଟେ ପିନ୍ଧିଥିଲା । ସେ ତାକୁ ପଚାରିଲା, "ମୋ'ର ମୂର୍ତ୍ତି ବନେଇଲୁରେ ବାବୁ" ମୁହଁ ଶୁଖେଇ ସେ କହିଲା, "ନାଇଁ । ବନେଇପାରିନି । ଦାଦନ ପିଲାଟେ ନିଜ ଇଚ୍ଛାରେ କିଛି କରିପାରେନା ମନରମା । ସେ ପରା ବିକ୍ରି ହେଇଯାଇଥାଏ ଭାଟି ମାଲିକ୍ ପାଖରେ ।" "ତୁ ବି ?" ମନରମା ପଚାରିଲା । ସେ କିଛି କହିବା ଆଗରୁ ସପନ ଭାଙ୍ଗିଗଲା । ତାକୁ ଭାରି ଖରାପ ଲାଗିଲା । ସେ କ'ଣ କରିବ ? କେମିତି ବନେଇବ ମନରମା ମୂର୍ତ୍ତି ?

ମାଟି... ମାଟି... ଖେଳିଗଲା ତା' ମନର ବ୍ୟାକୁଳତା ଇଟାଭାଟିର ଝରିଆଢ଼େ । ନିଆଁ ତେଜି ଉଠିଲା । ଇଟା ରଙ୍ଗ ବଦଳିଲା । ଜୀବନ ଖେଳିଲା ସେଇ ମାଟିଗଦାର ମାଟିରେ । ବାବୁ ଛଟପଟ ହେଲା । ମନ ଲାଗିଲା ନାଇଁ ଇଟାଗଢ଼ାରେ । ମନ ରହିଲା ମାଟିରେ । ତାକୁ ଆକାର ଦେବାରେ । ମନରମା ସପନରେ ବି କହିଲା । ନ ବନେଇଲେ କ'ଣ ଭାବିବ ସେ ? ଆହା... ବାବୁ... ।

ବାବୁ... ଏ ବାବୁ... ।

ଏଥର ନିତି ଶୁଭିଲା ସେ ସ୍ୱର । କିଏ ? ହଁ ମାଟି ଡାକୁଛି ତାକୁ । ଉଲ୍‌ଟିପୁଲ୍‌ଟି ବାବୁ ଦେଖିଲା । କେହି ନାଇଁ । ସେ ଚମ୍‌କି ଚମ୍‌କି ଚୂନ ପାଉଁଶ ବୋହିଲା । ଇଟା ଶୁଖେଇଲା । ଲେଉଟାଇଲା । କିନ୍ତୁ; ଦିନେ ଯେମିତି ତାକୁ କାଲ୍‌ସୀ ଲାଗିଲା । କାମଦାମ ଛାଡ଼ିଦେଲା । ଡବାରେ ଡବେ ପାଣି ଧରି ସେ ସିଧା ଗଲା । ଶୁଭିଲା ସେଇ ମହନିଲଗା ସ୍ୱର । "ମୁଇଁ ଆସିଲି...," କହିଲା ସେ । ଦୁଇହାତରେ ଢେଲା ଢେଲା ମାଟି ଆଣି ଗୋଟେ ଜାଗାରେ ଗଦେଇଲା । ଗୋଡ଼ି, ପଥର ବାଛିଲା । ଭିଜେଇଲା ମାଟି । ପୁଣି କହିଲା, "ଏଇ ଦେଖ୍ ଆଜିଠୁ ମୂର୍ତ୍ତିଗଢ଼ା ।" ହେଲେ, ସମୟ ଓ ନିୟତି ପୁଣି ହସିଲେ ଖଲ୍‌ଖଲ୍ ।

କଥା ହେଲେ, "ଅବୋଧ ବାଳକ, କ'ଣ ଜାଣେ, ଭାଙ୍ଗିବା, ଗଢ଼ିବା ତା' ହାତର କଥା ନୁହେଁ ।"

ବାବୁ ।

ମାଟି ।

ତଲ୍ଲୀନପଣ ।

ସେଇ ଗର୍ଜନ । ସେଇ ସୁବ୍ବାରାଓ । ତା' ପାଖରେ ଥିଲା ଅଭିଯୋଗ, ବାବୁ ନାଁରେ । ସେ ଖେଳନା ବନେଉଛି । ଶ୍ରମିକଙ୍କୁ କହୁଛି– ମାଲିକ୍ ଆମଭଳି ମଣିଷ । ତାକୁ 'ମାହାପ୍ର' କାଇଁ ଡାକୁଛ ? କହୁଛି ଫେର– ମାଲିକ୍ ଆମକୁ ହିସାବରେ ଠକୁଛି । ଏବେ, କାମ ନ କରି ତା'ର ମାଟି ନେଇ ଖେଳୁଛି । ଏତେ ସାହସ ? ତା' ଦୁଇ ଆଖିରେ ଇଟାଭାଟିର ନିଆଁ । ତା' ଗର୍ଜନ ଶୁଣି ବାବୁର କାଲ୍‌ସୀ ଛାଡ଼ିଗଲା । ମାଟି ସରସର ହାତ ନେଇ ସେ ଠିଆ ହେଲା । ସିଧା ଦେଖିଲା ତା' ମୁହଁକୁ, କହିଲା, "ଦିନଟେ, ମୁଁ, ମୁଫତ୍‌ରେ ଇଟା ଗଢ଼ିଦେବି । ମତେ ଏ ମାଟିରୁ କିଛି ଦିଅ । ମୂର୍ତ୍ତିଟେ ଗଢ଼ିବି ।"

ଆଁ ? କଣ ? ସେ ଏତେବଡ଼ ଇଟାଭାଟିର ମାଲିକ୍ । ଆଉ ସେ ଛାରଛିକର ଦାଦନ ପିଲା । ତା' ସାଙ୍ଗରେ ତା'ର ବେପାର ? ସେ ଆହୁରି ରାଗିଲା । ତା' ଆଖିଭାଟିର ନିଆଁ ଆହୁରି ଜଳିଲା । ସେ ଚିତ୍କାର କଲା, "ବଦ୍‌ମାସ୍ ପିଲ୍ଲ୍ଲୁ, ଲୋକଙ୍କୁ ଶିଖାପଢ଼ା କରୁଛୁ ଆଉ ଏବେ ମାଟି ମାଗୁଛୁ ? ଏତ୍‌ ମୂର୍ତ୍ତି ବନେଇବା ବାଲା ଯେ ମୂର୍ତ୍ତି ବନେଇବୁ ବେ ?"

ବାବୁର ଛୋଟ ମନରେ ବି ନିଆଁ ଲାଗିଲା । ତା'ର ଧାସରେ ସିଝିଯାଇ ସେ କହି ପକେଇଲା, "ତୁମର ପୁଅ ଯେମିତି କ୍ରିକେଟ୍ ଖେଳୁଛି । ମୁଁ ସେମିତି ମୂର୍ତ୍ତି ବନେଉଛି । ସମାନ କଥା । ତାକୁ ମନା କରୁଛ ?"

ହୁ ହୁ ଜଳିଲା ଇଟାଭାଟି ।

ଗଗନେ ପବନେ ନିଆଁ ଲାଗିଲା ।

"କ'ଣ ? କ'ଣ କହିଲୁରେ ନମକ୍‌ହାରାମ୍ ? ରଜାପିଲା, ଭିକାରି ପିଲା ସମାନ ହେବେ ? କହୁକହୁ ଦଉଡ଼ିଗଲା ସେ । ଦୂରରେ ଠେଙ୍ଗାଟେ ପଡ଼ିଥିଲା । ଉଠେଇ ଆଣିଲା । ବାବୁ ଦଉଡ଼ି ପଲେଇବା ଆଗରୁ ତା' ଭୁଜନି ହାତ କହୁଣିରେ ଦେଲା ଠେଙ୍ଗେ କଷିକରି । ମାଲିକ୍ ଜୁଲୁମ୍ କରିପାରେ ଶ୍ରମିକ ଉପରେ... ।" ଶ୍ରମିକର କି ମୂଲ ଅଛି ମାଲିକ୍ ପାଖରେ ? ସେ ସର୍ବେସର୍ବା । ସର୍ବଶକ୍ତିମାନ ।

"ଏ ମା' ଗୋ... ମରିଗଲି ଗୋ..." ରଡ଼ି ଛାଡ଼ିଲା ବାବୁ । ଦଲେ ପକ୍ଷୀ ସେ ବେଳକୁ ଫଡ଼୍‌ଫାଡ଼୍ ହୋଇ ଉଡ଼ିଗଲେ । ପବନ ବନ୍ଦ ହୋଇଗଲା । କ୍ଷଣିକ ପାଇଁ । ଥରିଗଲା । ମାଟିର ଛାତି । ମାଟିର କଲିଜାଖଣ୍ଡ ।

"ମତେ ଜବାବ୍ ? ମୋ'ର ମାଟିରେ ମୂର୍ତ୍ତି ? କେମିତି ବନେଇବୁ ବନାରେ ଦାଦନ୍... କହିକହି ବେଫିକର୍ ଘଲିଗଲା ମାଲିକ୍ ସୁବ୍ବାରାଓ । ବାପା-ମା'ଙ୍କୁ ଶୁଭିଲା ସେ ବିକଳ ରଡ଼ି ।

ଛାତିକୁ ଭେଦିଲା । "ଏ ବୁଆ... ଆମର ପଲା" କହି ଦିହେଁ ଧାଈଁଲେ । ପଛରେ ଗାଁର ଦି'ଜଣ ଲୋକ । ବାବୁ ରଡ଼ି ଛାଡ଼ୁଥିଲା । କାନ୍ଦିକାନ୍ଦି ସବୁ କହିଲା । ତିନିହେଁ କାନ୍ଦିଲେ । ଏମିତି କେତେ ଲୁହ-ନିଆଁରେ ଇଟାଭାଟି କୁହୁଲେ, ଜଳେ, ପୋଡ଼ିଯାଏ, କିଏ ହିସାବ ରଖେ ?"

"ବହୁତ ଦରଜ ହଉଛି ଗୋ ମା... । " ମା' ତା' ହାତ ଆଉଁଶିଲା । ଶାଢ଼ୀ କାନିରେ ମୁହଁଖାଲ ପୋଛି ଆଣିଲା ହାତରେ ଲାଗିଥିବା ମାଟି । ବାପା ଧାଈଁଲା ମାଲିକ ପାଖକୁ । ବାବୁକୁ ଡାକ୍ତରଖାନା ନେବାକୁ ନେହୁରା ହେଲା । ହେଲେ ଜବାବ୍ ମିଳିଲା, "ତୋ' ପୁଅ ଏଡ଼େ ଲାଟ୍‌ସାହେବ ହେଇଚି ଯେ ଟିକେରେ ଯିବ ଡାକ୍ତରଖାନା ? ଯା', କାମଛାଡ଼ି ଧାଇଁଆସିଚ୍ଚୁ, ଭାଗ୍... ତୋର ବି ଠେଙ୍ଗୋ ଦର୍କାର କି ?"

ବାବୁର ବାପା ଆଉ କରେ କ'ଣ ? କପାଳକୁ ନିନ୍ଦିଲା । କୋଉଠି ଡାକ୍ତରଖାନା ସେ କ'ଣ ଜାଣେ ? ସେ ହାତକୁ ଧାଈଁଲା । କିଶି ଆଣିଲା ଦରଜ କମିବା ବଟିକା । ବିସ୍କୁଟ୍ ସାଙ୍ଗରେ ବଟିକା ଖୁଆଇଲା । ଗୁଡୁସିରେ ତାକୁ ଛାଡ଼ି, ପୁଣି ଆସିଲା, ସ୍ତ୍ରୀ ଆଉ ଗାଁଲୋକ ସହ, କାମ ଜାଗାକୁ । ଗାଁ ଲୋକ ତାଙ୍କୁ ଦମ୍ଭ ଦେଲେ । କଣ କରିବାରେ ? ଆସିଚ୍ଚୁ ଯମପୁରୀକୁ...

ରାତିରେ — ହାତ ଫୁଲିଗଲା । ଦରଜ ବଢ଼ିଲା । ଗରମପାଣି ସେକ, ହଳଦିପଟି, ବଟିକା କିଛି କାମ ଦେଲା ନାଁଇ । ପୁଅର କଷ୍ଟରେ ବାପା-ମା' ବି ଛଟପଟ ଓ ରାତି ଅନିଦ୍ରା ହେଲେ । ହେଲେ ସକାଳକୁ ହାଜିରା । ସେଇ ଖଟଣି । ବାବୁକୁ ବି ଛାଡ଼ିଲାନି ମାଲିକ୍ । ରାଗ ଶୁଝେଇ ତାକୁ ବି କାମରେ ଲଗାଇଲା । କଷ୍ଟ ଓ ଦରଜ ଖାଲି ଆଖିରୁ ଝରିଲା ନାଁଇ । ଝରିଲା ମନ ଓ ଆତ୍ମାରୁ । ନିରୀହ, ସରଳ ଆତ୍ମାଟେ କାନ୍ଦିଲେ, ଦେବତା ଆଖିରୁ ବି ଲୁହ ଝରିପଡ଼େ ପରା । ଏକବାରେ ସତ । ବାବୁର ଜିଅଁା ଦେବତା ତା' ବାପା-ମା' । ଆଠପ୍ରହର ତାଙ୍କ ଆଖିଲୁହ ଶୁଖୁ ନ ଥିଲା । ଇଟା ସାଙ୍ଗକୁ ଦୁଃଖ, ନୂଆ ଦୁଃଖ, ହାହାକାର ଗଢ଼ୁଥିଲେ ସେମାନେ ।

ବାବୁ ଆଉ ତା' ହାତ ହଲଚଲ୍ କରିପାରିଲା ନାହିଁ । ମୁଷ୍ଟ କୁଞ୍ଚେଇ ପାରିଲାନି । ପିଣ୍ଡିପାରିଲାନି ସାର୍ଟ ପ୍ୟାଣ୍ଟ । ବାପା-ମା' ମୁଣ୍ଡରେ ଚଡ଼କ ପଡ଼ିଲା । ବାବୁ ଉଦାସ ରହିଲା । ଭାବିଲା— ତା' ହାତର ଯଦି କିଛି ହୁଏ ? ତେବେ... ? ନାଁଇ ନାଁଇ । ସେ ପୁଣି ଭଲ ଭାବନା ମନକୁ ଆଣେ । ତା' ହାତ ଭଲ ହେବ । ସେ ସବୁ କରିବ । ପାଠ ପଢ଼ିବ, ଋଷକାମରେ ବାପା-ମା'ଙ୍କ ସାହା ହେବ ଆଉ ମୂର୍ତ୍ତି ବି ଗଢ଼ିବ ।

ନୂଆ ଆଶା କଅଁଳୁ ଥିଲା ।

ଆକାଶରେ ଗୋଟି ଗୋଟି ତାରା ଫୁଟୁଥିଲା । ସେ ତାରାମାନେ ଆକାଶକୁ ଆଲୁଅ ଦେଲେ, ବାବୁକୁ ନୁହେଁ । ବାବୁ ଅନ୍ଧାରରେ ରହିଲା । ତା' ବାପା-ମା'ଙ୍କୁ କିଛି ବୁଦ୍ଧି ଦିଶୁ ନ ଥିଲା । ସେମାନେ ବାଚ୍‌ବଣା ହୋଇ ପଡ଼ୁଥିଲେ, କିନ୍ତୁ ମଝିରେ ମଝିରେ ବାବୁକୁ କହୁଥିଲେ, "ଗାଁକୁ ପଳେଇବାରେ ବାବୁ । ଡାକ୍ତର ଦେଖେଇବା । ବଡ଼ ଡାକ୍ତରଖାନା ଯିବା ।" କିନ୍ତୁ ଛ'ମାସ ପୂରିନାଁଇ । ଆହୁରି ବାଇଶ ଦିନ ବାକି ସେମାନେ ପୁଣି ଶୁଣିଛନ୍ତି, "ମାଲିକ୍‌ର ମର୍ଜି । ଇଚ୍ଛା ହେଲେ ଛାଡ଼ିବ, ନ ହେଲେ ବର୍ଷେ ଦି'ବର୍ଷ ବି ରଖ୍‌ଦେବ ।" ଏଇତ ସେଦିନ— ଜଣେ ଶ୍ରମିକ ନେହୁରା ହଉଥିଲା

ତା' ଗାଁ ଫେରିବାକୁ, ହେଲେ ସେ କ'ଣ ଛାଡ଼ିଲା ? ଓଲଟା, ଧମକ୍ ଚମକ୍ ଦେଲା । ତା' ଧୋତି ଟାଣିଦେଲା ସଭିଙ୍କ ଆଗରେ । ଶ୍ରମିକ, ଯିବାର ଆଉ ନାଁ ଧରିଲାନି । ଇଟାଭାଟିର ମାଲିକ୍, ଧୋତି କିଣିଦିଏନା – ଧୋତି ଖୋଲିଦେଇପାରେ, ବେଇଜ୍ଜତ କରିଦେଇପାରେ ।

ତେବେ... ?

ବାବୁ ଏମିତି ଛଟପଟ ହେଉଥିବ ? ଭାଗ୍ୟକୁ ନିନ୍ଦି ସେମାନେ ଏମିତି ପଡ଼ି ରହିଥିବେ ? ଧିକ୍ ସେ ଇଟାଗଡ଼ାକୁ! ଆଗ ଦିହପା', ଜୀବନ । ପଛେ ସବୁ । ସେମାନେ କ'ଣ କରିବେ ? କ'ଣ କରିପାରିବେ ? ଡରିଲେ ଚଳିବ ନାଁ । କିଛି ଗୋଟେ କରିବାକୁ ହେବେ । ବିପଦ ବରିବାକୁ ହେବ । ତିନିହେଁ ମୁହଁ ରୁହାଁରୁହିଁ ହେଲେ । ଚୁପ୍‌ଚାପ୍ କଥା ହେଲେ । ଆଉ କେତେଜଣ ବି ଜୀବନ ବିକଳରେ ସେମିତି କରନ୍ତି । ସେମାନେ କରିବେ । ହଁ, ଖସିପଲେଇବେ ଅନ୍ଧାର ରାତିରେ । ଆଉ ସେ ଜିନିଷପତ୍ର । ସାଙ୍ଗରେ ଥିବ ଖାଲି ଗୋଟେ ବାଡ଼ି, ରେଜରପାତି ଆଉ ଦୁଇ ପାକିଟ୍ ମରିଚଗୁଣ୍ଡ । କାମରେ ଆସି ପାରେ । ଠିକ୍ ହେଲା । ଦମ୍ଭ କରିବେ । ସାହସୀ ହେବେ । ଯା'ହବ, ଦେଖାଯିବ । ଜିତିଲେ ଜୀବନ । ହାରିଲେ ମରଣ । ବାବୁର ବାପା ଆଗରୁ ବାଟ, ଘାଟ ଠାବ କରିନେଲା ।

ଆସିଲା ସେ ରାତି ।

ଅନ୍ଧାର ପାରିହେବା ରାତି ।

ଆତଙ୍କର ଭରାନଈ ପହଁରିବା ରାତି । ଉତ୍‌ପଡ଼ୁ ଛାତି । ଦେବତାଙ୍କୁ ସ୍ମରଣ କରି ଛାଡ଼ିଲେ ସେମାନେ ଗୁଡ଼ୁସି । ସହଜ ନ ଥିଲା କିଛି । ପାଦେ ପାଦେ ବିପଦ । ଚୌକିଦାରୀର ହ୍ୱିସଲ୍ । କୁକୁରମାନଙ୍କ ଭୋଭୋ । ମଦ । ମଦ୍ୟପ । କୋଉଠି ନାରୀକଣ୍ଠର ହସ ତ କୋଉଠି କାନ୍ଦଣା । ତା' ଭିତରେ ତିନି ଅସହାୟ ପ୍ରାଣୀ । ଝଡ଼ି ପଡ଼ୁଥାଏ ବଳ । ଦମ୍ଭ । ସାହସ । ତଥାପି... ତଥାପି... ଧୀରେ, ଗୋପନରେ, ସତର୍କରେ ତାଙ୍କର ପଳାୟନ ଅଭିଯାନ । ଓଃ... ଏ... ଇଟାଭାଟିର ଶେଷ କୋଉଠି ? ସାହା ହୁଅ ହେ ଦେବୀ ଦେବତା, ପାହାଡ଼, ଝରନା... ଚିରେ ଚିରଗୁନ୍... ।

ଶୁଣିଲା ସମୟର ଦେବୀ, ସାହା ହେଲା ।

ଶୁଣିଲା ଜୀବନ–ଦେବତା, ରାହା ଦେଲା । ପାରି ହୋଇଗଲେ ତିନିପ୍ରାଣୀ ଭରା ଆତଙ୍କର ନଈ । ମୁଖ୍ୟରାସ୍ତାରେ ଅଟୋ । ରେଲଷ୍ଟେସନ୍ ବୁଝାବୁଝି, ପଚରାଉଚୁରା କରି ରେଲ୍‌ଚଢ଼ା । ଦୁଇଥର ରେଲ୍‌ବଦଲ । ତା'ପରେ କଣ୍ଢାବାଞ୍ଛି ରେଲ୍‌ଷ୍ଟେସନ । ସେଠୁ ନିଜ ଗାଁ । ନିଜଘର । ଓଃ... ଉଶ୍ୱାସ । ଗୋଟେ ବଡ଼ ଲଢ଼େଇ ଜିତିବା ଖୁସୀରେ ସେମାନଙ୍କ ଆଖିରୁ ଲୁହ ଝରିଗଲା । ହେଲେ, ଲଢ଼ିବାକୁ ଥିଲା ଆଉ ଏକ ଲଢ଼େଇ । ବାବୁର ହାତ ପାଇଁ । ବାବୁ ବାପା ପ୍ରଥମେ ସରପଞ୍ଚ ଘରକୁ ଗଲା । କିନ୍ତୁ ସେ କହିଲେ, "ବ୍ୟସ୍ତ ଅଛି ମୁଁ, ଦୁଇଦିନ ଛାଡ଼ି ଆ ।" ସମୟ ତା' ପାଖରେ ବି ନ ଥିଲା । ବାବୁକୁ ନେଇ ସିଧା ଦେଖା କଲା ବି.ଡ଼ି.ଓଙ୍କୁ । ଲେଖା ଦେଲା । ଶ୍ରମବିଭାଗ ଅଧିକାରୀକୁ ବି କପି ଦେଲା । ରେଡ଼କ୍ରସ ପାଣ୍ଠିରୁ କିଛି ସହାୟତା ରାସି ମିଲିଲା । ଘରର ଶେଷ ସମ୍ବଳ ଅଧାଏକର ଜମି ବି ବିକ୍ରି ହେଲା । ତା'ପରେ – ଜିଲ୍ଲା ମୁଖ୍ୟ ଡାକ୍ତରଖାନାକୁ

ଯାତ୍ରା । ବାବୁ ସେବେଳକୁ ନିଜ ଅଜାଣତରେ ହୋଇଯାଇଥିଲା ଇଟାଭାଟିର ନାୟକ । ଡାକ୍ତରଖାନାରେ ଭର୍ତ୍ତି କରାଗଲା ତାକୁ । ଜିଲ୍ଲା ପ୍ରଶାସନ, ସମାଜକର୍ମୀ, ଧନମାଧେମ ପ୍ରତିନିଧି ତା’ ପାଖକୁ ଆସିଲେ । ତା’ ଫଟୋ ତା’ ହାତର ଫଟୋ ଆଉ ତା’ ଦୁଃଖକାହାଣୀ ସବୁ ଟି.ଭି. ଚ୍ୟାନେଲରେ ପ୍ରସାରିତ ହେଲା । ତାକୁ ଦେଖିବାକୁ ଲୋକ ଆସିଲେ । ସରକାରୀ ଚିକିତ୍ସା ଚାଲିଲା, କିନ୍ତୁ ତା’ ହାତର ଅବସ୍ଥା ସୁଧୁରିଲା ନାହିଁ । ବିଶେଷଜ୍ଞ ଡାକ୍ତର କେସ୍ଟିକୁ ରେଫର୍ କରିଦେଲେ ବୁର୍ଲା ଡାକ୍ତରଖାନାକୁ । ପରିବାରଟି ହତାଶ ଦିଶିଲେ । ବାବୁ ବାରବାର ପଚାରିଲା, “ମୋ’ ହାତ କ’ଣ ଭଲ ହେବନି ? ମୁଁ କାମଦାମ କରିପାରିବିନି ?”

ଦାଦନ ହିତ ପାଇଁ କାମ କରୁଥିବା ଜଣେ ଯୁବ ସମାଜକର୍ମୀ, ବାବୁ ଓ ତା’ ବାପା-ମା’ଙ୍କୁ ଆଶ୍ୱାସନା ଦେଲେ । ମୁଁ ତୁମ ସାଙ୍ଗରେ ବୁର୍ଲା ଯିବି କହି ସେମାନଙ୍କୁ ବୁର୍ଲା ନେଇଗଲେ । କେତେଜଣଙ୍କ ସହ ମୋବାଇଲରେ ଯୋଗାଯୋଗ କଲେ ।

ବୁର୍ଲା ବଡ଼ ଡାକ୍ତରଖାନା ।

ବାବୁକୁ ଭର୍ତ୍ତି କରାଗଲା । ଘଟଣାଟି ଉପରେ ରହିଲା ସରକାରୀ ଦୃଷ୍ଟି । ତେଣୁ ସାଙ୍ଗେ ସାଙ୍ଗେ ଔଷଧ, ଇଂଜେକ୍ସନ୍, ପରୀକ୍ଷା ନିରୀକ୍ଷା, ଏକ୍ସରେ, ରିପୋର୍ଟ । ବାବୁର କିନ୍ତୁ ସେଇ ଗୋଟିଏ ପ୍ରଶ୍ନ ଡାକ୍ତରଙ୍କୁ, “ମୋ’ ହାତ ଭଲ ହୋଇଯିବ ତ ?”

“ହଁ... ।”

“ମୁଁ କାମ କରିପାରିବି ? ମୂର୍ତ୍ତି ଗଢ଼ିପାରିବି ?”

“ହୁଁ... ।”

କିନ୍ତୁ, ସତ କଥାଟି ଶୁଣିଲେ ତା’ ବାପା-ମା’, ସମାଜକର୍ମୀ । ବାପା-ମା’ ଲଥ୍ କରି ତଳେ ବସି ପଡ଼ିଲେ । ସେମାନଙ୍କ ମନ-ତଳର ବନ୍ଧ ଉଚ୍ଛୁଳି ପଡ଼ିଲା । ଦୁଃଖ, ବେଦନାର ପାଣିସୁଅ ମାଡ଼ିଗଲା । ଚାରିଆଡ଼େ । ବାବୁର ହାତର ଅବସ୍ଥା ଠିକ୍ ନାହିଁ । ସେପ୍ଟିକ୍ ହୋଇଯାଇଛି । ଔଷଧ, ଇଂଜେକ୍ସନ୍‌ରେ ଭଲ ହେବ ନାହିଁ । ଅପରେସନ୍ କରି କହୁଣିତଳୁ ହାତଟିକୁ କାଢ଼ିଦେବାକୁ ହେବ । ନହେଲେ ତା’ ଜୀବନ ପାଇଁ ବିପଦ । କେତେଟା ଟେଷ୍ଟ ପରେ, ସାଙ୍ଗେ ସାଙ୍ଗେ ଅପରେସନ୍ କରାଯିବ । ତାହା ଜରୁରୀ ।

ଅପରେସନ୍ ହେଲା ।

ଦାଦନ ଖଟିଆଇଥିବା ଜଣେ କିଶୋର ଶ୍ରମିକର, ହାତ କଟିଲା । କଥାଟି ବିଧାନସଭାକୁ ଗଲା । ଦେଶ ଶୁଣିଲା । ଇଏ ଏକ ‘ଜାତୀୟଲଜ୍ଜା’ ବୋଲି ହୋହଲ୍ଲା କଲେ ବିରୋଧୀଦଳ । ବାବୁର ହୋସ ଆସିଲା । ସେ ଜାଣିଲା, କାନ୍ଦି କାନ୍ଦି ପଚାରିଲା, “ମୋ’ ହାତ କାହିଁ ?” ସେ ସ୍ୱର ଶୁଭିଲା ଚାରିଆଡ଼େ । ହେଲେ, ସେ ସ୍ୱରର ଉତ୍ତର କୌଣସି ଭାରତୀୟଙ୍କ ପାଖରେ ନ ଥିଲା । ତେଣୁ ତା’ ସ୍ୱର ହଜିଗଲା ଶୂନ୍ୟରେ । ମହାଶୂନ୍ୟରେ ।

ସମାଜକର୍ମୀ ବାବୁକୁ ବୁଝେଇଲେ । ତା’ର ମନୋବଳ ବଢ଼େଇଲେ । ଝିଅଟିଏର ହାତ ନାହିଁ, ସିଏ ପାଟିରେ ବ୍ରଶଧରି ଚିତ୍ର ଆଙ୍କୁଛି । ପିଲାଟିଏ ପାଦରେ କଲମ ଧରି ବୋର୍ଡ ପରୀକ୍ଷା

ଦଉଛି । ମୋବାଇଲରୁ ଏମିତି କିଛି ଫଟୋ ଯା'ର ମାନେ ହେଲା ବାବୁର ଡାହାଣହାତଟି ଛଡ଼ା ବାକି ସବୁ ଠିକ୍ ଅଛି । ପ୍ରବଳ ଇଚ୍ଛାଶକ୍ତି ନେଇ ଜଣେ ସବୁ କରିପାରେ । ରୁହେଁଲେ ବାବୁ ବି ଅନେକ କାମ କରିପାରିବ । ଜୀବନ ଜିଇବା କଳା ଶିଖେଇ ସମାଜକର୍ମୀ ଉଲ୍ଲିଗଲେ । ବିଚ୍ଛଣାରେ ଶୋଇଶୋଇ ବାବୁ ବଡ଼ଲୋକ ପରି ଭାବିଲା । ନିଜ ବୟସଠୁ ବୟସ୍କ ହୋଇଗଲା । ଦୃଢ଼ ହେଲା ଦିନକୁଦିନ । ତା' ଭିତରେ ବିଶ୍ୱାସଟିଏ ଟିଆରିକଲା ଯେ ସେ ଅକ୍ଷମ ନୁହେଁ । ସେ ମାଟି ହାଣି ପାରିବ । ହଳ କରି ପାରିବ । ପାରିବ ବି ମନରମାର ମୂର୍ତ୍ତି ଗଢ଼ି । ସେ ତା' ମା'କୁ କହିଲା, "ମା' ଗୋ ! ମୁଁ ମୂର୍ତ୍ତି ଗଢ଼ି ପାରିବି ।" ଦୁଃଖ ଭିତରେ ବି ମା' ଓଠରେ ଧାରେ ହସ ଖେଳିଗଲା । ଡାକ୍ତରଖାନା ପରିସରରେ ଗଛମାନେ ପବନରେ ଦୋଲି ଝୁଲିଲେ । ବିଶ୍ୱାସ ଦେଲେ ।

ଏକୋଇଶ ଦିନ ପରେ ବାପା-ମା'ଙ୍କ ସହ ବାବୁ ଫେରିଲା ଗାଁକୁ । ଗାଁ ଆହୁରି ନିଜର ଲାଗିଲା । ବ୍ୟାଗ୍, ବୁର୍କାରେ ସେ ଭରି ନେଇ ଆସିଥିଲା ଆଶା, ବିଶ୍ୱାସ ଓ ଅମାପ ଇଚ୍ଛାଶକ୍ତି । ଗାଁ ଲୋକ ଦେଖ୍ ଆସିଲେ । 'ଆହା' 'ଆହା' କଲେ । ଆସିଲା ବି ମନରମା ସେମିତି ଲାଲ୍ ଫ୍ରକ୍‌ଟେ ପିନ୍ଧି । କହିଲା, "ମୋ'ର ପାଇଁ ତୋର ଏ ଦଶା । ମୋ'ର ଆଉ ମୂର୍ତ୍ତି ଦର୍କାର ନାଇଁ ।" ଟିକେ ହସିଦେଇ ବାବୁ କହିଲା, "ହାତ କଟିଛି ଯେ ମୂର୍ତ୍ତି ବନେଇ ପାରିବିନି ଭାବୁଛୁ କି ? ପାରିବି । ଗୋଟେ ନୁହଁ — ଏବେ ତିନିଟା ମୂର୍ତ୍ତି ଗଢ଼ିବି । ଗୋଟେ ତୋ'ର, ଗୋଟେ ମୋ'ର ଆଉ ଗୋଟେକୁ ଥାପନା କରିବି ଗାଁର ସୁରୁସିଆଁ ଗଛତଳେ ।"

ତ, କିଛିଦିନ ଉଭାରୁ ବାବୁଘରର ଜମି ମୁକୁଳିଲା । ବାପା-ମା' ସଜବାଜ ହେଲେ ଉଷବାସ ପାଇଁ । ବାବୁ ପାଇଁ ମାଟି ବି ଆସିଲା । ସେ ଗଢ଼ିବା ଆରମ୍ଭ କଲା ମନରମା ମୂର୍ତ୍ତି । ବାପା-ମା'ଙ୍କ ସାହାଯ୍ୟ ନେଲା ନାଇଁ । ନିଜେ ସବୁ କଲା । ଭାରି କଷ୍ଟରେ କଲା । ଗୋଟେ ଝୁଙ୍କ, ଗୋଟେ ଜିଦ୍ ନେଇ । ନିଶ୍ଚେ ପାରିବ । ସେ ଗଢ଼ିଲା । ଭାଙ୍ଗିଲା ପୁଣି ଗଢ଼ିଲା । ଝୁଣ୍ଟି ପଡ଼ିଲେ ବି ବାର୍‌ବାର୍ ଉଠି ଠିଆହେଲା । ଗାଁରେ ଡିବିଡ଼ିବି ବାଜିଲା ତା' କାମ ନେଇ । ଲୋକେ ଫୁସୁର‌ଫୁସୁର ହେଲେ, ସରପଞ୍ଚ ଝିଅର ତିନିଟା ମୂର୍ତ୍ତି ଗଢ଼ୁଛି ବାବୁ । ସରପଞ୍ଚ, ଯିଏ ଏମ୍.ଏଲ୍.ଏ ହେବାର ସ୍ୱପ୍ନ ଦେଖୁଥିଲେ, ସେ ଶୁଣିଲେ । ରାଗରେ ଜଳିଲେ । କ'ଣ ତା'ର ଉଦ୍ଦେଶ୍ୟ ? ମୋ' ଝିଅକୁ ବଦ୍‌ନାମ କରିବ ? ସେ ଖବର ପଠେଇଲେ ତା' ବାପାକୁ, "ମୋ' ଝିଅର ମୂର୍ତ୍ତି ଗଢ଼ିବ ତୋ ପୁଅ ? ଏଡ଼େ ବହଳ ? ଭାଙ୍ଗିଦେଉ ତାକୁ । ନହେଲେ ଏ ଗାଁରେ ରହିପାରିବନି ।"

ମୂର୍ତ୍ତି ଭାଙ୍ଗିଲାନି ।

ଆହୁରି ଫୁଟିଲା, ଜୀବନମୟ ଦିଶିଲା । ପୁଣି ଆସିଲା ଧମକ୍ । ଶଳା କେମ୍ପା, ମୋ' ଝିଅ ଉପରେ ଖରାପ ନଜର ? ତିନିଟା ମୂର୍ତ୍ତି ଗଢ଼ିବ ? ତିନି ପିସ୍ କରି କାଟି ଦେବିନି ଆରହାତଟି ? ବାପା-ମା' ଡରିଗଲେ । ସରପଞ୍ଚ ରୁହେଁଲେ ସବୁ କରିପାରିବେ । କିନ୍ତୁ ବାବୁ ନିର୍ଭୀକ ହୋଇ ଉତ୍ତର ଦେଲା, "ଆମ ସରପଞ୍ଚ ବି ତା'ହେଲେ ହାତ କାଟି ଦେଇ ପାରିବେ ? ତେବେ, ଇଟାଭାଟିର ମାଲିକ ଓ ତାଙ୍କ ଭିତରେ ଫରକ୍ କ'ଣ ? ହାତ କଟିଲେ ବି ମୋ'ର ମୂର୍ତ୍ତିଗଢ଼ା ବନ୍ଦହବନି । ଯାଅ କହିଦିଅ ଆଜ୍ଞାଙ୍କୁ...।"

"ଦରିଦ୍ରିଆ ପିଲାର ଏତେ ସାହସ ? ତା' ଘରେ ନିଆଁ ଲଗେଇଦେବି... ।" ସେ ସ୍ୱର ଇଟାଭାଟିର ମାଲିକ୍ ସ୍ୱରଠୁ କମ ନଥିଲା ।

ସାରା ଗାଁ ଜାଣିଲା । ସରପଞ୍ଚ ଓ ବାବୁର ଶୀତଳ ଲଢ଼େଇ ଦିନକୁ ଦିନ ଉଷ୍ମ ଓ ଉଗ୍ର ହେବାକୁ ବସିଲା । ଗାଁ ସାଥୀ ଆସିଲେ । ବାବୁକୁ ବୁଝେଇଲେ, ଜିଦ୍ ଛାଡ଼ । ସେ ଛାଡ଼ିଲା ନାଇଁ । ବାବୁର ଡ୍ରଇଂ ସାର୍ ଆସି କହିଲେ, "ତୁମ ଉପରକୁ ବିପଦ ମାଡ଼ି ଆସୁଛି । ସତର୍କ ହୋଇ ଚଲ ।" ବାପା-ମା' କହିଲେ ବାବୁକୁ, "ମୂର୍ତ୍ତି ଗଢ଼ିବା ଛାଡ଼ି ଦେ । ନ ହେଲେ ଚଲ ଗାଁ ଛାଡ଼ିଦେବା ।"

"ଗରିବ ହେଲେ ବି ଆମେ ଏ ଦେଶର ସ୍ୱାଧୀନ ନାଗରିକ ବାପା । ନିଜ ଘର, ନିଜ ଗାଁରେ ରହିବା ଆମର ଅଧିକାର ଅଛି । ମୂର୍ତ୍ତି ଗଢ଼ିବାକୁ ବି ଅଛି ଅଧିକାର । କେହି ଆମକୁ ମନା କରିପାରିବେ ନାଇଁ । ଧମକ୍‌ଚମକ୍ ଦେଇପାରିବେନି । ଦେଲେ, କ'ଣ କରିବାକୁ ହୁଏ ତା' ମୁଁ ଜାଣେ । ସୁବ୍‌ବାରାଓ ନାଁରେ ଯେମିତି ରିପୋର୍ଟ ଲେଖେଇଛି... ସେମିତି... ଚଲ ବାପା, ମା', ତୁ ବି ଚଲ୍ ।"

ଥାନାରେ ଅଭିଯୋଗ କଲେ ସେମାନେ । ଥାନାବାବୁ, ସରପଞ୍ଚ ନାଁ ଶୁଣି ଟିକେ ରହିଗଲେ । କହିଲେ, "ଯା' ଜଣେ ସାକ୍ଷୀ ନେଇ ଆ ।"

କିନ୍ତୁ, କେହି ବାହାରିଲେ ନାଇଁ ସାକ୍ଷୀ । ବାବୁ ନିରାଶ ହୋଇଗଲା । ବାପା-ମା' ହତାଶ । ସରପଞ୍ଚ ବିରୁଦ୍ଧରେ କିଏ କହିବ ? କା'ର ଡର ନାଇଁ ଜୀବନକୁ ଯେ ଆସିବ ? ହେଲେ, ହତାଶା ଦୂର କରିବାକୁ, ଆସିଲା ଜଣେ । ବାବୁ ଆଗରେ ଠିଆ ହେଲା । କହିଲା, "ଚଲ ତୋ ସାଙ୍ଗରେ ମୁଁ ଥାନାକୁ ଯିବି ।" "ତୁ ଯିବୁ ? ନାଇଁ... ନାଇଁ... ।"

ହେଲେ, ସେ ଗଲା । ମନରମା ହିଁ ଗଲା । ଥାନାରେ କହିଲା, "ବାପାଙ୍କୁ ମୁଁ କହିଛି, ମୋ' ମୂର୍ତ୍ତି ଗଢ଼ିବାରେ ବାବୁର କିଛି ଖରାପ ଉଦ୍ଦେଶ୍ୟ ନାଇଁ । ସେ ମୋ'ର ବଦନାମ ଚହେଁନା । ସେ ଶିକ୍ଷୀ । ତା'ର କଳାର ଆଦର କରେ ମୁଁ । ତାକୁ ଉତ୍ସାହିତ କରିବା ପାଇଁ ମୁଁ ହିଁ ତାକୁ ମୂର୍ତ୍ତି ଗଢ଼ିବାକୁ କହିଛି । ହେଲେ, ବାପା, ତାଙ୍କ ବଡ଼ଲୋକି ପଣକୁ ନେଇ ଜିଦ୍ ଧରିଛନ୍ତି । ବାବୁଘର ଯୋଉ ଅଭିଯୋଗ କରିଛନ୍ତି ତା' ସତ । ଗାଁ ଛାଡ଼ି ନ ଗଲେ, ମୂର୍ତ୍ତିଗଢ଼ା ବନ୍ଦ ନ କଲେ ତାଙ୍କ ଘର ଜାଳିଦେବା ଧମକ୍‌ଟି ବି ସତ । ତେଣୁ ଯାହା ନିୟମ ତାହା ଆପଣ କରିପାରନ୍ତି ।"

ଥାନାବାବୁ ଆଶ୍ଚର୍ଯ୍ୟ ହୋଇଗଲେ । ଚିନ୍ତିତ ଦିଶିଲେ ବି । ସରପଞ୍ଚଙ୍କ ଝିଅ ବାପ ବିରୁଦ୍ଧରେ କହୁଛି । ପେନ୍‌ଷ୍ଟାଣ୍ଡରୁ ପେନ୍ ଉଠେଇ ସେ କିଛି ଲେଖିବା ଆରମ୍ଭ କଲାବେଳକୁ ବାବୁ କହିଲା, "ଆଜ୍ଞା, ଯା'ହେଲେ ବି ଆମ ଗାଁର ସରପଞ୍ଚ ଆଜ୍ଞା ସେ । ଆମର ଗୁରୁଜନ । ମୁଁ ତାଙ୍କୁ ମାନେ । ସେ ଯଦି ମତେ ମୂର୍ତ୍ତି ଗଢ଼ିବାରେ ବାଧା ଦେବେ ନାଇଁ କି ଅନ୍ୟ କିଛି ଧମକ୍‌ଚମକ୍ ଦେବେ ନାଇଁ ତେବେ ମୋ'ର ରିପୋର୍ଟ ଲେଖିବା ଦର୍କାର ନାଇଁ ।"

କଥାଟି ଶୁଣି ଥାନାବାବୁ ଅଟକିଗଲେ । ଅନ୍ୟଆଡ଼େ ଚଲିଯାଇ ମୋବାଇଲରେ କା' କା'

ସାଙ୍ଗରେ କଥାହେଲେ । ଫେରିଆସି କହିଲେ, "ମୁଁ ଟିକେ ବାହାରୁ ଆସୁଛି ।" ପ୍ରାୟ ଅଧଘଣ୍ଟା ପରେ ଫେରିଆସି, ହସିହସି କହିଲେ, "ତୁମେ ସବୁ ଘରକୁ ଯାଅ ଏଥର ।"

ଝଲକାଏ ଶୀତଳପବନ ବୋହିଗଲା । ସେବେଳକୁ ପର୍ଦ୍ଦା ଠେଲି ।

ବାବୁ ତା'ପରେ, ଦୁଇଟା ମୂର୍ତ୍ତି ହିଁ ଗଢ଼ିଲା ।

ସୁରୁସିଆଁ ଗଛ ତଳେ ଥାପନା କରିବା ତିନିନମ୍ବର ମୂର୍ତ୍ତିଟି ଆଉ ଗଢ଼ିଲାନି । ବାତିଲ୍ କଲା । ସେ ଦୁଇଟାରୁ ସେ ଗୋଟେ ଦେଲା ମନରମାକୁ । ଅନ୍ୟଟି ରଖିଲା ନିଜ ଘରେ । ଥକିଗଲା, ହାରିଗଲା ପରି ଲାଗିଲେ ସେଇ ମୂର୍ତ୍ତି ଆଗରେ ସେ ବସେ । ତା' ଲକ୍ଷ୍ମୀ ପାଦରେ ମୁଣ୍ଡ ଥାପିଦିଏ । ମୂର୍ତ୍ତି ଆଖରୁ ଦି'ବୁନ୍ଦା ଲୁହ ଝରିପଡ଼େ ।

❑

ଆଲୋକ ନେଇ ଆସିଥିବା ମୋର ପ୍ରଥମ ଗଳ୍ପ ଆଲୋକିତ ଅନ୍ଧାର

ପୁରୁଣା ବନ୍ଧୁ ସହିତ ଅଚାନକ ଦେଖାହେଲେ କି ଅନେକ ଅନେକ ଦିନ ପରେ ତା'ଠୁ ଚିଠିଟେ ପାଇଲେ ଅପୂର୍ବ ଛନ୍ଦରେ ଛନ୍ଦାୟିତ ହୁଏ ମନ । ଅଜ୍ଞାତ ରାଗରେ ସ୍ପନ୍ଦିତ ହୁଏ ସ୍ନାୟୁକୋଷ । ସେଇ ବନ୍ଧୁଟି ଯଦି ଅନ୍ତରଙ୍ଗ ହୋଇଥାଏ ତ ସେଇ ଛନ୍ଦପାତର ଏକ ବିଶେଷ ଆକର୍ଷଣ ଅନୁଭୂତ ହୁଏ । ନୂଆ ଏକ ପ୍ରାଣ ଚଞ୍ଚଲ୍ୟ ଖେଳିଯାଏ ଦେହ ଭିତରେ ।

ଅନେକ ବର୍ଷ ପରେ ହଠାତ୍ ଆପଣାର ବାନ୍ଧବୀ ପ୍ରାଚୀଠୁ ଚିଠିଟିଏ ପାଇ ତୃଣାର ସେଇ ଅବସ୍ଥା । ଏରୋଗ୍ରାମର ଅକ୍ଷର ଭିତରେ ସେ ତା' ମୁହଁ ଦେଖୁଥିଲା । ତା' ମିଠା ସ୍ଵର ଶୁଣୁଥିଲା ।

: ମୁଁ ଆସୁଛି ଲୋ ମୋ' ଦେଶକୁ, ମୋ' ରାଜ୍ୟକୁ, ତୋ ସହରକୁ... ମାନେ... ତୋ ଘରକୁ:

ସେ ଅଭିଭୂତ ହୋଇପଡ଼ିଲା । ତା' ଘରକୁ ଆସୁଛି ତା'ର ପ୍ରାଣପ୍ରିୟ ବାନ୍ଧବୀ । ବିଶ୍ଵାସ ହଉ ନଥିଲା । ଆଉ ଥରେ ପଢ଼ିଲା ।

ଚିଠି ଛୁଇଁଲା । ଅକ୍ଷର ଛୁଇଁଲା ହଁ... ସତ ଏ ଚିଠି ପ୍ରାଚୀର । ଏ ଅକ୍ଷର ସବୁ ତା' ହାତର । ସେ ଧାଇଁଗଲା ନୀଳାଭ, ତା' ସ୍ୱାମୀଙ୍କ ପାଖକୁ । ଏରୋଗ୍ରାମ୍‌ଟି ଦେଖେଇ କହିଲା —

: କିଏ ଲେଖିଥିବ ଏ ଚିଠି କୁହତ ?

ଖବରକାଗଜରୁ ମୁହଁ ଉଠେଇ ସେ ଚିଠିଟା ଦେଖିଲେ ହେଲେ କିଛି କହିପାରିଲେନି ।

: ମୁଁ ଜାଣେ ପରା ତୁମେ କହିପାରିବନି... କିନ୍ତୁ ଟିକେ ଭାବିଥିଲେ ଚଟ୍‌କିନା କହିପାରିଥା'ନ୍ତ । ଆରେ... ବିଦେଶରେ ମୋ'ର ଆଉ କିଏ ଅଛି ମୋ' ପ୍ରିୟ ସାଙ୍ଗ ପ୍ରାଚୀ ଛଡ଼ା ?

କହୁ କହୁ ତୃଷା ହେଇଗଲା ଆନମନା । କଞ୍ଚନାର ସାତରଙ୍ଗ ନେଇ ସେ ଦେଖିଲା ଗୋଟେ ଚକ୍‌ଚକ୍ ସହର । ସବୁଠୁ ସୁନ୍ଦର ସହର । ଋରିଆଡ଼େ ସୁରମ୍ୟ ଅଟ୍ଟାଳିକା । ସବୁଠି ପ୍ରାଚୁର୍ଯ୍ୟର ଇଷ୍ଟାହାର । ସ୍ୱପ୍ନିଳ ଜୀବନଧାରା । ଶୁଣିଛି ସେ କୁଆଡ଼େ କୁବେରପୁରୀ । ନ୍ୟୁୟର୍କ ସହର ସତେ ପରା କୁବେର ପୁରୀ । ସେଇ ଆରିଷ୍ଟୋକ୍ରେଟ୍ ସହରରୁ ଆସୁଛି ପ୍ରାଚୀ । ସେଇଠି ସେ ରହେ । ବିବାହ ପରେ ସେଠିକି ସେ ଉଡ଼ିଯାଇଛି । କେତେବର୍ଷ ପରେ ଆସୁଛି । ପୁଣି ତା' ଘରକୁ । ତିନିଦିନର ପ୍ରୋଗାମ୍ କରିଛି ।

ଖୁସି ଓ କଞ୍ଚନାର ରଙ୍ଗ କିନ୍ତୁ ଟିକେ ପରେ ପୋଛି ହେଇଗଲା । ସେ ତା' ଘର ଦେଖିଲା । ଘରର ଅବସ୍ଥା ଓ ଅର୍ଥନୀତି ଦେଖିଲା । ନିୟୁର୍କରେ ରହୁଥିବା ପ୍ରାଚୀ । କେଡ଼େ ବିଳାସପୂର୍ଣ୍ଣ ହେଇଥିବ ତା' ଘର । ଆଉ ତା'ର ଏଇ ଘର । କେମିତି ଏଠି ରହିବ ସେ ? କେମିତି ସେ ତା'ର ଚର୍ଚ୍ଚା କରିବ ? ମୁହଁ ଶୁଖିଗଲା ତୃଷାର । ନୀଳାଭ ଠିକ୍ ବୁଝିଲେ ପତ୍ନୀର ମନ କଥା । ତଥାପି କାରଣ ପଚାରିଲେ ।

ସେ କହିଲା —

: ଆଧୁନିକ ଯୁଗର ସାଜ ସରଞ୍ଜାମ ଆମ ଘରେ କିଛି ନାଇଁ । ଫ୍ରିଜ୍‌ଟେ ପାଇଁ ତୁମକୁ କେତେ କହିଛି । ଡାଇନିଂ ଟେବୁଲ୍ ବି ନାଇଁ । ଏଇନେ ପ୍ରାଚୀ ଆସିବ ଯେ ତଳେ ବସେଇ ଖାଇବାକୁ ଦେବି ? ମାଠିଆ ପାଣି ପିଇବାକୁ ଦେବି ? ମତେ ଲାଜ ଲାଗିବ... ସେ ଯେ ଆମେରିକାରୁ ଆସୁଛି...

କାନ୍ଦ କାନ୍ଦ ଶୁଭିଲା ତା' ସ୍ୱର । ନୀଳାଭ ତା' ମୁହଁକୁ ଋହିଁ କହିଲେ—

: ପ୍ରାଚୀ କ'ଣ ଆମ ଘରର ଅବସ୍ଥା ଜାଣିନାହାନ୍ତି ? ସେ କ'ଣ ଜାଣିନାହାନ୍ତି ତୁମେ ଜଣେ ବେସରକାରୀ କଲେଜ ଅଧ୍ୟାପକଙ୍କୁ ବାହା ହେଇଛ... ଯିଏ ଆଦୌ ଧନୀ ନୁହନ୍ତି.. ଆଉ ଯା'ର ଅନେକ ପାରିବାରିକ ଦାୟିତ୍ୱ ରହିଛି...

: ତୁମକୁ ବାହା ହବା କଥା ସେ ଜାଣିଛି... ହେଲେ ବି... ଏତେ ଶୂନ୍ୟତା ଦେଖ ସେ କ'ଣ ଭାବିବ ? ଆଳ୍ଛା ! ଆଉ ତ ସପ୍ତାହେ ଅଛି... ଆମେ କ'ଣ କିଛି କରିପାରିବାନି ?

: ମାନେ କ'ଣ ?

: ଆମର ଶୂନ୍ୟତାକୁ ଲୁଚେଇ ପାରିବାନି ? ଅନ୍ତତଃ କିଛିଦିନ ପାଇଁ ?

: କେମିତି ? ଆଶ୍ଚର୍ଯ୍ୟ ହୋଇ ନୀଳାଭ୍ ପଚାରିଲେ ।

: ଦେଖ, ତୁମେ ଟିକେ ସହଯୋଗ କରିବ ପ୍ଲିଜ୍ ।

: ନିଶ୍ଚୟ, ତୁମ ସାଙ୍ଗକୁ ଚର୍ଚା କରିବାରେ ମୁଁ ମୋତେ କାର୍ପଣ୍ୟ କରିବି ନାଇଁ ହେଲା ? ତୁମର ଅପମାନ... ମୋ' ଅପମାନ ନୁହେଁ କି ?

: ହଁ, ସେଇଟା ଠିକ୍, କିନ୍ତୁ ମୁଁ ଆଉ ଗୋଟେ କଥା ଭାବୁଥିଲି...

: କ'ଣ କହୁନ ?

: ଆମର ଏଠି କ'ଣ ଫ୍ରିଜ୍, କୁଲର, ଡାଇନିଂ ଟେବୁଲ୍ ଭଡ଼ାରେ ମିଳୁ ନଥିବ ? କିଛିଦିନ ପାଇଁ ଆମେ ସେ ସବୁ ଭଡ଼ାରେ ନେଇଆସିଲେ ? ଘର ସଜା କିଛି ଛୋଟ ଛୋଟ ଜିନିଷ କିଣିନେବା... ତିନିଦିନର ବ୍ରେକ୍ଫାଷ୍ଟ, ଲଞ୍ଚ, ଡିନରର ମେନ୍ୟୁ ଠିକ୍ କରିନେବା, ନା କ'ଣ କହୁଛ ? ଏମିତି କଲେ ପ୍ରେଷ୍ଟିଜ୍ଟା ରହିଯିବ...

ନୀଳାଭଙ୍କୁ କଥାଟି ଆଦୌ ଭଲଲାଗିଲା ନାଇଁ । ଯାହା ନାହିଁ, ତାକୁ ଭଡ଼ାରେ ଆଣି ଘରେ ରଖିବେ ? ଅଭାବପଣକୁ ଘୋଡ଼େଇବା ଅପଚେଷ୍ଟା କରିବେ ? ଛଲନା, ଅଭିନୟର ଜୀବନ ସେ ପସନ୍ଦ କରନ୍ତି ନାଇଁ କିନ୍ତୁ ତୃଷା ? ସାହେବାଣୀ ସାଙ୍ଗ ଆଗରେ ନ୍ୟୂନ ହେବାକୁ ରୁହାଁନ୍ତି ନାଇଁ । ଭଡ଼ାରେ ହେଉ ପଛେ ଆଣିବେ କିଛି ଜିନିଷ ଖାଲି ଆମ୍ ସମ୍ମାନ ପାଇଁ । ଏଇନେ ଯଦି ସେ ମନା କରିବେ ମଉଳିଯିବେ ସେ । ଅଶାନ୍ତ ହେବେ । ପତ୍ନୀ ମନରେ ସେ କଷ୍ଟ ଦେବାକୁ ରୁହାଁନ୍ତି ନାଇଁ । ସେ କହିଲେ: ହଉ ଠିକ୍ ଅଛି । ମୁଁ ବୁଝାବୁଝି କରିବି । ତୁମ ସମ୍ମାନ ଯଦି ସେଥିରେ ରହିଯିବ ଭାବୁଛ ତାହା ହିଁ କରିବି ।

ଟିକେ ପରେ ପୋଷାକ ବଦଳେଇ ସେ ବାହାରକୁ ରୁଲିଗଲେ । ସାଫଲ୍ୟ ତାଙ୍କ ପୁଅ ଟ୍ୟୁସନ୍‍ରୁ ଫେରିଲା, ତୃଷା ତାକୁ କୁଣ୍ଢେଇ ଧରି କହିଲା ।

: ବାବୁରେ ! ତୋ ସାହେବାଣୀ ମାଉସୀ ଆମେରିକାରୁ ଆସୁଛି... ଆମେରିକା ବିଷୟରେ ତୁ ସବୁ କଥା ଜାଣିବା ଦର୍କାର... ସେଠିକାର ଚଳଣି, ମ୍ୟାନର୍ସ, ବିହେବିଅର୍...

: କାହିଁକି ମା' ?

: ସେ ଦେଶଟି ଖୁବ୍ ବଡ଼ । ଖୁବ୍ ଧନୀ । ସେଠି ପାଠ ପଢ଼ିବା, ରହିବା, ରୁକିରୀ କରିବା କିଛି କମ୍ କଥା ନୁହେଁ ବୁଝିଲୁ ? ସେମାନଙ୍କ ଚଳଣି ଖୁବ୍ ଉନ୍ନତ... ତେଣୁ...

ତୃଷା ମନେ ମନେ ଠିକ୍ କରିନେଇଥିଲା ସାଫଲ୍ୟ ବଡ଼ ହେଲେ ଆମେରିକା ଯିବ । ପ୍ରାଚୀ ପାଖରେ ରହି କଲେଜ ପଢ଼ିବ – ତା' ପରର ଉଚ୍ଚଶିକ୍ଷା ବି । ପ୍ରାଚୀ ମନା କରିବ ନାଇଁ ସେ ଜାଣେ । ହେଲେ ମନକଥାଟି ଏବେଠୁ ସେ ପୁଅକୁ କହିବ ନାଇଁ । ଦିନେ ତାକୁ ଚମ୍କେଇ ଦେବ ।

ଦୁଇଦିନ ପରେ ତୃଷା ରୁହଁବା ପରି ସବୁ ହେଲା । ଘରର ଶୂନ୍ୟପଣ ଲୁଚିଲା । ଭରପୁର ଲାଗିଲା ଘରିଆଡ଼ । ପ୍ରାଚୀପାଇଁ ଗୋଟେ କୋଠରୀ ସଜେଇ ରଖିଲା ତୃଷା । ନୀଳାଭ୍ ଓ ସାଫଲ୍ୟ ତା' ନିର୍ଦ୍ଦେଶରେ ନିଜ ନିଜ ବହି ଥାକ ସଜେଇ ରଖିଲେ । ପୋଷାକପତ୍ର ଚଉଟିଲେ ଡାଇନିଂ

ଟେବୁଲ୍‌ରେ ବସି ଖାଇବା ଅଭ୍ୟାସଟି କଲେ । ଫ୍ରିଜ୍‌, କୁଲର୍ ବାବଦରେ ବି କିଛି ଜାଣିଲେ । ତିନିଦିନର ମେନ୍ୟୁ ଯାହା ଯାହା ଦର୍କାର ନୀଳାଭ ସବୁ କିଣି ସାଉଟିଲେ ।

ପୁରା ପରିବାର ପ୍ରସ୍ତୁତ ପ୍ରାଚୀର ସ୍ୱାଗତ ଓ ଚର୍ଚ୍ଚାପାଇଁ ।

ପ୍ରାଚୀ ଆସିବା ଦିନ ତୃଣା ଭାରି ସିରିଅସ୍ । କେମିତି କ’ଣ ହେବ ? କିଛି ଭୁଲ୍ ଭଟକା ହେଇ ଯିବନି ତ ? ଏ ସାଫଲ୍ୟ ! ଜିନିଷପତ୍ର ଏପଟ ସେପଟ କରିବୁ ନାଇଁ... ବାବୁ... ଦେଖ୍‌... ମାଉସୀ ଆମେରିକାରୁ ଆସୁଛି...

: ହଁ... ତୁମେ ବି... ତୁମ ବଡ଼ପାଟିର କଥା... ଆଉ ସବୁଠାରେ ଗୋଟେ ଖୋଲାମେଲା ଭାବେ... କଣ୍ଟ୍ରୋଲରେ ରହିବ ପ୍ଲିଜ୍‌... ଓହେ ଏତେବେଲଯାଏ ଫ୍ଲୁଟ୍‌ସ ଆଣିନ ?

ନୀଳାଭ ଓ ସାଫଲ୍ୟ ରେଲ୍‌ୱେ ଷ୍ଟେସନ୍ ଗଲେ ଗୋଟେ ଟ୍ୟାକ୍‌ସି ଭଡ଼ା କରି । ପ୍ରାଚୀ କ’ଣ ରିକ୍‌ସାରେ ଆସିବ ? ଟ୍ରେନ୍ ଠିକ୍ ସମୟରେ ଆସିବ କି ବିଳମ୍ବ ହବ କେଜାଣି । ବ୍ରେକ୍‌ଫାଷ୍ଟ ପ୍ରସ୍ତୁତ । ଟେବୁଲ୍‌ରେ ସଜେଇ ରଖିଛି କାଚ ଗ୍ଲାସ, ପ୍ଲେଟ୍‌, ରୁମାଲ୍‌... ସଜେଇଛି ପୁଣି ଅଙ୍ଗୁର ସେଓ, କଦଳୀ ।

ବାହାରେ ଗାଡ଼ି ଅଟକିବା ଶବ୍ଦ । ଆସିଲେ କି ? ପ୍ରାଚୀ ଆସିଛି ତ ? କେମିତି ଦିଶୁଥିବ ସେ ? ଖୁବ୍ ଗୋରା, ଖୁବ୍ ସୁନ୍ଦର, ମଡର୍ଣ୍ଣ... । ଆମେରିକା ଜୀବନ ତା’ର... କ’ଣ ଅଭାବ ? ସେ ଧାଇଁ ଆସିଲା ବାହାରକୁ । ପ୍ରାଚୀ... ମୋ’ ପ୍ରିୟ ସାଙ୍ଗ ! ସାତ ସମୁଦ୍ର ତେର ନଈ ପାରି ହେଇ ଆସିଛୁ ତୋର ଏଇ ସାଙ୍ଗ ପାଇଁ ନା ? ଆ... ମନ ପୁରେଇ ଦେଖ ନିଏରେ ତତେ... ଛାତିରେ ଜଡ଼େଇ ନିଏ...

ପ୍ରାଚୀ ଦେହର ସୁଗନ୍ଧ କହୁଥିଲା ତା’ର ସୁରଭିତ ଜୀବନର କଥା । ଏତେ ଲମ୍ବାଯାତ୍ରା ପରେ ବି ତା’ ଶୁଭ୍ରମୁହଁ କହୁଥିଲା ତା’ ଭରପୁର ଜୀବନର ଗାଥା, ତା’ ଆଗରେ ସେ ? ହଁ ସାଙ୍ଗ ତା’ର ରାଣୀ ଆଉ ସେ ଚନ୍ଦ୍ରକାଣୀ ସଙ୍କୁଚିତ ହୋଇ ପଡ଼ିଲା ତୃଣା । ଠାକୁ ରୁହଁ ରହିଲା ।

: ହାଓ ଫନି ! ତୁ ମୋ’ର ବାନ୍ଧବୀ ନା ବନ୍ଧୁ ? ଏମିତି ରୁହଁଛୁ କ’ଣ ? ସୁବାସିତ କାଗଜ ରୁମାଲ୍‌ରେ ବେକ ପୋଛିନେଇ ଆମେରିକାନ୍ ଭଙ୍ଗୀରେ କହିଲା ପ୍ରାଚୀ ।

ସତେ ତ । ଲାଜେଇଗଲା ତୃଣା । ତା’ ହାତଧରି ନେଇ ଆସିଲା ତାକୁ ଭିତରକୁ । ଲାଗିଲା, ସେ ଦୁହେଁ ସେଇ ଅବୋଧ କିଶୋରୀ, ସାଙ୍ଗ ହୋଇ କୋଳିଗଛ ମୂଳକୁ ଯାଉଛନ୍ତି । ଭିତରକୁ ଆସି କାନ୍ଥରେ ଟଙ୍ଗା ହେଇଥିବା ହାଇସ୍କୁଲ ବେଲର ଫଟୋ ଦେଖେଇ କହିଲା —

: ଏ ଫଟୋ କଥା ମନେ ଅଛି ? ଫଟୋ ଉଠେଇ ସେଦିନ ଆମେ ଖୁବ୍ ଡେରିରେ ଘରକୁ ଫେରିଥିଲେ । ମା’ ବାପାଙ୍କଠୁ ଦୁହେଁ ଗାଲି ଖାଇ କାନ୍ଦିଥିଲେ...

: ଆଇ ଆମ୍ ସରି... ଡିଅର୍‌... ଇଟ୍‌ସ ଏ ଲଙ୍ଗ ପାଷ୍ଟ...

ସ୍ତବ୍ଧ ହୋଇଗଲା ତୃଣା । ରୁହିଲା ତା’ ସାଙ୍ଗକୁ । ତା’ ଆଖିର ତରୁଢ଼ାଲରେ ସତରେ କୌଣସି ସ୍ମୃତି ମୁଗ୍‌ଧ ବୁଲ୍‌ବୁଲ୍ ମୂର୍ଚ୍ଛନା ତୋଲୁ ନଥିଲା । ବରଂ ଏକ ଅସ୍ଥିର, ପାଗଳ ଭଅଁର ପରି ସେ ଆଖି ଘୁରିବୁଲୁଥିଲା କୋଠରୀ ସାରା । ସେ ତା ଆଟାଚି ଖୋଲିଲା । ଟଏଲେଟ୍ ପ୍ୟାକ୍

କାଢ଼ିଲା ଆଉ କହିଲା: ଏକ୍କ୍ୟୁଜ୍ ମି’, ମୁଁ ଫ୍ରେସ୍ ହେବାକୁ ଚହେଁ, ଟଏଲେଟ୍ ? ଓଃ କି ଗରମ ଏଠି ? ଏ.ସି ଅନ୍ କରିନୁ କି ?

ତୃଷା ମୁହଁର ରଙ୍ଗ ବଦଳିଗଲା । ସେ ଖୁବ୍ ଅସହାୟ ଲାଗିଲା ।

ସେ କଥାଟିକୁ ସେ ନ ଶୁଣିବା ପରି କହିଲା —

: ଆ... ବାଥ୍ରୁମ୍ ଯିବୁ ପରା ?

: ଆଟେଚଡ୍ ନୁହେଁ ? ଓଃ... ଚଲ... କେତେଦୂର ଯିବାକୁ ହବ ? ମୁଁ ଖୁବ୍ ଟାୟାର୍ଡ ।

: ପ୍ରାୟ ପନ୍ଦର ମିନିଟ୍ ପରେ ବାଥରୁମରୁ ଫେରି ସେ କହିଲା—

: ମୁଁ ସାୱାର ବାଥ ନିଏ । ତେଣୁ ସବୁ ମଜା ଚଲିଗଲା ।

ତୃଷା ମନର ସମସ୍ତ ସରାଗ ଗଞ୍ଜେଇଶିଉଳି ଫୁଲ ପରି ଭୁଲୁଣ୍ଠିତ ହୋଇଗଲା । ପ୍ରାଚୀ ତା’ହେଲେ ସାହେବାଣୀ ହୋଇଯାଇଛି ସତରେ । ତାକୁ ସେ କେମିତି ଚର୍ଚ୍ଚା କରିବ ବୁଝି ପାରୁ ନଥିଲା ।

ସେ ତା’ପରେ କାଢ଼ିଲା ତା’ର କସମେଟିକ୍ ବକ୍ । ମିରର ସାମ୍ନାରେ ବସି ମୁହଁରେ, ଓଠରେ, ଗାଲରେ ମେକ୍ଅପ୍ ନେଲା । ତୃଷା ତାକୁ ଆଁ କରି ଅନେଇଥାଏ । ସେ ମେକ୍ଅପ୍ ନେଉଥାଏ ଓ ତା’ ପରିବାରର ସୁଖ ସମୃଦ୍ଧ କଥା କହୁଥାଏ । ସେ ସେଠି କେତେ ବିଳାସରେ ଅଛି । ଆମେରିକାର ଜୀବନଶୈଳୀ କେମିତି ତା’ର ଚିତ୍ର ଆଙ୍କୁଥାଏ ।

ହଁ, ଆପଣା ଆପଣା ଭାଗ୍ୟ । ଦୁହେଁ କେବେ ଅନ୍ତରଙ୍ଗ ସାଙ୍ଗଥିଲେ ବୋଲି ଭାଗ୍ୟ ବି କ’ଣ ଏକାପରି ହୋଇଯିବ ? ତୃଷା ସଙ୍କୁଚିତ ହୋଇପଡ଼ୁଥିଲା । ପ୍ରାଚୀ ସୁଖ ସୌଭାଗ୍ୟର ଅମୃତ ପାନ କରୁଛି ହୁଏତ ସେଥିପାଇଁ ମୁହଁରେ ତା’ର ବୟସର ଛାଇ ଟିକେ ବି ନାଇଁ । ଦେହର ରଙ୍ଗ ଆହୁରି ଫିଟି ଯାଇଛି । ଆଉ ସେ ? ଜୀବନ ସହ ତା’ର ନିରନ୍ତର ଲଢ଼େଇ — ମଧ୍ୟବିତ ପରିବାରର ସୁଖ-ଦୁଃଖକୁ ନେଇ ରୂପ ତା’ର — କେତେ କ’ଣ ଦାୟିତ୍ୱ ତା’ରି ଭିତରେ ସେ ଭୁଲିଯାଏ ନିଜ କଥା — ମେକ୍ଅପ୍ କଥା ଚିନ୍ତା ବି କରିପାରେନି ସେ । ଓଃ... ତାକୁ ଦେଖି ପ୍ରାଚୀ କ’ଣ ଯେ ଭାବୁଥିବ... ସେ ଶାଢ଼ୀକାନିରେ ନିଜକୁ ଆହୁରି ଟିକେ ଘୋଡ଼େଇ ନେଲା । ତା’ର କିଛି ବି ଅଭାବ ପ୍ରାଚୀ ଆଖିରେ ପଡ଼ୁ ।

ତା’ ସାଙ୍ଗ ସେମିତି ସୁଖରେ ଥାଉ ପ୍ରଭୁ । ସେ ମନେ ମନେ କାମନା କଲା ।

: ବ୍ରେକ୍ଫାସ୍ଟ ରେଡ଼ି ତ ? ଆଇ ଫିଲ୍ ହଙ୍ଗ୍ରି...

ଖାଇଲାବେଳେ ଟେବୁଲରେ ନୀଳାଭଙ୍କ ସହ ତା’ର ଖାଲି ଇଂରାଜୀରେ କଥା ।

ଲଞ୍ଚବେଳେ ସେମିତି । କୌଣସି ପାର୍ଟିକୁ ଯେମିତି ସେ ଆସିଛି । ଆମେରିକାନ୍ ଭଙ୍ଗୀରେ ପ୍ଲେଟ୍ରେ ଟିକେ ଟିକେ ନେଇ ଖାଉଥାଏ ।

ଅଥଚ ସେଦିନ ଗୁଡ଼ିକରେ...

ତୃଷା ମନେ ପକେଇଲା । ନିତି ଦୁହେଁ ଏକୋଟି ଖାଉଥିଲେ । ଭାତଥାଳିରେ ଆଙ୍ଗୁଠିରେ ଗାର ପକେଇ ସେ କହୁଥିଲା । ଏତକ ତୋ’ର... ମୋ’ ଆଡ଼କୁ ଆସି ପକେଇବୁନି । ହେଲେ

ଟିକେ ପରେ ସେ ଗାର ଲିଭି ଯାଉଥିଲା । ଯିଏ ଯା' ଇଲାକାକୁ ପଶିଯାଉଥିଲା । କିନ୍ତୁ ଆଜି – ଦୁହିଁଙ୍କ ଭିତରେ ଏକ ଅଲଙ୍ଘ୍ୟ ରେଖା । ପ୍ରାଚ୍ୟ – ପାଶ୍ଚାତ୍ୟର ଯୋଜନ ଯୋଜନ ବ୍ୟବଧାନ । ଦୀର୍ଘଶ୍ୱାସ ନେଲା ତୃଣା ଯାହା ତା'ର ସ୍ୱାମୀ ଓ ସନ୍ତାନ ଖାଲି ଶୁଣିଲେ ।

ସେ ତା' ପରିବାରର ଖାଦ୍ୟରୁଚି କହିଲା । କହିଲା ବି କେଉଁ କେଉଁ ଖାଦ୍ୟ ତିଆରି କଥା ସେ ଜାଣେ ।

ରାତିରେ –

ତା' ବିଛଣା ଦେଖି ପ୍ରାଚୀ କହିଲା –

: ସେଠି ମୋ'ର ଅଲଗା ବେଡ଼୍‌ରୁମ୍ । ପ୍ରଶସ୍ତ । ଖାଲି ଗୋଟେ ମିନିଫ୍ରିଜ୍ । ଖୋଲା ମେଲା ନ ହେଲେ ମୋ'ର ନିଦ ହୁଏନା । ତୁ ଏଠି ଏତେ ଜିନିଷ ରଖିଛୁ ଯେ... ଏମିତିରେ ସାଉଣ୍ଡ୍ ସ୍ଲିପ୍ ହେବନି – ତଥାପି ଚେଷ୍ଟା କରିବି । ଖଣ୍ଡେ ବହି କାଢ଼ି ସେ ପଢ଼ିଲା । କହିଲା –

: ହଉ ଯା', ଗୁଡ଼୍ ନାଇଟ୍:

ଦୁଃଖରେ, ଅପମାନରେ ଭାଙ୍ଗିପଡ଼ିଲା ତୃଣା । ପ୍ରାଚୀ କ'ଣ ଏଥିପାଇଁ ତା' ପାଖକୁ ଆସିଛି ? ତା' ପ୍ରାଚୁର୍ଯ୍ୟ ଦେଖେଇ ତାକୁ ଅପମାନିତ କରିବା ଲାଗି ? ସେ ଏତେ ବଦଲିଗଲା କେମିତି ? ବନ୍ଧୁତାର ମୂଲ ଏବେ ତା' ପାଇଁ କିଛି ନୁହେଁ ? ସବୁ ସ୍ନେହ ଅନ୍ତରଙ୍ଗ ଭାବକୁ ଏମିତି ଭାବେ ଉଡ଼େଇ ନେଇଛି ବିଦେଶୀ ମାଟିର ପାଣିପବନ ?

ସେ ଶୁଳିଆସିଲା । ନୀଳାଭ ପାଖରେ କଇଁକଇଁ କାନ୍ଦି କହିଲା –

: ଇଏ ଏକ ଅଲଗା ପ୍ରାଚୀ... ସେ ମୋ'ର ସେଇ ମନପ୍ରାଣର ସାଙ୍ଗ ନୁହେଁ:

ସାଫଲ୍ୟ, ମା' ଆଖିର ଲୁହ ପୋଛିଦେଲା ।

ସକାଳ ହେଲା ।

ତୃଣା ଚମକି ପଡ଼ି ଉଠିଲା । ଘରେ ତା'ର ବିଦେଶୀ ଅତିଥି । ଡେରି ହେଲେ ସବୁ କାମ ଡେରି ହୋଇଯିବ । ପ୍ରାଚୀଠୁ ପୁଣି କିଛି ଅପମାନ ସହିବାକୁ ହେବ । ମୁହଁଟା ଧୋଇନେଇ ରୋଷେଇଘରଟା ଆଗ ସଜାଡ଼ି ନେଲା । ତରତରରେ ବ୍ରସ୍ କରିନେଇ ରୁ ତିଆରିରେ ମନଦେଲା । ପ୍ରାଚୀ ରୁ'ରେ ବେଶୀ ଚିନି ଖାଉଥିଲା ଦି'ଖଣ୍ଡ ବିସ୍କିଟ୍ ସାଙ୍ଗରେ । ସବୁ ମନେ ଅଛି ତା'ର । ହେଲେ ଏବେ କେତେ ଚିନି ଖାଉଥିବ କେଜାଣି... ଏବେ ବି ସେମିତି ବିସ୍କିଟ୍ ଖାଉଥିବ ? କେଜାଣି । ସବୁକିଛିତ ବଦଲି ଯାଇଛି ସମୟ ସାଙ୍ଗରେ । ସେ ଏବେ ଆମେରିକାରେ ରହେ... ପୃଥିବୀର ସବୁଠି ଧନୀ ଦେଶରେ... ତେବେ ସେ ଭାବୁଥିଲା... ସବୁ କିଛି ବଦଲିଯାଇଛି ଯଦି... ଏଠିକି ଆସିବାକୁ ମନ ବଳେଇଲା କେମିତି ?

ଆରେ... ଆରେ... ରୁ'ଟା ଉତୁରି ଯାଉଛି ରେ...

ଧାଇଁ ଆସି ସସ୍‌ପେନର ହ୍ୟାଣ୍ଡଲ ଧରି ତଳକୁ ଓହ୍ଲେଇ ଆଣିଲା ଯିଏ – ସେ ଥିଲା ପ୍ରାଚୀ । ବାରଣ୍ଡା କୋଣରେ ଥିବା ଝାଡୁଟା ନେଇ ଯିଏ ତା'ପରେ ଘର ଓଲେଇ ଆଣିଲା ସେ ଥିଲା ପ୍ରାଚୀ । ଯିଏ ପିନ୍ଧିଥିଲା ତୃଣାର ପାଲଟା କଟନ୍ ଶାଢ଼ୀ, ଯା' ହାତରେ ଥିଲା ଚୁଡ଼ିର

ରୁଣ୍ଡୁଖୁଣ୍ଡ, ମଥାରେ ସିନ୍ଦୂର ବିନ୍ଦୁ – ସେ ବି ଥିଲା ପ୍ରାଚୀ। ଦିଶୁଥିଲା ଖାଣ୍ଟି ଓଡ଼ିଆଣୀ, ଶହେ ପ୍ରତିଶତ ସେଇ ପୁରୁଣା ଦିନର ସାଜି। ଅନ୍ତରଙ୍ଗ ବାନ୍ଧବୀ ପ୍ରାଚୀପ୍ରଭା।

ତୃଣା ଦେଖୁଥିଲା ବିସ୍ମିତ ହୋଇ। ରଘ ଛାଣିବା ଭୁଲିଯାଇଥିଲା... ଭୁଲିଯାଇଥିଲା ବାକିସବୁ। କାଲି ଆଉ ଆଜି ଭିତରେ 'ଏତେ ଫରକ୍'? ତା'ହେଲେ? ପ୍ରାଚୀ ବଦଳିନି? ବଦଳିନି ସମୟ? ତେବେ... କାହିଁକି ସେ ତାକୁ ଜାଲିପୋଡ଼ି ମାରିଲା? ଦୁଃଖ ତ ଅପମାନର କଳାରଙ୍ଗ ବୋଲିଲା ତା' ମୁହଁରେ? ତା' ଘରର ସୁନ୍ଦର ଚିତ୍ରପଟରେ?

ପ୍ରାଚୀ ହାତ ଧୋଇ ଆସ ତାକୁ କୁଣ୍ଢେଇ ପକେଇଲା। ହଁ ଠିକ୍ ସେମିତି ତା'ର ବନ୍ଧନ। ସେଇ ବନ୍ଧନରେ ଠିକ୍ ସେଭଳି ଉଷ୍ଣତା। ଟିକେ ପରେ ତା'ଠୁ ମୁକୁଲି ଆସି ସେ ରଘ ଛାଣିଲା। କହିଲା –: ମୋ' କପ୍‌ରୁ ତୁ ଆଗ ଟୋକେ ପି' ତା'ପରେ ମୁଁ ପିଇବି ଠିକ୍ ସେଦିନ ଭଳି

: ତୃଣା ପିଇଲା। ତା' ଆଖି ଛଳଛଳ ହେଇଗଲା। ସେ ସନ୍ଦେହ କରିଥିଲା ତା' ସାଙ୍ଗକୁ! ଅନୁତାପରେ ଭିଜିଗଲା ସେ।

ପ୍ରାଚୀ ତା' ହାତଧରି କହିଲା–

: କାଲି କାଇଁ ଏମିତି କଲି ଭାବୁଛୁତ? ତୁ ଯେଉଁ ରଙ୍ଗମଞ୍ଚ ସଜେଇଥିଲୁ ମୁଁ ସେଥିରେ ଖାଲି ଅଭିନୟ କଲି ବୁଝିଲୁ?

ରଙ୍ଗମଞ୍ଚ??

: ଆରେ... ମୁଁ ଏଠିକି ଆସିଛି ମାଠିଆରୁ ପାଣି ଢାଲି ପିଇବାକୁ... ଅଗଣାରେ ମସିଣା ପାରି ଶୋଇବାକୁ। ଝୁରି ପୁରଗା ଓ କୁଲେର ଶାଗ ଖାଇବାକୁ – ମୋ' ପୁରୁଣାଦିନକୁ ଫେରି ପାଇବାକୁ – ତୋ ସାଙ୍ଗରେ ଗପ କରିବାକୁ, ହସି ହସି ଲୋଟିଯିବାକୁ। କିନ୍ତୁ ତୁ କ'ଣ କଲୁ? ମୁଁ ସାହେବାଣୀ ହୋଇଥିବି, କାଲେ କ'ଣ ଭାବିବି – ଏଇୟା ଭାବିଲୁ ନା? ଘରକୁ ଜିଦ୍ କରି ଫ୍ରିଜ୍, କୁଲର୍ ଆଣିଲୁ। ଡିସ୍ ତିଆରି ମତେ ଟେବୁଲ୍‌ରେ ଲଞ୍ଚ, ଡିନର୍ ଖୁଆଇଲୁ।

: ହେଲେ... ତୁ କେମିତି ଜାଣିଲୁ?

ସେତେବେଳେ ଶୁଭିଲା ନୀଳାଭ ଓ ସାଫଲ୍ୟର ମନଖୋଲା ହସ। ସେମାନେ ପାଖକୁ ଆସିଲେ। ଦୋଷକଲା ପରି ଠିଆ ହେଲେ। ଗାଲି ଖାଇବେ ବୋଲି ସାଫଲ୍ୟ ପ୍ରାଚୀ ପାଖକୁ ଘଲିଗଲେ।

ତୃଣା ସବୁ ବୁଝିଗଲା। ସେ ଦୁହିଁକୁ ସେ କୃତ୍ରିମ ରାଗ ନେଇ ଘେରିଲା, କହିଲା

: ଦେଖୁ ଦେଖୁ ମୋ' ସାଙ୍ଗଟା ତମ ଦୁହିଁଙ୍କର ଏତେ ପ୍ରିୟ ହେଇଗଲା?

ସାଫଲ୍ୟ ପ୍ରାଚୀ କାନ୍ଧରେ ମୁଣ୍ଡ ରଖି କହିଲା–

: ମାଉସୀ ଭାରି ଭଲ।

ତାକୁ ଗେହ୍ଲା ପରି ପ୍ରାଚୀ କହିଲା–

: ମୋ' ପୁଅ ମୋ' ପାଖରେ କେବେ ଏମିତି ଗେହ୍ଲାହୁଏନା। କିଛି ଟିକେ କହିଲେ ମୁହେଁ ମୁହେଁ ଜବାବ୍ ଦିଏ। ସେଠିକାର ପିଲାମାନେ ସମସ୍ତେ ସେମିତି। ସେମାନେ ପ୍ରଚୁର

ସ୍ୱାଧୀନତା ରହାଁନ୍ତି । ବାପା-ମା'ଙ୍କୁ ଅବଜ୍ଞା ଓ ବେଖାତିର ଭାବ । ନିଜ ଇଚ୍ଛାରେ ସେମାନେ ଯୁଆଡ଼େ ରହିଁବେ ଯିବେ । ଯା' ରହିଁବେ କରିବେ । ମୋ' ମନ ବୁଝେନାରେ ତୃଣା । ମୁଁ ରୁହେଁ ସେ ଭଲ ମଣିଷଟେ ହେଉ । ସଂସ୍କାର ଓ ଶୃଙ୍ଖଳା ଶିଖୁ ହେଲେ... ଛାଡ଼ । ଯେଉଁ ଦେଶରେ ପିଲା ରହିବେ ସେ ଦେଶର କଥା ଶିଖିବ... ନୁହେଁ ?

ଟିକେ ନୀରବ ରହି ପୁଣି ସେ କହିଲା—

: ଆମେ ଭାରତୀୟ... ଆମେ ଓଡ଼ିଆ... ଆମର ଗୋଟେ ସୁନ୍ଦର ସଂସ୍କୃତି ଅଛି... ପରମ୍ପରା ଓ ଦୃଷ୍ଟିଭଙ୍ଗୀ ଆମର ଖୁବ୍ ନିଆରା । ତୁ ତାକୁ ସମ୍ମାନ ଦେବା ଉଚିତ୍... କେତେ ବୁଝାଏ ତାକୁ । ହେଲେ ସେ କଥାରେ ସେ ରାଗିଯାଏ... ଆଉ ତୁ ଜାଣୁ ସେଠିକାରେ ପିଲା ରାଗିଲେ ଖୁବ୍ ଭାଓଲେଣ୍ଟ ହେଇଯାଏ... ନହେଲେ ଘର ଛାଡ଼ି ନିରୁଦ୍ଦିଷ୍ଟ ହେଇଯାଏ... ମୁଁ ଯା'ଙ୍କୁ କହେ, "ଚଲ ଆମ ଦେଶକୁ ଫେରିଯିବା" । ହେଲେ ବାପ, ପୁଅ ପାଖରେ ଭୋଗର ନିଶା, ଡଲାର ନିଶା...

: ତୋ' ପରିବାରକୁ ଦେଖି ମତେ ଭାରି ଈର୍ଷା ଲାଗୁଛି ଲୋ...

କି ସୁନ୍ଦର ଜୀବନ! କି ସୁନ୍ଦର ବୁଝାମଣା । ତୋ ପୁଅର କଥା, ଚିନ୍ତାଧାରା, ବ୍ୟବହାର ଦେଖି ମୋ' ପେଟ ପୁରିଯାଉଛି... ସ୍ନେହ, ମମତାରେ ମଣିଷ ବାନ୍ଧିହୁଏ ଲୋ ଟଙ୍କା ପଇସାରେ ନୁହେଁ... ଇଚ୍ଛା ହଉଛି... ମୋ' ପୁଅ ତୋ ପାଖରେ ରହି ଗଢ଼ି ହୁଅନ୍ତା... ହେଲେ ??

: ଚଲ୍... ଚଲ୍... କ'ଣ ଜଳଖିଆ କରିବା କହିଲୁ ? ପିଲାଟାକୁ ତ ଭୋକ ହୋଇଥିବଣି । ନାରେ ବାବୁ! କ'ଣ କରିଦେବି କହ...

ତୃଣା ଯେମିତି ନିର୍ବାକ୍ ହୋଇଯାଇଥିଲା । ଆମେରିକାର ସୁଖକୁ ସେ ଅନୁମାନ କରିଥିଲା । ଦୁଃଖକୁ ନୁହେଁ । ପ୍ରାଚୁର୍ଯ୍ୟକୁ ସେ କଳ୍ପନା କରିଥିଲା ତା'ର ଯେ ଅଭାବ ଥିବା କିଛି ଶୂନ୍ୟତା ଥିବ ସେ ମୋଟେ ଭାବି ନଥିଲା । ସତରେ ସନ୍ତାନ-ସନ୍ତତି ହିଁ ବାପ-ମା'ଙ୍କ ଅସଲି ଧନ ସମ୍ପତ୍ତି । ସେମାନେ ଅବାଟରେ ଗଲେ, ଅମଣିଷ ହେଲେ ଆଉ କ'ଣ ରହିଲା ? ଅଥଚ ସେ ସ୍ୱପ୍ନ ଦେଖିଥିଲା ସାଫଲ୍ୟକୁ ପ୍ରାଚୀ ପାଖକୁ ପଠେଇବ ।

ଆମେରିକାରେ ରହିବ ସାଫଲ୍ୟ-ଜୀବନ ସଫଳ କରିବ । ପ୍ରାଚୁର୍ଯ୍ୟର ମଣିଷ ହେବ । କିନ୍ତୁ ଏଇନେ ସେ ଭାବିଲା– ସେ ସ୍ୱପ୍ନ, ସ୍ୱପ୍ନ ନୁହେଁ ସେଥିରେ ସୁଖ ନାଇଁ । ସେ ଆଲୋକ, ଆଲୋକ ନୁହେଁ ସେଥିରେ ତେଜ ନାଇଁ । କିରଣ ନାଇଁ । ଜଳ ବୋଲି ଯା'କୁ ସେ ଭାବିଥିଲା ସେ ଛଳ । ଅସଲ ସୁଖ ଏଇଠି । ଏଇ ଦେଶରେ, ଏଇ ମାଟି, ପାଣି ପବନରେ, ପୁଅ ତା'ର ଏଠି ରହିବ ।

ସେଦିନଟି ମନଭରି ଗପସପ ହେଲା । ପ୍ରାଚୀ ପାଇଁ ଝୁରି ପୁରୁଗା ହେଲା । କୁଲେର ଶାଗ ରନ୍ଧାଗଲା । ଚକୁଳି ପିଠା ହେଲା । ରସବରା ଛଣାଗଲା । ଦୁଇ ସାଙ୍ଗ ତଳେ ମସିଣାରେ ସେଦିନ ଶୋଇଲେ । ସାଫଲ୍ୟ କେତୋଟି ଭଜନ ଗାଇଲା । ନୀଳାଭ, ତୃଣାର ନିର୍ଦ୍ଦେଶରେ ପ୍ରାଚୀ ପାଇଁ ଗୋଟେ ସମ୍ବଲପୁରୀ ଲୁଗା କିଣିଆଣିଲେ ଯିବା ଦିନଟି ଆସିଲା ।

ସକାଳୁ ଦୁଇସାଙ୍ଗ ଦୁହିଁଙ୍କି କୁଣ୍ଢେଇଧରି କାନ୍ଦିଲେ । ଦୁହେଁ ଦୁହିଁଙ୍କି କହିଲେ 'ଚିଠି ଦବୁ', 'ମନେ ରଖିଥିବୁ', ଯିବାବେଳକୁ ସାଫଲ୍ୟ ଆସି ପ୍ରାଚୀକୁ ମୁଣ୍ଡିଆ ମାରିଲା । ସେ ତା' କପାଳରେ ନିଜର ସ୍ନେହ ଦେଲା । କହିଲା —

: ଅନ୍ଧାର ଆଡ଼କୁ ରୁହିଁବୁ ନାଇଁରେ ବାବୁ । ଭଲ ମଣିଷଟିଏ ହବୁ ।

ପଛକୁ ରୁହିଁ ରୁହିଁ ଆଗକୁ ଗଲା ପ୍ରାଚୀ ।

ମନେ ମନେ ଭାବୁଥିଲା

: ମୁଁ ଫେରିବି । ମୋ'ର ଏ ସୁନ୍ଦର ଆଲୋକିତ ଦେଶକୁ ମୁଁ ନିଶ୍ଚୟ ଫେରିବି ।

❑